Lucas Grimm
In den Tod

LUCAS GRIMM

In den Tod

THRILLER

PIPER

Mehr über unsere Autoren und Bücher:
www.piper.de

Von Lucas Grimm liegt im Piper Verlag vor:
Nach dem Schmerz

MIX
Papier aus verantwortungsvollen Quellen
FSC® C083411
FSC
www.fsc.org

Originalausgabe
ISBN 978-3-492-06115-5
März 2018

Satz: psb, Berlin
Gesetzt aus der Sabon
Druck und Bindung: CPI books GmbH
Printed in Germany

Frage 5: Ist es zulässig, mit einer weiblichen Gefangenen sofort nach Inbesitznahme Verkehr zu haben? *Antwort:* Wenn sie eine Jungfrau ist, kann er [der Besitzer] sofort nach Inbesitznahme Verkehr mit ihr haben.
Frage 19: Ist es zulässig, eine Sklavin zu schlagen? *Antwort:* Es ist erlaubt, die Sklavin zu schlagen, [aber] es ist verboten, sie zu schlagen, um sie zu brechen oder um Befriedigung zu erlangen oder um sie zu foltern. Außerdem ist es verboten, ihr ins Gesicht zu schlagen.

Zitiert aus dem »27-Punkte-Wegweiser« des
Research and Fatwa Department des
sogenannten Islamischen Staates

Sie töteten uns und ließen uns im Sand liegen. Sie wussten nicht, dass wir Samen waren.

Jesidische Weisheit

Eins

1 *Es ist Freitag, und ich habe endlich genug Wissen und Kraft gesammelt, um meine Schuld zu begleichen. Die flirrende Kugel im Osten färbt die Wipfel der Berge, den Schnee, die Bäume in ein helles Rot. Ich habe Angst, dass sie mich verraten wird. Zwei Spatzen streiten um die Brotkrümel, die ich aus dem Küchenfenster in den Schnee geworfen haben. Dabei sehen sie fortwährend nach oben, wo ein Falke kreist und sich nicht entscheiden kann, welchen der beiden er reißen soll. Ich frage mich, wer ich in diesem Bild bin. Denn über Jahre hinweg war ich weder der Falke noch der Spatz. Über Jahre hinweg bin ich in diesem Bild nicht vorgekommen. Wie auch? Alles, was ich im Leben getan habe, bestand darin, wegzugehen und dich, Anais, im Stich zu lassen. Ich bin so lange durch das gereist, was man gemeinhin Leben nennt und was dir für alle Zeiten verwehrt sein wird. Und du hast angesichts dessen, was an Grausamkeiten geschehen ist, allen Grund, böse auf mich zu sein und enttäuscht. Dennoch bitte ich dich auf den Knien meines Herzens, sei nicht zu hart mit mir. Ich habe verstanden, was du zu mir gesagt hast, als wir in unserem Bett gelegen haben, und du mir vom Engel Pfau erzählt hast. Wer sich vor anderen versteckt, versteckt sich vor sich selbst, hast du gesagt. Und wenn ich nun sehe, wie der Falke herabstößt, mit angelegten Flügeln, den Kopf weit vor-*

gestreckt, wie ein Pfeil, dann weiß ich, wer ich bin. Ich bin weder Falke noch Spatz. Wusstest du, dass es Zikaden gibt, die siebzehn Jahre in der Erde überleben und, wenn sie aufwachen, einen Wald leer fressen? So bin ich. Ich werde den Wald leer fressen. Und dann werde ich die Flügel ausbreiten und schnell zu dir fliegen, meine geliebte Schwester.

Gregori und Nadja Arkadin waren mit dem Hubschrauber in das wunderschöne Chalet in den französischen Alpen geflogen, hatten die Koffer im Flur stehen lassen und waren übereinander hergefallen wie ein ausgehungerter Löwe über eine Gazelle, wobei nicht klar war, wer die Rolle des Löwen und wer die der Gazelle einnahm. Doch selbst wenn der Vergleich darauf hindeutet, war es nicht nur animalische Begierde, die sie antrieb. Nein, Gregoris Plan lautete, als Zeichen seiner wiedererweckten Liebe ein Kind zu zeugen. In seinen Augen das Symbol der tiefsten Verbindung zweier Menschen. Aufbruch zu einer stolzen Familie, die irgendwann groß und glücklich sein sollte. Nadjas Plan dagegen war, Gregori umzubringen.

Nadja Arkadina, siebenundzwanzig Jahre alt, Diplom im Fach Biologie an der Universität Heidelberg, Schwerpunkt Evolutionsbiologie. Nebenbei Ballettunterricht bei Eléonore Deckker. Ehrgeizig, klug, egozentrisch. Und Gregori Arkadin, siebenundfünfzig, ehemals Offizier der russischen Armee, inzwischen Geschäftsmann im Bereich illegaler Export von Waffen, mit Vorliebe in Länder, die mit einem Embargo belegt waren.

Als Nadjas Professor bei der Bachelor-Abschlussfeier von ihrer Absicht erfahren hatte, Gregori Arkadin zu heiraten, hatte er sich gewundert. Dann aber sah er seine Theorie bestätigt, der zufolge es zwei Konzepte gibt, nach denen Frauen ihre Zukunft gestalten. Entweder sie verlassen sich auf ihre körperlichen und geistigen Fähigkeiten, schlagen sich durch, machen bisweilen auch Karriere, bleiben dann aber einsam und gehen seelisch zugrunde, oder sie angeln sich einen Mann, der diese Arbeit für sie übernimmt im Austausch gegen Sex, eheliche Treue und ein trautes Heim mit Kindern, und gehen ebenfalls seelisch zugrunde. Nadja hatte gelächelt und gesagt, sie würde beide Wege gehen. Den reichen Kerl nehmen und Karriere machen. Und wer daran zugrunde gehe, werde man noch sehen. Warten wir's ab, antwortete ihr Professor.

Doch dann ließ Gregori seine frischgebackene Ehefrau Nadja einige Male wochenlang allein in der Villa am Stadtrand von St. Petersburg zurück, um seinen Geschäften nachzugehen, über deren Details sie nichts wissen durfte. In den letzten Monaten hatte er sie auch noch betrogen. Wo und mit wem es nur ging. Nun war Nadja keine Frau, die stets die Gesellschaft eines Mannes brauchte, um halbwegs glücklich und zufrieden zu sein. Sie genoss sogar die Zeiten, in denen sie allein in der Villa war und verschont wurde von den Wutanfällen, Omnipotenzfantasien und sadistischen Anwandlungen ihres Mannes. Doch als sie Gregori eines Tages überraschte, wie er im Belmond Grand Hotel mit einer vierzehnjährigen Ballettschülerin im Bett lag, sah sie ihre Chance gekommen. Sie heuerte einen Privatdetektiv an, der die beiden über drei Wochen hinweg verfolgte und inkriminierende Fotos schoss. Mit diesem Beweismaterial in den Händen drohte sie Gregori mit Scheidung und forderte 50 Millionen Dollar Abfindung.

Das schreckte Gregori auf. Nicht so sehr die Summe als vielmehr die Vorstellung, diese einzigartige Frau zu verlieren. Er schwor Nadja, sie von nun an nie wieder zu betrügen. Und als Nadja verlangte, dass er sie als gleichberechtigte Partnerin akzeptierte und sie in seine Geschäfte einweihte, war Gregori einverstanden. Um nun die neue Qualität ihrer Ehe angemessen zu feiern, hatte er einen Monat später den Ausflug in das Chalet vorgeschlagen. Er hatte es in den letzten zwei Jahren auf den abgebrannten Grundmauern eines Bauernhofs errichten lassen. Das Haus lag abseits jeglicher Infrastruktur, die nächste ordentliche Straße war kilometerweit entfernt.

Nachdem der erste hormonelle Schub nicht zu dem erwarteten sexuellen Höhepunkt geführt hatte, nahm Gregori ein paar Handschellen aus der Reisetasche. Nadja war mit der Prozedur, die nun folgen sollte, vertraut. Also wehrte sie sich nicht, damit Gregori weiterhin der Illusion anhängen konnte, sie habe ihm verziehen und würde an seiner Seite den Erfolg des Familienunternehmens steigern wollen. Lächelnd verfolgte sie mit den Blicken einer liebenden, verständnisvollen und duldenden Ehefrau, wie Gregori die stählernen Ringe zuerst um ihr rechtes Handgelenk, dann um das linke Handgelenk legte und sie dann an die hölzernen Pfosten des alten Bauernbettes fesselte.

Das Bett – es stöhnte und quietschte bei jeder Bewegung, wie ein Tier, das sich in Vorahnung des Kommenden beschweren wollte. Als Gregori auch noch Nadjas Beine mit zwei Seidentüchern an die unteren Bettpfosten gefesselt hatte, lag sie in der idealisierten Proportion da, die Leonardo da Vinci im Jahre 1490 in der Zeichnung des vitruvianischen Menschen dargestellt hatte. Gregori sah Nadja zufrieden an.

»Ich könnte mit dir machen, was ich will«, sagte er.

»Ja, das könntest du.«

»Und du könntest dich nicht wehren.«

»Nein, das könnte ich nicht.«

»Macht es dir keine Angst?«

»Warum sollte es mir Angst machen?«

»Immerhin wolltest du dich scheiden lassen und hast gedroht, 50 Millionen Dollar Abfindung zu verlangen. Das hat noch keine Frau vor dir gewagt. Ich hätte also allen Grund, wütend auf dich zu sein.«

»Auch wenn es sich nach einem kitschigen Songtext

anhört, aber der beste Beweis der Liebe ist Verzeihen«, sagte Nadja. »Und natürlich Vertrauen. Verzeihen und Vertrauen.«

»Du magst es, wenn du mir ausgeliefert bist«, sagte er.

»Ich bin dir zu jeder Zeit ausgeliefert. Die körperliche Abhängigkeit ist dabei noch die harmloseste Form der Abtretung meines Herzens an dich«, sagte sie.

»Wo hast du das denn wieder her?«

»Ich glaube, es ist von Shakespeare.«

»Du bist unglaublich.«

Sein Blick streifte über ihren Körper.

»Und du bist unglaublich schön.«

Er gab ihr einen Kuss auf den Bauch. Dann stieg er aus dem Bett und schickte sich an, das Schlafzimmer zu verlassen.

»Wo gehst du hin?«, fragte sie.

»Ich habe eine Überraschung für dich.«

»Was für eine Überraschung?«

In der Tür blieb er kurz stehen, lächelte sie an.

»Das wirst du gleich sehen.«

»Sag es mir.«

»Aber dann ist es doch keine Überraschung mehr.«

Er wandte sich ab und verließ das Schlafzimmer.

»Gregori?«

Keine Antwort. Was konnte das für eine Überraschung sein? Wusste er von ihren Plänen? Oder genügten die Handschellen nicht, und er brauchte eines jener Utensilien, mit denen er ab und an seine verkümmerte Libido auf Trab brachte? Ihr blieb nichts anderes übrig, als abzuwarten und zu hoffen, dass er zurückkommen würde. Eine Minute verging.

»Greg!«

Dass sie keine Antwort bekam, beunruhigte sie. Und mehr noch beunruhigte sie, dass nun auch noch die Haustür geöffnet wurde und wieder ins Schloss fiel. Wo ging er hin?

»Gregori?«

Stille. Eine endlose, drohende Stille. Nadja spürte, wie kleine Schweißperlen auf ihrer Stirn wuchsen. Wieso ließ er sie allein in dem Bett liegen, gefesselt? Wusste er es? Wusste er, dass sie ihn umbringen wollte? Nein, das war unmöglich. Sie hatte es perfekt geplant. Niemandem etwas von ihren Plänen erzählt. War vor zwei Wochen, während er in Genf mit Bankern verhandelt hatte, zum Chalet geflogen und hatte alles vorbereitet.

»Greg!?«

Vielleicht waren die Reise in das Chalet und seine Schwüre, ein besserer Ehemann zu werden, doch nur Camouflage gewesen. Vielleicht war er wütend auf sie und wollte sie nun für die in seinen Augen ungeheuerliche Auflehnung bestrafen. Das war durchaus möglich, denn Nadja hatte in den letzten zwei Jahren ihrer Ehe erfahren, dass Menschen wie Gregori, die sich aus einfachen Verhältnissen hochgearbeitet hatten und mit Skrupellosigkeit und auch etwas Glück die Zeit der Rechtlosigkeit nach dem Fall der Sowjetunion für sich ausnutzen konnten, der Meinung waren, sie seien gottgleich. Sie bauten auf den Trümmern des alten Staates ihre eigenen Reiche auf. Wer sich ihnen in den Weg stellte, musste mit erbarmungsloser Vergeltung rechnen. Ermutigt durch die schützende Hand des Präsidenten, betrogen, raubten und töteten sie. Diese Menschen waren Reptilien. Und Gregori war eines der Schlimmsten. Würde er sie hier sterben lassen? Möglicherweise. Aber nicht jetzt.

Jetzt noch nicht. Nadja atmete aus. Denn nun konnte sie hören, wie ein Schlüssel in das Schloss der Haustür glitt, wie die Tür geöffnet wurde, wie Gregori die Stiefel gegeneinanderschlug und auszog. Er ging in Richtung der offenen Küche. Nadja konnte das leise Klatschen seiner nackten Fußsohlen auf dem Schieferboden hören. Sie war ganz Ohr. Alle anderen Sinne waren auf ein Mindestmaß zurückgefahren. Sehsinn, Geruchssinn, Geschmackssinn, Tastsinn wurden nicht gebraucht. Eine Schublade wurde geöffnet. Besteck klapperte. Was suchte er? Sie strengte sich noch mehr an. Ein Messer? Suchte er ein Messer? Wozu brauchte er ein Messer? Eine Schranktür wurde geöffnet. Geschirr klirrte. Etwas fiel zu Boden, und Gregori fluchte. Die Kühlschranktür ging auf und nach einer Weile wieder zu. Eiswürfel fielen aus dem Spender in ein metallenes Gefäß. Wozu Eiswürfel? Gregori hantierte, fluchte wieder, weil er sich offensichtlich ungeschickt anstellte. Dann konnte sie das Klirren von Gläsern hören. Schlapp, schlapp, schlapp, kamen seine Schritte näher.

Und dann erschien er im Schlafzimmer. Trug ein Tablett mit einer Flasche Champagner, zwei Gläsern, einer Schüssel mit Eiswürfeln, einer weiteren Schüssel mit Erdbeeren und einem kleinen Messer, um den Strunk der Früchte abzuschneiden.

»Überraschung«, sagte er, was ein wenig redundant war, weil sie ja die Überraschung sehen konnte, er brauchte sie nicht auch noch zu verkünden.

Erdbeeren waren gut. Nach dem Sex hatte sie jedes Mal Lust auf etwas Frisches, Fruchtiges, weil es den Geschmack von Sperma am besten verwischte. Dass allerdings auch noch diese eine, spezielle Flasche Champagner auf dem Tablett stand, beunruhigte sie.

»Nachher zeige ich dir den Keller. So etwas hast du noch nicht gesehen. Er ist ein natürlicher Kühlschrank. An der hinteren Seite fließt Wasser aus dem Berg und kühlt den Raum konstant auf vier Grad über null. Siehst du? Die Erdbeeren liegen da seit gestern, seit Mikail sie angeliefert hat, und sie sind frisch und haben diesen besonderen Geschmack von Schiefergestein angenommen.«

Dass Gregori sich als Lagermeister und Geologe präsentierte, war neu. Bisher hatte er sich eher als Gourmand erwiesen, dessen Anforderungen an die Nahrungsaufnahme sich auf Quantität beschränkten. Er nahm die Flasche

Champagner vom Tablett, Dom Perignon Luminous Rose Vintage 2003. Geschickt löste er die Zinnkapsel, die den Korken umfasste.

»Das ist die letzte«, sagte er mit einem kaum hörbaren Bedauern in der Stimme.

Nadja wusste, dass es die letzte von ehemals zwölf Flaschen war. Sie bildete den zentralen Teil ihres Plans. Dass Gregori sie nun öffnete, beunruhigte sie aufs Äußerste.

»Wollen wir nicht warten, bis wir Liebe gemacht haben?«, fragte sie.

Der Korken flog gegen die Zimmerdecke, ein feiner Nebel quoll aus der Flasche hervor.

»Ich mag jetzt nicht, Gregori. Bitte.«

»Was hast du denn?«

»Ich will dich ohne Alkohol spüren.«

»Champagner ist kein Alkohol, sagst du doch immer.«

Er schenkte zwei Gläser ein. Die feinen Perlen, die sofort einen Weg an die Luft suchten, verteilten das besondere Aroma des Champagners im ganzen Raum. Er hielt Nadja ein Glas hin.

»Soll ich dich füttern?«

»Nein. Stell das Glas weg, und komm zu Mama. Komm schon. Ich will dich zwischen meinen Beinen. Ich will, dass du mich leckst und fickst.«

»Und wenn ich es nicht mache?«

»Dann werde ich ganz böse.«

»Was wirst du denn machen, wenn du böse bist?«

»Ich werde dir den Hintern versohlen.«

»Du bist gefesselt.«

»Irgendwann wirst du mich wieder losbinden.«

»Und wenn nicht? Wirst du dann ins Bett pissen?«

»Greg, hör auf. Warum musst du immer so ordinär sein? Mach mich los, ich hab keine Lust mehr.«

Er lachte, als hätte er einen besonders guten Witz gemacht. Dann trank er das Glas in einem Zug leer und warf es hinter sich, wo es an einer Natursteinwand zerschellte. Einen kurzen Augenblick lang verzog er das Gesicht.

Aber Nadja wusste es. Sein Zungengrund hatte ihm einen ungewöhnlichen Nachgeschmack signalisiert, der nicht zu dem 2003er Luminous Rose passte. Unter anderen Umständen hätte er auf diese Irritation sofort reagiert, aber nun hatte der Hypothalamus so viel Testosteron ausgeschüttet, dass jedes Misstrauen beiseitegedrängt wurde. Gregori sank auf Nadja herab, befeuchtete seinen Schwanz mit Spucke, drang in sie ein und bewegte sein Becken in rhythmischen Stößen.

»Ist es gut so?«, fragte er.

»Nein, ist es nicht.«

Gregori beschleunigte seine Bewegungen.

»Hör auf, du tust mir weh.«

Er stieß fester zu, härter. Nannte sie seine süße Nutte, seine Hure, die durchgefickt werden müsste. Als er nach wenigen Augenblicken kam, stieß er den Kopf in den Nacken. Aber nicht aus Lust, sondern weil er einen Stich im Herzen spürte. Ein Blutgerinnsel an einer Engstelle des Herzkranzgefäßes hatte eine Durchblutungsstörung verursacht, woraufhin das Organ hektisch zu schlagen begann. Gregori richtete sich auf, kniete zwischen Nadjas weit gespreizten Beinen und fasste sich an die Brust.

»Scheiße.«

»Was ist?«

»Ich kriege … keine Luft …«

»Gregori!«

»Ein Arzt. Ich brauch einen Arzt. Scheiße, ich brauch einen Arzt. Ruf Mikail an. Er muss mit dem Hubschrauber zurückkommen.«

Schweiß lief ihm übers Gesicht. Und während sein Kreislauf langsam kollabierte, erbrach Gregori sich. Nadja würgte angesichts des gelblichen Breis, der bitter und sauer roch, rutschte von Gregori weg, soweit es die Fesseln zuließen.

»Gregori, ich ruf den Hubschrauber. Aber du musst zuerst die Handschellen lösen.«

Gregori sah zu dem kleinen Schlüssel hin, den er auf den Nachttisch rechts neben dem Bett gelegt hatte. Er wollte schon danach greifen, hielt dann aber inne. Direkt neben dem Schlüssel stand die Flasche Dom Perignon. Und Nadjas Glas, in dem feine Kohlensäureperlen nach oben taumelten. Er zögerte.

»Gregori, was ist? Mach die Handschellen los!«

Er hatte getrunken. Nadja nicht. Obwohl sie sonst auf Champagner versessen war. Vor allem vor und während des Sex.

»Gregori. Bitte.«

Mit einem Mal schien er zu verstehen, was mit ihm passierte. Und da fiel auch schon sein Schwanz ängstlich in sich zusammen. Gregori deutete auf die Flasche Dom Perignon.

»Der Champagner.«

»Was ist damit?«

»Was hast du gemacht?«

»Was soll ich gemacht haben?«

Er schlug ihr ins Gesicht.

»Gregori! Bitte, sei vernünftig. Mach mich los. Du brauchst einen Arzt, sofort!«

Er krümmte sich, atmete stoßweise. Sein Kopf wurde puterrot, die Augen traten aus den Höhlen hervor.

»Vielleicht hat Mikail …«

Noch ein Schlag ins Gesicht. Es tat nicht weh, weil er kaum noch Kraft hatte.

»Mikail? Mikail und ich würden füreinander sterben, du verdammtes Miststück. Warum hast du das getan?«

»Beruhige dich, Greg, bitte. Schließ die Handschellen auf, ich rufe einen Arzt, und alles wird gut.«

Ein bitteres, höhnisches Lächeln erschien auf seinen Lippen.

»Warum?«, krächzte er. »Wir wollten doch …«

Sollte sie es ihm sagen? Warum eigentlich nicht? In wenigen Sekunden würde er ohnehin sterben. Es ihm zu sagen würde ein letzter Triumph sein.

»Du weißt, warum ich das tue. Nicht wegen der Schläge oder weil du ein verkommener Lügner und Betrüger bist. Noch nicht mal wegen deiner perversen Sexfantasien.«

»Wegen Anais?«

Nadja sah ihn unbewegt an.

»Erinnerst du dich an die Schlange, die ich dir im Zoo gezeigt habe? Es war eine Viper. Das Besondere an der Viper ist ihr Gift, es wirkt hämotoxisch und zerstört die Blutzellen durch differente Proteasen. Weißt du, was Proteasen sind? Nein, es ist auch nicht mehr wichtig. Die Folge sind sehr schmerzhafte Blutungen in der Haut, in Nasen- und Mundhöhle und vor allem auch in Darm und Gehirn der Beutetiere. Sie wirken lähmend, weshalb du mich jetzt auch nicht mehr angreifen kannst. Spürst du es?«

Gregori versuchte, die Arme zu bewegen, ließ es aber sofort sein, weil die Muskeln zu sehr schmerzten.

»Das wirklich Besondere an dem Gift«, fuhr Nadja fort, »sind allerdings die Proteine, die die Blutgerinnung unterdrücken und damit zu einer Thrombose führen.«

»Wenn ich …«

Weißer Schaum füllte seinen Mund aus und tropfte von den Lippen herab. Sein Blick brach. Und dennoch schien es, als würde er sich mit letzter Kraft noch einmal aufrichten.

»Wenn ich … hier abkratze, wirst du mit mir abkratzen und dann …«

Er grinste bitter, griff nach dem Handschellenschlüssel, führte ihn zum Mund und verschluckte ihn. Dann fiel er vornüber, landete ungelenk zwischen Nadja und dem Nachttisch.

Als Nadja das sah, schrie sie auf.

2 Sie waren alle gekommen. Marlene Albers, seine Ex-Frau Heidi und sogar sein Sohn Jonas, der nach einer kurzen Phase der Entspannung wieder dazu übergegangen war, ihn zu hassen. Und natürlich die Kolleginnen und Kollegen von der Konkurrenz, die gehofft hatten, den Preis zu erhalten oder, wenn nicht das, zumindest den Gewinner schmähen zu können. Sie saßen in den ersten drei Reihen des Kongresssaals im Hotel Pullman Schweizer Hof in Berlin. Einige hatten das gewohnt falsche Lächeln wie Rouge aufgelegt, ein paar andere waren selbstlos und freuten sich, wiederum andere machten keinen Hehl aus ihrer Missbilligung und Verachtung. Ausgerechnet David Berkoff, der mit fragwürdigen Methoden recherchiert hatte und in den Tod mehrerer Menschen verwickelt war, wurde mit dem Otto-Brenner-Preis für kritischen Journalismus ausgezeichnet.

Nicht Ruhe und Unterwürfigkeit gegenüber der Obrigkeit ist die erste Bürgerpflicht, sondern Kritik und ständige demokratische Wachsamkeit, hatte Otto Brenner, der 1972 verstorbene Vorsitzende der IG Metall, gesagt. Nach ihm war der Preis benannt, den David Berkoff nun für die Aufdeckung eines Komplotts um die Rosenholz-Dateien erhielt.

Die Laudatio, die Marlene Albers, Chefredakteurin des Magazins *Die Woche* hielt, entsprach den Erwartungen. Wer in den ersten beiden Reihen saß, tat aus Respekt so, als würde er interessiert zuhören. Ab der dritten Reihe wurden auf den Smartphones Mails, Artikel und Facebook gecheckt.

»Die Jungen lesen keine Zeitung mehr, und die Alten fragen sich, ob wir sie überhaupt noch sehen. In spätestens fünf Jahren wird die Presselandschaft wie ein Friedhof aussehen. Natürlich werden ein paar von uns überleben, die Großen, die genug Geld mit anderen Geschäften verdienen. Oder die einen Mäzen wie Jeff Bezos haben, der sich die

Washington Post hält, wie Könige sich früher Dichter und Komponisten zu ihrer Zerstreuung gehalten haben.«

In diesem Tenor ging es noch eine Viertelstunde weiter. Ein wenig Lamento, dann Kritik an Google, Facebook und Co. und das Hohelied auf den Qualitätsjournalismus. Als Marlene zum Schluss den Journalisten die Heisenberg'sche Unschärferelation zu studieren empfahl, wonach ein beobachtetes Objekt durch die Anwesenheit des Beobachters verändert wird, driftete Berkoff in Gedanken weg. Er dachte daran, dass der Rummel um seinen letzten Scoop langsam verklang, er nicht mehr in Talkshows eingeladen wurde, die Interviewanfragen inzwischen nur noch von Käseblättern kamen und sich daher erste Entzugserscheinungen einstellten. Er war so sehr in diese Gedanken vertieft, dass er nicht hörte, wie Applaus aufbrandete, weil sein Name genannt wurde. Heidi musste ihm erst den Ellbogen in die Seite stoßen, um ihn aus seinen Gedanken zu wecken.

»Los, auf die Bühne«, zischte sie lächelnd. »Und bedanke dich bei all den Kollegen, die den Preis nicht bekommen haben, obwohl sie ihn verdient hätten.«

David erhob sich, umarmte seine Ex-Frau und zwinkerte Jonas zu, der an seinem Smartphone klebte und keine Reaktion zeigte. Dann ging er langsam die Stufen zur Bühne hoch, küsste Marlene auf die Wangen und nahm die Trophäe entgegen. Eine schmucklose Glasscheibe, darauf sein Name, der Name des Stifters und der Hinweis, dass es sich um den 1. Preis handelte. David warf einen kurzen Blick darauf, bevor er ans Mikrofon trat.

Und bedanke dich bei all den Kollegen, die den Preis nicht bekommen haben, obwohl sie ihn verdient hätten.

Heidis Ermahnung echote noch in seinen Ohren. Es wäre ein Zeichen der Höflichkeit gewesen, eine Unterwerfung unter die Regeln einer verabredeten Etikette. Deswegen steckte ein Zettel in der rechten Tasche seines Jacketts, auf dem stand, dass er nicht besser sei als die Kollegen, die den

Preis nicht erhielten, dass er sich vor ihnen verneige und dass ihr Engagement für jeden im Saal ein Antrieb sei, als Journalist noch besser, noch gründlicher und noch inspirierter zu arbeiten. Wenn er den Zettel jetzt aus der Tasche nahm, könnte er davon erzählen, dass die Arbeit des Journalisten eine ernste und wichtige Angelegenheit sei, um die Mächtigen, die Rücksichtslosen, die Lügner und Betrüger im Zaum zu halten und sie zu entlarven. Das Hohelied auf die vierte Gewalt im Staat. Eben all das, was man in so einem Moment sagt und was deshalb schon Hunderte Male gesagt wurde. Er sah ins Publikum, sah die erwartungsvollen Gesichter derer, die sich freuten, und derer, die ihn für ein Arschloch hielten. Weit hinten stand ein Mann, den er von Fotos kannte und der nicht in diesen Kreis passte. Er hieß Mikail Gerkin.

Es gab zwei Gründe, warum Gerkin hier sein konnte. Erstens, er würde Berkoff eine Nachricht übergeben, die den Beginn des nächsten Scoops bedeutete. Ein Scoop, der aufsehenerregender war als alles, was er in den letzten Jahren geschrieben hatte. Zweitens, Gerkin würde ihn bis in die Tiefgarage verfolgen und dort mit einem feinen Draht erwürgen. Was soll's, dachte er, in einer Stunde werde ich es wissen. Jetzt war erst mal seine Rede dran.

»Liebe Freunde, Kollegen, Jury, ich möchte mich an dieser Stelle zuerst bei den beiden Frauen bedanken, die mir in den letzten Monaten das Leben gerettet haben und somit schuld daran sind, dass ich diesen Preis erhalte. Meine Ex-Frau Heidi, die dafür gesorgt hat, dass ich nach einer Überdosis nicht abgekratzt bin, und die mir gesagt hat, dass ich tatsächlich der Vater eines wunderbaren jungen Mannes namens Jonas bin.«

Jonas zeigte ihm den Finger, während er sich weiterhin seinem Smartphone widmete.

»Dann bedanke ich mich natürlich bei Marlene Albers, die mich während meiner Recherchen fallen ließ, um mich zu retten, als ich wieder mal knietief in der Scheiße gestanden habe. Danke, Marlene, für deine Unterstützung, deine Kraft und deine unmoralischen Verbindungen ins Innenministerium.«

Höflicher Applaus.

»Und zuletzt bedanke ich mich bei der Otto-Brenner-Stiftung, die seit Jahren den Kopf einzieht und so tut, als würde sie die Tapferen ermutigen und die Aufrechten mit Preisen bedenken.«

Smartphones verschwanden in Taschen, Mails, SMS, Nachrichten mussten warten. Was hatte Berkoff eben gesagt?

»Dabei vergessen wir alle, wo das eigentliche Problem liegt. Der Journalismus stirbt. Aber nicht, weil die Jugend nicht mehr liest, wie meine Chefin meint, sondern weil sich eine verdammte Eierlosigkeit breitmacht. Weil sich niemand traut, den großen Unternehmen in den Arsch zu treten. Denn sonst kommen unsere Chefs und verweisen darauf, dass wir die Werbegelder brauchen und die heimische Industrie nicht schwächen dürfen und deswegen mit VW, Mercedes, den Banken, der Pharmaindustrie nicht so streng sein sollen. Immerhin gehört uns jetzt Monsanto. Und es gibt die Eierlosigkeit, weil unsere Artikel daran gemessen werden, wo sie im Ranking ganz oben stehen, gleich nach den Katzenvideos und vor den Videos von grässlichen Unfällen. Und weil unsere Chefs sich mehr für die Winterreifen ihrer Porsches interessieren als für die Aufdeckung der üblichen Schweinerein. Und nicht zuletzt, weil für manche von uns sonst die Umschläge mit den Hundertern ausbleiben. Deswegen sind wir harmlos und bequem geworden, sind mit Politikern per Du und verstehen ihre Nöte. Treffen sie in der Sauna und der Businessclass. Freuen uns, wenn wir ganz nahe bei ihnen sein dürfen, und schreiben artige Artikel.«

Verblüffte Gesichter. Verunsichertes Lachen. Die ersten Buhs. Rachitischer Applaus.

»Wir sind keine Lügenpresse, wir sind eine mutlose Presse.«

Marlene schüttelte den Kopf, senkte ihn, als wollte sie in Deckung gehen vor dem, was nun noch kommen würde. In der Jury, die in der ersten Reihe saß, entstand erheblicher Bluthochdruck. Sie hatten es befürchtet, und jetzt wurde es bestätigt. Ja, es war ein Fehler gewesen, David Berkoff den Preis zu geben.

Es ist leicht, sich Feinde unter denen zu machen, gegen die man kämpft. Es ist mutig, sich unter denen, die auf derselben Seite stehen, Feinde zu machen, indem man ihnen widerspricht und sie auf ihre Schwächen und Fehler hinweist, hatte Hunter S. Thompson gesagt. Oder war es Rousseau gewesen? Egal. In den Sturm der Empörung hinein, der sich langsam auch bei denen aufbaute, die ihn eigentlich bewunderten, holte er zum finalen Rundumschlag aus.

»Und deswegen, liebe Freunde, deswegen werde ich die 10.000 Euro Preisgeld an Facebook spenden. Hallo, Mark Zuckerberg! Die Spende ist mit der Auflage verbunden, all das, was du ohnehin machst, noch ein bisschen schneller zu machen, nämlich die fetten, satten, trägen Zeitungsverlage vor dir her zu treiben.«

Als Berkoff diesen Satz grinsend ins Publikum rief, war die Preisverleihung schneller als üblich beendet. Jury und Stifter eilten in einen Nebenraum, wo sie vermutlich überlegten, wie sie David Berkoff den Preis wieder aberkennen könnten.

Berkoff zog sich mit den beiden Frauen und seinem Sohn an die Bar zurück, wo er seinen Auftritt mit einer Magnumflasche Champagner feierte. Marlene nahm die Situation mit fatalistischer Todesverachtung, die zur Grundausstattung einer Chefredakteurin gehört, Heidi wunderte sich nicht, weil sie David nicht anders kannte, und Jonas sah sich darin bestätigt, dass sein Vater ein Kotzbrocken war.

»Die hassen dich alle«, sagte er verächtlich.

»Das will ich doch hoffen.«

»Und darauf bist du stolz?«

Als eine Kollegin auf ihn zustürmte und ihm ihr Glas Rotwein ins Gesicht schüttete und sagte, sie habe noch nie Geld für einen Artikel bekommen, nahm Berkoff es mit einem Lächeln. Heidi und Jonas mussten zurück nach Boston fliegen, was Jonas nur recht war. Er machte noch einmal klar, dass Berkoff sich nicht bei ihm zu melden brauche und schon gar nicht, um eine Tour entlang der amerikanischen Westküste zu machen. Berkoff versprach trotzdem, in den nächsten Ferien nach Boston zu kommen, eine 61er Corvette C1 Convertible zu mieten, und dann würde man sehen. Und dann waren er und Marlene allein.

»War das nötig?«

»Ich hab ein Zimmer gebucht.«

»Das ist nicht die richtige Antwort auf meine Frage.«

»Nein? Ist es nicht so, dass der Held den Ruhm, das Geld und die Frauen kriegt?«

»Welcher Held?«

Der Mann aus der letzten Reihe kam auf Berkoff zu. Er blieb vor ihm stehen und drückte ihm einen Zettel in die Hand. Ein kurzer Blickkontakt, dann verschwand er wieder. Berkoff überflog den Zettel. Marlenes Blick war eine einzige große Frage.

»Wer war das denn?«

»Mikail Gerkin.«

»Mikail Gerkin ist die rechte Hand von …«

»Gregori Arkadin.«

Berkoff reichte ihr das Stück Papier. Marlene las.

»Bist du jetzt völlig verrückt geworden?«

3 *Alle Arten von Lebewesen, angefangen beim geistlosen Einzeller bis hin zur hoch entwickelten Spezies Mensch, haben im Grunde nur einen einzigen Zweck – zu überleben,* hatte ihr Biologieprofessor zu Beginn des fünften Semesters an die Tafel geschrieben. Gregori Arkadin, der Mann, der so unfassbares Leid über ihre Familie gebracht hatte, hatte diesen Zweck verfehlt. Der Mann, den sie zu verabscheuen und zu hassen gelernt hatte. Und mit dem zusammen sie nun sterben würde. Wenn der Schlüssel auf dem Nachttisch liegen geblieben wäre, hätte sie vielleicht einen Fuß aus dem Seidentuch ziehen, mit den Zehen den Schlüssel nehmen und in einem vollendeten Spagat die Handschellen am linken Handgelenk aufschließen können. Das wäre nicht einfach gewesen, aber sie hätte es schaffen können. Doch der Schlüssel lag nicht mehr auf dem Nachttisch. Und die Hände aus den Handschellen zu ziehen war unmöglich. Nadja schrie um Hilfe.

Einen ganzen Tag lang. Dazwischen versuchte sie die Bettpfosten abzubrechen, indem sie mit aller Kraft daran zog. Aber die Pfosten waren zu dick und das Holz zu hart. Dann dachte sie, dass sie, wenn sie die Füße frei bekäme, über das Kopfteil aus dem Bett steigen und das Möbel in Richtung ihres iPhones ziehen könnte. Es lag, soweit sie sich erinnerte, im Wohnzimmer auf dem Sofa. Also zerrte sie an den Fesseln, die um ihre Füße gelegt waren. Aber die beiden Seidentücher schnitten ihr, je fester sie zog, umso tiefer in die Haut. Langsam wurde sie von einer nervösen Verzweiflung erfasst. Sie weinte, schrie weiter. *Hilfe! HILFE!* Schließlich wurde sie müde.

Als sie wieder aufwachte, lag sie seit achtzehn Stunden gefesselt auf dem Bett. Ohne zu essen, ohne zu trinken, dafür mit dem toten Gregori Arkadin neben dem Bett. Zumindest hatte sie sich nun wieder ein wenig beruhigt, neue

Kraft getankt und überlegte, was sie tun konnte, um nicht in dieser gottverdammten Hütte mitten in der idyllischen Einöde der schneebedeckten Alpen sterben zu müssen. Denn dass sie innerhalb der nächsten vier bis fünf Tage sterben würde, allein schon weil sie nichts zu trinken hatte, war ihr klar. Aber was konnte sie tun? Gregori hatte die Bügel der Handschellen so eng eingehakt, dass nur ein, zwei Millimeter Platz zwischen Haut und Metall blieb. Aber gab es nicht vielleicht trotzdem die Möglichkeit, die Hand aus dem metallenen Ring freizubekommen? Ja, die gab es, wenn man bereit war, das Äußerste auf sich zu nehmen.

»Wenn du so fest ziehst, dass die Daumenwurzel bricht, dann kommst du frei«, sagte sie leise zu sich selbst. »Es wird höllisch wehtun, aber es müsste funktionieren.«

Sie probierte es. Zog einmal kurz und schrie im selben Moment auf, weil direkt an der Daumenwurzel der Nervus radialis entlanglief, der sofort auf den Druck reagierte und sie anbrüllte. *Bist du irre? Hör auf!* Sie hörte auf. Sah ihre Hand an. Das waren also die Schmerzen, die auf sie warteten. Und sie waren mit Sicherheit schlimmer als alles, was sie bisher erlebt hatte. Schlimmer sogar als der Bruch des rechten Knöchels, den sie sich bei den Proben für *Sacre du Printemps* nach einem Spagatsprung zugezogen hatte.

Sie versuchte es noch einmal. Zog. Zuerst vorsichtig, dann energisch. Wieder reagierte der Nerv. Diesmal schneller und lauter. *Aufhören!!* Und sie hörte auf. Entspannte den Körper. Lag da und dachte nach. Sie musste einen anderen Weg finden, wie sie dieser tödlichen Falle entkommen konnte. Zum Beispiel durch Mikail.

Er wird irgendwann mit dem Hubschrauber landen und Lebensmittel bringen, dachte Nadja. Aber das sollte erst am Montag sein. Vorher dürfe er nicht stören, hatte Gregori befohlen. *Vielleicht ruft Mikail auch einfach an, weil es irgendetwas Dringendes zu besprechen gibt! Ja, das könnte doch sein. Aber dann geht niemand ans Telefon. Mikail versucht es ein paarmal, weil es wichtig ist, und wird dann unruhig und fliegt hierher und kommt herein und sieht, dass Gregori tot ist und ich gefesselt bin, und er fragt mich, was passiert ist, und ...*

Doch Mikail hatte in den letzten Stunden nicht angerufen, und es war nicht sicher, ob er es vor Ablauf der Woche tun würde.

Sie überlegte weiter. Stunden um Stunden. Schlief ein und wachte auf. Sang sich selbst ein Lied und weinte. Bis der Gedanke klar und rein wie ein Bergquell vor ihrem inneren Auge erschien. Sterben.

Der Schreiadler ist tot, der erste von vieren. Aber leider werde auch ich hier sterben. Mit siebenundzwanzig in diesem alten Bett, in einem kitschigen Schlafzimmer unter dem Dach eines protzigen Chalets am Fuß dieses wichtigtuerischen Berges, dessen Namen ich mir nicht merken kann und der zu dem Land gehört, das ich nicht verstehe. Aber ich darf noch nicht sterben. Denn wie du weißt, Engel Pfau, habe ich meiner Schwester ein heiliges Versprechen gegeben. Kannst du mich hören?

Natürlich hörte er sie nicht. Nicht in diesem Moment und auch nicht in der folgenden Stunde, woraufhin Nadja wieder anfing zu weinen. Sie weinte und weinte, bis ihr klar wurde, dass sie dadurch Flüssigkeit verlor, die sie vielleicht noch dringend brauchte.

»Hör auf zu heulen, du blöde Kuh«, schrie sie sich an. »Hör auf! Du musst überlegen, welche Seite wichtiger ist. Rechts oder links. Links brauchst du zum Schreiben, um dir den Hintern abzuwischen, zum Schlagen. Rechts zum Händeschütteln, um dich zu befriedigen, zum Schminken.«

Sie entschied sich für rechts. Zog das Handgelenk, bestehend einerseits aus Elle und Speiche und andrerseits aus Dreiecksbein, Mondbein, Kahnbein und großem Vieleckbein, gegen den stählernen Ring der Handschellen. Atmete gegen den Schmerz. Zog weiter. Biss die Zähne zusammen.

Zog weiter. Ließ nach. Wartete. Zog erneut. Erschrak über den Schmerz. Atmete stoßweise. Beruhigte sich. Wusste, dass es auf diese Weise nie gelingen würde. Wusste, dass sie die Angst überlisten musste. Drehte den Körper nach rechts zur Hand hin. Knickte den Ellenbogen ein. Sah ihre Hand an. Entschuldigte sich bei ihr. Schaukelte ein wenig, als würde sie Anlauf nehmen. Einmal, zweimal, in immer größeren Ausschlägen. Ein drittes Mal, ein viertes. Dann riss sie ihren zarten Körper mit einem gewaltigen Ruck nach links. Hörte das Knirschen und Brechen. Spürte den Schmerz, der wie ein stumpfes Messer durch ihren Körper schnitt, sie zerteilte in Wut und Pein. Und schrie und schrie und schrie. Bis sie bewusstlos wurde.

Diesmal waren es *sechs* Stunden, während derer sie nicht im Chalet war, sondern am Fuß des Sindschar-Gebirges, im Licht der Sonne am Firmament eines gnädigen Himmels.

Wie geht es dir heute, meine geliebte Schwester? Hast du geschlafen? Bist du in Gedanken in Kocho spazieren gegangen? Ich denke gerade daran, wie Großmutter uns gelehrt hat, zu wissen, was wir nicht sehen, zu glauben, was wir nicht hören, zu werden, wer wir von Geburt an sind und immer bleiben. »Nachdem Gott aus den Scherben einer Kugel die Erde und auf der Erde die Menschen erschaffen hatte«, sagte sie, »da entsandte er sieben Engel, um Adam, dem ersten Menschen, zu dienen. Der siebte Engel, der ein Pfau ist und Melek Tausi heißt und seine blauen Federn wie Flüsse über die Welt verbreitet, weigerte sich jedoch, vor Adam zu knien. Denn Adam, der sich vermehren sollte und somit sterblich war, konnte kein Gott sein. Nur du selbst, Gott, bist mein Herr, sagte der Pfau. Da erkannte Gott die Treue dieses Engels und machte ihn zu seinem Stellvertreter auf Erden und nannte ihn Gottesengel. Diejenigen aber, die dem siebten Engel folgen und am Neujahrstag seine Niederkunft auf die Erde feiern, werden Jesiden genannt.« Und so wie der Pfau werden auch wir niemals knien, versprachen wir uns. Erinnerst du dich? Wir werden Engel sein, geliebte Schwester. Schwarze Engel, die der göttlichen Gerechtigkeit dienen mit Waffen so scharf wie der Schnabel des Pfaus. Bis es so weit ist, schicke ich dir all meine Liebe.

Als sie aufwachte, war die Hand geschwollen. Dick wie eine Grapefruit. Sie hätte die Hand gleich aus der Handschelle ziehen müssen. Jetzt waren die Schmerzen so stark, dass sie dachte, sie würde sterben, als sie das unförmige Ding, das ihre Hand war, gegen den Ring der Handschellen zog. Aber sie starb nicht. Stattdessen zog sie und zog. Zentimeter für Zentimeter. Mit einem Willen, der aus einer abgrundtiefen Verachtung jeglichen Schmerzes stammte. Bis sie die Hand freibekam. Dann nahm sie das Champagnerglas und zerschlug es. Den zersplitterten Stiel des Glases hielt sie zwischen Zeige- und Mittelfinger der schmerztoten Hand und machte sich, betäubt von den körpereigenen Endorphinen, auf die Suche nach dem Schlüssel in Gregoris Magen.

4

Das Zimmer war so unauffällig mit Naturmaterialien dekoriert, dass man vergessen konnte, wo man sich befand. In Berlin, Amerika, irgendwo in Arabien oder in den Ausstellungsräumen von Ikea. Dunkles Holz an den Wänden, sandfarbene Möbel, Designerlampen, Designerblumenvasen, Designerkaffeemaschine. Das Kingsizebett war mit strahlend weißer Bettwäsche bezogen. Nachdem sie miteinander geschlafen hatten, war es zu spät gewesen, um noch in die Redaktion zu gehen. Marlene hatte ihrem Stellvertreter eine Nachricht geschrieben und ihn gebeten, die Sitzungen zu übernehmen. Sie wollte nicht Rede und Antwort stehen müssen für das, was auf der Preisverleihung geschehen war. Trotzdem hatte sie kurz ihr Smartphone angeschaltet, um nachzuschauen, wie schlimm es war. Und es war schlimm. Dr. Gärtner, der neue Herausgeber, hatte sie mit einer aufgeregten Flut von Mails eingedeckt und eine sofortige Stellungnahme gefordert, die Konkurrenz überschlug sich in den Onlineausgaben vor Empörung und Häme. Sie schaltete das Smartphone wieder aus, ließ sich auf das Bett neben Berkoff fallen, legte den Kopf schief und sah auf den Bildschirm.

»Du willst mir nicht sagen, dass du hinter Arkadin her bist.«

»Er ist zu einem Interview bereit.«

Berkoff drehte den Bildschirm so, dass Marlene eine Reihe von Fotos sehen konnte. Arkadin, wie er als UN-Hilfsgüter getarnte Kisten voller Uzi-Maschinenpistolen an Leute übergab, die die Flagge der Hamas schwenkten.

»Wo ist das?«

»Gazastreifen.«

»Wo hast du die Fotos her?«

»Von Nuri Aschrawi. Die Waffen werden durch Tunnel von der Sinai-Halbinsel rübergeschmuggelt. Ist es nicht beruhigend, dass es die Juden einen Scheiß kümmert, wenn es ihre Waffen sind, mit denen ihre Glaubensbrüder weltweit abgeknallt werden, und dass es den Islamisten genauso scheißegal ist, dass die Waffen, mit denen sie Juden abknallen, von Juden produziert werden. Ein Hoch auf den Kapitalismus, der jede religiöse Schranke überwindet und durch Völkermord zur Völkerverständigung beiträgt«, sagte er und grinste. »Wenn ich das hier den Israelis übergebe, kann Arkadin schon mal den Champagner für den Mossad kalt stellen.«

Marlene nahm das Notebook, scrollte durch die Datei. Dutzende Dokumente, die zeigten, dass Arkadin an die Taliban, al-Qaida und den Islamischen Staat lieferte.

»Arkadin hat für Erdogan Waffenlieferungen an den IS organisiert und gleichzeitig die Kurden bewaffnet. Er hat im Maghreb an jeden geliefert, der bei ihm bestellt hat. Wahrscheinlich steht jede beschissene Islamistenbande in seinem Adressbuch. Zuletzt hat er zehntausend G36 von Heckler & Koch im Auftrag der deutschen Regierung in den Irak geliefert.«

»Wer? Außenministerium?«

Berkoff grinste und zeigte, dass er sein Wissen im Moment noch für sich behalten wollte.

»Sag nicht Kanzleramt.«

Berkoff grinste immer noch. Marlene gab ihm das Notebook zurück.

»Das kannst du beweisen?«

»Sagen wir mal, ich bin nahe dran. Der offizielle Preis liegt bei 38 Millionen Euro. Wahrscheinlich gab es aber einen Discount von 50 Prozent. Den bekommt die Bundesregierung als guter Kunde von Heckler & Koch. Dann sind es immer noch rund 20 Millionen, die direkt an Arkadin gegangen sind.«

Er sagte das so nonchalant, als würde er das Geschäft bewundern. Tatsächlich aber war klar, dass er nicht aufgeben würde, bis er Beweise in der Hand hielt. Marlene wusste um seine Besessenheit. Egal, ob es Drogen waren oder er mit seinem Ford Mustang nachts über die Avus raste oder sich in eine Geschichte verbiss. Sein Gehirn gierte so sehr danach, getriggert zu werden, dass es jeden Anflug von Vernunft beiseiteräumte.

»Wenn das alles stimmt, was du mir hier erzählst, dann gibt es eine Regierungskrise, die sich gewaschen hat.«

»Das will ich doch hoffen.«

»Ist das hilfreich?«

»Es ist mir scheißegal, ob es hilfreich ist. Unsere Regierung verkauft Waffen an das Niederträchtigste, was die menschliche Evolution jemals hervorgebracht hat, und wenn man fragt, warum, quatschen sie von Krisenpolitik. Niemand kümmert sich darum. Alle tun so, als gäbe es keine

Alternative. Und wenn sich jemand aufregt, wird er entweder ignoriert oder kriegt auf die Fresse.«

»Du hörst dich an wie so ein rechtsnationales Arschloch.«

»Ist mir egal, wie du das nennst. Wenn ich es schaffe, dass ein paar von den Verbrechern im Regierungsviertel in den Knast wandern, bin ich zufrieden.«

Weil es sie fröstelte, stand sie vom Bett auf und zog einen Bademantel an. Der Holzfußboden unter ihren Füßen war kalt. Sich mit ehemaligen Stasioffizieren anzulegen, mit Bankern, mit Einbrecherbanden, wie Berkoff es bisher gemacht hatte, waren überschaubare Geschichten gewesen. Hier jedoch würde er sich nicht nur einen berüchtigten Waffenhändler zum Feind machen, sondern auch noch dessen politische Partner, die genauso wenig wie Arkadin wollten, dass jemand ihre Geschäftsbeziehungen störte.

»Wann triffst du ihn?«

»Am Montag. In St. Petersburg.«

Marlene bestellte beim Roomservice ein leichtes Abendessen, dazu eine weitere Flasche Champagner, um einen Abschied zu feiern, von dem sie beide nicht wussten, für wie lange er dauern würde. Sie vermieden es, weiter über Arkadin zu sprechen. *Wir reden nur über Dinge, die wir ändern können*, hatten sie sich vor langer Zeit vorgenommen. Berkoffs Pläne gehörten nicht dazu. Allerdings gehörte eine finanzielle Ausstattung, die es Berkoff erlauben würde, wochenlang durch die Welt zu reisen, durchaus dazu. Er würde Staatsbedienstete, Zoll, irgendwelche selbst ernannten Freiheitskämpfer bestechen müssen, Fixer engagieren, die ihn in Ländern und Gegenden, die er nicht kannte, mit Informationen und Kontakten versorgen und davor bewahren sollten, mit den falschen Leuten zu reden.

Sie schwammen ein paar Runden im hoteleigenen Schwimmbad. Zurück auf dem Zimmer, leerten sie den Champagner, schliefen schlecht, weil die ewige Baustelle

Berlin auch die Budapester Straße erreicht hatte und sie morgens um sieben mit einem Presslufthammer weckte. Eine eigenartige Stimmung füllte das Zimmer aus. Eine kaum greifbare Traurigkeit wie bei einem langen Abschied, wo es doch eigentlich nur der normale Job war, der Berkoff nach Russland und wieder zurück führen sollte. Es war, als ob sie spürten, dass der Scoop, auf den sie hofften, ein anderer als der erwartete sein würde.

Der Abschied war kurz und diszipliniert. Marlene gab ihm einen Kuss auf die Wange und ermahnte ihn, sie auf dem Laufenden zu halten.

»Nicht wieder so wie beim letzten Mal.«

Berkoff versprach, ihr täglich Berichte zu schicken und sie zu informieren, wo er sich aufhielt. Damit sie reagieren konnte, falls etwas Außergewöhnliches passieren sollte.

»Was soll schon passieren?« Berkoff lächelte sie an. »Du weißt doch, was der Alte Fritz gesagt hat, als er in der Schlacht bei Kunersdorf umzingelt war«, sagte er.

Marlene wusste es. Berkoff zitierte den Satz mindestens einmal pro Woche. Friedrich der Große hatte in einer schier aussichtslosen Lage, umzingelt von österreichischen und russischen Soldaten, angeblich gesagt: *Umso besser, dann können wir ja nach allen Seiten schießen.* Aber Berkoff vergaß jedes Mal zu erwähnen, dass der alte Fritz die Schlacht verloren hatte.

Der Flieger nach St. Petersburg war für 9:30 Uhr angekündigt. Flugdauer zwei Stunden, zehn Minuten. Er hatte Aeroflot gebucht, weil es in der Businessclass Wodka gratis gab. Aber jetzt war ihm schon allein der Gedanke daran zuwider. Er würde mit der Sauferei aufhören, hatte er Marlene geschworen. Das hatte er zwar schon vor drei Wochen gesagt und war immer wieder rückfällig geworden, aber diesmal war es ihm ernst. Er war siebenundvierzig. Wenn es ihm gelänge, clean zu bleiben, würde er mindestens noch dreißig Jahre haben. Der Körper regeneriert sich alle sieben

Jahre, heißt es. Und jetzt lag ja auch die zweite seiner Lieblingsdrogen, die viel bessere, in greifbarer Nähe: Ruhm.

In fünf Stunden würde er Gregori Arkadin gegenübersitzen. Dem Lieferanten der Schlächter, dem brutalsten Händler des Todes, seit Wiktor But den Thron geräumt hatte und in ein amerikanisches Gefängnis gewandert war. Er würde einen Deal mit Arkadin machen, um die Namen von Regierungsvertretern zu bekommen, die Arkadin als Zwischenhändler benutzten, um Waffen in den Irak, nach Syrien, sogar in den Iran zu liefern. Überall dorthin, wo es notwendig war, politische Stabilität zu erreichen, indem den jeweiligen Regierungen ermöglicht wurde, die eigene Bevölkerung zu erschießen. Wer war es? Pitt aus dem BMZ? Schiller aus dem Wirtschaftsministerium? König aus dem Kanzleramt? Im Tausch gegen die Namen würde er Arkadins Rolle unerwähnt lassen. Es war ein fragwürdiger Deal, das wusste er. Moralisch zweifelhaft. Deswegen würden ihn seine Kollegen auch an die Wand nageln. *Aber ohne solche Deals können die Lügner und Heuchler in ihren feinen Anzügen nicht entlarvt werden*, sagte er immer wieder. *Du musst dir selbst die Hände schmutzig machen, um den Schmutz auszugraben. Das* Böse *ist nun mal ein gutes Geschäftsmodell.* Aber wenn er verhindern könnte, dass auch nur eine Waffe an irgendeinen skrupellosen Schlächter geliefert wird, hätte er was erreicht. Dann würde ein Kind weniger sterben, würde eine Frau weniger vergewaltigt werden, bliebe ein Bauer im Sudan, in Afghanistan, in Syrien am Leben. Er wusste natürlich, dass es genau die Sorte Idealismus war, für die er von den Kollegen belächelt wurde. Zumindest von denen, die in ihren schicken Büros saßen und aus sicherer Entfernung ihre fatalistischen Artikel über die Schlechtigkeit der Welt schrieben. Aber die konnten ihn alle mal.

In einer Woche bin ich damit durch. Dann fangen die Sommerferien an, und ich kläre endlich die Sache mit Jonas, dachte er. *For the times, they are a-changing.*

5 Das Handgelenk sah aus wie ein fettes, rotblaues Erdkrötenweibchen. Um es zu stabilisieren, hatte Nadja ein Handtuch drum herum gewickelt. Die Schmerzen wurden dadurch nicht geringer. In der Küche fand sie eine Schachtel Ibuprofen und nahm zwei 600er. Anschließend schlug sie sich mit einem hölzernen Kartoffelstampfer zweimal unbewegt auf das rechte Jochbein. Der Schmerz stach in ihren Kopf und ließ sie für einen Moment die verletzte Hand vergessen. Es war ein kurzer Moment. *Was jetzt?* Da die Koffer noch verschlossen im Flur standen, schleppte sie sie in den Salon. Sie nahm ein paar frische Klamotten heraus. Es war mühsam, Unterwäsche, Hose, einen Pullover und Sneakers mit einer Hand anzuziehen, aber es gelang ihr recht gut. Ihr blieb sogar noch genügend Zeit, alle Spuren zu verwischen, die darauf hindeuten konnten, dass sie zusammen mit Gregori in dem Chalet gewesen war.

Sie hatte vom ersten Moment an darauf geachtet, so wenig Fingerabdrücke wie möglich zu hinterlassen, hatte anfangs die Lederhandschuhe anbehalten und später nur die Champagnerflasche und die beiden Gläser angefasst. Mit der linken Hand wischte sie nun die Flasche und die Gläser sauber, zog den Bezug vom Kopfkissen ab und steckte ihn in ihren Koffer. Dann suchte sie das Bett nach Haaren ab, saugte jede Falte aus und verbrannte den Staubsaugerbeutel im Kamin. Die Asche spülte sie im Klo herunter. Sie musste unter allen Umständen verhindern, dass die Polizei sie mit Gregoris Tod in Verbindung bringen konnte, weil das ihre weiteren Pläne zunichtemachen würde. Als sie fertig war, ging sie ein letztes Mal durch die Räume. So sauber und unschuldig, dass sie für eine Einrichtungszeitschrift fotografiert werden könnten. Das Einzige, was ein wenig störte, war Gregori.

Er lag in einer riesigen Lache aus schwarzem Blut, sein

Bauch war geöffnet, die Gedärme quollen heraus und waren ebenfalls schwarz gefärbt. Ihm die Bauchdecke aufzuschneiden, um an den Schlüssel für die Handschellen heranzukommen, hatte sie mehr Überwindung gekostet, als sie erwartet hatte. Er war eben keine Ratte im Labor, und sie befand sich nicht in der biologischen Fakultät der Universität von Heidelberg. Dennoch strömte ein tiefes Gefühl der Befriedigung durch ihren Körper. Sie hatte ihr Vorhaben gegen alle Wahrscheinlichkeit zu Ende gebracht. Jetzt musste sie sich nur noch eine gute Geschichte für Mikail ausdenken. Was konnte der Grund sein, dass Gregori tot im Schlafzimmer lag, sein Bauch ausgeweidet? Wieso konnte er den Schlüssel für die Handschellen verschluckt haben?

Während sie noch darüber nachdachte, hörte sie das rhythmische Bellen des nahenden Helikopters. Sie hatte Mikail am Telefon nicht gesagt, dass Gregori tot war. Er sollte nur so schnell wie möglich zum Chalet kommen. Sie ging zu der Glasfront, die das Chalet zum Tal hin öffnete, und sah, wie der frisch gefallene Schnee aufgewirbelt wurde. Eine arglos tanzende Wolke aus feinsten Eiskristallen, die sich wie ein Schleier auf die Terrasse, das kleine Saunahaus und den überdachten Weg legte. Mikail wartete nicht, bis der Rotor zum Stillstand gekommen war. Behände sprang er aus dem Helikopter. Er war nicht größer als sie, hatte eine Glatze und Hände wie Schaufeln. Ein Mann, der sein Selbstbewusstsein aus enormer Kraft und Skrupellosigkeit formte.

»Was ist passiert?«, fragte er mit diesem harten Unterton in der Stimme, der zugleich kontrolliert und drohend klang. Nadja musste sich konzentrieren, um dem Angriff standzuhalten.

Zeige keine Schwäche, Nadja. Verkaufe ihm eine Version des Geschehens, die er glauben muss. Verkaufe sie mit hundertprozentiger Überzeugung.

Jemand wie Mikail kannte kein Mitleid, wenn es um Gregori ging. Für ihn war er bereit, alles zu tun. Als Freund, als Jäger, als professioneller Sadist. Und genau das hatte er auch oft genug unter Beweis gestellt. Er und Gregori hatten sich während ihrer Militärzeit in der Roten Armee kennengelernt, hatten Geschäfte gemacht und waren im letzten Jahr des Afghanistankriegs für den Abtransport der Truppen verantwortlich gewesen. Etwa die Hälfte der Kleinwaffen, Gewehre, Pistolen, Handgranaten waren aufgrund des überhasteten Abzugs der Roten Armee in Afghanistan zurückgeblieben. Da sich niemand darum kümmerte – immerhin fiel zur selben Zeit in der Heimat das kommunistische Imperium in sich zusammen –, verkaufte Gregori die Waffen an die zahlreichen Warlords und baute sich sein eigenes Imperium auf. Mikail wurde seine rechte Hand.

»Ich weiß es nicht. Wir haben gefickt und … « Sie schaffte es, eine anständige Dramatik in ihrer Stimme erklingen zu lassen. Eine, die davon erzählte, dass sie sich mit äußerster Mühe zusammenriss. Alles andere hätte er ihr auch nicht geglaubt. Immerhin kannte er sie ja seit zwei Jahren und wusste, dass sie keines dieser hilflosen Mädchen war, mit denen Gregori sich gewöhnlich umgab. Er sah auf ihre geschwollene Hand, ignorierte sie aber vorerst.

»Wo ist er?«

»Im Schlafzimmer.«

Mikail stürmte los. Eine menschliche Maschine, die an Befehlen entlang funktionierte. Die spannende Frage war, wie er auf den Tod seines Chefs reagieren würde. Nadja ging in die offene Küche, um ein Fleischermesser aus dem Block zu nehmen. Dann setzte sie sich auf einen der Hocker, die vor dem Küchentresen standen, versteckte das Messer unter einem Tuch und wartete. Wartete darauf, wie das Tier reagieren würde, wenn es sein totes Herrchen sah.

In der Verhaltensforschung werden zwei primäre Reaktionsmuster beschrieben, dachte sie. *Erstens: Das überlebende Tier trauert und verfällt bisweilen sogar in eine Art Depression. Zweitens: Das überlebende Tier wendet sich aggressiv gegen das Tier, das einen Artgenossen angreift. Jedoch hält diese Aggression nur selten in der Zeit nach dem Tod des Artgenossen an.*

Die Frage war, wie Mikail reagieren würde und ob er in der Lage wäre, Nadja als das im Rang nächsthöhere Tier zu akzeptieren. Es konnte auch sein, dass er sich selbst als das neue Alphatier verstand. Als Mikail die Treppe wieder herunterkam, schien er verwirrt zu sein. Er blieb vor ihr stehen. Sah sie an. Nadjas linke Hand schloss sich fest um das Messer unter dem Tuch. *Eine falsche Bewegung, und ich steche es dir in die Hals,* dachte sie.

Aber er machte keine falsche Bewegung. Er wickelte stattdessen das Handtuch von ihrem Handgelenk ab. Das blau, lila und rot geschwollene Etwas, das entfernt an ein Greifwerkzeug erinnerte, schien ihn zu beeindrucken.

»Du musst ins Krankenhaus. Kannst du es noch ein paar Stunden aushalten?«

Nadja sah ihn erstaunt an. Er griff sie nicht an. Er trauerte auch nicht um Gregori. Zumindest zeigte er es nicht. Was war also sein Plan? Teilen? Sicher nicht. Fürsorge? Vermutlich auch nicht. Kooperation? Schon eher. Zumindest so lange, bis er herausgefunden hätte, was hier passiert war.

»Wo sind die Koffer?«

»Da drüben.«

Sie deutete auf die Sitzgruppe vor dem Panoramafenster.

»Habt ihr getrennt gepackt?«

»Ja.«

»Auch die Toilettensachen?«

»Nein.«

Mikail ging zu den Koffern und packte Zahnbürste, Zahnpasta, Duschgel, Eau de Toilette in Gregoris Koffer.

»Wenn die Polizei ihn findet, wäre es gut, wenn sie sich nicht fragt, wieso er keine Zahnbürste dabeihat.«

»Willst du nicht wissen, was passiert ist?«, fragte Nadja.

»Du wirst es mir auf dem Flug nach Genf erzählen.«

»Was ist mit seiner Leiche?«

»Da du und ich nie hier waren, können wir uns auch nicht um sie kümmern.«

6 Der Airbus A320 der Aeroflot war voll besetzt. Berkoff hatte vergessen, einen Sitzplatz zu reservieren, bevorzugt am Gang und, wenn möglich, in den ersten Reihen. Jetzt saß er zwischen zwei Russinnen, die beide so dick waren, dass sie eigentlich den Mittelplatz gebraucht hätten, um einen Teil ihres Hüftspecks dort abzulegen. Sie unterhielten sich aufgeregt, die Namen einiger berühmter Modedesigner wurden lautstark in die Luft geworfen, damit jeder mitbekam, womit sie sich die Zeit vertrieben. Sein Angebot, Plätze zu tauschen, damit die beiden nebeneinandersitzen konnten, wurde abgelehnt. Berkoff setzte Kopfhörer auf, ergab sich den körperlichen Massen und lenkte sich mit Genesis ab.

There's too many men, too many people, making too many problems, and not much love to go round, can't you see this is a land of confusion?

Am nächsten Morgen hatte er den Termin mit Gregori Arkadin. Sicherheitshalber hatte er die Eremitage als Treffpunkt vorgeschlagen, den Saal, in dem Leonardos *Madonna mit der Blume* hing. Sollte Arkadin Pläne haben, ihn aus dem Weg zu schaffen, war der Winterpalast aufgrund der Ströme an Besuchern ein halbwegs sicherer Ort. Er öffnete die Sprach-App und diktierte.

»Wir landen jetzt den nächsten Scoop, Marlene. Und du wirst die erfolgreichste Chefredakteurin in der Geschichte der Woche werden. Geschätzte 50 Milliarden US-Dollar werden beim internationalen Waffenhandel umgesetzt. Davon entfällt eine Milliarde auf den illegalen Teil. Und das funktioniert, weil illegaler Waffenhandel nicht überall illegal ist und die UN sich einen Dreck darum kümmert. Die Verbrecher, die den Handel betreiben, sind selbst Mitglied in der UN und legen einfach ein Veto ein. Wenn Gregori Arkadin aber über Umwege von unserer Regierung beauftragt wird, Waffen an Rebellengruppen zu liefern, und das vertragsgemäß abwickelt, wer ist dann der Verbrecher? Die deutsche Waffenindustrie exportiert jährlich Waffen im Wert von acht Milliarden Dollar. Und da nicht alles, was die deutsche Waffenindustrie exportiert, die offiziellen Kanäle nehmen kann, braucht man jemanden wie Arkadin. Hab ich dir eigentlich erzählt, dass ich auf der Messe in Abu Dhabi war? Die inszenieren das wie Holiday on Ice. Und alle sind da, KraussMaffei, Mercedes-Benz, Rheinmetall, MTU, thyssenkrupp, Airbus, der Bundesverband der Sicherheits- und Verteidigungsindustrie. Halb nackte Schönheiten lecken sich die Lippen, während sie das Rohr eines Leopard 2 zwischen den Beinen reiben. Gleich nebenan halten die Mädels unsere schönen G36 zwischen ihre Brüste und bewegen sie wie bei einem albernen Tittenfick. Die haben da alles, was du für den gepflegten Völkermord brauchst, und es wird auch noch in einer derart perversen Show präsentiert, dass die Kerle wie bei einer Sexmesse auf dem Klo Schlange stehen, um sich einen runterzuholen. Aber jetzt kommt der Clou. Pitt vom BMZ war auch da und hat mit Gregori Arkadin geredet. Und ich schwöre dir, es geht um die 10.000 G36, die in den Irak geschafft werden sollen. Vermutlich getarnt als medizinische Apparaturen. Was sie im Grunde ja auch sind, wenn man Völkermord als Teilgebiet der Medizin betrachtet. Aber Pitt macht so was nur, wenn er den Befehl von oben kriegt.«

»Wodka?«, fragte die Stewardess.

»Ten Minutes«, krächzte es aus den Lautsprechern. Die Anschnallzeichen leuchteten rot auf. Die Boeing setzte zum Sinkflug auf den Flughafen Pulkowo, 15 Kilometer südlich von St. Petersburg, an. Pass- und Gepäckkontrolle verliefen überraschend unproblematisch. Die beiden dicken Shoppingqueens hatte er seit der Landung nicht mehr gesehen.

Eine Viertelstunde später saß Berkoff in einem Marschrutka, einem privat betriebenen Kleinbus-Sammeltaxi, das seinen Namen vom deutschen Wort *Marschroute* hatte. Zusammen mit einer Gruppe russischer Geschäftsmänner näherte er sich auf einer Umleitung St. Petersburg. Es regnete so stark, dass der Bus auf den Pfützen hin und her glitt, was aber niemanden zu stören schien. Berkoff sah zum Fenster hinaus. Trostlose Fabrikgebäude und dazwischen der Aviators Park, in dessen Mitte eine MIG-19 die heldenhaften Piloten der sowjetischen Luftstreitkräfte feierte. Einer der russischen Geschäftsmänner war zu diesem Zeitpunkt bereits so blau, dass er bei voller Fahrt aus dem Fenster kotzte. Ein anderer beobachtete ihn. Berkoff wurde unruhig. *Vielleicht ist er kein Geschäftsmann, vielleicht gehört der Kerl zu Gregori Arkadin,* dachte Berkoff. Marlenes Warnungen klingelten in seinen Ohren. Er war in Russland. In einem Land, in dem man Probleme mit unliebsamen Reportern löste, indem man sie umbrachte. Paul Klebnikow, Natalja Estemirowa, Anastassija Baburowa. Anna Politkowskaja war im Treppenhaus ihres Moskauer Wohnhauses erschossen worden. Laut der Internationalen Gesellschaft für Menschenrechte waren in den vergangenen fünfzehn Jahren 250 Journalisten in Russland ermordet worden.

Als Berkoff an der Blagoweschtschenski-Brücke ausstieg, folgte ihm der Mann bis zum Hotel Trezini Palace, einem Fünfsternehaus am Ufer der Newa. Berkoff überlegte, ob er einfach weitergehen sollte, um sicherzugehen, dass er wirklich verfolgt wurde. Aber dann bog der Mann in Richtung der Russischen Akademie der Künste ab und war im nächsten Augenblick verschwunden. Berkoff atmete durch. Er kannte solche Situationen, er wusste, wie er damit umzugehen hatte. Aber je älter er wurde, umso mehr beunruhigten sie ihn. Vor allem wenn er sich mit einem der skrupellosesten und brutalsten Waffenhändler treffen wollte. Er nahm im Trezini Palace ein Zimmer im fünften Stock. Bestellte ein kleines Abendessen, schickte seine Sprachnotiz über eine Verschlüsselungssoftware an Marlene und legte sich aufs Bett. Er war müde. Auf *CNN* lief stumm ein Bericht über die neuesten Eskapaden des amerikanischen Präsidenten, der keine Gelegenheit ausließ, sich und sein Amt zu blamieren. Berkoff wollte den Fernseher gerade ausschalten, als er ein Foto sah, das ihn sofort hellwach werden ließ.

Gregori Arkadin in Schwarz-Weiß. In der Berichterstattung das internationale Zeichen dafür, dass die betreffende Person verstorben war. Berkoff fuhr aus dem Bett hoch, suchte die Fernbedienung, fand sie unter einem Kissen, stellte den Ton laut. Der Reporter wusste nichts Genaues zu sagen, nur dass Arkadin in einem französischen Chalet tot aufgefunden worden war. Jemand hatte ihn auf außerordentlich grausame Weise umgebracht. Die Leiche befand sich inzwischen im rechtsmedizinischen Institut Grenoble, wo man nach Hinweisen auf die Todesursache suchte. Außer Arkadin, so der Reporter weiter, musste wohl noch eine weitere Person in dem Chalet gewesen sein. Jedoch gab es dazu noch keine Erkenntnisse.

Gregori Arkadin ist tot. Berkoff brauchte einen Moment, bis sein Verstand bereit war, die Nachricht in ihrer Tragweite zu verstehen. *Gregori Arkadin ist tot. Das heißt, monatelange Arbeit ist umsonst. Die Reportage um ihren Scoop beraubt. Schnee von gestern. Für den Mülleimer. Verdammte Scheiße.*

Als sein Handy klingelte und er auf dem Display Marlenes Namen sehen konnte, drückte er den Anruf weg. *Arkadin ist tot. Wer hat ihn umgebracht? Warum? Ist er tot, weil er mit mir sprechen wollte? Kann es sein, dass ein paar Leute die Hosen voll haben, weil sie denken, er würde über sie auspacken? Den Amerikanern und Russen traut man das zu. Aber den Deutschen? Wer weiß. Immerhin haben sie Hand in Hand gearbeitet. Das BMZ, Heckler & Koch, Arkadin.*

Er musste sich darüber klar werden, was diese Katastrophe bedeutete. Und um das in Ruhe tun zu können, bestellte er eine Flasche Wodka. Es war ohnehin eine geschmacklose Idee, ausgerechnet in Russland das Trinken aufgeben zu wollen.

7 Als sie in Genf gelandet waren, fuhren sie in die Privatklinik, in der Gregori kurz nach der Hochzeit eine Schussverletzung hatte behandeln lassen. Ausweis des Kleinkriegs, den er sich in St. Petersburg mit der Stadtregierung geliefert hatte. Die Sache drohte damals zu eskalieren und war erst geklärt worden, nachdem Putin sich eingeschaltet hatte. In diesen Tagen hatte Nadja an Gregori Arkadins Bett gesessen und gebetet, dass er sterbe. Aber Gregori war nicht gestorben. Und jetzt saß sie im Wartezimmer, neben sich den schweigenden Mikail Gerkin. In der Mitte des Raums plätscherte eine Art japanischer Springbrunnen, an den Wänden hingen in Gold gerahmte Lebenshilfen: »Das Glück ist das Einzige, was sich verdoppelt, wenn man es teilt.« Oder: »Das Vertrauen ist eine zarte Pflanze. Ist es zerstört, so kommt es so bald nicht wieder.« Oder: »Wer dein Schweigen nicht versteht, versteht auch deine Worte nicht.«

Wie passend, dachte Nadja. Mikail schien die Sprüche auswendig zu lernen, so intensiv sah er jeden einzelnen davon an. Die militärische Akkuratesse, mit der er vorging, beunruhigte Nadja. Lieber wäre ihr gewesen, er hätte sie im Chalet angeschrien. Das hätte ihr geholfen, ihn zu manipulieren. So konnte sie nur hoffen, dass es für ihn von Vorteil war, wenn er sie am Leben ließ. Die Tür wurde geöffnet.

»Der Doktor ist in einer halben Stunde bei Ihnen«, sagte eine Krankenschwester.

Mikail nickte.

»Halbe Stunde«, sagte er. »Okay, was ist passiert?«

Endlich, dachte Nadja. Endlich fragt er.

»Ich weiß es auch nicht genau. Gregori ist wieder einmal von einem seiner blöden Eifersuchtsanfälle überwältigt worden. Du kennst ihn ja. Er hat rumgeschrien, und dann hat er mich gefragt, ob ich mit dir gefickt hätte.«

»Mit mir?«

»Ich hab gesagt, dass er spinnt und dass er unter Verfolgungswahn leidet. Da hat er mich noch mal gefragt, und ich hab gesagt, dass ich darauf nicht antworte, weil die Frage eine Beleidigung ist, weil ich ihn noch nie betrogen habe und er derjenige ist, der seinen Schwanz überall reinsteckt. Und da ist er ausgerastet und hat mir mit der Faust ins Gesicht geschlagen.«

»Und dann?«

»Ich bin bewusstlos geworden. Ich weiß nicht, wie lange ich weg war, aber als ich aufgewacht bin, hab ich gefesselt auf dem Bett gelegen.«

»Er hat dich gefesselt.«

»Ja.«

»Und du hast nichts davon gemerkt?«

»Nein.«

»Und dann?«

»Ich hab ihm gesagt, er soll mich losmachen, und da hat er den Schlüssel in den Mund genommen und gesagt, ich könnte ihn ja irgendwann in seiner Scheiße suchen. Dann hat er den Schlüssel geschluckt.«

»Wieso hat er den Schlüssel geschluckt?«

»Woher soll ich das wissen. Du kannst ihn ja fragen.«

»Sei vorsichtig, Nadja, sonst kann der Doc auch gleich den Totenschein ausstellen.«

»Auf alle Fälle hat er plötzlich gewürgt, weil das Ding

offensichtlich ein bisschen zu groß war. Jedenfalls ist er dran erstickt, dieser blöde Idiot.«

An dieser Stelle vergoss Nadja ein paar Tränen.

»Und dann hab ich gedacht, ich muss dich irgendwie erreichen. Aber das ging nicht, weil das Handy im Wohnzimmer gelegen hat. Na ja, und da hab ich mir die rechte Hand gebrochen.«

»Du hast dir die rechte Hand gebrochen?«

»Weil ich sonst krepiert wäre.«

Er glaubte ihr nicht. Sie konnte es an den hochgezogenen Augenbrauen sehen. An seiner Haltung. Den Armen, die er über der Brust verschränkte. Es war ja auch keine besonders plausible Geschichte. Besonders die Stelle mit dem verschluckten Schlüssel war fragwürdig. Und sie konnte nur hoffen, dass sie diese Schwäche durch die Erwähnung von Gregoris Verdacht, sie sei mit Mikail ins Bett gegangen, wettmachen konnte. Sie wusste, dass Mikail sich genau das seit ihrem ersten Zusammentreffen wünschte.

»Und dann?«

»Dann hab ich mit einer Glasscherbe seinen Bauch aufgeschnitten.«

Mikail zog die Augenbrauen noch höher, nickte anerkennend. Zumindest sah es wie Anerkennung aus.

»Mutig«, sagte er.

»Du glaubst mir nicht, oder?«

»Nein.«

Die Tür wurde geöffnet.

»Wir sind jetzt so weit«, sagte die Krankenschwester.

Nadja wurde in einen Raum geführt, in dem sie sich entkleiden und ein OP-Hemd anziehen konnte. Um ihre Hand zu operieren, war es notwendig, sie in Vollnarkose zu versetzen. Sie bekam einen Port gelegt und eine Blutdruckmanschette um den linken Oberarm. Nadja sah durch das Fenster, wie Mikail außerhalb des OP-Raums mit dem Arzt sprach. Jemand stülpte ihr eine Maske über den Mund und forderte sie auf, bis zehn zu zählen. Als sie bei eins begann, fragte sie sich, ob Mikail sie nun einfach einschläfern ließ.

8 Die SMS erreichte Philipp Pitt, Abteilungsleiter im Bundesministerium für wirtschaftliche Zusammenarbeit und Entwicklung, um fünf Uhr morgens. Er hatte am Abend zuvor eine Flasche Rotwein getrunken und wieder einmal mit Greta darüber gestritten, ob er ein Alkoholproblem habe. Sie hatte diverse Studien angeführt, er hatte die Studien in Zweifel gezogen, sie hatte gesagt, dass er mit dem Alkohol den Stress betäuben würde, er hatte behauptet, dass er keinen Stress habe, sie hatte seine Kollegen, von denen drei bei den AA waren, erwähnt, er seinen Großvater, der trotz exzessiven Alkoholgenusses zweiundneunzig geworden war. Um elf war er ins Bett gegangen. Um zwölf hatte er immer noch wach gelegen, um halb eins eine Zopiclon genommen. Um eins war er endlich eingeschlafen und wachte nun, vier Stunden später, auf, weil sein Handy ihm eine SMS meldete. Pitt tastete nach seiner Brille, nahm das Handy. *Arkadin ist tot.*

Arkadin ist tot? Wieso schickten sie ihm diese Nachricht? Was sollte er denn machen? Sie hatten gesagt, er sollte den beschissenen Deal mit Arkadin abwickeln. Er hatte sich gewehrt, aber weil es im Sicherheitsrat beschlossen worden war, hatte sein Chef im BMZ den Schwanz eingezogen. Wenn nun bekannt wurde, dass das BMZ Waffen in den Irak geschleust hatte, und das auch noch mithilfe von Gregori Arkadin, dann würden Köpfe rollen. Er schlüpfte in seine Pantoffeln, nahm das Handy und schlich aus dem Schlafzimmer. Damit Greta nicht aufwachte, trat er auf die Fugen zwischen den alten Dielen. Trotzdem hob sie den Kopf.

»Alles okay?«

»Muss nur pinkeln. Schlaf weiter.«

Noch bevor er den Satz beendet hatte, war sie schon wieder eingeschlafen. Er stieg die Treppe hoch ins Dachgeschoss, wo er sich ein kleines Büro eingerichtet hatte. Bei jedem Schritt ächzte er. Arthrose in den Knien, zwei Bandscheibenvorfälle in den letzten zwei Jahren, dazu die Malaria, die er sich in Tansania eingefangen hatte und die ihn nicht in Ruhe ließ. Zwei Regale, Stuhl, Schreibtisch, iMac. Im Winter zog es zwar aus allen Ritzen, und im Sommer war der Platz unter dem Dach eine Sauna, aber bei schönem Wetter konnte er bis zum Funkturm sehen und sich vorstellen, wie er weit weg von seinem Job einem Hobby nachging, das er erst noch finden musste. Viertel nach fünf. Die SMS war um halb zwölf abgeschickt worden. Weil er sein Handy zwischen elf und fünf auf *Nicht stören* programmiert hatte, war die SMS erst um fünf angekommen. König schlief wahrscheinlich noch. *Dann wollen wir dieses Miststück mal aus seinen Träumen holen,* dachte er. Er ließ es läuten, bis sich die Mailbox einschaltete. Da legte er auf und rief erneut an. Nach dreimaligem Klingeln meldete sich eine Stimme, die noch irgendwo im Schlaf umherirrte.

»Ja?«

»Ich hab deine SMS gekriegt.«

»Weißt du, wie viel Uhr es ist?«

»Ich wollte dir nur sagen, dass das BMZ aus der Sache raus ist.«

Bevor Claudia König wach genug war, um zu antworten, legte Pitt auf. Er wusste, es würde maximal eine Minute dauern, bis sie zurückrufen würde. Und so war es.

»Versuch es gar nicht erst«, sagte Pitt. »Wer steckt dahinter? Die Amerikaner oder wir?«

»Bist du verrückt? Niemand steckt dahinter.«

»Und warum ist er tot?«

»Keine Ahnung. Auf alle Fälle musst du dich darum kümmern.«

»Wieso ich?«

»Du hast Arkadin ins Boot geholt, und du hast den Deal gemacht.«

»Weil ihr das so wolltet.«

»Und?«

»Jetzt müsst ihr euch auch darum kümmern.«

»Wer? Die Chefin?«

»Von mir aus, ist mir egal.«

Einen Moment lang schwiegen beide auf der Suche nach einem Ausweg aus einem Schlamassel, den es offiziell nicht geben durfte.

»Es war von Anfang eine bescheuerte Idee«, sagte Pitt.

»Das ist doch nichts Besonderes, oder? Vor allem nicht bei euch.«

Nein, das war es nicht. Seine Arbeit war irgendwo zwischen Heuchelei und Scheitern angesiedelt. Im Ministerium rissen sie sich den Arsch auf für Hilfsprojekte, überwiesen Millionen nach Burundi, Mosambik, Senegal, um wenig später festzustellen, dass der zuständige korrupte Diktator das Geld auf direktem Weg nach Panama weitergeleitet hatte. Sein Chef hatte gesagt, dass sie das Geld besser den afrikanischen Frauen persönlich in die Hände drücken sollten, weil die afrikanischen Männer alles versaufen und verhuren würden, statt es in ihre Kinder, Familie und die Zukunft zu investieren. Dafür hatte sein Chef von der Presse und der Opposition Prügel bezogen. Dabei wussten alle, dass er damit verdammt noch mal recht hatte. Aber G36 in den Irak zu schaffen, damit Rebellen andere Rebellen abknallen konnten, war absolut hirnrissig.

»Aber du hast ordentlich kassiert. Oder etwa nicht? Wie viel hast du gekriegt? Fünfzig? Hundert?«, fragte König.

Sie saßen beide in der Falle. Und für Pitt ging es jetzt nur noch darum, heil aus der Sache herauszukommen.

»Ich werde in drei Monaten pensioniert, König. Wenn bekannt wird, dass ich da drinhänge, kann ich mir meine Altersversorgung in die Haare schmieren.«

»Davon spricht niemand. Aber wir können die Sache nicht einfach so laufen lassen. Was ist mit den G36?«

»Die erste Hälfte ist geliefert worden, weißt du doch.«

Das war auch so ein Desaster gewesen. Fünftausend G36-Sturmgewehre, die an die Peschmerga geliefert werden sollten, waren beim IS gelandet.

»Was ist mit dem Rest?«

»Weiß ich nicht.«

»Wo sind die, Pitt! Im Irak?«

»Die Route ist zu. Die sind auf einem Schiff.«

»Wie heißt das Schiff?«

»Ich weiß es nicht, verdammt noch mal. Arkadin hat gesagt, er kümmert sich um alles.«

»Ich schwöre dir, Pitt, wenn das öffentlich wird …«

Pitt verstand die Drohung.

»Was ist mit dem Reporter?«, fragte er. »Wie heißt er?«

»David Berkoff. Ich kümmere mich um ihn.«

»Gut.«

Er beendete das Telefonat. Schaute zum Funkturm hin, der von der Morgensonne rot gefärbt wurde. Er hatte mitgeschrieben, für den Fall, dass es eine Untersuchungskommission geben würde. Jetzt ging er seine Notizen noch einmal durch. Mails, Telefonmitschnitte, Gesprächsnotizen. Wenn König dachte, sie könnte ihn fallen lassen, würde er das alles diesem Berkoff übergeben. Und dann würden ein paar Leute ihren Hut nehmen müssen.

9 Die Nachricht von Arkadins Tod beherrschte die Schlagzeilen. Und dass Marlene Albers sich so ausführlich damit beschäftigte, lag zum einen daran, dass sie David eine Viertelmillion zahlen würde, wenn er die Verwicklung der deutschen Regierung in den illegalen Waffenhandel aufdecken würde. Nun, da Arkadin tot war, wusste sie nicht, ob sie sich freuen oder ärgern sollte. Ärgern, weil der Scoop vermutlich nicht zustande kommen würde. Freuen, weil sie gegenüber dem Herausgeber die Viertelmillion nicht rechtfertigen musste. Der zweite Grund für Marlenes ausführliche Beschäftigung mit dem Thema lag in dem Besuch zweier Mitarbeiter des Bundesnachrichtendienstes. Die beiden saßen im Vorzimmer, wurden von Amanda bewacht und schienen nicht ungeduldig zu werden, obwohl Marlene sie nun schon eine halbe Stunde warten ließ. Sie wollte vor dem Gespräch von Berkoff den Stand der Dinge erfahren, konnte ihn aber nicht erreichen. Als sie keinen Grund mehr hatte, den Besuch länger warten zu lassen, ließ sie die beiden vortreten. Amanda sollte dabei sein, einfach aus Paritäts-gründen.

Es waren zwei Frauen. Höchstens Mitte dreißig. Marlene war einen Moment lang irritiert, weil eine von ihnen eine frappierende Ähnlichkeit mit der Spionin Mata Hari hatte.

»Mein Name ist Julia Wagner«, sagte die mit der Ähnlichkeit und einer etwas zu großen Nase. »Das ist meine Kollegin Anne Niemann.«

Niemann war klein und trug eine Brille von Ray-Ban, die außer ihr noch Millionen anderer Frauen trugen. Wagner und Niemann, zwei Namen, die so nichtssagend waren, dass man sie vergessen musste, noch bevor man sie gehört hatte. Ebenso wie die beiden Gesichter, die nichts als Durchschnitt und Langeweile ausstrahlten. Marlene bat die beiden, Platz zu nehmen.

»Kaffee? Tee? Martini gerührt?«

Amanda wollte schon aufspringen, setzte sich aber auf ein kurzes Nicken von Marlene wieder hin.

»Wasser«, erschallte es wie aus einem Mund.

Amanda verteilte Wasser.

»Was kann ich für Sie tun?«

»Sie wissen, dass Gregori Arkadin tot ist?«, fragte Niemann.

»Hin und wieder lese ich Zeitung.«

»Ihr Reporter David Berkoff wohnt derzeit in St. Petersburg im Trezini Palace.«

»Ja, er ist ein großer Fan der Sammlung italienischer Meisterwerke in der Eremitage. Vor allem die *Madonna mit der Blume* von da Vinci hat es ihm angetan. Ein wenig auch *Die Heilige Familie* von Raffael und die Arbeiten des späten Tizian.«

»Und wie ist es mit dem späten Arkadin?«, fragte Niemann weiter.

Oh, dachte Marlene, *wir versuchen es mit Witz und Eloquenz.*

»Falls Arkadin gemalt hat, wird David sich die Werke mit Sicherheit ansehen.«

»Frau Albers, David Berkoff hatte ein Interview mit Arkadin verabredet, bei dem es um angebliche Waffenlieferungen und die Beteiligung des BMZ gehen sollte. Zum einen entbehrt die Unterstellung jedes Wahrheitsgehalts, zum anderen wird das Interview aus naheliegenden Gründen nicht mehr stattfinden. Uns interessiert nun vor allem, wieso Gregori Arkadin bereit war, Ihrem Reporter diese Falschinformationen zu übergeben.«

»Und ob es vielleicht bereits einen Informationsaustausch gegeben hat«, ergänzte Wagner.

In ihren Stimmen und Körperhaltungen strahlten beide eine stählerne Freundlichkeit aus, die sich jeden Moment in die Androhung von Unfreundlichkeiten verwandeln konnte. Sie standen unter Druck, das war eindeutig. Jemand hatte sie losgeschickt und Informationen über diesen Reporter gefordert, der das Bundesministerium für wirtschaftliche Zusammenarbeit und Entwicklung in Erklärungsnöte bringen wollte.

»Sie werden verstehen, dass ich Ihnen dazu nichts sagen kann. Und selbst wenn ich es könnte, würde ich es nicht machen«, sagte Marlene. »Soweit ich mich erinnere, gilt in diesem Land Pressefreiheit. Artikel 5 des Grundgesetzes. Meine Mitarbeiterin Amanda hat ein fantastisches Gedächtnis.«

Amanda lächelte. »Jeder hat das Recht, seine Meinung in Wort, Schrift und Bild frei zu äußern und zu verbreiten und sich aus allgemein zugänglichen Quellen ungehindert zu unterrichten. Die Pressefreiheit und die Freiheit der Berichterstattung durch Rundfunk und Film werden gewährleistet. Eine Zensur findet nicht statt.«

»Sollte Ihnen dieser Artikel nicht geläufig sein«, fuhr Marlene fort, »kann Amanda Ihnen gerne auf dem Weg nach draußen einen Ausdruck in die Hände geben, oder, Amanda?«

»Sehr gerne«, sagte Amanda. Verbale Gefechte unter Frauen bereiteten ihr außerordentliches Vergnügen. Sie ließ auf Netflix, Amazon und iTunes keine Serie aus, in der Frauen mit klugen Sätzen um sich warfen.

Niemann blickte auf ihre Hände, die sie locker in den Schoß gelegt hatte, presste die Lippen aufeinander und schüttelte kaum merklich den Kopf. Ein leises, ungläubiges Lächeln blühte auf ihren Wangen. Es war still in dem großen Büro. So still wie vor einem Tsunami, wenn das Meer sich als letzte Warnung zurückzuziehen scheint und eigentlich nur Anlauf nimmt.

»Wir kennen Artikel 5 Grundgesetz. Und wissen Sie, warum?«

»Weil Sie ihn am liebsten abschaffen würden?« Eine billige Retourkutsche, das wusste Marlene und konnte sie sich dennoch nicht verkneifen.

Das Lächeln auf Niemanns Wangen blühte immer noch, jetzt allerdings nahm es langsam Ähnlichkeiten mit einem Krampf an.

»Weil wir dafür sorgen, dass der Artikel gegen alle Angriffe, die von außen und innen stattfinden, erhalten bleibt. Die Bundesregierung und ihre Ministerien sind zu keinem Zeitpunkt und in keiner Weise in den illegalen Waffenhandel involviert. Im Gegenteil unternimmt die Bundesregierung alles in ihrer Macht Stehende, um diese verbrecherischen Handlungen aufzudecken und zu unterbinden.«

»Dieser Satz wird genau so in der nächsten Ausgabe der *Woche* stehen. Sofern er zutrifft.«

»Allerdings agiert die Bundesregierung, wie Sie wissen, nicht allein auf der politischen Bühne. Es gibt Kräfte, die die Stabilität und Sicherheit unseres Landes bedrohen, weswegen die Bundesregierung sich genötigt sieht, alles zu tun, um diese Bedrohung abzuwenden«, sagte Wagner so leise, dass Marlene Mühe hatte, sie zu verstehen.

Sie lehnte sich in ihrem Sessel zurück. Sie wollte Abstand zu diesen beiden Agentinnen haben, die wie zwei Spinnen auf den Kanten der Sessel hockten und als freundliche Erklärung getarnte Drohungen ausspuckten.

»Da draußen findet nun mal kein Mädchengeburtstag statt«, fuhr Wagner fort. »Aber das wissen Sie ja noch aus der Zeit, als Sie für die Stasi spioniert haben. Wir müssen also abwägen, was den Interessen Deutschlands dient und was ihnen schadet. Wir wollen Ihnen keineswegs vorschreiben, was Sie wann und wie veröffentlichen, wir möchten nur gerne vorab über den Inhalt der Veröffentlichung informiert werden.«

»Ist das ein Befehl?«

»Wir befehlen nicht, wir äußern Wünsche.«

»Verstehe. Aber wie Sie wissen, gehen im Leben nicht alle Wünsche in Erfüllung.«

Die beiden Damen vom BND sahen sich an. Für einen

Moment blitzte Staunen in ihren Gesichtern auf. Vermutlich hatten sie nicht damit gerechnet, auf so viel Widerstand zu stoßen.

»Und ich will Ihnen noch etwas sagen«, fuhr Marlene fort, »auch wenn die Interessen Deutschlands auf dem Spiel stehen, ist das kein Grund, mit einer der widerlichsten Gestalten in diesem an widerlichen Gestalten nicht gerade armen Geschäft gemeinsame Sache zu machen. Ich vermute, dass einige Damen und Herren im Sicherheitsrat einfach zu faul oder zu fantasielos sind, um die Interessen Deutschlands im Ausland zu schützen, ohne dabei möglicherweise den Tod von Tausenden Kindern, Frauen und Männern in Kauf zu nehmen. Wir werden über diese Sache berichten. Und wenn wir herausfinden, dass die Bundesregierung Gregori Arkadin beauftragt hat, werden wir das schreiben. Sollte das dem Kanzleramt nicht passen, können Sie gerne gegen uns vorgehen. Und kommen Sie mir nicht mit Landesverrat. Sie sind zwar noch recht jung, aber die *Spiegel*-Affäre von 1962 kann Ihnen zeigen, wo so etwas endet. Falls Sie nicht wissen, um was es dabei ging, empfehle ich einen Blick in das Archiv unseres Magazins. Fürs Erste sollte auch Wikipedia genügen. Und jetzt muss ich dieses anregende Treffen leider beenden, weil ich mit unserem Reporter besprechen muss, was nach Arkadins Tod in der Geschichte noch möglich ist. Amanda wird Sie nach draußen begleiten.«

Die Blicke der beiden BND-Mitarbeiterinnen changierten zwischen Fassungslosigkeit, Bewunderung und Zorn. Vermutlich wurden sie nicht so häufig auf solche Weise in ihre Schranken verwiesen, weshalb sie für einen Moment sprachlos blieben.

»Sie werden von uns hören«, sagte Niemann, als sie sich etwas zu schnell aus dem Sessel erhob. Es sollte entschlossen und mutig klingen und war doch nur ein als Drohung getarnter fluchtartiger Rückzug.

»Das will ich doch hoffen. Sagen Sie Claudia König im Kanzleramt einen schönen Gruß.«

Amanda öffnete die Tür, wartete, bis Wagner und Niemann das Büro verlassen hatten, und streckte Marlene im Hinausgehen beide Daumen entgegen. *Gut gemacht!*

Kaum war Marlene wieder allein in ihrem Büro, nahm sie ihr abhörsicheres Smartphone und rief Berkoff an. Zum zweiten Mal ignorierte er ihren Anruf.

10

Sie öffnete vorsichtig die Augen. Mikail saß neben ihrem Bett in einem Sessel und schlief. Offensichtlich hatte er beschlossen, sie am Leben zu lassen. Es war auch kaum vorstellbar, dass dieser Arzt sie einschläfern würde wie einen kranken Hund. Und es bedeutete, dass Mikail bereits überlegte, wie er die Situation zu seinen Gunsten ausnutzen konnte. Gregori Arkadin war tot. Nichts und niemand würde ihn wieder lebendig machen. In Mikails und auch Gregoris Welt hieß das, nach vorne zu schauen.

Eine Schlacht gewinnst du weder im Gestern noch im Heute, sondern nur im Plan für morgen. Reagiere schnell und reagiere entschlossen, hatte Gregori ihr immer wieder gepredigt. Im Chalet hatte ihm das nichts genützt, weil er sie unterschätzt hatte.

Die rechte Hand war bis zum Ellbogen eingegipst. Das Ziehen an der Handwurzel war auszuhalten. Lediglich die pochenden Kopfschmerzen waren unangenehm. Es fühlte sich an, als würde jeder Herzschlag mit einem drängenden Pumpen aus den Schläfen springen wollen. Ihr Blick streifte durch das Zimmer. Eine seltsame Mischung aus Tradition und Hightech. Stuck an der Decke, das Mobiliar neoklassizistisch und dann in die Wand eingelassen ein gebogener Fernsehbildschirm von Samsung, auf dem stumm eine Dokumentation über die Schönheit Kurdistans lief.

Als habe er nur darauf gewartet, dass Nadja aufwachte, betrat nun der Arzt das Zimmer. Er erkundigte sich nach ihrem Befinden, gab ihr etwas zu trinken und erklärte ihr, dass er zwei Stunden operiert habe, um die Handwurzelknochen wieder in die alte Form zu bringen. Nach vier Wochen sollte sie den Gips entfernen lassen und unter Anleitung eines Physiotherapeuten mit Gymnastik beginnen. Er gab Mikail einen Umschlag mit Röntgenbildern. Dann wünschte er Nadja Gute Besserung und verschwand.

Auf dem Flug nach St. Petersburg erklärte Mikail ihr, in welcher Situation sie nun war.

»Bei der GRU werden sie dich fragen, was du über Gregs Tod weißt.«

»Was ist die GRU?«

»Der militärische Auslandsnachrichtendienst. Dann werden sie dich an den SWR, zuständig für die zivile Auslandsspionage, weiterreichen, weil die zuerst dich verdächtigen, dann mich, dann CIA, Mossad, BND. Danach landest du beim FSO. Die sind direkt Putin unterstellt und sorgen für seine Sicherheit. Außerdem sind sie der Brutkasten, in dem er seine Regierungsbeamten züchtet. Dass du deine Hand brechen musstest, um freizukommen, werden sie als Alibi akzeptieren. Aber das heißt nicht, dass du unschuldig bist. Die Jungs trauen niemandem. Noch nicht mal sich selbst.«

»Was heißt das?«

»Gregori hat für seine Geschäfte die Genehmigung des FSO gebraucht. Das war teuer. Und falls es mit den Geschäften weitergehen soll, wird der FSO auch weiter daran beteiligt sein wollen. Putin braucht Geld. Egal, woher es kommt. Er braucht es für seine Paläste, Flugzeuge und Jachten. Der zweitreichste Mann der Welt zu sein, genügt ihm nicht.«

Als sie in St. Petersburg landeten, wurden sie noch im Flugzeug von vier Männern in Empfang genommen und in ein Gebäude in der Ulitsa Savushkina gebracht. Von da an lief alles genau so ab, wie Mikail es ihr beschrieben hatte.

Sie wurde befragt, sie erzählte ihre Geschichte, sie wurde an die nächste Abteilung weitergereicht. Immer die gleichen gesichtslosen Beamten mit den gleichen leblosen Gesichtszügen und den kurz geschnittenen blonden Haaren – wie eine neue Herrenrasse. Die Räume waren hell, ein Tisch, zwei Stühle, Aufnahmegerät, Wasserflasche, Aschenbecher. Fragen im Stakkato.

Wo waren Sie, Nadja Arkadina, als Gregori Arkadin umgebracht wurde? In Paris, shoppen. Wie sind Sie da hingekommen? Mikail hat mich gebracht. Haben Sie ein Verhältnis mit Mikail Gerkin? Nein. Und dann? Sind wir zurück ins Chalet geflogen. Ist Mikail Gerkin mit Ihnen ins Chalet gegangen? Nein. Warum nicht? Weil er geschäftlich in der Schweiz zu tun hatte. Hat Gregori Arkadin noch gelebt, als Sie das Chalet betraten? Nein, er war schon tot. Aber es waren da zwei Männer, die Sie nicht kannten. Ja. Die haben Sie gefesselt? Ja. Warum haben die Sie nicht auch umgebracht? Das weiß ich nicht. Warum haben die Gregori Arkadins Bauch aufgeschnitten? Das weiß ich nicht. Als die Männer weg waren, haben Sie sich selbst befreit und Mikail Gerkin angerufen? Ja. Haben Sie einen Verdacht, wer Gregori Arkadin umgebracht haben könntet? Nein. Was wird jetzt aus Gregori Arkadins Geschäft? Ich kenne mich in seinen Geschäften nicht aus. Bin ich in Gefahr? Mit Sicherheit. Was kann ich tun? Die Finger von Gregori Arkadins Geschäft lassen. Darf ich gehen? Nein. Was wollen Sie noch wissen? Ich habe Ihnen doch alles gesagt. Wo waren Sie, Nadja Arkadina, als Gregori umgebracht wurde? In Paris, shoppen …

Die Prozedur strengte sie an, aber sie machte keinen Fehler, weil sie Wiederholungen liebte. Es war wie bei dem Training für einen Auftritt. Arabesque, Cambré, Penché, Pirouettes en dehors. Dass es allerdings drei Tage dauern würde, hatte Mikail ihr nicht gesagt. Auch nicht, dass man sie recht oberflächlich befragte. So, als habe man kein

Interesse, den Mord an Arkadin aufzuklären. Als Nadja schließlich nach Hause gehen durfte, war sie so erschöpft, dass sie zwanzig Stunden lang schlief.

11

Es war ein Montag, als sie gegen neun Uhr aufwachte. Die Sonne brach in einem dicken Block in ihr Schlafzimmer und wärmte die Bettdecke. Da sie stets mit offenem Fenster schlief, konnte sie die Amseln hören, die in dem Park, der sich östlich an die Villa anschloss, ein aufgeregtes Konzert veranstalteten. War sie davon wach geworden? Nein.

»Wir müssen reden«, sagte Mikail.

»Ist was passiert?«

»In zehn Minuten unten.«

Bevor sie sich noch erkundigen konnte, was seine Unruhe verursacht hatte, war er schon verschwunden. Sie wusste, dass Mikail nicht vorhatte, das Geschäft zu beenden. Dafür warf es zu viel Geld ab. Die Frage war, was er mit ihr vorhatte. Würde er sie verschwinden lassen, falls sie ihm in die Quere kommen würde? Das Handgelenk schmerzte. Sie nahm zwei Tabletten. Eine Viertelstunde später betrat sie den Salon, den Gregori im Stil Ludwigs XIV. hatte einrichten lassen. Er sehnte sich nach der Zeit Peters des Großen zurück. Um das zu dokumentieren, übernahm er dessen Vorliebe für den Prunk des französischen Sonnenkönigs. Grüne Samtteppiche, Seidenvorhänge, Kristalllüster und Möbel, die Gregori detailgetreu hatte nachbauen lassen. Mikail saß auf der vorderen Kante eines Sessels und blätterte in Papieren, die vor ihm auf dem in Gold eingefassten Glastisch lagen. Nadja setzte sich, stellte ihren Kaffee ab und sah Mikail gespannt an.

»Es gibt zwei Probleme«, sagte er. »Du weißt, dass Greg und ich wie Brüder waren. Wir haben uns geliebt. Wir haben das Geschäft gemeinsam betrieben, haben jeden Deal besprochen, sind durch die halbe Welt gereist und haben zusammen viel Geld verdient.«

Nadja wusste, dass das nicht ganz richtig war. Greg und Mikail hatten das Geschäft nicht gemeinsam betrieben. Greg war der Kopf gewesen und Mikail die Faust. Eine Zweckgemeinschaft zweier Raubtiere, die nur so lange dauern würde, bis ein Tier verletzt oder tot war. Greg ohne Mikail war möglich. Umgekehrt nicht.

»Unsere Abmachung war, dass, falls einer von uns beiden stirbt, der andere das Geschäft weiter betreibt.«

Er machte eine Pause. Irgendetwas schien ihn zu beunruhigen. Er nahm einige Papiere hoch und hielt sie Nadja hin.

»Die Codes und Zugangsdaten für Konten, auf denen das Geld liegt, sind nicht dabei«, sagte er.

»Bewahrt Gregori die nicht im Tresor auf?«

»Da sind sie nicht.«

»Bei der Vneschtorgbank?«

»Da war ich heute Morgen.«

»Vielleicht hat er irgendwo noch ein Schließfach.«

»Keines, von dem ich weiß.«

Seine Stimme bekam ein weinerliches Flattern, wie das Tremolo einer Klarinette.

»Dann wart ihr offensichtlich doch nicht wie Brüder. Zumindest hat er dich nicht so geliebt wie du ihn.«

Als er sie nun ansah, konnte sie den tollwütigen Hund entdecken, der an der Kette hing und nur darauf wartete, losgelassen zu werden. Die Frage war, warum er sich nicht auf sie stürzte und sie für Gregoris Vertrauensbruch büßen ließ.

»Es gibt noch einen Tresor. Unten im Keller. Gregori hat immer gesagt, dass er da die privaten Dinge aufbewahrt.«

»Kann sein«, sagte Nadja so gleichgültig wie nur möglich.

Das war es. Deswegen hatte Mikail sie im Chalet am Leben gelassen. Er hatte sofort seine Chance gesehen. Ausgleich für die Demütigungen, die er in all den Jahren hatte ertragen müssen. Nadja nahm ihre Tasse, trank einen Schluck Kaffee und lehnte sich dann zurück. Sie hob ihre nackten Füße vom Samtteppich hoch und setzte sich darauf. Sie kannte den Code für die Konten. Das war ihre Lebensversicherung.

»Mikail. Glaubst du im Ernst, dass Gregori mir den Code gesagt hätte? Du weißt, wie er war. Wenn er überhaupt einem Menschen vertraut hat, dann warst du es. Er hat mir ja noch nicht mal gesagt, wo er hinfliegt und wie lange er wegbleibt, weil er Angst hatte, ich würde weglaufen oder mit der Polizei reden.«

»Worüber solltest du mit der Polizei reden?«

»Genau! Worüber hätte ich reden sollen? Das war alles Gregoris Paranoia. Das weißt du doch.«

Mikail stand auf und ging zu der Fensterfront, die in den Garten hinauszeigte. Ein Garten, der eher ein Park war und der Anlage in Versailles inklusive Apollo-Bassin und Königlichem Stern nachempfunden war. Er war sichtlich getroffen davon, dass sein Geschäftspartner, Freund und gefühlter Bruder ihm doch nicht restlos vertraut hatte.

»Kann man den Tresor nicht öffnen? Du kennst doch bestimmt Leute, die so was mit links können«, sagte Nadja.

Mikail antwortete nicht. Und Nadja wusste, dass es eine lächerliche Idee war. Den Tresor öffnen zu lassen hätte bedeutet, dass man in den Kreisen, die an dem Geschäft beteiligt waren, von Gregoris Misstrauen gegenüber seinem Partner erfahren hätte. Und da Mikail ohnehin nicht Gregoris Reputation genoss, geschweige denn dessen unternehmerisches Genie besaß, hätte ihn das ziemlich schnell auf die Verliererstraße geschickt.

»Aber du hast von zwei Problemen gesprochen«, sagte Nadja.

»Greg wollte einen Reporter treffen, der angeblich Dokumente besitzt, die uns gefährlich werden können. Ich habe ihm gesagt, dass ich mich um diesen Wichser kümmern kann. Aber Greg wollte das nicht.«

Nadja kannte einige der Artikel, die Berkoff in den letzten Wochen über Gregori veröffentlicht hatte.

»Und jetzt soll ich diesen Reporter treffen und rausfinden, was er weiß?«, fragte sie.

»Wenn es stimmt, was Greg mir gesagt hat, kann er uns ficken. Und was das heißt, muss ich dir nicht sagen. Angeblich hängt das Arschloch an der Flasche. Mach ihm schöne Augen, mach ihn betrunken, ficke ihn. Du weißt ja, wie so was geht.«

Auch wenn er sie begehrte, konnte er dennoch nicht verbergen, dass er sie im Grunde verachtete, weil sie im Gegensatz zu ihm lediglich gut aussehen musste, um Gregoris Liebe zu gewinnen.

»Danach übernehme ich ihn.«

»Was heißt das?«

»Wirst du schon sehen.«

12

Ein halbes Dutzend Nachrichten auf der Mailbox, bis Berkoff wieder nüchtern genug war, um den nächsten Anruf seiner Chefredakteurin entgegenzunehmen. Es gab noch keine Informationen der französischen Polizei über die Hintergründe von Arkadins Tod. Seine Ehefrau Nadja konnte nicht von der französischen Polizei vernommen werden, weil sie sich in St. Petersburg aufhielt.

»Ich würde sagen, das war ein Zeichen«, sagte Marlene.

»Ein Zeichen wofür? Dass auch Arschlöcher nicht unsterblich sind?«

»Ein Zeichen, mit dieser Geschichte aufzuhören.«

»Wenn du mit *Geschichte* meine Arbeit meinst, hast du

vermutlich schon eine Idee, was ich sonst machen soll, außer mir das Hirn wegzuballern.«

»Als Erstes solltest du mal aufhören, dich selbst zu bemitleiden. Außerdem habe ich mit Dr. Gärtner gesprochen.«

Gärtner. Der Herausgeber der *Woche* und eine graue Eminenz in der deutschen Presselandschaft. Zuständig für Zahlen, Umsätze, Return on Investment.

»Und was meint er? Dass du mich rausschmeißen sollst, weil ich den Betrieb störe?«

»Er meint, dass mein Vorschlag durchaus ernst zu nehmen ist.«

Berkoff suchte zwischen den Kissen und Bettdecken nach der Fernsteuerung, zappte durch die Programme. Nichts Neues über Arkadin, außer dass die französische Polizei ein noch unbestimmtes Nervengift in seinem Blut gefunden hatte. Wieso seine Mörder ihm den Bauch aufgeschlitzt hatten, blieb weiterhin rätselhaft.

»Willst du meinen Vorschlag hören?«, fragte Marlene.

»CIA oder FSO. Oder Mossad«, antwortete Berkoff.

»Was?«

»Wer ist in der Lage, jemanden wie Arkadin umzubringen und keine Spuren zu hinterlassen? Bestimmt keiner von den Schlächtern, denen er seine Waffen andreht.«

»Erstens glaube ich nicht, dass wir das in den nächsten zehn Jahren erfahren werden, und zweitens kannst du dich freuen, dass er tot ist, weil dann Hunderte Kinder, Frauen und Männer ein paar Wochen länger leben. Bis irgendwann andere sein Geschäft übernehmen.«

Ja, darum ging es. Einerseits. Andererseits ging es auch darum, jemandem wie Arkadin persönlich in die Fresse zu hauen. Berkoff schaltete zu einem Pay-TV-Kanal, auf dem ein alter Schwarz-Weiß-Film lief.

»Wie lautet dein Vorschlag?«, fragte er.

»Du wirst mein Nachfolger. Ab März bist du der neue Chefredakteur der *Woche*.«

»Gratuliere, hat der Alte dich doch noch zur Herausgeberin gemacht. Du hast wirklich ein Händchen für deine Karriere.«

»Ja, absolut.«

»Was hast du für dich rausgehandelt?«

»Ein Rezidiv. Inflammatorisches Mammakarzinom.«

Berkoff zuckte zusammen. Mammakarzinom. Brustkrebs.

»Was?«

»Ich hab immer wieder gesagt bekommen, ich wäre in meiner Position härter als jeder Mann. Du weißt schon, der manipulative Mythos von der starken Frau. Und jetzt hab ich das Gefühl, dass der Krebs gerade das befällt, was das sichtbarste Zeichen meiner Weiblichkeit darstellt.«

Marlene versuchte ein fatalistisches Lachen. Es missglückte.

Berkoff wusste einen Moment lang nicht, was er antworten sollte. Nach der letzten OP vor zwei Jahren, bei der zwei daumengroße Tumore entfernt worden waren, hatte die Prognose gut ausgesehen. Alle drei Monate war Marlene zum Ultraschall gegangen. Wenn er zu diesen Terminen in Berlin war, hatte er sie begleitet und gesehen, wie sehr sie weinte, wenn der Arzt ihr gratulierte und *kein Hinweis auf ein lokoregionäres Rezidiv* in den Bericht schrieb. Marlene hatte begonnen, Sport zu treiben, hatte ihre Ernährung umgestellt, Weißmehl, Zucker und rotes Fleisch zugunsten von Obst und Gemüse aufgegeben. Und es hatte nichts genützt. Unweigerlich kamen ihm Bilder von Frauen in den Sinn, die dort, wo ihre Brüste sein sollten, Narben hatten.

»Woran denkst du? Stellst du dir vor, wie danach der Sex sein wird?«

»Nein, ich ...«

»Es werden ja auch *mir* die Brüste entfernt und nicht dir. Also sag mir, was du davon hältst, Chefredakteur zu werden. Du müsstet nicht mehr in der Welt herumreisen, und wir könnten uns häufiger sehen.«

Berkoff hörte, wie sie nach dem letzten Satz stockte, als wäre es ihr peinlich, dass sie dieses Bedürfnis geäußert hatte.

»Nur wenn du willst«, setzte sie nach.

»Ja, natürlich«, sagte er. Ohne genauer zu erklären, was damit gemeint war.

»Nimm dir ein paar Tage Zeit. Geh in die Eremitage, und schreib was über russische Beutekunst, damit deine Zeit in St. Petersburg nicht ganz umsonst war. Und apropos umsonst, sag der Rezeption im Hotel, dass wir gerne bereit sind, den Roomservice zu bezahlen und den Wodka nicht umsonst haben wollen, aber 200 Dollar für eine Flasche Putinka sind einfach unverschämt. Vielleicht kannst du beim Supermarkt um die Ecke deinen Bedarf decken. Obwohl es besser wäre, wenn du dein Versprechen hältst und mit der Sauferei aufhörst.«

Noch bevor er antworten konnte, hatte sie das Gespräch beendet. Er starrte eine Weile das Smartphone in seiner Hand an. Dann schaltete er den Fernseher aus und versank in den Kissen. *Du musst dich ja nicht gleich entscheiden,* hatte Marlene gesagt. Aber es war eindeutig zu viel Information, um irgendeine Entscheidung zu treffen. Nicht nur wegen Marlene, sondern weil er seit mindestens fünf Jahren die Frage vor sich herschob, wie er sein Leben leben wollte. Es waren immer wieder dieselben Fragen.

Machte ihm sein Beruf Spaß? Selten. Hatte er noch die Kraft, sich wie bisher den Arsch aufzureißen für einen Artikel oder eine Reportage, die eine Woche später schon wieder Vergangenheit war? Nein. Wollte er eine feste Beziehung, vielleicht wieder heiraten? Eigentlich schon. Wäre er dann zufrieden? Wahrscheinlich nicht. Wollte er die Beziehung zu seinem Sohn reparieren? Ja. Würde er dafür Zeit haben, wenn er so weitermachte wie bisher? Wie es aussah, nicht. Hatte er für seine wirtschaftliche Zukunft gesorgt? Wirtschaftliche Zukunft, was war das noch mal? Würde sein Beruf ihm überhaupt eine Zukunft garantieren können? Nein. Außer Marlene war da niemand, der sich für ihn interessierte. Sicher würde Heidi ihm helfen, wenn er in Not war, aber das war es dann auch schon. Berkoff schielte zum Nachttisch hinüber. Die Putinka war noch halb voll.

Er war 47 Jahre alt. Er war körperlich noch ganz gut in Form. Er hatte mehr Hochs in seinem Leben als Journalist gehabt als die meisten seiner Kollegen. Allerdings auch mehr Tiefs. Aber das gehörte dazu.

What goes up, must come down. Spinnin' wheel, gotta go round. Talkin' 'bout your troubles it's a cryin' sin. Ride a painted pony, let the spinnin' wheel spin, hatte David Clayton-Thomas 1969 gesungen.

Chefredakteur. Das hieß festes Gehalt, obere sechsstellige Liga, Altersversorgung, Betriebsrente. Immer noch unregelmäßige Arbeitszeit, aber wenigstens würde er an einem Ort arbeiten. Er könnte all das nachholen, was er in den letzten Jahren versäumt hatte. Und er könnte bei Marlene sein und sie in ihrem Kampf gegen den verdammten Krebs unterstützen. Er hielt die Flasche Putinka in der Hand. Es wäre der erste Schritt, den Deckel wieder auf die Flasche zu schrauben, sie wegzustellen, Marlene anzurufen und ihr zu sagen, dass er den Job annehmen werde. Berkoff tastete nach seinem Smartphone, konnte es zwischen den Kissen und Decken nicht finden, bis es klingelte. *Bestimmt Marlene*, dachte er.

Doch dann las er auf dem Display *Anonym*. Er überlegte einen Moment lang, ob er den Anruf annehmen sollte. Und während er noch überlegte, hatte der kleine Teufel, dem er die Aufgabe übertragen hatte, ihn, sooft es ging, ins Verderben zu führen, die Antwort bereits gegeben.

»Hallo?«

»David Berkoff?«

Eine Frauenstimme.

»Wer ist da?«

»Spreche ich mit David Berkoff?«

»Ja.«

»Nadja Arkadina. Ich würde Sie gerne treffen. Wenn möglich, heute noch. Sagen wir um 17:00 Uhr in der Eremitage. Vor Leonardos *Madonna mit der Blume*. Einverstanden?«

13

»Ist die Blume mit den vier kreuzförmig angeordneten Blütenblättern, die Maria in der Hand hält und nach der das Jesuskind greift, eine Allegorie auf die Zukunft des Kindes und die Kreuzigung?«, fragte der Museumsführer in die müden Gesichter einer Gruppe von Touristen aus Sachsen.

Berkoff stand auf der gegenüberliegenden Seite des Raums und hielt den Kopf schief. Es war ein eigenartiges Gemälde. Dunkle Farben, Grün, Rot, Blau, der Grund hinter der Madonna schwarz, als würde dort ein Abgrund lauern. Über der Madonna schwebte ein Heiligenschein, und ihr offener Mund schien zahnlos. Sie hatte das ziemlich speckige Jesuskind, ebenfalls mit Heiligenschein, auf dem Schoß. Sie hielt ihm eine Blume hin, und das Kind tastete zögerlich danach. Laut Museumsführer hatte es Zar Nikolaus 1914 für umgerechnet 1,5 Millionen Dollar von der Gattin des Malers Benois erworben und der Eremitage übergeben.

»Es heißt, dass Leonardo das Bild nicht fertig malen konnte, sonst hätte er das helle Fenster im Hintergrund nicht leer gelassen. Ich glaube allerdings, dass er zeigen wollte, wie der Weg aus der Finsternis, aus der die Madonna kommt, ins Licht Christi führt. Oder was meinen Sie?«

Berkoff war so sehr in den Anblick des Gemäldes vertieft, dass er nicht bemerkte, wie Nadja neben ihn getreten war. Er fuhr herum und war erstaunt. Nadja war schöner als auf den Fotos, die er von ihr gesehen hatte. Darauf war sie, dem Frauenbild der Haute Couture gemäß, als magersüchtige, depressive Suizidkandidatin inszeniert. Jetzt trug sie einfache Jeans, Sneakers und einen schwarzen Pullover. Offizielles Zeichen einer trauernden Witwe. Sie war kaum geschminkt, hatte die dunklen Haare zu einem Pferdeschwanz zusammengebunden. Grüne Augen, schmale Lippen. Sie könnte eine Touristin aus einem reichen Land sein. Lediglich das angestrengte Lächeln erzählte davon, dass sie nervös war. Vielleicht sogar Angst hatte. Ihr rechter Arm lag in einer Schlinge, die sie um den Hals trug.

»Ich sehe darin eher die Leere, die uns alle nach dem Tod erwartet«, sagte Berkoff.

»Sind Sie ein Nihilist, David Berkoff?« Nadja reichte ihm die Linke. »Nadja Arkadina. Freut mich, Sie kennenzulernen. Mein Mann hat mir von Ihnen erzählt. Er meinte, Sie seien ein schmieriger Wichtigtuer. Er hat auch noch andere Begriffe aus seinem an Schimpfworten nicht gerade armen Repertoire auf Sie angewandt, die ich aber in diesen Hallen nicht wiederholen möchte. Und er meinte, er würde Ihnen bei nächster Gelegenheit eine Kugel in den Kopf jagen.«

»Dafür ist es jetzt wohl zu spät.«

»Glauben Sie? Er hat gesagt, dass Sie ihn erpressen wollen.«

»Manchmal muss man der Wahrheit mit ungewöhnlichen Mitteln auf die Sprünge helfen.«

»Hatten Sie keine Angst?«

»Wovor?«

»Dass Gregori Sie umbringen könnte.«

Ein Geräusch wie ein Schuss aus dem benachbarten Raum ließ Nadja nervös herumfahren. Aber es war nur einer der Messingständer umgefallen, die ein rotes Absperrband hielten. Nadja nahm Berkoff an der Hand und zog ihn aus dem Raum. Sie gingen den langen Gang hinunter, bis sie einen weiteren Raum und darin Giorgiones Gemälde von Judith erreichten.

»Wovor haben Sie Angst?«, fragte Berkoff.

»Ich habe keine Angst. Meine Eltern waren gläubige Menschen. Von ihnen habe ich gelernt, dass es einen Plan gibt, von dem wir nichts wissen und der sich so oder so erfüllt. Gott allein lenkt unsere Wege.«

»Das klingt ziemlich fatalistisch.«

»Ich würde eher sagen, demütig.«

»Von mir aus auch demütig. Sie haben mich aber nicht hierherbestellt, um mir Ihre Demut vorzuführen.«

Nadja betrachtete Judith, die den rechten Fuß auf den abgeschnittenen Kopf des Holofernes gestellt hatte. In der rechten Hand hielt sie ein Schwert, dessen Spitze auf die Erde deutete, mit der linken raffte sie ihr Kleid, zeigte den Oberschenkel, als wollte sie seinen sterbenden Augen einen letzten Blick auf das Begehren schenken.

»Vielleicht wollte ich einfach nur sehen, wer der Mann ist, vor dem Gregori so viel Angst hatte.«

Sie verließ fluchtartig die Ausstellungsräume. Berkoff brauchte eine Weile, bis ihm klar wurde, dass mit Nadja Arkadinas Auftritt seine Reportage wiederbelebt worden war. Er rannte hinter ihr her und erwischte sie gerade noch, als sie auf der Millionnaya Ulitsa in ein Taxi stieg.

»Nadja Arkadina! Warten Sie.«

Er erreichte das Taxi und öffnete die hintere Tür.

»Was wollen Sie?«, fragte sie ihn.

»Sie auf einen Kaffee einladen.«

»Ich habe Ihnen nichts zu sagen.«

Sie sah zu dem Taxifahrer hin.

»Fahren Sie los.«

»Moment noch. Wenn Gott unsere Wege lenkt, dann hat er bestimmt einen Grund, warum ich Sie hier noch erwischen konnte, oder? Vielleicht gibt es doch noch etwas zu sagen.«

Nadja sah Berkoff einen Augenblick lang prüfend an. Ihr Blick traf sich mit dem des Taxifahrers.

»Ich rufe Sie an«, sagte sie, zog die Autotür zu und gab dem Fahrer ein Zeichen. Der Wagen reihte sich in den Verkehr ein und verschwand. Berkoff sah ihm hinterher. *Eine seltsame Frau*, dachte er, *einerseits strahlt sie eine Unnahbarkeit aus, die auf ein ordentliches Selbstbewusstsein schließen lässt, andererseits hat sie eindeutig Angst.* Vielleicht konnte er durch Nadja doch noch an die Informationen kommen. Das bedeutete dann, den Job in Berlin nicht anzunehmen. Zumindest vorerst nicht. Es sei denn, er würde Marlene sagen, dass er einverstanden sei unter der Bedingung, dass er weiter an der Reportage arbeiten konnte. Er würde sich Unterstützung von ein oder zwei Reportern holen. Er schickte eine SMS an die Abteilung Politik und bat die Kollegen, Informationen über Nadja Arkadina zu sammeln. Als er Marlene anrufen wollte, klingelte sein Handy. Wieder Nadja Arkadina.

»Das ging aber schnell.«

»Kommen Sie ins Restaurant *Percorso*, es gehört zum Hotel Four Seasons Lion, Eingang Voznesensky Prospekt. Es sind ungefähr 800 Meter von der Eremitage.«

»Wieso haben Sie es sich anders überlegt?«

»Haben Sie die beiden Männer gesehen, die im Museum hinter uns standen? Einer von ihnen hat den Metallständer umgeworfen.«

Berkoff hatte die beiden nur am Rande wahrgenommen, obwohl er eigentlich ein Sensorium dafür besaß zu spüren, wann er beobachtet oder verfolgt wurde.

»Sie meinen die beiden in Uniform?«

Ohne zu antworten, hatte sie aufgelegt.

Percorso, italienisch für *Weg*. Als er das Restaurant im Lobanov-Rostovsky-Palast betrat, führte der Geschäftsführer ihn zu einem Tisch im hinteren Teil des Saals. Zwei

Sofas, an der Kopfseite brannte ein Feuer im Kamin, der Tisch war für zwei Personen gedeckt. Eine Flasche Wasser stand bereit, ebenso zwei Kristallgläser. Nadja war nirgends zu sehen. Berkoff setzte sich auf eines der Sofas. Sah sich die Kristallleuchter an, die Stofftapeten, das teure Mobiliar. Alles an diesem Ort atmete alten Luxus, wogegen die Gäste eher wie neureiche Gangster aussahen. Nicht alle, aber die, die sich am lautesten unterhielten. Einer davon sah aus wie der, der ihn auf dem Weg vom Flughafen zum Hotel verfolgt hatte. Ihre Blicke trafen sich. Berkoff lächelte, um zu zeigen, dass er sich einschüchtern ließ. Daraufhin stand der Mann auf und ging auf Berkoff zu.

»Почему ты так пристально смотришь на меня?«

»Wenn du nicht willst, dass man dich anschaut, solltest du vielleicht besser zu Hause bleiben.«

Der Russe sah Berkoff verblüfft an. Dann lachte er. Hielt den Zeigefinger an Berkoffs Schläfe und ahmte das Geräusch eines Schusses nach. Schlug Berkoff auf die Schulter, bevor er zurück zu seinem Tisch ging.

Berkoff setzte sich. Weil seine Hände zitterten, verschränkte er sie wie zum Gebet. Er wartete. Eine Viertelstunde lang.

14

»Nein, Mikail, ich werde dir nicht sagen, wo ich bin. Weil ich genau weiß, dass du dann in einer halben Stunde auftauchen und alles kaputt machen wirst, was ich gerade an Vertrauen herzustellen versuche. Ich rufe dich an, sobald ich mit ihm gesprochen habe.«

Nadja stand an einer Seite der Bar, von der aus sie Berkoff im Blick hatte. Sie hörte Mikails Wutausbruch noch einen Moment lang zu, bevor sie mitten in seinem Monolog auflegte. Dann schloss sie die Augen und konzentrierte sich. Bereitete sich vor, repetierte die Sätze und Gesten, die ihre

Wegweiser waren und ihr Halt geben sollten, wenn sie unsicher wurde …

Geliebte Schwester, wir sind so weit voneinander entfernt, dass ich deine Hände nicht halten, deine süße Stimme nicht hören und deine Tränen nicht trocknen kann. Sei nicht traurig. Bis wir uns wiedersehen, haben wir ja die Träume, die uns über alle Zeiten und Entfernungen verbinden. Kannst du mich darin sehen, wie ich dich sehe? Wie ich höre, wovon du nicht erzählen kannst, von den Männern in ihren schwarzen Kleidern mit den schwarzen Bärten und den schwarzen Herzen? Ich sehe, wie sie dich an den Haaren aus dem Haus schleifen, dich schlagen und treten, weil du die Hand unserer Mutter nicht loslassen willst. Wie sie das Haus anzünden und alles, was wir besitzen, alles, was uns lieb und teuer ist, den Flammen zum Fraß vorwerfen. Wie sie dich Hure und Teufelsanbeterin nennen und sich selbst zu Herren über Tod und Leben erhöhen. Wie sie unseren Vater erschießen. Wie sie unsere Mutter in Stücke hauen, weil sie um Gnade fleht. Wie sie unsere drei Schwestern mit ihren Autos überrollen, immer und immer wieder, weil sie noch zu klein sind, um ihre Sklavinnen zu sein. Sie richten, wo nur Gott richten darf, sie nehmen Leben, wo nur Gott Leben nehmen darf. Sie lästern ihren Gott. Sie sind selbst die Teufel, die sie andere nennen. Ich sehe dich, Anais, ich sehe dich rennen. Ich sehe, wie du fällst und dich wieder erhebst und fällst und weiterrennst. Aus dem Haus auf den Marktplatz. Dorthin, wo keine Spur dich führt. Ich sehe dich. Und ich rufe dir zu: Hab Geduld, meine Schwester. Es wird sich alles fügen, wie ich es dir gesagt habe. Wir folgen dem Plan, den ich für uns geschrieben habe. Bis dahin umarme ich und herze ich dich und bitte den Wind, meine Liebkosungen zu dir zu tragen.

»Entschuldigen Sie, dass Sie warten mussten.«

Nadja war hinter Berkoff getreten und hatte ihm die linke Hand auf die Schulter gelegt. Sie setzte sich Berkoff gegenüber, sah ihn direkt an und lächelte.

»Haben Sie Hunger? Es gibt hier ein hervorragendes Risotto Milanese mit Trüffeln.«

»Nein danke. Aber Sie können gerne etwas essen.«

Nadja schüttelte den Kopf.

»Die Aufregung der letzten Tage schlägt mir auf den Magen.«

Das konnte er verstehen.

»Was haben Sie mit Ihrer Hand gemacht?«, fragte Berkoff.

»Ich bin gestürzt.«

Sie zeigt ihm ein Lächeln, das keine weitere Frage zu diesem Thema zuließ.

»Ich sollte Ihnen vielleicht sagen, dass es mir leidtut, dass Sie diesen persönlichen Verlust erleiden mussten«, sagte Berkoff.

»Sie meinen Gregoris Tod?«

»Ja. Aber es wäre eine unangemessene Heuchelei. Im Grunde bin ich jedes Mal froh, wenn einer von diesen Verbrechern tot ist. Auch wenn ich in diesem Fall auf einen Scoop verzichten muss.«

»Was ist ein Scoop?«

»Eine Sensation, die man als Journalist exklusiv hat.«

Ein Kellner kam an den Tisch, stellte eine mit feinen Eiskristallen überzogene Flasche Champagner ab und verschwand auf Nadjas kurzen Wink hin wieder. Berkoff öffnete die Flasche und füllte die beiden Kristallgläser.

»Wissen Sie«, sagte Nadja. »irgendwann musste es so kommen. Gregori hat sich in den letzten Jahren zu viele Feinde gemacht. Und Sie sind wohl einer davon.«

»Mit Sicherheit bin ich kein Freund Ihres Mannes gewesen, aber ich gehöre nicht zu denen, die Konflikte mit Gewalt lösen.«

»Sind Sie sich sicher? Erpressung ist auch eine Form von Gewalt.«

»Ich habe Ihren Mann nicht erpresst. Ich habe ihn gewarnt. Wenn jemand wie ich auf gewisse Geschäftspraktiken stößt, dauert es nicht lange, bis auch andere sich dafür interessieren.«

»Zum Beispiel?«

»Vor elf Monaten hat der FSO Gregori Arkadins Konten bei der Deutschen Bank in St. Petersburg eingefroren, weil man ihn der Geldwäsche verdächtigt hat. Das war natürlich ein lächerlicher Verdacht, weil fünfzig Prozent der finanziellen Transaktionen, die die Deutsche Bank in Russland tätigt, ohnehin der Geldwäsche dienen. Die ganze Sache war aber eindeutig von oben initiiert, weil er sich mit der CIA eingelassen hatte. Die CIA wiederum war stinksauer, weil er nach wie vor für die Deutschen arbeitet.«

»Und dann?«

»Habe ich ihm ein Geschäft vorgeschlagen.«

»Was für ein Geschäft?«

»Er sagt mir, wer in der deutschen Regierung ihn beauftragt hat, 10.000 G36-Sturmgewehre zu liefern, und wer der Abnehmer ist. Dafür verzichte ich darauf, gewisse Fotos zu veröffentlichen.«

»Welche Fotos?«

»Auf denen Arkadin und Mikail Gerkin zu sehen sind, wie sie mit Leuten Geschäfte machen, die bei der CIA auf der Liste der meistgesuchten Terroristen stehen.«

»Gregori ist tot.«

»Sie meinen, dass das Geschäft dadurch geplatzt ist?«

Sie schwieg.

»Was vermuten Sie, wer es war?«, fragte Berkoff.

Sie nahm ihr Glas und trank es in einem Zug leer. Dann lehnte sie sich zurück, sah Berkoff eine Weile lang an. Für ihn musste es so aussehen, als würde sie ihn prüfen, als würde sie seine Vertrauenswürdigkeit abwägen, wohingegen sie diese Pause einfach nur nutzte, um seine Neugier zu locken. Dann lächelte sie.

»Wenn ich es Ihnen sagen würde, was würden Sie dann machen?«

»Mich bei Ihnen im Namen derjenigen bedanken, die ein paar Tage länger leben dürfen.«

Sie schwieg erneut, senkte den Kopf. *Er klingt wie ein Zyniker, aber er ist keiner. Die kleine, tapfere Flamme der Menschlichkeit und des Erbarmens glimmt noch. Das ist gut. Das ist es, was ich brauche*, dachte sie. *Wenn der Jäger das Wild sehen kann, hält ihn nichts mehr zurück.*

Sie atmete tief ein, um zu zeigen, dass ihr die Antwort schwerfiel. Dann antwortete sie leise, ohne den Kopf zu heben.

»Ich werde Ihnen sagen, wer Gregori umgebracht hat, sobald ich weiß, ob ich Ihnen vertrauen kann.«

Berkoff lehnte sich zurück.

Er hat diesen Satz bestimmt schon eine Million Mal gehört, dachte sie und war gespannt, was er antworten würde. Wenn er etwas sagen würde wie: *Sie können mir vertrauen, ich bin Journalist,* wäre das Treffen noch im selben Augenblick beendet. Sie würde aufstehen, das Restaurant verlassen und sich eine andere Strategie überlegen, wie sie Mikail aus dem Weg schaffen konnte.

»Das ist unmöglich, Nadja. Sie können mir nicht vertrauen. Sie können niemandem vertrauen. Ich vertraue noch nicht mal mir selbst, weil ich hin und wieder Dinge tue, die ich nicht verstehe. Und ich finde, ein Leben in völligem gegenseitigen Vertrauen ist entweder naiv oder sehr öde.«

»Ich weiß. Deswegen machen wir einen Deal. Quid pro quo«, sagte Nadja.

»Und das heißt?«

»Dass eine Person, die etwas gibt, dafür eine angemessene Gegenleistung erhält.«

»Ich weiß, wie die Übersetzung lautet. Aber was bedeutet es in unserem Fall?«

Sie hielt ihm ihr Glas hin, Berkoff nahm die Champagnerflasche und schenkte ein.

»Ich gebe Ihnen die Informationen, die Sie haben wollen. Und Sie sagen mir, was Sie über meinen Mann wissen.«

»In Ordnung.«

»Noch nicht ganz. Ich brauche noch etwas, das Sie ruiniert, wenn Sie mein Vertrauen missbrauchen. Verstehen Sie? Ich muss sichergehen, dass Sie Ihre Informationen nicht doch noch irgendwann an die russische Regierung weitergeben.«

Berkoff lächelte, weil er nicht im Entferntesten ahnte, in welches Spinnennetz er kroch.

»Sie lernen schnell«, sagte er.

Ich lerne sogar noch viel schneller, als du dir vorstellen kannst. Ich lerne in jeder Sekunde mehr darüber, wie du funktionierst, als du in deinem kleinen, belanglosen Leben selbst lernen wirst.

»Danke«, antwortete Nadja.

Berkoff nahm die Champagnerflasche und schenkte sich selbst ein. Seine Hand zitterte dabei ein wenig. Nadja sah es, und Berkoff sah, dass sie es sah.

»Ich bin Alkoholiker. Aber diese Information nützt Ihnen nichts. Erstens ist das bekannt, und zweitens sind fünfzig Prozent aller Journalisten Alkoholiker.«

»Und die anderen fünfzig Prozent?«

»Arschkriecher.«

»Erzählen Sie.«

»Was soll ich Ihnen erzählen?«

»Die kleine Geschichte, mit der ich Sie in der Hand habe.«

Jetzt war es Berkoff, der den Blick senkte, seine Hände betrachtete. Er schwieg eine Weile. Nadja trank das zweite Glas Champagner leer, schenkte sich mit der gesunden Hand selbst nach.

»Sie haben sich von Ihrem Jagdinstinkt in eine Situation bringen lassen, die heikel ist, habe ich recht? Und jetzt fragen Sie sich, ob Sie dumm oder naiv genug sind, um mir zu vertrauen.«

Er sah sie grinsend an. »Genau so ist es.«

»Überlegen Sie es sich gut. Ich stelle hohe Anforderungen. Denn das, was ich Ihnen über Ihre Regierung sagen werde, bringt mich in Lebensgefahr.«

Sie wusste, dass sie ihn am Haken hatte. Jetzt musste sie nur noch warten. Zuschauen, wie er in seinem Gedächtnis kramte und abwog, welches Geheimnis wertvoll genug war. Als sie ihn ungeduldig anschaute, beugte er sich nach vorn und erzählte ihr, dass er nicht alles, was Marlenes Arbeit für die Stasi betraf, veröffentlicht hatte. Marlenes Zukunft wäre mit einem Schlag ruiniert, wenn es bekannt würde. Und er? Er hatte sich dadurch der Strafvereitelung schuldig gemacht, was ihn seinen Job und seine Reputation kosten konnte. Wenn Nadja darauf bestehen sollte, könne sie eine Kopie der Dokumente haben. Als er endete, schien sein Blick unsicher zu sein. Als wäre er einerseits erleichtert, diese Geschichte jemandem erzählt zu haben, und würde andererseits nicht mehr verstehen, warum er so weit gegangen war.

»Also, David Berkoff, ich sage Ihnen, wer in der deutschen Regierung Greg beauftragt hat, und Sie werden mir sagen, an wen mein Mann Waffen geliefert hat. Ansonsten werden Sie den Mund halten über die Geschäfte meines Mannes. Vorerst.«

Sie streckte ihm die Hand entgegen.

»Sind wir im Geschäft?«

»Das sind wir, wenn Sie mir sagen, wer Ihren Mann umgebracht hat.«

»Mikail Gerkin.«

15

Als er das Restaurant verließ, stand die Sonne im Westen so tief, dass ihr Licht Berkoff wie ein riesiger Scheinwerfer blendete. Nadja war, kaum hatte er ihr die Hand gereicht, aufgestanden, zur Toilette gegangen und nicht mehr zurückgekommen. Er hatte eine Viertelstunde lang auf sie gewartet und dann den Kellner gerufen, um die Rechnung zu bezahlen. Aber das hatte Nadja bereits erledigt. Auf der Straße wandte er sich, ohne zu wissen, warum, nach Norden. Es war ein seltsames Gefühl, als wären die vergangenen zwei Stunden nicht geschehen, wie ein Traum, aus dem er nun mit einem schalen Geschmack im Mund erwachte. Irgendwann erreichte er den Senatsplatz. Vor dem monumentalen ehernen Reiter stand eine Hochzeitsgesellschaft und ließ sich vom Fotografen ablichten. Die Braut war schön und freute sich, der Bräutigam schien ein wenig verlegen zu sein. Das Standbild hatte seinen Namen von einem Puschkin-Gedicht:

Gehorsam, Muse, sei dem göttlichen Befehle, / Die Kränkung fürchte nicht, verlange keinen Kranz, / Lob und Verleumdung trag mit ungerührter Seele, / Und rechte nicht mit Ignoranz.

Berkoff sah der kleinen, verkrampften Feier zu, bis sie sich auflöste. Dann ging er zu dem Denkmal hinüber. Zar Peter I. saß auf einem sich aufbäumenden Pferd. Unter seinen Hufen wurde eine Schlange zertreten. Am Fuß war eine Inschrift eingraviert.

»Peter dem Ersten / Katharina die Zweite / 1782«.

Ein alberner Gedanke blühte auf. Sollte das ein Zeichen sein? War er der Reiter und Nadja die Schlange? Oder war es eher umgekehrt? Nadja war auf alle Fälle nicht das hilflose siebenundzwanzigjährige Mädchen, das keine Ahnung von der Welt hatte. Sie war schön. Eine spröde Schönheit mit einem ovalen Gesicht, schmalen, geschwungenen Lippen, wie er es in Russland noch nie angetroffen hatte. Eher eine Scheherazade als eine Katharina. Selbstbewusst und unzugänglich. Aber in ihren Augen hatte er einen Schmerz gesehen, der ihn sofort berührt hatte.

Es war wie immer. Er wusste, dass sie ihn zu manipulieren versuchte. *Es ist wichtig, dass du die Falle erkennst,* dachte er. *Dieser uralte, verführerische Tanz um ein Feuer. Und der Grund, warum manche Frauen im Orient verschleiert sind und im Westen Heilige und Hure genannt werden.* Aber er wusste noch nicht, wozu sie ihn verführte. Was von dem, das sie ihm erzählt hatte, war die Wahrheit und was eine dreiste Lüge, mit der sie ihn instrumentalisieren wollte? Mikail Gerkin sollte Gregori Arkadin ermordet haben? Warum? Berkoff ging noch ein Stück am Südufer der Newa entlang, nahm die Troizki-Brücke, um den Fluss zu überqueren. Blieb mitten auf der Brücke stehen und sah auf den träge fließenden Fluss. Er hatte sich in ihre Hände begeben, so wie sie sich in seine Hände begeben hatte. Mit dem kleinen, aber feinen Unterschied, dass er ihr auch noch Marlene ausgeliefert hatte. Was wahrscheinlich ein Fehler gewesen war. Aber für einen Rückzug war es jetzt zu spät. Es gab nur noch die Möglichkeit, weiterzumachen und darauf zu achten, dass er die Zügel in der Hand behielt. Als er zu frieren begann und zurück zu seinem Hotel gehen wollte, hielt ein Wagen neben ihm. Drei Männer sprangen heraus. Sie trugen dunkelgrüne Strickmasken, die nur die Augen frei ließen. Graue Camouflageuniformen. Schwere Stiefel. Handschuhe. Sie waren alle drei groß gewachsen. Mindestens einen Kopf größer als Berkoff. Und breiter. Sie hielten Baseballschläger in den Händen. Einer sprach ihn an.

»Вы Дэвид Беркофф?«

Er kannte die Stimme. Sie gehörte zu dem Kerl, der ihm im *Percorso* gedroht hatte.

»Was?«

»Are you David Berkoff?«

»Why? What do you …«

Er konnte den Satz nicht zu Ende sprechen, weil ihn da bereits der erste Schlag mitten auf die Brust traf, ihm den Atem raubte und auf die Knie zwang. Der zweite Schlag traf den rechten Oberarm, der dritte den linken. Da kniete er noch aufrecht. *Hat er eben den Namen Nadja Arkadina gehört?* Dann zwei Schläge gegen die Beine. *Hat sie die Schläger geschickt?* Von hinten zwei Schläge gegen den Rücken. *Leg dich hin, roll dich ein wie ein Fötus, eine Schabe, ein Igel ohne Stacheln.* Er nahm die Arme und Hände über den Kopf und zählte weiter. Der achte und neunte Schlag gegen die Ellbogen. *Nicht ohnmächtig werden. Und vor allem am Leben bleiben!* Jetzt wurden die Schläge unterbrochen von Worten, die durcheinandergerufen wurden und die er nicht verstand.

»Пизда, Ебать, Блядь«

Er schloss die Augen. Nummer zehn, elf und zwölf gegen das linke, oben liegende Bein. Er zuckte bei jedem Schlag zusammen. *Wieso kommt niemand?* Nummer dreizehn, vierzehn, fünfzehn und sechzehn waren Tritte. Sie trafen ihn am Bauch, jagten Blitze in die Organe. Nieren, Leber, Blase. Siebzehn und achtzehn wieder gegen das linke Bein. Dann packte ihn einer der Männer von hinten, legte den Arm um seinen Hals und drückte zu. Er bekam keine Luft mehr. Versuchte mit den Händen den Arm von seinem Hals wegzuziehen.

Ich werde sterben, dachte Berkoff. *Mitten in St. Petersburg, auf einer Brücke über der Newa. Jonas!* Sein Blick trübte sich, schwarze Schlieren vor den Augen. Es war seltsam, welche Gedanken ihm durch den Kopf gingen. *Ich werde dich nicht mehr sehen. Ich werde meinen Sohn nicht mehr sehen.* Er spürte, wie er wegsackte. *Ich werde meinen Sohn …* Er schrie. *Jonas. Jonas.* Aber er hörte nicht, was er schrie, weil es nicht sein Schrei war, sondern die Sirene der Polizei. Und er hörte, wie Autotüren zugeschlagen wurden.

Der Arm um seinen Hals, der ihn zugleich gehalten und gewürgt hatte, verschwand. *Luft. Luft. Luft.* Er hörte, wie die Sirenen näher kamen. Ein Motor heulte auf, Reifen drehten auf dem Asphalt durch. Das Brüllen des Motors wurde leiser, immer leiser, bis es nicht mehr zu hören war. Die Sirenen rasten an ihm vorbei, ohne anzuhalten.

Berkoff öffnete die Augen. Ohne sich zu bewegen, spürte er in seine Beine und Arme. Es schien nichts gebrochen zu sein. Die Finger waren heil. Aber die Stellen, an denen die Schläge ihn getroffen hatten, waren brennende Inseln. Der Kopf war unverletzt, weil sie ihn dort nicht getroffen hatten. *Die haben mir den Schädel nicht eingeschlagen, was sie leicht hätten tun können,* dachte er. *Weil sie mich nicht umbringen wollten. Weil sie mich warnen wollten.*

Als er aufstand, war es, als wäre er mit dicken Seilen gefesselt. Die von den Schlägen getroffenen Muskeln reagierten nur unter Zwang. Schnee fiel. Winzige Kristalle, die sich zu Flocken zusammenrotteten und am Boden friedlich auf alles Spitze, Eckige und Unversöhnliche legten. Er sah sich um. Er war allein. Als wäre die Brücke ein heiliger Ort, den man nur kurz betreten durfte, weil sonst ein böser Gott seine Schergen losschickte.

Zwei

16

Als Nadja Arkadina den Wagen im Hof abstellte, wurde sie von einer Wolke aus dröhnend lauter Musik empfangen. Rimski-Korsakows Oper *Schneeflöckchen*. Sie erschrak, weil es sich um Gregoris Lieblingsmusik handelte und weil sie einen Moment lang dachte, er sei zurückgekommen. Ihr lief ihr ein kalter Schauder über den Rücken. Mikail war wahrscheinlich wieder so betrunken, dass er singend durch die Wohnung tanzte. Vielleicht sollte sie wegfahren und warten, bis er so betrunken war, dass er irgendwo auf dem Fußboden einschlief. Sie öffnete leise die Haustür, ging in Richtung Salon, konnte Mikail nirgends sehen.

»Was hat er gesagt?«, bellte es ihr plötzlich entgegen. »Was hat er gegen uns in der Hand?«

Mikail saß auf dem Sofa, eine Flasche in der Hand und grinste breit und verächtlich. Sie lief an ihm vorbei, zog Mantel und Schuhe aus. Ging weiter in die Küche, um aus dem Kühlschrank eine Flasche Wodka zu nehmen. In ihrem Rücken folgte ihr Mikail.

»Setz dich, Mikail. Wir müssen etwas besprechen.«

Sie schob ihm einen Stuhl hin. Mikail zögerte.

»Setz dich. Bitte.«

Nadja schenkte Wodka in zwei Wassergläser, schob eines davon Mikail hin. Sie setzte sich ihm gegenüber und sah ihn lächelnd an.

»Trink nicht zu schnell. Du musst halbwegs nüchtern sein für das, was ich dir sagen werde.«

Sie hielt ihm ihr Glas hin, er stieß mit ihr an. In einem Zug trank er das Glas leer.

»Wir sollten ehrlich zueinander sein, Mikail. Gerade jetzt, wo Greg tot ist. Und wir sollten ehrlich unsere Situation analysieren.«

»Was meinst du mit Situation analysieren?«

»Du bist nicht clever genug, und mir fehlt der Spürsinn für die Bedürfnisse der Kunden. Du weißt, Greg konnte einem Hund den Knochen aus dem Maul reden, wenn er wollte. Er war charmant, konziliant und brillant in seiner Fähigkeit, andere davon zu überzeugen, dass er den besten Deal mit ihnen machen würde.«

Greg hatte oft damit geprahlt, wie es ihm gelang, einen Zollbeamten mit ein paar Sätzen davon zu überzeugen, dass die drei Tonnen Landminen humanitären Zwecken dienten. Alles, was er brauchte, waren ein paar gute Argumente und zweitausend Dollar in einer gefälschten Einfuhrerklärung versteckt.

»Aber er war auch ein Arschloch«, fuhr Nadja fort. »Er war dir gegenüber herablassend und hat dich vor anderen gedemütigt. Er war jähzornig. Und manchmal sogar sadistisch, aber das hat sich meistens auf unser Privatleben beschränkt.«

Mikail sah Nadja verwirrt an. Offensichtlich war er überrascht, was sie alles wusste und wie klar und selbstsicher sie von ihrem toten Ehemann sprach. Und Nadja wusste, was es brauchte, um einen zweiundfünfzigjährigen Mann dazu zu bringen, einer siebenundzwanzigjährigen Frau zuzuhören und sie als Autorität und Chefin zu akzeptieren.

»Hör zu, Mikail, ich weiß, dass die Geschäfte in letzter Zeit nicht mehr allzu gut gelaufen sind. Greg hat Schulden. Enorme Schulden. Die Villa, das Chalet, der Hubschrauber, die Autos. Wenn wir nicht schnellstens Geld auftreiben, ist das alles weg. Das heißt, der Nutzen für dich ist größer, wenn du mich am Leben lässt und benutzt. So wie ich dich benutzen werde.«

»Was soll das heißen?«

»Wir müssen zusammenarbeiten, Mikail. Und damit wir das können, müssen wir an die Kundendaten herankommen.«

»Aber die sind mit einem Passwort gesichert, das niemand kennt.«

Er nahm sein Glas, trank es in einem Zug aus, schenkte es erneut voll.

»Ich weiß, wie das Passwort lautet.«

Mikail verschluckte sich.

»Greg hat es in seinem iPhone gespeichert. Als ich ihm helfen musste, es mit seiner Apple Watch zu synchronisieren, habe ich es gesehen.«

»Wieso hast du das nicht gleich gesagt?«

»Weil ich es zuerst ändern musste. Ich war mir unsicher, ob du es auch kennst.«

»Und was hindert mich daran, dich so lange zu foltern, bis du es mir sagst?«

»Mein Gespräch mit Berkoff. Er weiß, welche Geschäfte ihr – du und Greg – in den letzten Jahren gemacht habt. Er hat Fotos, die dir zehn Jahre in Kresty einbringen. Ich habe gehört, da werden sogar Typen wie du fertiggemacht. Angeblich schieben sie dir Schlagstöcke vierzig Zentimeter tief in den Arsch und lassen sie dich dann ablecken. Ich würde dir natürlich einmal im Monat Zahnpasta schicken, aber das wäre nur ein schwacher Trost. Meinst du nicht? Du weißt, welche Fotos ich meine. Die dürfen nicht veröffentlicht werden, weil unsere Kunden sonst denken, wir wollten sie erpressen. Verstehst du?«

Mikail hielt sich an seinem Glas fest und zitterte vor Wut.

»Greg hat dir nicht vertraut. Aber es ist noch nichts verloren. Ich werde unsere Geschäfte weiterführen. Ich verstehe zwar momentan noch weniger davon als du, und ich habe die Kunden auch noch nie getroffen, aber ich lerne schnell. Und ich bin intelligent genug, mein Gegenüber zu überraschen und um den Finger zu wickeln.«

Sie ging um den Tisch herum, legte die Hand auf Mikails Arm.

»Ich habe keine Lust, auf all das hier zu verzichten«, sagte sie. »Ich will Geld haben. Viel Geld. Und du kannst entscheiden, ob du das auch willst.«

Er tat so, als würde er nachdenken, dabei war die Antwort längst gegeben. Ein kurzes Kopfnicken.

»Okay.«

»Gut. Als Erstes richte ich dir ein Konto ein, von dem du deine laufenden Kosten decken kannst. Dann schaue ich nach, ob wir Außenstände haben, die du dann eintreiben musst. Okay?«

Mikail nickte. Er hatte die neue Hierarchie schneller verinnerlicht, als Nadja erwartet hatte.

»Und dann müssen wir uns um diesen Reporter kümmern.«

»Schon geschehen.«

Nadja sah ihn alarmiert an.

»Was heißt das?«

»Ich hab ein paar Leuten gesagt, sie sollen mit ihm reden.«

»Was hat er ihnen gesagt?«

»Das Problem ist, dass er kein Russisch spricht und die Jungs kein Deutsch.«

»Haben Sie ihn ...«

»Er lebt noch, falls du das meinst.«

»Du bist ein verdammter Idiot, Mikail. In Zukunft fragst du mich vorher. Verstanden?«

Mikail antwortete nicht.

»Ich weiß, dass du es nicht gewohnt bist, Befehle von

einer Frau entgegenzunehmen. Aber du wirst über deinen Schatten springen müssen. Stell dir einfach vor, du wärst ein Zar und ich wäre deine Beraterin und du würdest mir großzügig erlauben, dir hin und wieder Ratschläge zu geben.«

Sie schenkte erneut die beiden Gläser voll und hielt ihm ihres zum Anstoßen hin. Mikail zögerte.

»Klingt interessant, aber eine Sache hast du vergessen.«

Nadja sah ihn erstaunt an. Was sollte sie vergessen haben?

»Welche Rolle spiele ich dabei?«

»Die wichtigste. Keiner von Gregs Kunden wird Geschäfte mit einer Siebenundzwanzigjährigen machen, oder? Du kennst die Leute. Also bist du der neue Boss. Zumindest nach außen hin. Du beschützt uns vor der Konkurrenz und vor Putins Bluthunden. Was meinst du?«

Es dauerte eine Weile, bis Mikail endgültig akzeptieren konnte, dass er der neue Boss sein sollte und Nadja die Ansagen machte. Dann stieß er mit ihr an und warf das Glas hinter sich.

Als Nadja in Gregoris Büro ging, sah sie, dass Mikail Schränke und Schubladen durchwühlt hatte. Sie schloss die Tür ab, fuhr den Computer hoch, suchte die verschlüsselte Datei, in der Gregori Verträge und Zahlungsverläufe gespeichert hatte, und gab das Passwort ein. Es dauerte eine Weile, bis die Daten geladen waren. Nadja lehnte sich in dem Schreibtischsessel zurück und ließ den Blick durch den Raum gleiten. Gregoris Vorliebe für Pomp feierte auch in seinem Büro obszöne Freuden. Dann schloss sie die Augen.

Heute musste ich daran denken, meine geliebte Schwester, wie unser Vater bei deiner Geburt geweint hat. Er hat geweint, weil du ein Mädchen warst, er nach den fünf Mädchen aber endlich einen männlichen Nachkommen haben wollte, damit er ihm die heilige Schale übergeben konnte. Wenn es keinen Sohn gibt, dann wird die Schale an den jüngeren Bruder des Vaters weitergegeben, was eine schlimme Demütigung darstellt, hat Mutter uns erklärt. Denn die Schale ist das Heiligste des Clans. Sie wird unter einem Stapel von sieben Bettdecken aufbewahrt. Mutter hat erzählt, dass die Schale aus Gold gemacht und mit einem blauen Pfau bemalt ist. Darin wird das heilige Wasser aus Lalisch aufbewahrt. Dafür brauchte unser Vater einen Sohn. Wir aber, du, Anais, und ich, wir sind nur Mädchen. Doch jetzt, jetzt sind wir Frauen. Jetzt sind wir die, die zurückkommen und die Taten gegen unser Volk und unsere Familie rächen. Mit flammendem Schwert. Stolz und unbeugsam wie Krieger. Ich liebe dich.

Während Nadja sich ihren Träumen hingab, öffnete der Computer ihr den Zugang zu Gregori Arkadins Reich.

17

Berkoff schleppte sich zu seinem Hotel. Jeder Schritt biss in die Muskeln. Er war wütend. In dieser Story war eindeutig der Wurm drin. *Zuerst stirbt Arkadin, dann treffe ich seine Witwe, von der ich nicht weiß, was sie will, und dann werde ich verprügelt. Wofür?*

Unterwegs war die Kälte in seinen Körper gekrochen und hatte ihn so sehr zittern lassen, dass der Portier ihm mit besorgtem Blick die Tür zum Hotel öffnete. Er wollte eine heiße Dusche nehmen, sich aufwärmen und dann Marlene anrufen. Er würde ihr nicht sagen, dass er angegriffen und niedergeschlagen wurde. Er würde ihr stattdessen sagen, dass er wieder auf der Spur sei. Und dass der Job als Chefredakteur noch ein wenig warten müsse. Er schob die Keycard in das Schloss des Zimmers 77 und wunderte sich, dass leise Musik zu hören war. Jemand war in seinem Zimmer, und dieser Jemand versuchte noch nicht mal, es zu verheimlichen. Berkoff zögerte, schaute durch den offenen Türspalt. Auf dem Bett lag eine Reisetasche von Mulberry.

»Ich bin im Bad.«

Marlenes Stimme.

»Komm her«, rief sie.

Berkoff schloss die Zimmertür und ging ins Bad. Da lag sie in der runden Badewanne unter Wolken von Schaum und lächelte ihn an.

»Wie bist du hier reingekommen?«, fragte er.

»Ich habe an der Rezeption gesagt, dass ich deine Chefin bin und ein ernstes Wort mit dir reden muss, weil du zu viel für den Roomservice ausgibst. Der Manager hat mir, ohne zu zögern, den Schlüssel ausgehändigt. Du siehst ziemlich übel aus. Was ist passiert? Zieh dich aus, und komm zu mir.«

Sie drehte den Hahn für das heiße Wasser auf. Berkoff stand einen Moment lang unschlüssig.

»Worauf wartest du? Das ist die letzte Gelegenheit, meine Brüste zu bestaunen«, sagte sie mit einem bitteren Lächeln. »Wenn ich im Krankenhaus war, sind sie Geschichte. Was denkst du? Wirst du noch mit mir ins Bett steigen, wenn ich flach wie ein Teenager bin? Andererseits ist das ja vielleicht sogar erotisch.«

Ihre unverblümte, aggressive Direktheit erschreckte ihn immer aufs Neue. Wer ihr freundliches Auftreten kannte, das stets feine Lächeln, das um ihren Mund spielte, ahnte nicht, dass sie in Bezug auf zwischenmenschliches Verhalten gnadenlos war. Auch was sie selbst anging. Aber war das wirklich der Grund, warum sie nach St. Petersburg gekommen war? Er hatte ihr eine Nachricht geschickt, dass er Nadja Arkadina treffen würde. Offensichtlich hatte Marlene sich daraufhin im Netz Bilder von Nadja angeschaut.

»Worauf wartest du?«

»Jetzt nicht.«

Wenn er sich auszöge, würde sie die roten und violetten Flecken sehen, die die Schläge auf seinem Körper hinterlassen hatten. Sie würde erschrecken. Sie würde Fragen stellen. Sie würde ihn drängen, vielleicht sogar zwingen, sofort ins Krankenhaus zu gehen, um sich untersuchen zu lassen. Und anschließend bei der Polizei Anzeige erstatten.

»Wie war es bei Nadja Arkadina?«

»Dachte ich mir doch, dass du wegen ihr hier bist.«

»Natürlich. Ich kenne dich, David. Und es würde mich wundern, wenn du nicht den edlen Ritter auf dem weißen Pferd von der Leine gelassen hättest. War es so?«

Sie griff nach seiner Hand, zog ihn zu sich heran, begann am Reißverschluss seiner Hose zu nesteln. Es war ihm unangenehm. Nicht weil er den Sex mit ihr nicht mochte, auch nicht, weil sie die Initiative ergriff, was sie oft tat. Eher weil er sie vor zwei Stunden an Nadja Arkadina verraten hatte.

»Ich weiß, wer Arkadin umgebracht hat«, sagte er.

Sofort stellte sie jede Verführung ein. Sah ihn mit erstaunten Augen an.

»Wer?«

»Sag ich dir, wenn ich mir sicher bin.«

»Von wem hast du die Informationen?«

»Von Nadja.«

»Nadja? Ihr seid per Du?«

»Nein.«

Es war offensichtlich, dass Marlene ihm nicht glaubte. Zumindest nicht, was den Grad der Intimität zwischen ihm und Nadja Arkadina anging.

»Ich weiß, David, dass du in Bezug auf Frauen Dinge tust, die mindestens unvernünftig sind. Meistens sogar unverständlich und gefährlich. Also fang nicht wieder so an. Du musst zur Polizei gehen.«

»Ich kann nicht zur Polizei gehen.«

»Wieso nicht?«

Er schwieg erneut.

»Du hast einen Deal mit ihr gemacht.«

»Ich musste, sonst hätte sie mir nicht vertraut.«

»Was hast du ihr gesagt?«

»Es ist besser, wenn du es nicht weißt.«

»David!«

»Ich habe ihr von deiner Stasiakte erzählt.«

»Die ist inzwischen veröffentlicht.«

»Nicht alles davon.«

Marlene stieg aus der Wanne, verließ das Badezimmer. Eine Spur aus Wasser auf dem Weg ins Zimmer nebenan. Er folgte ihr. In ihrem Blick lag Verachtung, wie er es noch nie zuvor bei ihr gesehen hatte. Keine Maske, sondern die Demaskierung eines Irrtums, den sie schon lange geahnt, aber stets verleugnet hatte.

»Tut mir leid, aber ...«

Er beendete den Satz nicht, weil es keine Erklärung gab, die sie akzeptieren würde.

Die Tür fiel ins Schloss.

Eine halbe Stunde später, da war Marlene bereits auf dem Weg zum Flughafen, erreichte ihn eine SMS.

Betrachte unsere Zusammenarbeit in jeder Hinsicht als beendet.

18

Nachdem Nadja sich eingeloggt hatte, stöberte sie durch die Aufträge, die bei Arkadin eingegangen waren. Natürlich hatten auch die Kunden bereits von Gregoris Tod erfahren und sahen sich vermutlich bereits nach einem anderen Händler um. Nadja war überrascht, dass die Geschäfte so abliefen, wie sie es von Amazon kannte. Da wurde nach 1200 »Wüstenblumen« gefragt, ein Codewort für die Kalaschnikow AK47. Dann ging es um 5000 »Teddybären«, Codewort für Antipersonenminen, die in den Südsudan geliefert werden sollten. Der IS bestellte sogar 200 Toyotas. Sie stöberte weiter und staunte über die Tonnen an Waffen, die Arkadin im Laufe des letzten Jahres an jeden geliefert hatte, der bereit war, dafür zu bezahlen. Aber das war nicht, wonach sie suchte.

Sie wollte einen bestimmten Auftrag finden, der laut Mikail noch nicht abgeschlossen war. Zwei Stunden lang wühlte sie sich durch die Dateien, bis sie fündig wurde. Eine Ladung »Sonnenschirme«, Gregoris Codewort für das deutsche G36-Sturmgewehr. Eine Hälfte der Ladung war übergeben worden, die zweite Hälfte lag auf einem Schiff namens *Kono* irgendwo vor der syrischen Küste. Irgendwo musste doch der Name des Kunden stehen. Irgendjemand, der die Ware entgegennahm und bezahlte. Oder der sie an jemanden weitergab, der am Ende bezahlen würde. Immerhin ging es um knapp zwanzig Millionen Euro. Nach einer Stunde fand sie endlich den Vertrag, den Gregori mit dem Käufer geschlossen hatte. Und da stand *Dostojewski*. Dostojewski? Der Käufer war ein Russe?

Sie suchte weiter, fand aber keine weiteren Angaben. Dann prüfte sie die anderen Verträge. Die Käufer hießen *Puschkin, Majakowsky, Pasternak*. Greg hatte sich auch mit seinen Kunden auf Codenamen aus der russischen Literatur geeinigt. Einzig Jury Orlov, ein Waffenhändler, der vor zwanzig Jahren als junger Mann zusammen mit seinen Eltern aus der Ukraine nach Brooklyn übergesiedelt war, tauchte unter seinem Klarnamen auf, weil er sich seine Ware in Diamanten und Heroin bezahlen ließ. Nadja rief Mikail herbei. Er hatte ziemlich Schlagseite.

»Mikail, bist du in der Lage, mir zuzuhören?«

Er brummte etwas, das sich wie ein Ja anhörte.

»Ich hab mir einen Überblick über Gregs Geschäfte verschafft. Wir haben gewaltige Außenstände, die wir unbedingt reinholen müssen. Das Problem ist nur, dass in den Dateien keine Namen von Kunden verzeichnet sind, jedenfalls keine Namen, mit denen ich was anfangen kann. Nur russische Dichter. Puschkin, Tolstoi, Tschechow. Ich hoffe, du weißt, wer hinter diesen Namen steckt.«

Mikail sah sie skeptisch an. Ihre Entschlossenheit schien ihn immer noch zu verwundern. Er schüttelte den Kopf.

»Nein.«

»Du weißt nicht, wer die Kunden sind?«

»Greg hat immer alleine mit denen verhandelt. Ich habe die Ware abgeholt, gefälschte Frachtpapiere besorgt und dann verschickt. Er hat in den Zielländern Zoll und Polizei bestochen und dafür gesorgt, dass die Ware unversehrt und vollständig bei den Kunden ankommt.«

»Und er hat das Geschäft alleine abgewickelt?«

»Du kennst ihn. Er hat immer gesagt, er will nicht, dass zu viele Leute Bescheid wissen, weil zu viele Leute quatschen könnten.«

»Und dann?«, fragte Nadja.

»Hab ich Koffer voller Dollar oder Pfund auf Offshorekonten auf den Virgin Islands eingezahlt.«

»Wenigstens hat er dir da vertraut.«

»Aber nur, weil es eine gefährliche Sache war. Ein paar von den Kunden haben nach den Deals ihre Scheißficker losgeschickt. Die wollten das Geld wiederhaben. Ich bin zweimal angeschossen worden.«

Er zog sein T-Shirt hoch und zeigte Nadja die Narben.

»Weißt du, wie es ist, wenn du in Ruanda oder im Sudan mit Schusswunden in irgendeine Bruchbude eingeliefert wirst? Da steht über dem Eingang *Hospital*, aber eigentlich ist es ein Schlachthof. Die operieren ohne Betäubung und mit dreckigem Besteck. Da musst du hinterher ein Breitbandantibiotikum schlucken, bis dein Darm nur noch ein toter Schlauch ist.«

Nadja nickte beeindruckt. *Schöne Geschichte, Mikail. Und denkst tatsächlich, dass ich dir das glaube,* dachte sie.

»Verstehe. Aber wir müssen vor allem einen Kunden kontaktieren und ihm sagen, dass Gregoris Tod keine Auswirkungen auf das Geschäft hat. Es geht um eine Ladung Sonnenschirme, die auf einem Schiff vor Syrien liegt.«

»Sonnenschirme sind 5000 deutsche G36-Sturmgewehre.«

»Und du bist sicher, dass du nicht weißt, wer der Kunde ist?«

»Meinst du, ich wäre dann noch hier?«

Sie saßen eine Weile schweigend da. Nadja sah mit einem Mal die Einsamkeit, in der Gregori Arkadin gefangen gewesen war. Ein Zar in seinem illegalen Reich. Und wie jeder Zar konnte er nie sicher sein, dass nicht jemand heimlich an seinem Sturz arbeitete. Deswegen hatte Arkadin niemandem vertraut. Noch nicht einmal Mikail. Die Sonne tauchte hinter dunkle Wolken und entzog dem Raum das Licht. Nadja und Mikail sahen aus wie auf einem gebleichten Foto.

»Na gut. Kein Problem«, sagte Nadja.

»Was meinst du?«

»Ich weiß, wie wir an die Namen kommen.«

19

Die Bundesregierung verbietet die Ausfuhr von Waffen in Krisengebiete wie etwa Somalia, Nigeria, Sudan, Syrien. Trotzdem tauchen dort Waffen deutscher Hersteller auf. Und zwar millionenfach. Wie kommen die dorthin? Kannst du mir das sagen, Marlene? Die Bundesregierung verbietet außerdem die Ausfuhr von Waffen an diktatorische Regime. Trotzdem tauchen deutsche Panzer im Iran und in Saudi-Arabien auf. Sie sind nur zur Landesverteidigung zu gebrauchen, sagt die Bundesregierung. Ist damit auch die Verteidigung des Landes gemeint, das sich Autokraten unter die Nägel gerissen haben? Das erste Opfer des Kriegs ist die Wahrheit. Und wenn man die Augen öffnet und bereit ist zu sehen, was zu sehen ist, weiß man, dass permanent Krieg herrscht. Nicht in der romantischen Verklärung, wie er in Filmen wie »Apocalypse Now«, »Der Soldat James Ryan« oder »American Sniper« erzählt wird. Dieser Krieg findet statt, bevor Bomben explodieren und Gewehrschüsse rattern. Er findet statt, bevor Kinderhände zerfetzt werden, weil sie als Spielzeug getarnte Landminen aufheben, bevor Frauen vergewaltigt und mit Salven aus Maschinenpistolen bis zur Unkenntlichkeit zerrissen werden, bevor Männer zu Hunderten erschossen und in Massengräbern verscharrt werden, bevor Krankenhäuser, Wohnsiedlungen und Marktplätze durch Bomben zerstört werden. Er findet statt, weil die Bundesregierung der viertgrößte Waffenhändler der Welt sein will, weil sie dafür sorgt, dass KraussMaffei, Heckler & Koch und Mercedes-Benz legal und illegal ihre schönen Produkte loswerden können und Papi daheim seinen Arbeitsplatz nicht verliert.

Berkoff las die letzten Sätze noch einmal durch und klappte dann das Notebook zu. Er wusste, dass Marlene die Mail nicht lesen würde. Sie war wütend abgereist, und es würde ein paar Tage dauern, bis sie sich wieder beruhigt hätte. So lange durfte er die Schmerzen in Armen und Beinen genießen. Überall dort, wo die Schläge ihn getroffen hatten, waren riesige Hämatome entstanden. Er rieb die Stellen mit einer Sportsalbe ein, die der Concierge ihm besorgt hatte. Dann legte er sich aufs Bett.

Marlene hatte ihm die Streichung jeder finanziellen Unterstützung angedroht. Aber immerhin hatte er Nadja Arkadina an der Angel. Sein Plan schien aufzugehen. Nur wusste er noch nicht, welchen Plan sie hatte. Und ob sie überhaupt einen Plan hatte. Wieso hatte sie ihm gesagt, Mikail Gerkin habe Gregori Arkadin umgebracht? Was erhoffte sie sich von diesem Geständnis? Und was war mit den Schlägern? Wer hatte sie geschickt? Der FSO? Was auch immer die Antworten auf diese Fragen waren, er musste überlegen, wie er von Nadja die Informationen über Gregori Arkadins deutsche Geschäftspartner bekommen konnte. Und dafür musste er herausbekommen, welche Rolle sie bei der Verteilung von Arkadins Erbe spielte. Mit Gregoris Tod war das Königreich verwaist. Das bedeutete, dass die Konkurrenz gute Chancen sahen, die Krone zu übernehmen. Egal, wie und egal mit welchen Mitteln. Gleichzeitig bedeutete es, dass all diejenigen, die sich seiner schmutzigen Dienste bedient hatten, um ihre Waffen verkaufen zu können, plötzlich in Gefahr waren, enttarnt zu werden. Kaum hatte er den Gedanken zu Ende gedacht, klingelte das Telefon. Berkoff nahm den Hörer ab.

»Ja?«

»David Berkoff?«, fragte eine Frauenstimme am anderen Ende der Leitung. »Hier ist Nadja Arkadina. Wir müssen uns treffen. Sofort. Und bringen Sie Ihr Notebook mit.«

»Okay. Wann und wo?«

»Vor Ihrem Hotel.«

Seltsame Geräusche am anderen Ende der Leitung. So als hätte sie den Hörer fallen lassen. Vielleicht war es auch ein Schuss.

»Hallo?«

Sie hatte das Gespräch beendet. Oder jemand anderes hatte das Gespräch beendet. Berkoff sprang vom Bett hoch, schlüpfte in Schuhe und Jacke, nahm die Tasche mit dem Notebook und verließ das Zimmer. Weil der Aufzug ewig brauchte, nahm er die Treppe. Sechs Stockwerke, bis er die Lobby erreichte. Berkoff verließ das Hotel, trat hinaus in den Regen und hielt Ausschau nach Nadja. Sie war nirgends zu sehen. Nur eine Reihe Taxis, die mit laufenden Motoren auf Fahrgäste warteten.

»David Berkoff?«

Dieselbe Stimme, mit der er vor wenigen Minuten telefoniert hatte. Sie kam von der anderen Straßenseite. Aus einem alten Lada. Nadja Arkadina saß am Steuer. Sie startete den Motor. Berkoff sah sich um. Weit und breit niemand zu sehen. Er überquerte die Straße.

»Steigen Sie ein.«

»Wieso?«

»Weil ich jetzt losfahre. Entweder mit Ihnen oder ohne Sie.«

Nadja kurbelte das Fenster wieder hoch, legte krachend den ersten Gang ein. Offensichtlich meinte sie es ernst. Berkoff beeilte sich, auf die andere Seite des Wagens zu kommen, und öffnete die Beifahrertür.

»Hinten.«

Berkoff gehorchte. Bevor er sich setzten konnte, musste er zwei Kisten Putzmittel beiseiteschieben.

»Legen Sie sich hin.«

»Was ist passiert?«

»Machen Sie schon.«

Er legte sich auf die Rückbank, sodass er von außen nicht gesehen werden konnte. Der Motor heulte auf, als Nadja um die nächste Ecke bog.

»Netter Wagen«, sagte Berkoff. Die Karre war mindestens fünfundzwanzig Jahre alt und passte nicht im Mindesten zum Outfit der Fahrerin.

»Er gehört meiner griechischen Putzfrau.«

Nadja fuhr mit ziemlich hoher Geschwindigkeit durch das nächtliche St. Petersburg. Das Licht der Straßenlaternen huschte über Berkoffs Gesicht, während er auf dem Rücksitz hin und her rutschte.

»Wollen Sie mir nicht sagen, warum ich mich verstecken muss? Und warum Sie so rasen?«

Nadja schwieg. Offensichtlich benötigte sie all ihre Konzentration für das Lenken des klapprigen Lada. Als sie an einer roten Ampel anhalten musste, stellte sie den Rückspiegel so ein, dass sie Berkoff sehen konnte.

»Ich hatte heute Abend Besuch von zwei Männern. Mikail meint, die seien vom Geheimdienst«, sagte sie.

»Und was wollten die?«

»Gregoris Notebook, iPad und den iMac.«

»Sie haben alles mitgenommen?«

»Ja. Aber Gregori hat seine Geschäftsunterlagen in einer speziellen Cloud gespeichert.«

»Die natürlich mit einem Passwort gesichert ist.«

Die Ampel wechselte auf Grün. Nadja fuhr weiter, bog nach rechts ab. Die Straße war kurvig und uneben. Berkoff musste sich festhalten, um nicht von der Sitzbank in den Fußraum zu rutschen.

»Es ist ein Master-Passwort.«

»Heißt das, Sie haben Zugang zu allen Daten?«

Nadja antwortete nicht. Sie fuhr schnell. Mindestens 100 km/h. Nach einer Viertelstunde, in der sie geschwiegen und Berkoff gegen die Schmerzen in Armen und Beinen geatmet hatte, stoppte sie den Wagen.

»Wir sind da. Aber bleiben Sie noch liegen.«

Sie stieg aus, die Tür fiel hart ins Schloss. Berkoff konnte ihre Schritte hören, die wie ein Echo langsam verklangen. Als sie nach ein paar Minuten nicht zurückkam, hob er den Kopf. Um ihn herum stachen Fichten in den Himmel. Zwischen den Wipfeln war es grau. Der Lada stand auf einem Waldweg. Als Nadja die Wagentür öffnete, erschrak Berkoff.

»Wo sind wir hier?«

»Das ist die Datscha von Gregoris Eltern. Sie sind nur am Wochenende hier. Wenn überhaupt. Im Winter ist es nicht gerade angenehm. Kommen Sie.«

Nadja nahm einen Rucksack von Dolce & Gabbana vom Beifahrersitz. Berkoff packte seine Tasche, stieg ächzend aus und folgte ihr zu einer geräumigen Datscha. Die Tür ließ sich schwer öffnen, sie mussten zu zweit dagegendrücken, bis sie nachgab und dann gegen eine Wand schlug. Staub wirbelte auf, winzige Flocken tanzten einen betrunkenen Reigen im Licht der Glühbirne.

Die Datscha bestand aus einem ebenerdigen Raum und einem zweiten Raum unter dem Dach, zu dem eine schmale Stiege hinaufführte. Das kleine Haus musste ziemlich alt sein. Das Holz war vom Rauch schwarz gefärbt, die Balken hatten tiefe Risse. Die Dielen knarrten, und bei jedem Schritt krochen winzige Ameisen aus den Zwischenräumen, als hätte man sie aus dem Winterschlaf geweckt. Ein Tisch, vier Stühle, ein Schrank, ein Kühlschrank, ein Waschbecken. Ein zweites Fenster zeigte nach Westen. Berkoff nahm die Umgebung mit einem kritischen Blick auf. Nadja deutete auf einen Kamin.

»Wissen Sie, wie man Feuer macht?«

Sie nahm ein Notebook aus ihrer Tasche, blies den Staub vom Tisch und legte es ab.

»Hinter dem Haus ist Holz und neben dem Kamin Papier.«

Es war schwer zu sagen, ob sie eine Bitte formulierte oder einen Befehl in Girlanden und buntes Papier verpackte. Sie öffnete das Notebook und gab einen mehrstelligen Code ein.

»Was machen wir hier?«

»Das sage ich Ihnen, wenn es etwas wärmer ist und ich diese Dateien geöffnet habe.«

»Und dann sagen Sie mir auch, wer diese Arschlöcher waren, die mich überfallen und zusammengeschlagen haben?«

»Ja.«

»Haben Sie die geschickt?«

»Es ist kalt. Und ich friere. Und wenn ich friere, kann ich nicht denken.«

Sie widmete sich weiter ihrem Notebook. Da Berkoff nicht reagierte, hielt sie inne und sah zu ihm hin.

»Denken Sie mal nach. Warum sollte ich das tun?«

Berkoff sah noch einen Augenblick lang zu, wie sie weitere Befehle in die Tastatur eingab.

Und da war sie wieder, die Stimme. Instinkt, siebter Sinn, sein Bauch. Woher auch immer sie kam, sie war deutlich zu hören. *Lass es. Geh durch diese Tür. Nimm dir ein Taxi, fahr ins Hotel. Pack deine Klamotten zusammen. Flieg nach Berlin. Entschuldige dich bei Marlene. Sag ihr, dass du das Angebot annimmst, du aber vorher noch mit Jonas verreist. Falls du ihn dazu überreden kannst, diesen kleinen Kotzbrocken. Mach es. Mach es jetzt.*

Er ging nach draußen. Hinter der Datscha fand er einen ordentlich aufgeschichteten Stapel Holz. Als er zurückkam, scrollte Nadja durch Unmengen von Dateien. Sie ließ sich nicht stören, als er nach Zündhölzern fragte, um Feuer zu machen. Er fand sie in einer Schublade direkt neben einer alten Weltkrieg-II-Pistole. Als das Feuer die Hütte wärmte, drehte Nadja das Notebook zu Berkoff hin und zeigte ihm eine Gesprächsnotiz, die Arkadin im Januar 2016 erstellt hatte.

»Manchmal hat Gregori so eine Art Tagebuch geschrieben. Vermutlich wollte er eine Absicherung haben, falls es irgendwann Probleme geben sollte.«

Es ging in dem Tagebucheintrag um eine Lieferung von 10.000 G36-Sturmgewehren in den Irak. Hersteller Heckler & Koch, Abnehmer die Peschmerga, die im Irak im Kampf gegen den IS unterstützt werden sollten. Weil es ein Waffenembargo gab, wurden die G36 als Entwicklungshilfe (medizinisches Gerät, Medikamente etc.) getarnt. Da kamen das BMZ und ein gewisser Philipp Pitt ins Spiel. Er hatte in Dubai einen Manager von Heckler & Koch kontaktiert. Weil es nach der Schließung der deutschen Botschaft in Bagdad keinen Kontaktmann mehr gab, wurde Gregori Arkadin eingeschaltet. Arkadin und seine rechte Hand Mikail Gerkin hatten den ersten Teil des Deals mit Erlaubnis des türkischen Militärs am Grenzübergang Ibrahim Khalil in den Irak geschafft. Der war damals unter der Kontrolle der irakischen Armee und eigentlich für den Warenverkehr geschlossen, wurde aber für humanitäre Hilfe geöffnet, wenn man ein paar Hundert Dollar auf den Tisch legte. Ein Mittelsmann, der in der Region tätig war, sollte die G36 an die Peschmerga weiterleiten, hatte sie aber an den IS verkauft, weil der besser bezahlte. Arkadin hatte davon gewusst, aber nichts unternommen.

Berkoff sah Nadja Arkadina aufgewühlt an. Hatte sie eine Ahnung, was diese Notizen bedeuteten?

»Ich entnehme Ihrem Blick, dass Sie davon noch nichts wussten«, sagte sie lächelnd.

»Ende August 2014 war bekannt geworden, dass der IS mehrere Dörfer überfallen hatte, die von Jesiden bewohnt waren. Die Männer wurden hingerichtet, die Frauen und Töchter waren ins Sindschar-Gebirge geflohen. Das Problem war, dass der Überfall mit neuen G36 aus deutscher Produktion stattgefunden hatte. Zu der Zeit wusste niemand, wie der IS an 5000 G36 gekommen war. Die Frage ist jetzt, wo die anderen 5000 Stück sind.«

»Ich weiß es«, sagte Nadja ernst.

Berkoff spürte, wie das Blut in sein Gesicht schoss.

»Wo?«

»Quid pro quo.«

»Was wollen Sie wissen?«, fragte er.

»Vor Syrien dümpelt ein Schiff außerhalb der 200-Meilen-Zone. Die *Kono*. An Bord sind 5000 G36-Sturmgewehre. Wer ist der Abnehmer?«

»Ihr Mann hat in Syrien mit mehreren Stammesführern Geschäfte gemacht.«

Berkoff öffnete sein Notebook. Es dauerte eine Weile, bis eine Reihe Fotos geladen wurden. Von oben nach unten wurde Zeile um Zeile hinzugefügt. Arkadin in Damaskus mit einem Vertreter der syrischen Regierung. Arkadin in einem Dorf irgendwo in der Wüste. Arkadin mit einem Mann, der ein G36 in der Hand hielt.

»Der könnte es sein«, sagte Berkoff.

»Wer ist das?«, fragte Nadja.

»Abu Abd al-Hakim. Er ist einer der besten Kunden von Arkadin. Jedenfalls war er es, als Ihr Mann noch lebte.«

»Schicken Sie mir die Datei rüber.«

»Wieso? Wollen Sie die Geschäfte weiterführen?«

»Ist der Mann Iraker?«

»Kurde, Peschmerga.«

»Wie haben Sie diese Fotos gemacht?«

»Mit einem Fotoapparat.«

Nadja sah ihn gelangweilt an.

»Es dürfte Ihnen doch egal sein, wie die zustande gekommen sind.«

»Ist es nicht, weil ich wissen muss, ob sie echt sind.«

»Jeder Kriegsreporter hat Leute zur Hand, die das Land kennen, in dem man unterwegs ist. Und diese Leute kennen jemanden, der jemanden kennt, der jemanden kennt. Die Fotos hat ein Kämpfer gemacht, der Abu Abd al-Hakim treu ergeben ist. Aber am Ende ist es eine Frage des Geldes. Vor allem bei denen, die sich nicht mehr sicher sind, ob die religiöse Botschaft wirklich ernst gemeint ist.«

»Haben Sie noch mehr davon?«

»Wie viele wollen Sie?«

»Alles, was Sie haben. Auch die, auf denen Mikail zu sehen ist.«

»Quid pro quo.«

Nadja schickte ihm einen Ordner mit zwei Dutzend Gesprächsnotizen, die neben Philipp Pitt auch Claudia König betrafen. Berkoff packte dafür die Fotos in eine verschlüsselte Mail.

»Ich helfe Ihnen, Mikail Gerkin hinter Gitter zu bringen. Am besten im Ausland. Sie geben mir dafür alles, was Gregori Arkadins Kontakt zum deutschen Entwicklungshilfeministerium und zum Kanzleramt betrifft.«

»Gut. Aber wir müssen uns beeilen. Momentan lässt Mikail mich am Leben, weil er an wichtige Unterlagen nicht herankommt. Sobald er die hat, wird er mich umbringen.«

»Sie könnten mit nach Deutschland kommen.«

»Vor jemandem wie Mikail kann man nicht fliehen.«

Als ihre Mails eintrafen, lächelten beide. Sie waren eine Zweckgemeinschaft. Ein Krokodil mit aufgerissenem Maul und darin der kleine Vogel mit dem harmlosen Namen Krokodilwächter, der das Krokodilgebiss von Parasiten säubert und sich selbst davon ernährt. Eine perfekte Symbiose. Wer von beiden welche Rolle spielte, beurteilten sie unterschiedlich.

20

Während er aus dem Fenster des Airbus auf den Berliner Fernsehturm sah, war sich Berkoff nicht mehr sicher, ob der Deal mit Nadja Arkadina nicht nach hinten losgehen würde. Er hatte ihr Informationen geliefert, die sie in die Lage versetzten, die Geschäfte ihres Mannes weiterzuführen. Die Maschine kreiste noch eine Weile in der Luft, bis sie endlich Landeerlaubnis erhielt. Berkoff reihte sich in die Schlange vor den beiden Schaltern der Bundespolizei ein. Er hatte die linke Schlange gewählt, weil der Polizist hinter der Glasscheibe entspannter aussah als sein Kollege. Aber wie so oft war es die falsche Wahl gewesen. Bei einem Mann mit langem Bart, Pluderhose und Lederjacke drei Plätze vor Berkoff reagierte das System, was dazu führte, dass nebenan einer nach dem anderen die Passkontrolle schnell hinter sich bringen konnte, während er endlos warten musste, bis der Bärtige schließlich einreisen durfte.

Als Berkoff seinen Reisepass vorlegte, sah der Polizist ihn skeptisch an.

»Sie kommen aus St. Petersburg?«

»Ja.«

»Was war der Zweck Ihrer Reise?«

»Beruflich. Ich bin Journalist.«

Der Grenzbeamte blätterte durch Berkoffs Pass, legte ihn dann auf das elektronische Lesegerät. Es dauerte ewig, bis die Überprüfung abgeschlossen war. Und als Berkoff endlich weitergehen durfte, wurde er an der Zollstelle von zwei Angestellten des BND erwartet. Eine der beiden zeigte ihren Ausweis. *Julia Wagner.*

»David Berkoff?«

»Ja?«

»Kommen Sie bitte mit.«

Sie deutete zu einer Tür direkt neben der Zollkontrollstelle. Berkoff musterte die zweite Person. Sie war klein und trug eine Brille von Ray-Ban. Marlene hatte ihm erzählt, dass die beiden so unscheinbar waren, dass es schon fast an Unsichtbarkeit grenzte. Die mit der Brille zeigte ebenfalls ihren Ausweis. *Anne Niemann.* Berkoff lächelte. Natürlich waren es nicht ihre richtigen Namen, aber *Niemann* war vielleicht doch ein bisschen zu gewollt. Sie fasste Berkoff am rechten Arm und dirigierte ihn vorwärts. Ihr Griff war nicht fest, aber entschieden. Und er signalisierte, dass sie keinen Widerspruch dulden würde. Berkoff sah sich um. War da jemand, den er kannte? Rein zufällig? Ein Kollege? Jemand, den er interviewt hatte? Nur für den Fall, dass er später einen Zeugen brauchte, wofür auch immer. Niemand. Zu dritt gingen sie durch eine Tür. Das Büro war schmucklos. Eine Fotografie des Bundespräsidenten, ein paar Naturfotografien aus Afrika, vermutlich aus einem Kalender ausgeschnitten, ein Tisch, zwei Stühle. Eine zweite Tür, ein Wasserspender. An einer Wand ein zwei Meter breites verspiegeltes Fenster. In den vier oberen Ecken des Raumes Kameras.

»Setzen Sie sich. Dürfen wir einen Blick in Ihre Tasche werfen?«, fragte Wagner.

Berkoff nahm auf dem Stuhl gegenüber der Tür Platz.

»Macht das nicht jemand vom Zoll?«

»Bestehen Sie darauf?«

Berkoff schüttelte den Kopf. Hier ging es um etwas anderes, und er wollte wissen, wer dahintersteckte. Er reichte seine Tasche an Niemann, die sah hinein, nahm das Notebook, sein iPad und das Notizbuch heraus.

»Sie erlauben?«, fragte Niemann und deutete auf das Notebook.

»Brauchen Sie dazu nicht eine richterliche Anweisung?«

Wagner zeigt ihm ein Blatt Papier, auf dem rechts oben das Signet des Bundesjustizministeriums prangte.

Berkoff nickte.

»Das Passwort?«

Berkoff nannte es. Niemann setzte sich und stöberte in den Dateien herum.

»Sie haben Nadja Arkadina getroffen«, sagte Wagner.

Berkoff lächelte. Er war diese Art von Befragung gewohnt, bei der man nicht zwischen Frage, Feststellung und Drohung unterscheiden konnte.

»Was war der Grund des Treffens?«

»Ich wollte wissen, wie es ihr geht.«

»Sie schreiben eine Reportage über Gregori Arkadin. Angeblich wollte er sich mit Ihnen treffen«, sagte Wagner.

Berkoff lächelte immer noch.

»Um Ihnen ein Interview zu geben.«

»Kann ich etwas zu trinken haben?«

Wagner ging zum Wasserspender, nahm einen Plastikbecher und füllte ihn. Das Wasser war lauwarm und schmeckte abgestanden.

»Arkadin hat noch nie in seinem Leben ein Interview gegeben«, sagte Wagner. »Wieso jetzt auf einmal? Und wieso Ihnen?«

»Vielleicht, weil ich ein netter Kerl bin?«

»Ich glaube eher, er wollte Ihnen das Interview gewähren, weil Sie etwas in der Hand haben, das ihm hätte gefährlich werden können.«

Berkoff stand von dem Stuhl auf.

»Wollen wir es so machen? Sie schreiben auf, was Sie alles wissen, und schicken mir die Datei, und ich redigiere den Text und streiche, was davon nicht stimmt. Ist das nicht eine gute Idee?«

Niemann gab einen seltsamen Laut von sich. Es hörte sich nach Freude an. Sie winkte ihre Kollegin herbei. Zu zweit starrten sie auf den Bildschirm. Dann sahen sie zu dem verspiegelten Fenster hin. Kurz darauf wurde die zweite Tür geöffnet, und eine Frau trat ein, die Berkoff gut kannte. Sie war groß, schlank, hatte einen akkuraten Pagenschnitt und trug ein hellgrünes Kostüm. Die Sorte, die auch die Kanzlerin hin und wieder ausführte. Claudia König. Beauftragte der Bundesregierung in der Abteilung 2: Außen-, Sicherheits- und Entwicklungspolitik. Eine Stufe unterhalb des Staatssekretärs. Sie ging zu den beiden BND-Mitarbeiterinnen und sah ebenfalls auf den Bildschirm. Dann nickte sie kurz und wandte sich Berkoff zu.

»Guten Tag, Herr Berkoff.«

Sie reichte Berkoff die Hand. Der feste Griff einer Frau, die bemüht ist, keinen Eindruck zu hinterlassen, noch nicht mal einen guten. Berkoff wischte unwillkürlich die eigene Hand an der Jeans ab.

»Wie geht es Ihnen?«

»Danke.«

»Ich bin ein Fan von Ihnen.«

»Ach, Sie sind das.«

»Die Reportage über die Rosenholz-Dateien hat mich sehr beeindruckt. Eine spannende Mischung aus politisch falschen Fakten und menschlicher Tragödie. Das wird zu oft vergessen, dass hinter jeder Politik immer auch Menschen mitsamt ihren Schwächen und Ängsten stehen. Man kann von Glück reden, wenn an der Spitze eines Staates nicht gerade Leute wie der amerikanische und der russische Präsident stehen. Leider weiß man das erst, wenn es zu spät ist. Macht zeigt den Charakter eines Menschen. Auch bei Journalisten.«

»Irgendwie werde ich das Gefühl nicht los, dass Sie und die beiden Mädels einen Fanklub gründen wollen. Ich bin einverstanden. Wir können noch ein paar Selfies machen, aber dann muss ich leider los. Ich habe einen Termin mit meiner Chefredakteurin.«

»Na gut«, grunzte König. »Machen wir es kurz. Sie wollen die Notizen, die in Ihrem Computer gespeichert sind, in Ihrer Reportage verwenden. Der Beweis für Korruption und Filz. Das ist in Ordnung. Hin und wieder brauchen wir den Skandal, weil er wie ein reinigendes Gewitter wirkt. Er bestätigt den Menschen, dass die da oben auch nicht besser sind. Und er erzählt, dass die da oben sich nicht alles erlauben können, dass es Gerechtigkeit gibt und die Schlimmsten auf dem Scheiterhaufen verbrannt werden. Dafür sind Sie zuständig. Sie halten die Fackel der Wahrheit in der Hand.«

Obwohl sie es vermutlich nicht wollte, konnte König nicht verhindern, dass ein verächtlicher Zynismus durch ihre Worte schimmerte. Berkoff grinste freundlich, als fühlte er sich geschmeichelt.

»Ich möchte Sie nur bitten, die Veröffentlichung so lange zurückzuhalten, bis wir Ihnen ein Okay geben«, fuhr König fort. »Wir ermitteln derzeit selbst gegen Herrn Pitt. Er hat für die CIA Verbindungen zu Gregori Arkadin aufgenommen und mehrmals die Lieferung von Kleinwaffen in Krisengebiete genehmigt, ohne dafür autorisiert gewesen zu sein oder seine Vorgesetzten informiert zu haben. Es würde unsere Arbeit extrem erschweren, wenn diese Notizen vor der Anklageerhebung bekannt würden, weil Herr Pitt dann mit Sicherheit gewisse Dokumente vernichten würde.«

Berkoff nickte.

Das mit der CIA kannst du deiner Oma erzählen. Und wenn ich die Dokumente zurückhalte und Pitt von euch als Sündenbock geopfert wird, sind Arkadins Gesprächsnotizen nichts mehr wert. Und vor allem werden die, die hinter Pitt stehen, wie zum Beispiel du, Claudia König, ungeschoren davonkommen. Also wäre es äußerst dumm, auf deine Bitte einzugehen.

Berkoff lächelte. »Einverstanden«, sagte er. »Wie lange wird es dauern, bis Sie Pitt am Haken haben?«

König sah zu den beiden Agentinnen hin, die im Hintergrund das Gespräch verfolgten. Ein kurzes Zucken in Wagners Gesicht.

»Einen Monat, vielleicht weniger«, sagte sie.

König wandte sich wieder an Berkoff.

»In Ordnung, wenn wir eine Kopie machen?«

Berkoff nickte. »Ich werde Ihre Bitte mit meiner Chefin besprechen.«

»Die liegt zurzeit im Krankenhaus, soweit ich weiß«, sagte König.

Berkoff wunderte sich, dass König von Marlenes OP wusste. Er selbst hatte schon wieder vergessen, dass Marlene sich zu diesem radikalen Schritt entschlossen hatte. Nein, nicht vergessen, sondern verdrängt.

»Rufen Sie mich an, sobald Sie mit Marlene Albers gesprochen haben. Und richten Sie unsere besten Wünsche für Ihre Genesung aus«, sagte König.

Sie reichte Berkoff ihre Visitenkarte. Berkoff nahm seine Tasche, packte Notebook, iPad und Notizbuch wieder ein. Dann ging er, ohne sich zu verabschieden. Er schloss die Tür und blieb noch einen Moment lang stehen, um zu hören, was die drei zu besprechen hatten.

»Glauben Sie, er wird die Notizen tatsächlich zurückhalten?« Offensichtlich Niemann.

»Nein.« Königs Stimme.

»Und dann?«

»Das überlasse ich Ihnen.«

Das überlasse ich Ihnen. Als Berkoff sich ins Taxi setzte und sein Ziel nannte, dachte er immer noch über den Satz nach. *Keine Ahnung, was damit gemeint ist. Auf alle Fälle klingt es nicht nach Kindergeburtstag.*

Ein schwerer Regen setzte ein. Die Scheibenwischer schafften es kaum, die Unmengen Wasser beiseitezuwischen. Der Taxifahrer fuhr trotzdem mit einer irrsinnigen Geschwindigkeit auf der Autobahn in Richtung Rudolf-Virchow-Krankenhaus. Als Berkoff ihn bitten wollte, langsamer zu fahren, klingelte sein Telefon. *Jonas* stand auf dem Display. Berkoff schickte ihm eine Nachricht. *Kann jetzt nicht telefonieren. Melde mich später. Habe schon eine tolle Idee für unseren Trip*. Eine Lüge.

21

Sie konnte Mikail sehen, weil der Spa-Bereich wie die gesamte Villa mit Kameras ausgestattet war. Mikail saß in der Sauna und schlug sich mit Birkenzweigen auf den Rücken. Sein Gesicht verzog sich bei jedem Schlag zu einer Fratze. Trotzdem schien er die Selbstgeißelung zu genießen, jedenfalls nickte er unaufhörlich. Er erinnerte Nadja an einen Hund, der sich vor seinem Herrchen im Staub der Schuld windet. Nach einer Weile legte er den Birkenzweig beiseite und griff nach einem Plastikschaber, den man normalerweise benutzt, um Teig aus einer Schüssel zu kratzen. Er schob ihn über seine Arme, Brust, Bauch, Beine, bevor er eine Flasche Wodka nahm und auf die heißen Steine goss. Danach konnte Nadja nichts mehr sehen, weil die Kabine in dichten Nebel gehüllt war.

Sie atmete aus. Und jetzt erst bemerkte sie, dass sie mit geblähten Wangen die Luft angehalten hatte wie ein Kind kurz vor dem Sprung ins Wasser. Sie musste sich konzentrieren, die Energie in den Winkeln ihres Herzens sammeln. Dort, wo sie sie versteckt hatte, damit niemand sehen konnte, was sie antrieb.

Anais, meine geliebte Schwester, weißt du noch, wie wir die Ziegen über die steinigen Äcker nach Hause jagten. Es war nicht mehr viel Zeit, weil die Sonne sich hinter die Berge duckte in Erwartung der großen Verkündigung. Du liefst vorneweg. Ich war die Nachhut, bis wir unser Haus erreichten, die Flammen des Holzfeuers riechen konnten, die Suppe aus Ziegenmilch und Reis. Alle aus dem Dorf waren gekommen. Es war der Tag, an dem ich verheiratet werden sollte, an diesen Mann, der mein Vater hätte sein können. Ich lief ins Haus. Sie dachten, weil ich mich hübsch machen würde. Aber ich holte das Messer und hielt es an meine Kehle. Eher werde ich mich umbringen, als diesen Mann zu heiraten, sagte ich. Der Vater schlug mir das Messer aus der Hand und meinte: »Wenn du ihn nicht heiratest, schlage ich dich tot.« Das sagte er, weil der Brautpreis bereits bezahlt war. Da stelltest du, meine Schwester, dich vor mich und sagtest, dass du statt meiner den Mann heiraten würdest. Obwohl du jünger bist als ich. Ich habe versucht, dich aufzuhalten. Ich habe gefleht, gedroht, dich nie mehr anzusehen, ich habe geweint. Aber weil du unseren Vater so entschlossen ansahst und keinen Widerspruch duldetest, geschah es zum Erstaunen aller genau so. Da sind wir am nächsten Tag nach Lalisch gefahren. Dorthin, wo der Engel Melek Tausi zum ersten Mal auf die Erde kam und uns mit Gott verband. Zu Baba Sheik und Baba Tawusch. Wir haben die Schuhe ausgezogen und die kalten Steine unter den Füßen gespürt. Die Türrahmen des Tempels geküsst. Wir haben das Wasser aus der heiligen Quelle über unsere Köpfe geschüttet und Knoten in unsere Kopftücher gemacht. Und jeder Knoten war ein Wunsch. Wir haben Erde in ein Tuch gelegt als Talisman. Und dann, als du tatsächlich geheiratet hast, wurde ein zweiter Preis aufgerufen. Kein Brautpreis, sondern der Preis meiner Schuld. Der, den ich nun begonnen habe zu begleichen. Wir sehen uns bald. Ich küsse dich aus der Ferne, meine Schwester.

In der Kabine legte sich der Nebel. Nadja beobachtete, wie Mikail die Sauna verließ und in den Bottich mit Eiswasser stieg. Sie verließ das Büro, in dem drei Bildschirme abwechselnd die Bilder der zwei Dutzend Kameras zeigten.

Der Kühlschrank in der Küche war leer. Nach Gregs Tod hatte Mikail dem Hausmädchen gekündigt, weil er nicht sicher war, ob sie nicht zum FSO gehörte. Folglich kaufte niemand mehr ein. Nadja suchte die Telefonnummer eines

Lieferdienstes, der auf die besten Restaurants in St. Petersburg spezialisiert war. Und weil sie einen überraschenden Anflug von Heimweh hatte, bestellte sie im *Palkin* Mangoldsuppe, Couscous Ghanam, Sader Habasch und ein paar Baklavas. Es war mehr, als sie essen konnte, aber sie hoffte, dass es sie moralisch stärken würde, wenn sie die Gerüche der orientalischen Küche in die Nase bekam.

»Die Franzosen haben den Leichnam freigegeben. Hast du dir Gedanken über die Beerdigung gemacht?«

Nadja erschrak, weil sie nicht gehört hatte, wie Mikail den Salon betreten hatte. Er trug Trainingskleidung, die seinen muskulösen Körper tarnte. Setzte sich in einen Sessel, nahm die Fernbedienung und schaltete *Rossija 1* ein. Die Nachrichten hatten in den letzten Tagen den Tod von Arkadin übergangen. Ein Russe, der in illegale Waffengeschäfte verstrickt war, hatte nach Ansicht der staatlichen Medien keinen Nachrichtenwert. Jedenfalls keinen, den man dem gemeinen Russen zumuten wollte.

»Wir werden keine Trauerfeier machen, oder?«, fragte Nadja.

»Es sei denn, du willst unsere Geschäftspartner einladen.«

Die absurde Vorstellung, dass afrikanische und arabische Stammesfürsten auf dem Tichwiner Friedhof um Arkadins Grab herumstehen würden, führte zu einem kurzen Moment von Heiterkeit. Ein berüchtigter Waffenhändler neben den Heiligen der russischen Kunst, Dostojewski, Rimski-Korsakow und Tschaikowski, würde das Newski-Kloster ohnehin niemals erlauben.

»Ich kümmere mich darum«, sagte Mikail, während er durch die Programme zappte. »Was ist mit diesem Berkoff?«

»Er hat Fotos, die dich und Greg zeigen, wie ihr an einem Tag John Garang Maschinengewehre verkauft und am nächsten seinem Widersacher Hasan al-Turabi zwei Tonnen Pistolen. Wo war das eigentlich?«

»Sudan. Woher hat er die Fotos?«

»Das weiß ich nicht. Ist doch aber egal, oder?«

»Wie viel will er dafür haben?«

»Die Frage ist nicht wie viel, sondern was.«

Ein leises Summen kündigte die Ankunft des Lieferdienstes an. Nadja ging zur Tür, bezahlte in bar und kam mit drei Päckchen zurück. Sie ging in die Küche und begann zu essen. Es war Absicht, dass sie Mikail im Salon warten ließ. Er sollte sich nicht allzu sicher sein, was sie wusste und was sie plante. Es dauerte nicht lange, dann kam Mikail hinter ihr her.

»Und *was* will er haben?«

»Die Namen von Leuten in Berlin, für die ihr Geschäfte abgewickelt habt. Ich habe Berkoff Gesprächsnotizen gegeben, die ich in Gregs Dateien gefunden habe.«

»Das ist keine gute Idee.«

»Abwarten. Aber weißt du, was ich nicht verstehe? Wieso gibt es diese Dokumente überhaupt?«

Mikail sah zu, wie Nadja sich über das Essen hermachte.

»Greg wollte Schriftliches, damit er die Auftraggeber in der Hand hat, wenn es Schwierigkeiten gibt. Ich habe ihm immer wieder gesagt, dass wir dadurch ein großes Risiko eingehen. Die Kunden werden nervös, wenn ihre Namen im Zusammenhang mit illegalen Waffenlieferungen auftauchen.«

Nadja schob ihm einen Teller hin.

»Willst du?«

Mikail nahm eine Gabel und stocherte lustlos in den Falafeln herum.

»Berkoff wird die Fotos nicht veröffentlichen. Wir haben also noch ein bisschen Zeit, um die Ware von der *Kono* zu ihrem Empfänger zu transportieren.«

»Und du weißt, wer das ist?«

Nadja grinste, was eine eindeutige Antwort war. Sie leckte ihre Finger ab, die von den Baklavas klebrig waren.

Das Gebäck schmeckte gut, aber nicht so gut wie die Baklavas, die ihre Mutter backte. Sie verwendete außer Pistazien auch noch ein Mus aus Datteln und Minze, was den kleinen Küchlein eine besondere Frische gab.

»Du kannst es mir sagen. Ich werde dir nichts tun«, sagte Mikail plötzlich.

»Was zum Beispiel?«

»Dich aus dem Weg schaffen, sobald ich die Namen habe.«

»Denkst du daran?«

»Nein.«

»Aber du hast daran gedacht, sonst würdest du nicht auf die Idee kommen.«

»Ja, ich habe daran gedacht. Aber warum sollte ich das tun? Du hast Greg umgebracht. Und ich will noch nicht mal wissen, was vorher passiert ist. Wahrscheinlich hat er seiner perversen Ader freien Lauf gelassen. Und ich weiß, was das heißt. Ich war dabei, als er einer Nutte in den Mund gepisst hat. Aber das ist Schnee von gestern. Warum machen wir beide nicht einen Deal? Du hast von Berkoff die Namen bekommen, ich liefere das Zeug aus. Zehn Prozent für dich. Brutto, das heißt abzüglich der Kosten für Bakschisch, Transport und so weiter.«

»Dreißig.«

Ein kurzes Zögern, dann nickte Mikail. »Einverstanden.«

Du bist einverstanden? Das war ein bisschen zu schnell, Mikail. Das kann ich dir einfach nicht glauben.

Sie deutete zur Theke, die die Küche vom Essbereich trennte. Mikail nahm das Notebook, gab es Nadja. Sie schlug es auf und wählte die Dateien aus, die mit einem Passwort geschützt waren. Dann zeigte sie Mikail das Foto, das sie von Berkoff erhalten hatte.

»Der Mann heißt Abu Abd al-Hakim.«

»Für ihn ist die Ladung auf der *Kono*?«

»Ja.«

»Und das hat Berkoff dir gesagt?«

Mikails Stimme bekam einen hohen, drohenden Ton. Sie kannte diesen Ton von ihrem Vater, bevor er den Stock, mit dem er die Ziegen antrieb, in die Hand nahm.

»Ja, wieso?«

»Abu Abd al-Hakim ist seit drei Jahren tot.«

Ein lauter Schlag, wie ein Schuss. Aber es war nur eine Amsel, die gegen das große Terrassenfenster geflogen war. Sie drehten sich beide zum Fenster. Dann sahen sie, wie der Vogel sich kurz schüttelte und sich schnell aus dem Staub machte.

»Das Arschloch hat dich gefickt.«

22

Berkoff hielt einen Strauß weißer Lilien in der Hand und fühlte sich unwohl. Noch vor ein paar Wochen hätte er ein paar Wodka gekippt, um sich für die Situation zu wappnen.

»Hast du Schmerzen?«

»Nein.«

Marlene saß aufrecht im Bett in ihrem Einzelzimmer. Sie sah zehn Jahre älter aus. Als hätte sie sich abgeschminkt und dabei ihr Leben aus dem Gesicht gewischt. Um die Brust hatte sie einen breiten Verband, der unter den Armen begann und am Bauchnabel endete. Die kurzen Haare und die flache Brust ließen sie männlich aussehen. Auf dem Fensterbrett standen ein halbes Dutzend Vasen mit riesigen Sträußen und verdeckten die Aussicht auf den Volkspark Rehberge.

»Weiße Lilien«, sagte Marlene. »Ist das Absicht?«

Berkoff verstand nicht, was sie damit meinte.

»Die Lilie wird in der christlichen Mythologie als Symbol für Jungfräulichkeit, Reinheit und Unschuld angesehen.«

»Aber du bist nicht abergläubisch, oder?«

Berkoff sah auf die Blumen und wurde unsicher.

»Auf Friedhöfen wird sie auch gerne als Blume des Todes eingesetzt. Aber wie es aussieht, bin ich dem Tod von der Schippe gesprungen, von daher nehmen wir sie einfach als Blume des Lebens. Dahinten steht noch eine Vase.«

Sie deutete zu einem Schrank. Berkoff nahm eine grüne Vase heraus und füllte sie im Badezimmer mit Wasser. Eine unwirsche Beklemmung herrschte zwischen ihnen, als wären sie zwei Fremde.

»Sie sagen, wenn ich mir die Eierstöcke entfernen lasse, sinkt die Gefahr, dass ich wieder ein Rezidiv bekomme, um vierzig Prozent.«

Berkoff stellte die Blumen in die Vase, während die Beklemmung wuchs. Als würde der Krebs auch die guten Gefühle befallen. Berkoff wusste nicht, was er sagen sollte. Sie tat ihm leid. So leid, dass er dachte, er müsse losheulen. *Du heulst nicht, Berkoff. Sie ist diejenige, die heulen müsste. Aber das macht sie nicht.* Der Grund war einfach. Marlenes Verachtung für die Schwäche anderer wurde nur noch von der Verachtung für ihre eigene Schwäche übertroffen.

»Wohin?«

»Ans Fenster, sonst muss ich die ganze Zeit die Winterlandschaft sehen. Irgendwie deprimiert mich das.«

»Bist du noch wütend?«

»Natürlich, was denkst du. Aber zu deiner Beruhigung kann ich dir sagen, dass ich nicht auf dich wütend bin, sondern auf mich. Ich hätte dich schon vor Jahren feuern sollen, du verdammter Idiot.«

»Immerhin bin ich derjenige, der die guten Geschichten liefert.«

»Zum Beispiel die, die du Arkadins kleiner Nutte erzählt hast?«

»Sie ist keine Nutte.«

»Das wird sich noch herausstellen. Wie war es denn in St. Petersburg? Warst du mit ihr im Bett?«

»Nein.«

»Wieso nicht, ist sie lesbisch, oder steht sie mehr auf perverse russische Arschlöcher?«

Berkoff stand vor ihrem Bett und ließ den Tsunami aus Wut über sich ergehen. Als Marlene erschöpft auf das Kissen zurücksank, erzählte er ihr von den Dokumenten, die er von Nadja Arkadina erhalten hatte.

»Das BMZ hat durch Philipp Pitt den Waffenhändler Gregori Arkadin beauftragt, 10.000 G36-Sturmgewehre über die Türkei an die Peschmerga zu liefern, weil die den IS bekämpfen. Die Türken wollen aber nicht, dass die Peschmerga aufgerüstet werden, weil das Kurden sind und die Türken die Kurden am liebsten auf dem Grund des Mittelmeers sehen wollen. Also blockieren sie die Übergabe, und Arkadin verkauft die erste Lieferung G36 an Abu Bakr. Er nimmt es da nicht so genau. Hauptsache, er wird gut bezahlt. Daraufhin werden die Jungs im BMZ stinksauer und brechen die Waffenlieferungen via Türkei ab. Am liebsten wollen sie auch gleich noch Arkadin loswerden. Das Problem ist nur, dass Pitt mit Arkadin einen Deal gemacht hat und sich dafür hat schmieren lassen. Und jetzt kommt's: Zurzeit liegt die zweite Lieferung auf einem Schiff irgendwo vor der syrischen Küste. Und seit Arkadin tot ist, weiß niemand so recht, was damit geschehen soll. Für die Bundesregierung ist das ein Desaster hoch zehn. Um da irgendwie rauszukommen, wirft König uns Pitt vor, damit wir Ruhe geben. Aber wenn König sich engagiert, heißt das auch, dass zumindest ihre Chefin mit drinhängt.«

»Die Beauftragte der Bundesregierung in illegale Waffenverkäufe verstrickt, was für eine schöne Schlagzeile«, sagte Marlene und lachte. Im selben Moment verzog sie das Gesicht vor Schmerzen.

»Ich hätte heute Abend bei Maybrit Illner in der Talkshow sitzen sollen. Thema Kriegsexporte, Waffenlieferungen an undemokratische Staaten. Ich kann natürlich nicht hingehen. Ich habe ihnen gesagt, dass du an meiner Stelle kommst. Sie sind einverstanden.«

»Ich bin nicht vorbereitet.«

»Niemand in der Runde wird so gut vorbereitet sein wie du, wenn du nicht vorbereitet bist.«

»Wer ist noch da?«

»Michalsky von Human Rights Watch, einer von Heckler & Koch, Claudia König aus dem Kanzleramt, Westerbarkey von Ärzte ohne Grenzen. Und du.«

»Was soll ich denen erzählen?«

»Dir wird schon was einfallen.«

Berkoff gab sich geschlagen.

»Brauchst du irgendwas?«

»Ja. Jemanden, der mich in die Arme nimmt und mir sagt, dass ich immer noch eine Frau bin.«

Sie lächelte. Und Berkoff konnte sehen, wie das Lächeln zu einer Behauptung wurde, die nur von den Muskeln gehalten wurde. Tränen liefen über Marlenes Wangen. Berkoff ging zu ihr und umarmte sie vorsichtig. Sie fühlte sich wie eine Statue an.

»Du umarmst mich, als wäre ich aus Porzellan.«

»Ich will dir nicht wehtun.«

»Du weißt nicht, was ich alles aushalte.«

Er küsste sie, und in ihrem Kuss konnte er ihre Angst spüren.

Als eine Krankenschwester kam, um Blutdruck und Puls zu messen, und fragte, wie es Marlene gehe, verließ Berkoff das Zimmer. Er verirrte sich in den langen Fluren, sah Patienten, die, von einer seltsamen Apathie befallen, auf und ab gingen.

Als er in seinen Mustang stieg, regnete es durch das Stoffdach. Er hatte die undichte Stelle mit Gaffatape abgedichtet, aber das Wasser fand seinen Weg. Eine Weile saß er einfach nur da und sah den Tropfen zu, die auf den Beifahrersitz fielen und das Leder dunkel färbten. Er hatte nicht die Kraft, etwas dagegen zu unternehmen. Er liebte Marlene auf eine eigenartige, abwehrende Weise. Abwehrend, weil diese Liebe ihn veränderte, weil sie ihn schwächte. Da war er wie sie. Als der Regen nachließ, fuhr er los.

Zu Hause angekommen, hielt er einen Moment lang vor dem Eingang in die Tiefgarage an. Der Audi, der ihn seit dem Krankenhaus verfolgt hatte, fuhr an ihm vorbei. Zwei Typen darin, die so angestrengt geradeaus sahen, dass es lächerlich wirkte. Er ging die Treppen hoch zu seiner Wohnung im dritten Stock. Seit er nicht mehr trank, jedenfalls nicht mehr so viel wie früher, fiel ihm das Treppensteigen viel leichter. Was für ein Wunder! Er schloss die Tür auf und war irritiert, als er die Wohnung betrat. Eine atemberaubende Panik stieg in ihm auf. Als er in sein Büro ging, sah er es. Auf dem Schreibtisch. Der iMac war verschwunden. Und mit Sicherheit war es kein Junkie, weil die gewöhnlich die Tür aufbrechen und dann offenstehen lassen, wenn sie mit der Beute abhauen. Aber es gab noch die externe Festplatte. Er hob die Diele im Schlafzimmer hoch. Keine Festplatte. *Scheiße, Scheiße, Scheiße.* Na gut, er hatte immer noch das Notebook. Da war zwar nicht alles drauf, vor allem nicht die alten Notizen, aber immerhin. Er nahm sein Handy, rief Marlene an.

»Ich gehe heute Abend nicht in die Talkshow. ... Weil irgendwer in meine Wohnung eingebrochen ist und den Computer mitgenommen hat. ... Ja, auch die externe Festplatte ... Ich weiß auch, dass das idiotisch ist. Jetzt.«

Marlene sollte ihr Büro anrufen und für Berkoff absagen lassen. Ohne Angabe von Gründen. Wenn die, die ihm auf die Füße traten, sich so wenig Mühe gaben, ihr Tun zu verheimlichen, gab es auch keinen Grund mehr, die Fassade aufrechtzuerhalten. Marlene klang entschlossen, als sie Berkoff sagte, dass sie den Diebstahl als eine Kriegserklärung ansehe.

Sobald sie oder einer ihrer Leute angegriffen wird, ver-

wandelt sie sich in eine Löwin. Nein, eher in einen hungrigen Alligator. Als er daran dachte, bekam er Hunger.

Der Kühlschrank war beinahe leer. Und das, was er darin fand, war verschimmelt. Im Gefrierfach hatte eine Pizza das Mindesthaltbarkeitsdatum um drei Monate überschritten. Egal. Er warf den Backofen an, schob die Pizza hinein, nahm einen Stuhl und setzte sich vor die Glasscheibe. Zwölf Minuten Meditation über die Informationen, die er erhalten hatte. Er könnte zuerst Pitt und dann König ans Kreuz nageln. Die Fakten waren unwiderlegbar. Der kleine Wichser hatte den großen Kaufmann gegeben. Aber jemand wie König handelt nicht, ohne dass sie von oben dazu aufgefordert wird. Die Frage war nur, von wie weit oben. Von ihrer Chefin? Als die zwölf Minuten vergangen waren, meldete sein Handy eine Nachricht. Wahrscheinlich die Nasen vom Fernsehen. *Herr Berkoff, Sie lassen sich eine hervorragende Gelegenheit entgehen* oder so was in der Art. Berkoff nahm die Pizza aus dem Ofen, setzte sich an den Tisch. Der Rotwein war noch genießbar. Sie hatten seinen Computer mitgehen lassen, und er musste die letzten fünf oder sechs Artikel noch einmal schreiben. Fakten aus dem Gedächtnis hervorholen. Aber das würde er irgendwie schaffen. Nach dem ersten Bissen lehnte er sich zurück. Sah in die Nacht hinaus. Das Handy rief nach ihm. *Nicht jetzt. Ihr könnt mich mal.* Er wollte es ausschalten und las dann doch vorher noch die Nachricht.

Anonym: *Können Sie kommen?*

Vom wem kam die? Wohin sollte er kommen?

David Berkoff: *Wer sind Sie?*

Anonym: *Sofort?*

David Berkoff: *Wer sind Sie?*

Anonym: *Nadja Arkadina. Bitte, es ist dringend.*

Es ist dringend. Offensichtlich hatte Nadja Arkadina bemerkt, dass er ihr falsche Namen genannt hatte.

David Berkoff: *Wo sind Sie?*

Anonym: *Zu Hause.*
David Berkoff: *Was ist passiert?*
Anonym: *Sie haben mich angelogen.*
Berkoff: *Ja, das habe ich. Oder hatten Sie erwartet, ich würde Sie bei Ihren Geschäften auch noch unterstützen?*
Anonym: *Mikail will mich umbringen.*
David Berkoff: *Rufen Sie die Polizei.*
Keine Antwort.
David Berkoff: *Nadja?*
Keine Antwort. Berkoff rief die Mobilnummer an – keine Reaktion. WhatsApp, Messenger – nichts.

Er legte das Handy zur Seite, aß weiter. Trank Rotwein. *Sie haben mich angelogen. Mikail will mich umbringen. Können Sie kommen?* Er sollte zurück nach St. Petersburg fliegen? Keiner seiner Kollegen, wenn sie überhaupt an solch einen Scoop rankommen könnten, würde noch einmal zurück nach St. Petersburg fliegen. *Wenn die sich gegenseitig umbringen wollen, sollen sie es tun*, würden sie sagen. Aber er war nicht wie seine Kollegen. Er hatte Nadja Arkadina falsche Informationen gegeben. Er war verantwortlich dafür, dass dieser Mikail sie umbringen wollte. Er war David Berkoff, der Mann, der es immer wieder fertigbrachte, sein Leben in einen amtlichen Schlamassel zu verwandeln.

23

Der nächste Flug nach St. Petersburg ging in drei Stunden. Berkoff war bereits eine Stunde vorher am Flughafen. Diesmal saß er in der ersten Reihe am Gang. Das Flugzeug war fast leer. Am Flughafen Pulkowo stapelten sich die Taxis. Er stieg in einen Mercedes und nannte dem Fahrer die Adresse, was ihm einen argwöhnischen Blick einbrachte. Als Berkoff sich als Reporter auswies und als Grund seines Besuches Recherchen anführte, erfuhr er, dass die angegebene Adresse auf einer Halbinsel war, die für eine besondere Klasse von Bewohnern stand. Fußballer, Geschäftsleute, Filmstars. Und natürlich die, die unter Putins Schutz standen und den Reichtum des Landes gestohlen hatten.

Die Fahrt führte durch den Petrogradsky Distrikt. Rechts und links der Straße standen Wohnblocks in dieser weltweit populären quadratischen Einheitsarchitektur, die von der Einfallslosigkeit ihrer Erbauer erzählte. Hier sollte Gregori Arkadin wohnen? Der Taxifahrer schüttelte den Kopf. Das hier war die Gegend, in der die junge Elite der Stadt sich einnistete. Die Reichen hatten ihre eigene Welt. Und tatsächlich erreichten sie ein paar Minuten später, als sie erneut die Neva überquerten, ein anderes St. Petersburg. Eine Villa neben der anderen. Allesamt nach dem Ende des Kommunismus neu errichtet. Einige versteckten sich auf parkähnlichen Grundstücken hinter Bäumen. Die meisten jedoch lagen nahe an der Straße und buhlten um Aufmerksamkeit. Hier traf sich alles an Baustilen, was in der Lage war, von der Bedeutung und dem Reichtum der Besitzer zu erzählen. Klassizismus, Historizismus, Jugendstil, Bauhaus.

Sie fuhren die breite, frisch angelegte Straße entlang, bis sie das Ziel erreichten. Arkadins Anwesen, das sich nahe dem Ufer befand, bestand aus einem Holzhaus, nicht größer als ein mittleres Einfamilienhaus. Das sollte Arkadins Villa sein? Der Taxifahrer erklärte Berkoff, dass das nur das Gästehaus sei. Er verlangte Dollar oder Euro, konnte auf einen Fünfziger nicht herausgeben und war nicht bereit zu warten. Berkoff stieg aus und stand vor einem schmiedeeisernen Tor, an dem es weder Klingel noch Sprechanlage gab. Nur eine Kamera hoch oben auf dem linken Torpfosten, die sich ihm zuwandte und dabei rot blinkte. Berkoff sah zur Kamera hin. War es eine gute Idee, hier einfach so zu erscheinen? Mit Sicherheit nicht. Er hatte keine Ahnung, was sich hinter der Mauer, die das große Grundstück umgab, abspielte. Ein breiter Weg aus weißem Kies führte zu einer Villa, die sich etwa hundert Meter weiter hinter einem Fichtenwäldchen versteckte. Vielleicht war es besser, das Grundstück zuerst von außen zu erkunden und eventuell von der Wasserseite her zu betreten.

Berkoff sah nach links. Die Mauer, die das Grundstück umgab, reichte bis zum Ufer der Newa. Doch gerade als er losgehen wollte, öffnete sich das Tor. Er zögerte einen Moment lang. War es vernünftig, das Grundstück zu betreten, ohne zu wissen, was ihn erwartete? Es dauerte einen Moment, dann begann sich das Tor wieder zu schließen. Berkoff schlüpfte im letzten Moment hindurch. Er schickte Marlene seinen Standort per SMS und ging den Kiesweg entlang. Die Kiesel knirschten unter seinen Schuhsohlen. Obwohl der Garten sehr gepflegt war, konnte Berkoff nirgends einen Gärtner sehen. Links lag ein flaches Gebäude mit mehreren Holztoren. Eines davon stand offen und zeigte einen Rolls-Royce Dawn. Das Verdeck war geöffnet. Vor der Villa ein kleiner Springbrunnen. Die Wasserfontäne aus dem Maul eines Delfins tröpfelte kraftlos. Das Haus war aus roten Klinkern gebaut, rechts und links hohe Türme, dazwischen drei Stockwerke mit jeweils fünf Fenstern. Eine breite Treppe führte, von Säulen flankiert, zu einer zweiflügeligen goldverzierten Tür.

»Was wollen Sie hier?«

Eine Stimme in Berkoffs Rücken. Er fuhr herum. Mikail stand hinter ihm, als hätte er sich erst in diesem Moment materialisiert. Das breite Grinsen in seinem Gesicht konnte nicht verbergen, dass er überrascht war.

»Wo ist Nadja?«

»Wieso?«

»Ich muss sie noch etwas fragen.«

»Und was ist dieses Etwas?«

»Ich glaube nicht, dass Sie das etwas angeht.«

»Wahrscheinlich nicht.« Der Sarkasmus in seiner Stimme war unüberhörbar. Er ging an Berkoff vorbei die Treppe hoch und öffnete die Haustür. Dann sah er Berkoff an. Er grinste wieder.

»Was ist? Sie wollten doch mit Nadja sprechen.«

»Ist sie da?«

»Ihr Wagen steht in der Garage. Und da sie Spazierengehen hasst, wird sie wohl da sein.«

»Sagen Sie ihr, dass ich hier bin.«

»Haben Sie Angst?«

»Ich bin nur vorsichtig.«

»Vorsichtig.« Er grinste breit. »Wissen Sie, was wir früher bei der Roten Armee gesagt haben? Vorsicht ist der kleine, schwule Bruder von Angst.«

»Ich warte hier.«

Mikail nickte erneut. Dann nahm er eine kleine Pistole aus seiner Hosentasche.

»Ich mache Ihnen einen Vorschlag«, sagte er. »Wir gehen in den Salon, Sie geben mir die richtigen Namen, und dann können Sie entscheiden, ob Sie auf Nadja warten wollen.«

Keine gute Idee. Nein, keine gute Idee. Er hätte nicht hierherkommen sollen. Zumindest nicht, ohne vorher zu überprüfen, von wem die anonymen Nachrichten stammten.

»Ich warte hier«, wiederholte er.

»Ich weiß, Sie fragen sich, ob ich Sie da drinnen erschieße, sobald Sie mir die Namen gegeben haben. Das ist in der Tat eine Option. Aber wenn Sie mir die Namen nicht geben und nicht mit reingehen wollen, erschieße ich Sie hier draußen. Und Sie können mir glauben, kein Schwanz wird reagieren, wenn es einen lauten Knall gibt. Die Leute hier interessiert es nicht, was in der Nachbarschaft passiert. Sie wollen ja auch nicht, dass man sich für sie interessiert. Verstehen Sie? Ich weiß, Sie haben Angst. Und jetzt ist auch tatsächlich die Zeit der Angst gekommen.«

Mikail bedeutete Berkoff mit einem kurzen Wink seiner Pistole, ins Haus zu gehen. Berkoff blieb nichts anderes übrig, als zu gehorchen. Vielleicht würde Mikail sich auf einen Deal einlassen. Vielleicht verstand er, dass es zu gefährlich war, einen Journalisten wie Berkoff umzubringen, weil er dann mit Sicherheit einige Fragen würde beantworten müssen. Etwas, das Aufmerksamkeit weckte und den Geschäften nicht zuträglich war.

Im Wohnzimmer deutete Mikail auf einen Sessel in der riesigen Sitzlandschaft.

»Nehmen Sie Platz. Was trinken Sie?«

»Nichts.«

»Nichts gibt es bei uns nicht. Haben Sie keinen Reiseführer gelesen, bevor Sie sich in unsere Angelegenheiten eingemischt haben? Einen Drink abzulehnen wird in Russland als Zeichen der Respektlosigkeit aufgefasst.«

Mikail nahm eine Flasche ohne Etikett und setzte sich Berkoff gegenüber. Er schenkte zwei Wassergläser voll und reichte eines davon Berkoff. Dann prostete er ihm zu und trank das Glas in einem Zug leer. Es war ein Klischee, und es war wie in jedem Film über Russland, den Berkoff gesehen hatte.

»Los, trinken Sie.«

Berkoff zögerte.

»Ich weiß, Sie fragen sich, was jetzt kommen wird. Und Sie fragen sich, was Sie tun können. Vielleicht sollten Sie sich auf mich stürzen und mit mir kämpfen. Andererseits, warum sollten Sie das tun, wenn Sie danach Schmerzen haben, die alles übersteigen, was Sie je an Schmerzen gespürt haben. Trinken Sie.«

Berkoff setzte das Glas an. Der Wodka hatte einen Alkoholgehalt, der ihn beinahe umwarf. Es fühlte sich an, als würde er Säure trinken. Allerdings nur einen kurzen Moment, dann waren sämtliche Nerven in seinem Mund und der Kehle betäubt.

»Anfangs ist es die Hölle, aber dann geht es. Richtig? Den habe ich selbst gebrannt. Wissen Sie, die Verzuckerung der Stärke reicht meistens nicht. Man muss Zucker dazugeben.

Dadurch komme ich auf 68 Prozent Alkohol. Vielleicht auch 69 Prozent. Austrinken! Sie wissen doch, wir Russen sind gastfreundlich, werden aber auch schnell ungehalten, wenn man uns beleidigt. Wir zeigen es zwar nicht, aber in uns drin kocht es.«

Berkoff setzte erneut an. Und diesmal spürte er nichts mehr. Sein Mund war taub und seine Bewegungen wie Gummi. Kaum hatte er sein Glas leer getrunken, schenkte Mikail erneut nach.

»Поехали!«

Und noch ein drittes Mal.

»Also. Die Namen.«

Die Namen. Berkoff trank und spürte, wie der Alkohol langsam in seinen Kopf stieg, dort wie eine Horde Hooligans die Kontrolle übernahm und seinen Blick verzerrte. Er musste aufhören. Er musste bei Bewusstsein bleiben.

Wenn ich dir die Namen gebe, bringst du mich um.

»Hörst du schlecht?«

»Wo ist Nadja Arkadina?«

»Das ist nicht wichtig.«

»Sie hat mir geschrieben, dass Sie sie umbringen wollen.«

»Hat sie das?«

»Ja, das hat sie. Deswegen habe ich meiner Chefredakteurin gesagt, dass ich hierherfahre, um sie zu suchen. Wenn mir hier etwas passiert, weiß Marlene Albers, dass Sie damit zu tun haben, Mikail Gerkin.«

»Und ich werde ihr helfen, dich zu finden. Dein Handy wird zuerst in einem SM-Nachtklub landen, dann in einem Viertel, das allergisch auf Ausländer reagiert, und zuletzt wird es zusammen mit deiner verbrannten Leiche auf einer illegalen Müllhalde gefunden werden. Und weißt du, warum du auf einer Müllhalde landest? Weil du gedacht hast, du kannst uns verarschen.«

Er warf die ausgedruckten Fotos auf den Tisch. »Hasan Al Turabi ist im März 2016 gestorben, Said al-Shihri im Juli

2013, Aden Garar im März 2015. Aber ich verstehe schon. Waffen bedeuten Sterben. Sieh es mal so. Wenn wir die Waffen nicht verkaufen, macht es jemand anderes. Sterben werden die Menschen so oder so. Der einzige Unterschied ist, dass du etwas Gutes tust, wenn du mir die richtigen Namen nennst. Und weißt du, was das Gute ist? Du bleibst am Leben.«

Mikail stellte sein Glas ab, stand auf und stellte sich vor Berkoff.

»Du erinnerst dich, was ich über Schmerzen gesagt habe.«

Es war wie ein greller weißer Blitz, als Mikails Schlag Berkoff im Gesicht traf und sein Selbstwertgefühl erschütterte.

»Wie fühlt sich das an, David Berkoff? Ich weiß, dass das wehtut. Mein Vater hat mir auf diese Weise beigebracht, nicht zu lügen.«

»Bitte.« Berkoff versuchte, an dem Schmerz vorbei einen klaren Gedanken zu fassen.

»Bitte, was?«

Mikail grinste mitleidig, und dann brüllte er los.

»Vor der syrischen Küste liegt ein Schiff, das Gregori gechartert hat. Wer ist der Kunde? Wer ist der Kunde? Und komm mir nicht mit Abu Abd al-Hakim. Dieser Idiot hat sich selbst in die Luft gesprengt.«

»Die Namen sind in meinem Notebook. Da in der Tasche.«

Berkoff deutete auf die Umhängetasche, die er neben dem Sessel abgestellt hatte. Mikail nahm sie hoch, nahm das Notebook heraus, stellte es vor Berkoff ab.

»Los.«

Berkoff musste sich konzentrieren, um das Passwort richtig einzugeben. Zweimal gab er die Buchstaben in der falschen Reihenfolge ein, bis sich endlich das Programm öffnete. Berkoff suchte die Dateien mit den Fotos von Arkadin.

»Hier sind sie.«

Mikail sah die Fotos an. »Abu Bakr. Dachte ich mir schon.« Er schlug Berkoff erneut ins Gesicht. Das Geräusch des brechenden Nasenbeins war deutlich zu hören. Blut schoss aus Berkoffs Nase. Er fasste sich an die Nase, spürte das warme Blut an den Händen, dem Mund, dem Hals.

»Was ist los? Machst du schlapp, du kleiner Wichser?«

Mikail schlug Berkoff auf die Wange,

»Ich will auch noch die anderen Namen haben, jetzt, wo wir doch schon so nett beisammen sind.«

Er nahm seine Pistole aus dem Hosengurt und hielt sie an Berkoffs Kopf.

»Du hast drei Sekunden. Eins, zwei …«

24

Die Foto-App war geöffnet. Mehrere Fotos waren automatisch nebeneinander aufgereiht worden wie die Fotos von einem Wochenendausflug. Google machte da keinen Unterschied. Darunter war auch ein Bild von Berkoff, wie er eine Waffe in der Hand hielt. Nadja Arkadina saß neben ihm und wartete. Sie hielt die Pistole, mit der sie Mikail erschossen hatte, in der linken Hand und kontrollierte die Fotos. Sie waren scharf und eindeutig. Ein warmes Gefühl der Genugtuung erfüllte sie. Sie konnte jedes Härchen auf der Haut fühlen, ihre Muskeln waren wie elektrisiert, und sie spürte, wie das sauerstoffreiche Blut in ihren Adern pulsierte.

Wenn wir die Schafe gehütet haben, kreisten den ganzen Tag die Schreiadler über der Herde und hielten Ausschau nach den Lämmern. Wir wussten, dass sie kommen werden, dass sie sich herabstürzen werden, dass sie blutrünstige Teufel sind. Wir hatten es aus dem Fernsehen erfahren und von den Anrufen unserer Verwandten. Flieht!, riefen sie. Lauft um euer Leben. Flieht! Doch unser Vater, der ein frommer Mann war und seinen Kopf stets mit einem weißen Tuch bedeckte und im Jevat gehört wurde, sagte, wir dürften nicht fliehen. Wir müssten kämpfen, sagte er, um unser Haus, um unser Land, um unser Leben. So wie die Qawwali-Sänger, die jedes Jahr nach Kocho kamen, es in ihren Lieder erzählten. Mit Messern gegen Säbel, mit Pistolen gegen Panzer. Allein gegen Tausende. Und so sind wir geblieben, haben vor Angst geweint, uns aneinandergeklammert, waren ein Haufen Menschlein, das jedes Herz rühren musste außer den Herzen, die zu Stein geworden waren. Da hast du, meine Schwester, ängstlich gen Himmel geschaut. Du hast gesagt, du könntest die Toten sehen, die, nun selbst Engel, mit dem Engel Pfau am Tisch sitzen. Seitdem sind es Tausende, die von den Schreiadlern in einem Blutrausch gerissen wurden. Immer und immer wieder. Von morgens bis abends bis morgens. Ohne Unterlass. Bis sie dachten, sie seien unbesiegbar, weil sie im Auftrag ihres Gottes handeln und nicht eher ruhen dürften, bis das Land frei sei von den Kindern des Melek Tausi. Aber jetzt hat ihr Gott sie verlassen. Jetzt jammern und heulen sie. Jetzt ist schon der zweite Schreiadler tot vom Himmel gefallen, und er wird nicht der letzte sein, bis zu dem Tag, an dem meine Schuld beglichen ist.

»Was ist passiert?«

Berkoff hatte die Augen geöffnet und sah Nadja an, als würde sie nicht in den Traum passen, aus dem er erwacht war. Sie schloss die Foto-App.

»Mikail wollte Sie umbringen.«

Berkoffs Blick fiel auf den toten Mann neben dem Couchtisch. Er blinzelte, als wollte er das Bild verschwinden lassen. Dann sah er die Pistole in Nadjas Hand.

»Haben Sie …«

»Er hat mich im Keller eingesperrt, aber ich bin durch ein Fenster rausgeklettert.«

Er verstand nicht, in welchem Zusammenhang die Information mit der Tat stand.

»Sie waren bewusstlos. Was hat er mit Ihnen gemacht?«

Berkoff fasste an seine Nase und zuckte zusammen. Der Schmerz stach in sein Gehirn und ließ ihn weinen. Seine Hand war voller Blut. Langsam erinnerte er sich. Er hatte Mikail die Namen genannt, und Mikail hatte ihn niedergeschlagen.

»Wie es aussieht, ist sie gebrochen«, sagte Nadja. »Jedenfalls steht sie schief. Aber ich kann sie richten. Wenn Sie wollen. Es geht schnell. Tut ein bisschen weh, geht aber auch wieder vorbei. Ich würde es an Ihrer Stelle machen, sonst bleibt sie schief.«

Sie wusste, wie das geht, weil sie es schon ein paarmal in ihrem Leben gemacht hatte. Bei ihrer Schwester, bei sich selbst, bei ihrer Mutter. Ihr Vater hatte das Nasebrechen zur passenden Züchtigung bei unbotmäßigem Verhalten ausgewählt. Außerdem müssten Frauen nicht hübsch sein, lautete seine Heilsbotschaft, weil das die Männer verrückt macht. Frauen sollten Kinder kriegen und im Haus und auf dem Feld arbeiten.

Berkoff ließ sich die Flasche Wodka geben und nahm einen Schluck. Er spürte wieder die Betäubung.

»Fangen Sie an.«

Als sie mit einem resoluten Ruck die Nase in die richtige Stellung brachte, schrie er kurz auf. Nadja holte ein Handtuch und reichte es ihm.

»Ich weiß, warum Sie mir die falschen Namen genannt haben, David Berkoff. Sie wollen verhindern, dass ich das Geschäft meines Mannes weiterführe. Aber Sie irren sich.«

Sie öffnete die Tür zur Terrasse und trat hinaus. Sie brauchte Luft, den Himmel über sich. Berkoff folgte ihr. Sie wusste noch nicht genau, was sie mit ihm machen sollte. Sie hatte einen Plan, natürlich hatte sie einen Plan, aber der war so exakt wie eine Landkarte, die man aus zehn Kilometer Höhe fotografiert hatte. Mit jedem Schritt, an jeder neuen Kreuzung musste sie ihr Gefühl entscheiden lassen, wie es weitergehen sollte. Als Berkoff neben ihr stand, das

Taschentuch an seine geschwollene Nase hielt, tat er ihr leid. Sie nahm mit der Linken seine rechte Hand und hielt sie an ihre Brust. Berkoff wollte seine Hand zurückziehen, aber sie hielt sie fest. Seine Hand war kühl und regulierte ein wenig die Temperatur, die sich wie hohes Fieber anfühlte. Sie schloss die Augen und erlaubte einem Wunsch, Gestalt anzunehmen.

Lass die Berührung meine Haut durchdringen und sich den holprigen Weg zu meinem Herz bahnen und in den Kammern einen Aufstand der Liebe anzetteln.

So stand sie eine Weile und wartete. Aber es gab keine Liebe. Ihre Haut war eine semipermeable Membran. Nur von einer Seite durchlässig. Von außen drang nichts herein. Und von innen kam nur Wut.

»Sie haben mir das Leben gerettet«, sagte Berkoff.

»Darf ich ein Foto von uns beiden machen?«

»Warum?«

»Zur Erinnerung.«

Sie nahm ihr Handy in die rechte Hand, hielt sie ausgestreckt, obwohl es schmerzte, und drückte auf den Auslöser.

»Ich habe in den letzten Tagen gesehen, womit Gregori so reich geworden ist«, sagte sie. »Wissen Sie, jedes Mal, wenn ich in den Nachrichten von grauenhaften Massakern gehört habe, habe ich mich gefragt, wie das möglich ist. Woher kommen die Bomben für die Terroristen, woher kommt das Giftgas, woher die Waffen, mit denen diese Schlächter morden. Jetzt weiß ich es. Gregori war einer der wichtigsten Lieferanten. Er hat jedem, der ihn bezahlt hat, Waffen geliefert. Wenn irgendwo ein Krieg ausgebrochen ist, dann unter anderem, weil er dazu beigetragen hat. Er war bestimmt nicht der Einzige, aber er war so etwas wie der Marktführer.«

»Sie haben all die Monate nicht gewusst, was für Geschäfte Ihr Mann und Mikail gemacht haben?«, fragte Berkoff.

»Nein.«

»Wieso nicht? Weil das hier Russland ist? Die Männer sorgen für das Geld, und die Frauen sehen schön aus? Das glauben Sie doch selbst nicht.«

»Finden Sie, dass ich schön bin?«

Er wandte sich von ihr ab.

»Es ist egal, was ich glaube und was Sie glauben, David Berkoff. Gregori hat mit mir nicht über seine Geschäfte gesprochen. Es war unsere Verabredung. Das Versprechen, das ich ihm geben musste an dem Tag, als wir geheiratet haben. Ich habe mich an das Versprechen gehalten. Und vielleicht sollten Sie jetzt lieber gehen, damit Sie nichts mit dem hier zu tun haben und ein rechtschaffener Reporter bleiben, der stets auf der richtigen Seite steht. Und dem es leidtut, dass ein Mann, der Hunderte, Tausende Kinder und Frauen auf dem Gewissen hat, tot ist.«

Berkoff ging nicht.

»Gehen Sie«, schrie sie. Und dann noch einmal leiser: »Gehen Sie, schnell.«

»Was wird aus Gerkin?«, fragte er.

»Ich kümmere mich um ihn.«

Nadja reichte ihm die unverletzte Hand. Die Sache war für sie beendet.

25

Pitt hatte den Text für die Website, in dem er die Abteilung für die Öffentlichkeit darstellen sollte, fertig geschrieben. *Die Abteilung 5 des Bundesministeriums für wirtschaftliche Zusammenarbeit und Entwicklung (BMZ) stellt die Schnittstelle zwischen der deutschen Entwicklungshilfe und der Wirtschaft dar. Wenn Sie in Entwicklungsländern investieren wollen, ist sie Ihr erster Ansprechpartner. Sie informiert Sie über Risiken und Chancen bei entwicklungspolitisch sinnvollen Investments und vermittelt Ihnen Kontakte zu Ansprechpartnern vor Ort.*

Er fand, das klang nicht schlecht, würde aber mit Sicherheit noch fünfmal geändert werden. Seine Abteilung 5 befand sich im Gegensatz zum restlichen Laden in Berlin in der Stresemannstraße. Er war der Leiter. Aber er war von seinem Chef aus dem Verkehr gezogen worden. Keine Pressekontakte. Mails und SMS durfte er nicht mehr beantworten. Wenn jemand anrief, war er in Besprechungen. Wenn er nicht in Besprechungen war, war er zu Tisch. Wenn er nicht zu Tisch war, befand er sich im Hauptsitz des BMZ in Bonn. Die Abteilung 5 schien vorerst nicht mehr zu existieren. Der Grund lag in den Differenzen, die sich zwischen ihm und König aufgeschaukelt hatten.

König hatte durch Berkoff erfahren, dass Gregori Arkadin sich Notizen gemacht hatte. Nicht nur zum Peschmerga-Deal, sondern auch noch zu Geschäften, die man schon früher mit ihm gemacht hatte. Während des Kosovokriegs, in Ägypten, im Iran. König hatte ihm das alles unter die Nase gerieben. *Du musst für eine Weile hier verschwinden. Wir bringen dich nach Südamerika. Nach ein paar Monaten kommst du zurück, und wir werfen dich offiziell raus,* hatte sie gesagt. Dieses verdammte Miststück. Ihn rauswerfen, damit sie ihren Arsch retten konnte.

Er fuhr mit dem Taxi nach Hause. Wie sollte er Greta erklären, dass sie packen und nach Südamerika fliegen mussten. Und nicht nur für ein paar Tage, sondern für drei Monate, vielleicht sogar Jahre. Er konnte es ihr nicht erklären, weil sie dann auch nach der Finca auf Mallorca fragen würde. Er hatte ihr erzählt, das Geld stamme aus einer Erbschaft. Eine Tante in Südafrika, die er vor dreißig Jahren zum letzten Mal gesehen hatte. Es war zum Heulen. Kurz vor der Zielgerade ging alles den Bach runter. Mitten im schönen Berliner Westend. Am Brixplatz. Vor dessen Türen dieser gemütliche Park lag, in dem er in den Sommermonaten auf einer Bank saß und den Fröschen zuhörte. Das Taxi hielt vor der Nummer 8. Dreiundzwanzig achtzig. Pitt gab kein Trinkgeld, weil er dachte, es sei besser, von jetzt an sparsam zu sein. Außerdem war der Fahrer einen Umweg gefahren. Er stieg aus. Blieb einen Moment lang vor der Tür stehen. Vielleicht sollte er Greta gar nichts sagen. Allein nach Argentinien, Peru, Bolivien fliegen, wo auch immer sie ihn verklappen wollten.

»Ich dachte schon, Sie wären heimlich verstorben, weil Sie so schwer zu erreichen sind.«

Er hätte beinahe aufgeschrien, so sehr hatte er sich erschrocken. Auf der anderen Straßenseite, hinter der Hecke, die die Straße begrenzte, stand der Reporter. Ausgerechnet jetzt.

»Das wäre jedenfalls besser, als Leuten wie Ihnen zu begegnen«, sagte er. Irgendwie musste er Haltung bewahren, versuchen, entspannt zu bleiben. So tun, als würde die Begegnung ihn nicht besonders irritieren. Doch als er den Haustürschlüssel aus der Hosentasche nahm, fiel er ihm aus der Hand. Ächzend hob er ihn auf.

»In drei Tagen erscheint ein Artikel, in dem wir Ihre Verbindungen zu Gregori Arkadin aufdecken, Herr Pitt. Wenn Sie mehr wissen wollen und vor allem wenn Ihre Nachbarn nicht alle Details wissen müssen, schlage ich vor, wir setzen uns hier irgendwo in den Park.«

Was sollte er machen? Ins Haus gehen, packen und so schnell wie möglich abhauen? Es war klar, dass Berkoff ihn nicht vom Haken lassen würde. Also überquerte Pitt die Straße, grüßte beiläufig einen Nachbarn und ging zu der Bank, die um den Stamm einer Eiche herum gebaut war. Der Reporter lächelte ihm entgegen. Es war nicht klar, ob es ein schadenfrohes oder mitleidiges Lächeln war.

»Was wollen Sie von mir?«

»In dem Artikel, von dem ich gerade gesprochen habe, wird stehen, dass Sie sich im Februar 2016 mit einem Manager von Heckler & Koch auf der Waffenmesse in Abu Dhabi getroffen haben.«

»Ist das verboten?«

»Nein. Aber dummerweise hat Gregori Arkadin von jedem Gespräch, dass er mit Ihnen geführt hat, Gedächtnisprotokolle angefertigt. Und darin steht, dass deutsche G36 beim IS gelandet sind. Wer dafür verantwortlich ist, hat Arkadin nicht aufgeschrieben. Weil er selbst es war. Aber er hat detailliert die Gespräche notiert, die er mit Ihnen geführt hat. Sie hängen in der Sache drin, Pitt. Sie sind zwar nicht der ursprüngliche Auftraggeber, aber Sie stehen an vorderster Front. Und mit Arkadins Tod ist Ihnen die Sache entglitten. Tut mir leid, aber jetzt sind Sie die Zielscheibe.«

Pitt fühlte den Schlüssel in seiner Hand. Der Gedanke blitzte auf, dem Reporter die Schlüssel ins Gesicht zu schlagen. Direkt auf das breite Pflaster, das der über der Nase trug. Ihn dann zu dem Teich zu schleppen und den Fröschen was zum Spielen zu geben.

»Das sind alles Lügen. Und ich kann mir nicht vorstellen, dass Ihr Scheißblatt das Risiko eingeht, von mir verklagt zu werden.«

»Genau das hat meine Chefredakteurin auch gesagt. Aber dann hat sie noch vorgeschlagen, ich sollte mich an Wikileaks wenden, weil die das bestimmt veröffentlichen. Seit Julian Assange in London in der ecuadorianischen Botschaft festsitzt, nehmen die es nicht mehr so genau mit der Überprüfung der Fakten. Und Sie wissen ja, wenn so was erst mal in der Welt ist, klebt es an einem dran wie Hundescheiße am Schuh.«

»Sie wollen mich fertigmachen, Berkoff? Läuft die Sache so? Die Polizisten auf der Straße jagen die Straßendealer. Die subalterne Presse jagt die subalternen Beamten. Und die Regierung macht gemeinsame Sache mit denen, die das große Geld verdienen. Na los, machen Sie mich fertig.«

»Niemand will Sie fertigmachen. Ich will nur wissen, von wem Sie beauftragt wurden, mit Arkadin über die Lieferung der G36 in den Irak zu verhandeln.«

Berkoff wollte Namen. Und er, Pitt, hatte diese Namen. Namen, die zeigten, dass er nur ein Befehlsempfänger war. Dass andere die Strippen zogen. Aber was hatte er davon? Sie würden ihn in der Presse ein paar Tage lang als Helden feiern. Ein Whistleblower in der deutschen Regierung! In einer Reihe mit William Binney, Thomas Drake und Edward Snowden. Na ja, vielleicht nicht Snowden, der spielte in einer anderen Liga, aber er würde Interviews geben, in Talkshows sitzen und womöglich ein paar Preise bekommen. Und dann, in ein, zwei Monaten, würden sie ihn vergessen. Keine Pension, kein Südamerika, keine Finca mehr auf Mallorca. Er würde wie Drake als Verkäufer in einem Apple Store landen. Oder noch nicht mal das. Eher bei McDonald's. Und trotzdem. Sollte er nicht einmal in seinem Leben etwas Gutes tun? Sich von der Last befreien, für den Tod von Hunderten mitverantwortlich zu sein?

»Ich denke darüber nach«, sagte er zu Berkoff.

»In Ordnung. Aber lassen Sie sich nicht zu viel Zeit«, sagte Berkoff unkonzentriert und leise, während sein Telefon eine SMS ankündigte. Berkoff las sie.

Pitt wunderte sich. Die Aggressivität, mit der Berkoff ihn in die Enge getrieben hatte, war verschwunden. Etwas schien ihn zutiefst zu beunruhigen.

»Ich rufe Sie an«, sagte er noch. Dann rannte Berkoff los.

26

Sie waren zu dritt ins Verlagshaus marschiert. Der Pförtner hatte Amanda angerufen, um sie zu informieren, Amanda hing auf der anderen Leitung fest und hatte erst reagiert, als die drei den Aufzug verließen und wie eine abgenutzte Version der apokalyptischen Reiter den Flur entlangtrabten. Claudia König, Anne Niemann und Julia Wagner.

»Ist Frau Albers zu sprechen?«, fragte König.

»Sie hat Besuch.«

»Und dieser Besuch sind wir. Wären Sie bitte so freundlich?«

König deutete auf das Telefon. Amanda zögerte, aber da Königs Geste unmissverständlich war, nahm sie den Hörer, drückte auf *eins*.

»Besuch für dich. Frau König in Begleitung.«

»In Begleitung von Frau Wagner und Frau Niemann«, sagte König.

Amanda wiederholte, dann nickte sie zweimal und legte auf.

»Wenn Sie sich noch eine Sekunde gedulden könnten. Nehmen Sie so lange dort Platz.«

Die drei Besucher setzten sich auf die drei Sessel.

»Frau Albers sieht übrigens nicht, wenn Sie nicken«, sagte Niemann. »Es ist ein atavistischer Reflex aus der Zeit, als es noch keine Telefone gab.«

»Bitte?«

»Sie haben während des Telefonats genickt.«

Amanda nickte erneut und drehte die Lautstärke ihres Headsets auf, damit sie weiterhin hören konnte, was ihre Chefin und David Berkoff miteinander besprachen. Von Marlene hatte sie den Auftrag bekommen, ausgewählte Gespräche mitzuschneiden. Natürlich nur, wenn der Gesprächspartner einverstanden war. Manche Gespräche wurden allerdings auch ohne das Einverständnis der Gesprächspartner mitgeschnitten. So wie jetzt. Marlenes Tonfall war zu entnehmen, dass sie ziemlich sauer war.

»*Wieso willst du den Artikel nicht drucken?*«, fragte Berkoff.

»*Hast du mit Pitt gesprochen?*«

»*Ja, aber der wird nichts sagen.*«

»*Aber er bestätigt die Informationen?*«

»*So weit bin ich noch nicht.*«

»*Ich werde keine Zeile davon veröffentlichen, solange*

ich keine Erklärung von Pitt oder höher habe«, sagte Marlene.

»*Marlene, die Bundesregierung arbeitet seit 2011 mit Gregori Arkadin zusammen. Es sind Tonnen von Waffen geliefert worden, vorbei an Embargos, vorbei an Sanktionen.*«

Stille. Amanda drehte die Lautstärke hoch.

»*König und die beiden Schnepfen vom BND sind nicht hier, weil es in ihren Büros zu kalt ist*«, sagte Marlene. »*Irgendwas ist mit dieser Nadja Arkadina. König hat sehr kryptische Andeutungen gemacht. Gibt es da irgendwas, das ich wissen sollte?*«

»*Nein.*«

»*Sicher?*«

»*Nichts, was von Belang ist.*«

»*Was ist mit deiner Nase passiert?*«

»*Beim Nasebohren abgerutscht.*«

»*Sollen reinkommen.*«

Amanda nickte erneut. Im selben Moment fiel ihr auf, dass sie das getan hatte, was Niemann kurz zuvor bemerkt hatte. Sie war sichtlich irritiert. Dann sah sie zu König hin.

»Sie können jetzt reingehen.«

Die drei betraten Marlenes Büro. Man reichte sich die Hände, Marlene fragte, ob jemand Tee, Kaffee, Wasser oder Saft haben wolle, und gab die Bestellung an Amanda weiter. König erkundigte sich nach Marlenes Befinden, Marlene bedankte sich für die Anteilnahme. Dann saßen sie zu fünft um einen Konferenztisch herum, der Platz für zehn bot. Berkoff saß auf dem Stuhl, den Marlene den Judas-Stuhl nannte, weil bei Krisenbesprechungen stets einer den Verräter des Glaubensbekenntnisses spielen musste. Sie befürchtete, dass die Besprechungen sonst zu harmonisch verlaufen würden. Diese Furcht war heute unbegründet. König sah Berkoff einen Moment lag freundlich an. Berkoff lächelte zurück.

»Sie kennen Nadja Arkadina«, sagte König.

»Wieso?«, fragte Berkoff.

»Wieso Sie sie kennen oder wieso ich das frage?«

»Suchen Sie es sich aus.«

Wagner legte ein Foto auf den Tisch, das Berkoff und Nadja auf der Terrasse von Arkadins Villa zeigten. Berkoff hielt darauf die Hand auf Nadja Arkadinas Brust. Marlene nahm das Foto. Betrachtete es eine Weile, bevor sie es zurücklegte. Dann sah sie Berkoff an, schüttelte kaum merklich den Kopf, was so viel bedeutete wie: *Ich hoffe nur, dass dir dein verdammter Schwanz irgendwann mal abfällt.*

»Wo haben Sie das her?«, fragte Berkoff

»Aus dem Internet«, sagte Wagner.

»Ich habe Nadja Arkadina zu ihrem Mann interviewt«, sagte Berkoff.

»Haben Sie oder Nadja Arkadina darauf bestanden, dass das Interview mit Körperkontakt geführt wird?«

Berkoff beugte sich nach vorn, nahm das Foto. Es war ein seltsamer Moment gewesen, als Nadja Arkadina seine Hand auf ihre Brust gelegt hatte. Er konnte die Berührung noch immer spüren. Allerdings fühlte es sich jetzt wie eine Brandverletzung an. *Wieso hat sie das Foto ins Internet gestellt? Und ist es überhaupt im Internet?*

»Sind Sie deswegen hierhergekommen? Wenn Sie Bedarf an Körperkontakt haben, hätten Sie mich nur anzurufen brauchen.«

»Da muss ich Sie enttäuschen, Herr Berkoff. Wir sind hier, weil wir von Ihnen gerne wissen möchten, ob Sie auch eine Jazata Shirvani kennen«, sagte König.

»Nie gehört.«

»Vielleicht sollten Sie sich die Namen der Frauen merken, mit denen Sie intim sind«, sagte Wagner.

Wieso Jazata Shirvani? Berkoff spürte die Blicke der drei Frauen. Wie Würmer bohrten sie sich langsam in ihn hinein.

»Jazata, altpersisch für göttliches Wesen. Geboren 1990 in Sindschar, kurdisch Şingal, am Fuß des gleichnamigen Gebirges, jesidischer Abstammung«, las Niemann von ihrem Samsung ab.

Jesidischer Abstammung? Was hat Nadja Arkadina mit den Jesiden zu tun? Sie ist Russin. Zumindest dachte er bis zu diesem Moment, dass sie Russin sei. Er hatte es allerdings nicht überprüft.

»Ich entnehme Ihrem überraschten Gesichtsausdruck, dass der Name neu für Sie ist«, sagte König.

Berkoff lehnte sich zurück. *Lass dir nichts anmerken. Die sollen denken, dass du weißt, was hier läuft. Bleib ruhig. Lass sie kommen. Denen geht der Arsch wegen Pitts Kontakten zu Arkadin auf Grundeis. Das hier ist nur ein Ablenkungsmanöver.*

»Beschatten Sie mich?«

»Nein. Wir beschützen Sie«, sagte König.

»Interessant. Und wovor?«

»Vor Nadja Arkadina oder Jazata Shirvani oder wie auch immer sie sich gerade nennt.«

Marlene nahm eines der Fotos in die Hand.

»Wer ist diese Jazata Shirvani?«

»Die Frage ist nicht so sehr, wer sie ist, sondern was sie vorhat«, antwortete König.

»Na gut. Und wie wäre es, wenn Sie einfach damit rausrücken, was Sie von uns wollen«, sagte Marlene und warf das Foto zurück auf den Tisch.

»Herr Berkoff hat von Frau Shirvani Informationen erhalten, die angeblich belegen, dass die Bundesregierung und insbesondere das Bundesministerium für wirtschaftliche Zusammenarbeit und Entwicklung, vertreten durch Herrn Pitt, Waffengeschäfte mit Krisenländern tätigt.«

Niemann legte einen Stapel Papiere auf den Tisch. Berkoff warf einen kurzen Blick darauf. Dann entfuhr ihm ein verächtliches Lachen.

»Das sind Artikel, die auf meinem iMac und der Festplatte gespeichert waren.«

»Das Material ist uns zugespielt worden«, sagte Niemann.

»Jedenfalls entsprechen diese Informationen nicht den Fakten«, fuhr König fort. »Deshalb möchten wir Ihnen raten, von einer Veröffentlichung abzusehen, weil es sich erstens um die Verbreitung von Falschinformationen handeln würde, Sie zweitens das Ansehen des renommierten Magazins erheblich beschädigen würden und Sie drittens mit einer Klage seitens der Bundesregierung rechnen müssten.«

Genau das hatte Berkoff erwartet. Genau derselbe Sermon, mit dem sie schon seit Wochen und Monaten drohten. Er wurde wütend, weil sie so taten, als hätte er einen Fehler gemacht.

»Wer auch immer diese Frau ist, es ändert nichts daran, dass die Bundesregierung seit einigen Jahren mithilfe von Gregori Arkadin Gruppen im Irak mit Waffen beliefert, die nach dem Kriegswaffenkontrollgesetz niemals hätten geliefert werden dürfen«, sagte Berkoff.

Und im selben Moment wunderte er sich, dass König und die beiden Schnepfen vom BND so ruhig blieben. Was hatten die in der Hand? Warum lächelte König so überlegen?

»Frau Shirvani befindet sich auf dem Flug nach Damaskus. Wir vermuten, dass sie die Geschäfte ihres Mannes Gregori Arkadin weiterführen will und dazu Informationen benutzt, die sie von Ihrem Reporter David Berkoff erhalten hat«, sagte König und sah Marlene triumphierend an.

Dann wandte sie sich an Berkoff. »Falls Sie es je ernst gemeint haben mit Ihrem Einsatz gegen den legalen wie illegalen Waffenhandel, haben Sie gerade einen großen Fehler gemacht.«

Amanda kam herein und stellte Kaffee und Wasser auf

den Tisch, schenkte ein und unterbrach dadurch die Inquisition. Berkoff nahm Kaffee. Jazata Shirvani auf dem Weg nach Damaskus. Konnte das stimmen? Sie war aufgelöst gewesen, als sie die Dateien im Computer ihres Mannes angesehen hatte. Sie wollte diese Geschäfte beenden. Hatte sie zumindest behauptet. Und er hatte ihr geglaubt. Obwohl ihn sein Instinkt gewarnt hatte. *Du hast ihr geglaubt, weil du ihr glauben wolltest, David Berkoff.*

Als Amanda serviert hatte, schickte Marlene sie mit einem Lächeln aus dem Büro.

»Na gut, nehmen wir mal an, diese Person hat Informationen von Herrn Berkoff erhalten«, sagte Marlene. »Ich kann darin noch keine ungesetzliche Handlung erkennen. Herr Berkoff wusste zu diesem Zeitpunkt ja nicht, dass Frau Shirvani die Geschäfte ihres Mannes weiterführen will. Geschäfte, die ja wohl Sie in Auftrag gegeben haben.«

»Wir möchten Sie auch nur noch einmal bitten, mit der Veröffentlichung Ihrer Recherchen zu warten, bis wir wissen, was Frau Shirvani tatsächlich vorhat«, sagte König.

»Wir werden darüber nachdenken«, sagte Marlene und erhob sich aus ihrem Sessel. Sie hatte sich wieder einigermaßen gefangen.

Berkoff nickte. »Wenn Sie wissen wollen, was Nadja Arkadina oder Jazata Shirvani vorhat, kann ich Ihnen das sagen. Sie wird 5000 G36-Sturmgewehre, das ist der zweite Teil einer Lieferung von insgesamt 10.000 Stück, an einen Mann Namens Abu Bakr übergeben. Aber das wissen Sie ja. Die Lieferung liegt zurzeit auf einem Seelenverkäufer namens *Kono*, und der Kahn dümpelt irgendwo im Mittelmeer herum. Und das wissen Sie auch.«

König blieb immer noch ruhig. Wieso? Sicher, er hatte Nadja Arkadina den Namen Abu Bakr geliefert, weil sie den in den Unterlagen ihres Mannes angeblich nicht hatte finden können. Das war ein Fehler gewesen. Aber der war zu vernachlässigen, weil er dadurch beweisen konnte, dass Deutschland Waffen in den Irak lieferte. Das war doch ein Skandal. Und trotzdem fühlte es sich an, als würde er ein bereits verlorenes Rückzugsgefecht führen. Er stand ebenfalls auf, straffte den Rücken, um einen letzten Rest seines Machismo zu bewahren.

»Gibt es sonst noch etwas, das wir für Sie tun können?«

Als König, Niemann und Wagner sitzen blieben, war offensichtlich, dass die Hinrichtung noch nicht beendet war.

»Ja. Vielleicht wollen Sie auch darüber nachdenken, wie Sie der Polizei erklären, dass Mikail Gerkin seit zwei Tagen Arkadins Villa nicht mehr verlassen hat. Er ist tot«, sagte König. Sie sah Berkoff triumphierend an. »Ich vermute, das Pflaster auf Ihrer Nase hängt damit zusammen.«

Ein weiteres Foto. Gerkin auf dem Sofa. Er sah in die Kamera. Das getrocknete Blut war schwarz. Und dann noch ein Foto. Berkoff auf dem Sofa mit einer Pistole in der Hand. Ohnmächtig, blutüberströmt.

Marlene setzte sich wieder. Sie sah Berkoff entsetzt an.

»Ich habe ihn nicht erschossen«, sagte Berkoff.

»Und wieso halten Sie die Waffe in der Hand? Sie wissen, was da auf Sie zukommen kann. Je nachdem, wie das Gericht es sieht, handelt es sich um Mord, Tötung aus Notwehr, um Beihilfe, unterlassene Hilfeleistung, gemeinsame Vertuschung und so weiter. Das Ganze unter Umständen vor einem Gericht in St. Petersburg. Tut mir leid, Herr Berkoff, aber Frau Shirvani hat Sie an Ihrer gebrochenen Nase herumgeführt. Übrigens sind sich die französischen Kollegen in Grenoble ziemlich sicher, dass der Mord an Gregori Arkadin auch auf Frau Shirvanis Konto geht.«

Berkoff sagte nichts. Er saß so tief in der Scheiße wie nie zuvor in seinem Leben. Er spürte, wie die Empörung über seine eigene Dummheit sich in Wut verwandelte. Und diese

Wut richtete er nun gegen Nadja Arkadina. Langsam ging er zur Tür.

»Wo wollen Sie hin, Herr Berkoff?«, fragte König.

»Kotzen. Wollen Sie mitkommen?«

Drei

27 Der Flugplan von St. Petersburg nach Damaskus hatte ihr eine Flugdauer von acht Stunden versprochen, inklusive Zwischenstopp. Die Realität sah anders aus: Wegen der in St. Petersburg verspätet eintreffenden Aeroflot-Maschine verzögerte sich der Abflug nach Istanbul Atatürk Havalimani um voraussichtlich acht Stunden. Dort wartete sie weitere sechs Stunden. Dann wurde der Direktflug nach Damaskus gestrichen. Niemand wusste, wieso. Niemand wusste, ob es am nächsten Tag einen Direktflug geben würde. Vielleicht am übernächsten Tag. Inschallah. Das bedeutete einen Umweg über Imam Chomeini International. Wieder fünf Stunden Aufenthalt. Von dort endlich nach Damaskus. Insgesamt 26 Stunden. Um sich zu trösten, wenn sie dachte, sie könnte keinen Schritt mehr gehen, rief sie die Erinnerungen herbei, von denen einige ein grausamer Balsam waren.

Es war der 14. August 2007, ein Dienstagabend, meine Schwester. Die Sonne war hinter dem Sindschar untergegangen, als wüsste der Pfau, was kommen würde, und wollte nicht schauen, wie der Lkw nach Kocho kam, der, wie sie sagten, Lebensmittel für uns bringen sollte. Endlich, nachdem al-Qaida eine Fatwa über uns verhängt hatte, wonach es verboten war, uns Essen zu geben. Und wie alle zum Marktplatz liefen. Nur ich nicht, weil ich krank war und Fieber hatte. Und du, meine Schwester, versprachst, du würdest genug Essen mitbringen, damit es für uns alle reichte. Und dann wurde der Lkw zu einer riesigen Fackel. Ein Feuer, das alle verbrannte, nur dich nicht, weil du zu spät kamst, weil du mich noch getröstet hattest, weil du mich küsstest. Und dann kamen die zweite und die dritte Fackel, als unsere Großmutter zu denen hinlief, die schon keine Menschen mehr waren, so wie Gott sie geschaffen hatte. In dieser Nacht haben wir uns gefragt, wo Melek Tausi ist. Warum er uns verlassen hat. Warum er die Teufel wüten lässt. Was hatten wir getan, dass er uns Strafen auferlegte, die tausendmal größer waren als das schlimmste Vergehen. Dass er unsere Großmutter und unsere Freundinnen an einen Ort schickte, den kein Lebender kennt. Damals sagtest du, der Pfau habe sich abgewandt, weil wir nur ernteten und nicht säten. Ich hatte das nicht verstanden. Wir säten doch, Weizen und Gerste, pflanzten Tomaten und Zwiebeln. Da lachtest du und meintest eine andere Saat. Die des Schwertes. Ich denke unentwegt an dich und schicke dir all meine Liebe.

Das rechte Handgelenk tat trotz der Schmerzmittel immer noch höllisch weh. Doch als sie aus dem Flugzeug stieg und die Erde des Landes betrat, in dem ihre Vorfahren seit Jahrhunderten lebten und in dem sie geboren worden war, fühlte sich Jazata Shirvani, Tochter von Gasan Shirvani, geboren in die Kaste der Piri im Volk der Jesiden, wieder wie die Krieger in den alten Erzählungen. Diese Krieger waren unbesiegbar, solange sie mit bloßen Füßen den Boden des heiligen Landes Lalisch berührten. Lange bevor die Engländer es zerschnitten hatten. Auch wenn sie dieses Land vor langer Zeit verlassen hatte, konnte sie eine tiefe Verbundenheit spüren, sobald sie den mesopotamischen Boden betrat. Es war der besondere Geruch von Feigen, Datteln, Oliven und Ambra. Es war das Orchester der Stimmen, aus dem sie manchmal, selten, die Melodie ihrer Muttersprache wie eine alte, kratzende Klarinette heraushören konnte. Es war die Sonne, die sonst nirgendwo auf der Welt so sorgenvoll auf die Menschen herabblickte. Sie passierte die Passkontrolle ohne Probleme, nahm ein Taxi und ließ sich zum Hotel Beit Zafran fahren.

Beit Zafran liegt in der Altstadt von Damaskus in der Nähe des Thomas-Tores, das auf Arabisch »Bab Tuma« heißt und eines der sieben Tore innerhalb der alten Stadtmauer ist. Das Hotel ist 1836 als Riad erbaut worden, und so sind die einzelnen Zimmer nach traditioneller Bauweise um einen Innenhof mit Springbrunnen und Zitronenbäumen herum angeordnet. Hier hatte sie vor acht Monaten auf Gregori Arkadin gewartet, hatte mit ihm in der Shai-Lounge gesessen, die sich in der Qaa, dem ursprünglichen Empfangssaal des Hauses, befindet, und unter der neun Meter hohen, mit Stuck und Malereien verzierten Decke heißen Damaszener Blumentee getrunken.

Jetzt ließ sie sich dasselbe große Zimmer geben und steckte dem kleinen Bellboy ein ordentliches Trinkgeld zu, weil er vor der Tür unter den beiden Koffern fast zusammenbrach. Als sie das Zimmer betrat, schloss sie das Fenster, um den Lärm der Autos, den Staub, den der Wind aus der Wüste herbeitrug, und das Rufen des Muezzins für eine Stunde auszuschließen. Den Blick auf die quirlige Altstadt und den Quasiyun-Berg wollte sie später genießen, ebenso die Regendusche und die Cremes und Flakons mit Arganöl. Das Buch, das der Roomservice auf den Nachttisch gelegt hatte, war eine englische Übersetzung von Karl Mays *Durchs wilde Kurdistan*. Der Autor hatte darin die Jesiden als Teufelsanbeter beschrieben. Jazata blätterte es kurz auf und warf es dann in eine Ecke des Zimmers. Die Seiten breiteten sich während des Fluges aus wie die Federn eines Vogels und zerstreuten sich, als das Buch die Wand traf. Sie ging ins Bad und stellte sich unter die Dusche. Drehte das Wasser so heiß, dass ihre Haut rot glühte. Danach trocknete sie sich ab, nahm ihr Handy. In Gregoris Notizen hatte sie zwölf Telefonnummern gefunden. Sie rief eine nach der anderen an. Zehn waren abgemeldet oder nicht bekannt. Als sie die elfte Nummer wählte, hörte sie eine Stimme am anderen Ende der Leitung. Sie war überraschend hoch, als würde sie einer Frau gehören.

»Ja?«

»Spreche ich mit Abu Bakr?«

»Nein.«

»Kennen Sie Abu Bakr?«

Keine Antwort.

»Wenn Sie ihn nicht kennen, beenden Sie das Gespräch.«

Das Gespräch wurde nicht beendet.

»Das dachte ich mir. Wer sind Sie?«

»Wer sind *Sie*?«, fragte die Person.

»Nadja Arkadina. Ich habe Sonnenschirme, die ich verkaufen möchte.«

Stille. Jazata konnte hören, wie der Mann atmete.

»Ihr Mann ist tot.«

»Aber das, was er verkaufen möchte, ist nicht tot.«

Wieder das Schweigen am anderen Ende der Leitung. Das Mikrofon des Telefons wurde zugehalten. Gedämpft waren Stimmen zu hören.

»Wer sind Sie?«

»Nadja Arkadina.«

»Rufen Sie mich nicht mehr an.«

»Warten Sie ...«

Ihr Gesprächspartner hatte aufgelegt. Nadja blätterte in den Unterlagen, die Berkoff ihr gegeben hatte. Abu Bakr war der Vermittler. Und dann gab es noch einen Rashid Abduh. War er es, mit dem sie eben telefoniert hatte? Sie sah zum Fenster hinaus. Auf der Straße vor dem Hotel stritten zwei Männer um einen Parkplatz. Sie rief die Telefonnummer erneut an. Eine automatische Ansage erklärte, dass die Nummer nicht vergeben sei. Nadja setzte sich auf das Bett. *Warte einfach ab. Sei geduldig. Die wollen die Waffen haben. Sie haben ja schon einen Teil des Geldes bezahlt,* sagte sie sich. Greg hatte ihr nicht viel über sein Geschäft erzählt, nur dass man sehr geduldig sein müsse. Ein arabisches Sprichwort lautet: Im Westen haben sie die Uhren, wir haben die Zeit.

28

Sie hat gesagt, sie hätte Mikail Gerkin erschossen, als der dich umbringen wollte. Aber sie hat dir offensichtlich die Pistole in die Hand gedrückt, als du bewusstlos warst, und dich dann fotografiert. Wieso?

Berkoff stand in der Herrentoilette vor dem Spiegel und starrte ein fremdes Gesicht an. Ja, es waren seine Augen, seine Nase, seine Ohren, sein Mund. Es waren seine Falten, seine Bartstoppeln, seine Narben. Ja, zweifellos, der Mann im Spiegel war er. Aber zugleich war es ein anderer, jemand, den er gut kannte. Der ihm in den unpassendsten Momenten erschien, als wäre da ein Zwilling in ihm. Ein strenges, strafendes, versoffenes Über-Ich namens Hunter S. Thompson. Und Hunter war wütend.

Du Arschloch hast Nadja Arkadina oder Jazata Shirvani oder wie auch immer sie heißt, die Namen von Arkadins Geschäftspartnern gegeben und dadurch genau das ermöglicht, was du verhindern wolltest. Wieso hast du das nicht gesehen?, fragte das Spiegelbild. *Soll ich dir sagen, warum? Weil du es nicht sehen wolltest. Weil du so darauf fixiert warst, die Informationen zu bekommen, mit denen du einen Skandal aufdecken und den Mächtigen eine klatschende Ohrfeige verpassen würdest, dass du nicht nach rechts und nicht nach links geschaut hast.*

Berkoff stützte sich mit den Händen auf dem Waschbecken ab. Er ließ den Kopf sinken und schloss die Augen. *Und was soll ich jetzt machen?* Er ging nicht zurück in Marlenes Büro.

»Ich rufe Marlene nachher an«, sagte er zu Amanda, bevor er das Verlagshaus durch einen geheimen Gang im Keller verließ. Als er auf der Straße stand, wunderte er sich. Sie hatten ihm ein Foto gezeigt: Er mit einer Pistole. Und trotzdem war nirgendwo Polizei zu sehen. Waren die zu blöd, oder ließen sie etwa zu, dass er verschwand? Und wenn ja, warum? *Weil König dir nicht die ganze Wahrheit über Nadja Arkadina gesagt hat? Oder weil sie hoffen, dass Nadja Arkadina den Deal über die Bühne bringt, bevor du beweisen kannst, dass der Deal überhaupt stattgefunden hat? Danach werden sie dich an den Eiern kriegen, weil alles, was du dann noch hast, ein paar Notizen von einem verfickten Waffenhändler sind.* Berkoff fuhr nach Hause, um ein paar Sachen einzupacken. Unterwegs diktierte er eine Nachricht an Marlene in sein Handy.

»Ich weiß, du bist wütend, weil ich Nadja Arkadina auf den Leim gegangen bin. Und weil damit die ganze Reportage den Bach runtergeht. Aber so wütend, wie ich selbst bin, kannst du gar nicht sein. Und trotzdem, Marlene, ist noch nicht alles verloren. Nein, auf keinen Fall. Ich hab dir doch von der *Kono* erzählt, diesem Kahn, der darauf wartet, dass er in irgendeinem Hafen anlegen kann. Normalerweise wäre das kein Problem, wenn Gregori Arkadin an Bord wäre. Aber der ist tot. Und damit ist die Verbindung zu den Leuten, die die Waffen erhalten sollen, unterbrochen. Das Problem für Pitt und vor allem für König besteht nun darin, dass die *Kono* nicht ewig im Mittelmeer herumschippern kann. Aber da gibt es ja noch Nadja Arkadina. Oder Jazata Shirvani, oder wie auch immer sie heißt. Und sie hat St. Petersburg und Russland verlassen können, ohne dass jemand sie aufgehalten hat. Das ist bemerkenswert, wo doch in der Villa ihres Mannes die Leiche von Mikail Gerkin liegt, den dieses verdammte Miststück eigenhändig erschossen hat. Somit stellen wir beide, du und ich, meine schöne Marlene, uns die Frage, was sie tatsächlich in Damaskus macht. Und was sie von der deutschen Regierung dafür kriegt, dass sie die Sache zu Ende bringt, ohne dass die Öffentlichkeit auch nur einen Furz erfährt, auf welchen Wegen man das Waffenembargo umgeht.«

Nachdem er das Nötigste in eine Reisetasche gepackt hatte, rief er Amanda an.

»Kannst du mir einen Flug nach Damaskus buchen?«

»Nein.«

»Wieso nicht?«

»Willst du den O-Ton Marlene dazu hören?«

»Ist sie da?«

»Ja.«

»Gib sie mir.«

»Darf ich nicht.«

»Wieso?«

»Frag sie. Ich mache übrigens gerade ein Schreiben an dich fertig. Darin steht erstens, dass die *Woche* auf die weitere Zusammenarbeit mit dir verzichtet ...«

»Schon wieder?«

»... zweitens verklagt dich der Verlag wegen böswilliger Täuschung und ...«

Berkoff legte auf. Er wählte Marlenes private Handynummer. Wieder meldete sich Amanda.

»So schlau ist sie auch«, sagte sie.

Berkoff legte erneut auf. Weil ein Anruf angekündigt wurde. Eine amerikanische Vorwahl. Chicago. Jonas war dran. Denkbar schlecht gelaunt. Kein *Hallo Papa,* kein *Wie geht's?*

»Mama sagt, du sollst das Visum für Amerika nicht vergessen.«

Der Trip in die USA. Berkoff hatte völlig vergessen, dass Jonas' Ferien begonnen hatten und er mit ihm zwei Wochen lang die Route No. 1 von San Francisco bis nach Los Angeles fahren wollte. Aber wieso war Jonas plötzlich einverstanden? Bei der Preisverleihung war er noch der Junge gewesen, der seinen leiblichen Vater verachtete.

»Hast du es dir anders überlegt?«

»Nein, aber Mama sagt, wir sollten den Scheiß machen, um unser Verhältnis zu klären. Es gibt eine Seite, die heißt ESTA. Da kannst du es beantragen. Es sei denn, du bist Terrorist oder du hast vor, in Amerika jemanden zu erschießen.«

»Okay. Aber es gibt ein Problem.«

»War mir klar. Ich hab Mama gesagt, dass es nichts wird.«

Schnell, lass dir was einfallen. Irgendwas, das dein Sohn glauben kann.

»Nein, nein, wir machen den Trip. Ich kann nur nicht in die USA.«

»Weil sie Alkoholiker nicht reinlassen?«

»Du hast es erfasst.«

»Super. Hab sowieso keinen Bock.«

»Wir machen einen anderen Trip.«

»Ich will keinen anderen Trip machen.«

»Hör zu. Du willst doch Reporter werden.«

»Ich will kein Reporter werden.«

»Was denn sonst?«

Trotziges pubertäres Schweigen und lautes Schnaufen als nonverbales Zeichen der Wut.

»Ich zeig dir, was du machen musst. Wir fliegen nach Israel. Ich schreibe einen Artikel über die Palästinenser, und du bist mein Rechercheur. Dein Name steht dann auch unter dem Artikel. Du arbeitest mit meinem Fixer zusammen. Wir interviewen israelische Soldaten und Palästinenser. Du könntest dir ein paar Jugendliche schnappen und sie fragen, was sie von der Situation halten.«

»Welche Situation?«

»Der israelisch-palästinensische Konflikt. Hast du noch nie davon gehört?«

»Klar hab ich.«

Berkoff hakte nicht nach, weil er seinen Sohn jetzt so weit hatte, dass er zumindest darüber nachdachte.

»Aber die meiste Zeit liegen wir am Strand, essen Pizza, trinken Bier. Was sagst du?«

Wieder das Schnaufen. Diesmal aber nicht wütend, sondern unsicher.

»Aber wir dürfen Mama nichts von dem Fixer erzählen.«

Na also.

»Wieso nicht?«

»Weil sie mich nicht mitgehen lässt, wenn du auf Droge bist.«

Berkoff grinste in sich hinein.

»Ein Fixer ist jemand, der dich im Ausland mit Informationen versorgt. Du kennst doch Nuri. Nuri Aschrawi. Der hat nichts mit Drogen zu tun.«

Sie verabredeten, dass Berkoff am Abend mit Heidi sprechen würde. Berkoff legte auf. Also Israel. Dort würde er ein paar Tage lang mit Jonas durch die Gegend fahren, ein paar Leute befragen, wie die Hamas an deutsche Heckler-&-Koch-Pistolen kommen konnte, obwohl ein Embargo bestand. Dann würde er Jonas zwei Tage in der Obhut von Rana Aschrawi lassen und nach Damaskus fliegen, um Nadja Arkadina aufzuspüren. War das eine gute Idee? Er starrte das Telefon an. *Du bist ein schlechter Vater, David Berkoff. Welcher vernünftige Erziehungsberechtigte macht so etwas?* Um sich selbst zu beruhigen, wollte er ein Rückflugticket für Jonas bei Rana hinterlegen. Für den Fall, dass er nicht rechtzeitig aus Damaskus zurückkommen sollte. Jetzt sah es wie ein guter Plan aus. Und sollte etwas schiefgehen, würde er eben improvisieren. Wie immer.

29

Es war ihr zweiter Tag in der syrischen Hauptstadt, und ihre Geduld wurde auf eine harte Probe gestellt. Sie fragte sich, warum sich der Mann, den sie sich als Rashid Abduh vorstellte, nicht meldete. Wenigstens hatte sie Kontakt zur *Kono* aufnehmen und verhindern können, dass der Kapitän die Ladung auf offener See über Bord warf und abdrehte. Allerdings musste sie sein Honorar und das seiner Mannschaft verdoppeln. Und am zweiten Tag noch einmal. Außerdem konnte der *Kono* außerhalb der Zweihundert-Meilen-Zone nichts passieren, wenn nicht die Russen oder Amerikaner das Schiff enterten. Aber die Russen waren damit beschäftigt, Assad an der Regierung zu halten, und die Amerikaner hielten sich zurück, weil sie nicht wussten, wen sie in dem gordischen Knoten unterstützen sollten. Als ihre Unruhe zu groß wurde, beschloss sie, das Hotel zu verlassen, um ein wenig im Salihiya-Viertel herumzustöbern.

»Seien Sie vorsichtig«, lächelte der alte, runzelige Concierge, als sie ihm sagte, dass sie für ein paar Stunden spazieren gehen wolle. Dann legte er ihr die ayyubidischen und mamlukischen Bauten, die zum Teil aus dem 12. Jahrhundert stammten, ans Herz und warnte sie vor den Bombenanschlägen, die das Viertel hin und wieder erschütterten.

»Aber wie soll ich mich davor schützen?«, fragte sie ihn.

»Am besten so, wie es alle in Damaskus machen«, antwortete er. »Sie müssen einfach vergessen, dass Sie im nächsten Augenblick tot sein könnten.«

Sie bedankte sich und trat auf die Straße hinaus, wo Hitze, Lärm und Hektik ihr ins Gesicht schlugen. »Miss!«, rief eine raue Stimme hinter ihr. Jazata drehte sich herum. Der alte Concierge winkte mit einen Zettel in der Hand, während er ihr entgegenlief. *Souk al-Djumma, hinter dem Osteingang, 5 pm*, stand auf dem duftenden Papier. Sein Kollege habe die Nachricht für sie angenommen, aber vergessen, sie weiterzuleiten, erklärte der Concierge und entschuldigte sich vielmals. Als Jazata ihm ein Trinkgeld geben wollte, lehnte er ab, weil das Hotel einen Fehler gemacht hatte. Jazata sah auf ihre Uhr. 5:07 Uhr. Sie legte ein Tuch über ihre Haare und lief los.

In den Gassen drängten sich Massen von Menschen, die seit der staatlich angeordneten Zerstörung von Aleppo hierher geflohen waren und nun überall in Damaskus auf der Straße lebten. Frauen mit vier, fünf Kindern, die die Passanten um ein paar Lira anbettelten. Männer, die auf Mauern saßen, rauchten, vor sich hin dösten. Überall von Hoffnungslosigkeit verwitterte Gesichter. Kinder pinkelten im Hocken, Hunde rochen an ihnen wie an einem zukünftigen Leckerbissen, wurden von den Müttern mit Tritten vertrieben. Eine Frau, der das halbe Gesicht fehlte, streckte ihr die Hand entgegen. Jazata beachtete sie und alles andere nicht, rannte mit gesenktem Kopf zum Souk al-Djumma. Nach wenigen Minuten hatte sie den Eingang erreicht. Eine Schlange von Menschen. Taschenkontrollen am Eingang. Die Polizisten waren streng und schnell unfreundlich, wenn jemand seine Tasche nicht zeigen wollte. »Es sind nicht unbedingt Terroristen«, sagte einer der Polizisten, als Jazata an der Reihe war. »Manche sind einfach nur Diebe, die ihre Ware im Souk verkaufen wollen.«

Eine andere Welt. Der Geruch von frisch gemahlenem Kaffee wehte ihr entgegen, Jasmin, Basis jedes Parfüms, verstopfte die Nase, konkurrierte mit einer Symphonie von Gewürzen, durchdrungen von dem speziellen Gestank der Altstadt. Steine, Schweiß, Angst. Jazata blieb hinter dem Eingang stehen, sah sich um. Blickte dem einen oder anderen in die Augen, bekam aber keine Antwort außer einem Grinsen, das eindeutig etwas anderes bedeutete. 5:18 Uhr. Rashid Abduh, wenn er es denn war, der ihr die Nachricht hatte zukommen lassen, war offensichtlich bereits wieder gegangen. Sie bestellte einen Kaffee und beobachtete die Frauen, die aufgeregt einkauften.

In wenigen Tagen würde das Opferfest beginnen. Es mussten noch schnell neue Kleider für die Kinder gekauft werden und Lebensmittel, um Gäste zu bewirten. In den Gesichtern war keine Angst zu sehen, eher Müdigkeit und

Erschöpfung. Was an der allgemeinen Situation liegen konnte oder an der Hitze, die jeden Schritt zur Anstrengung machte. *Wieso hat dieser Idiot im Hotel die Nachricht nicht weitergeleitet,* dachte sie, als kurz darauf jemand nahe an ihr vorbeiging und *Follow me* sagte. Jazata war irritiert. *Wer war der Mann? Konnte sie ihm einfach so folgen?* Außerdem hatte sie noch nicht bezahlt. Schnell drückte sie dem Kellner Hundert Lira in die Hand und rannte dem Unbekannten hinterher.

Ohne sich umzudrehen, durchquerte er den Souk und lief in Richtung eines Ortes, der ihr vom Concierge als Arba'ain beschrieben worden war. Hoch über den Dächern der Stadt am Hang des Quasiyun-Berges gelegen. Angeblich befand sich in der Nähe die Höhle, in der Kain seinen Bruder Abel erschlagen hatte. Inzwischen war es dunkel, die Gassen wurden immer enger und stiller, seltsame Gestalten lagerten um kleine Feuer herum. Jazata war sich nicht sicher, ob es richtig war, dem Unbekannten weiter zu folgen. Zumal er kein genaues Ziel zu haben schien, immer wieder Haken schlug. Sie hob die Schultern, spürte, wie ihr Nacken steif wurde. *Das ist nicht gut*, dachte sie. *Wenn dir hier etwas passiert, bist du verloren. Niemand wird dir helfen.* Als sie stehen blieb und wieder umkehren wollte, hielt ein Toyota Landcruiser neben ihr. Die hintere Tür wurde aufgestoßen, Hände zogen sie ins Innere, ohne dass der Wagen anhalten musste. Sie schrie, trat um sich. Eine Hand über ihren Augen, andere hielten sie an Armen und Beinen fest. Noch bevor sie irgendjemanden erkennen konnte, wurde ihr ein Sack über den Kopf gezogen, der nach Rauch und Kotze stank. Ihre Hände wurden auf den Rücken gefesselt. Sie wurde in den Fußraum zwischen Vordersitz und Rücksitz gedrückt.

»Was wollen Sie von mir? Ich bin Nadja Arkadina, die Frau von Gregori Arkadin«, rief sie.

Keine Antwort. Noch einmal.

»Hören Sie? Ich bin Nadja Arkadina, die Frau von Gregori Arkadin.«

Wieder keine Antwort. Nur aufgeregte Stimmen in einem arabischen Dialekt, den Jazata nicht verstand. Dann wurde eine Decke über sie gelegt. Der Wagen bog nach links ab, beschleunigte, stoppte kurz darauf wieder. Aufgeregtes Hupen und dann eine Reihe von Schüssen. *Was passiert hier? Warum wird geschossen?* Wieder brüllten die Männer in dem Toyota Unverständliches. Der Wagen beschleunigte. Fuhr unruhig, als würde er Slalomstangen ausweichen. Bei jedem Schlagloch wurde sie hin und her geschleudert, die verletzte rechte Hand gegen die Halterung des Vordersitzes gedrückt, ein stechender Schmerz stach bis hinauf ins Gehirn. Ihr Atem ging stoßweise. Beim Einatmen roch sie den ekelhaften Geruch des Sacks über ihrem Kopf und musste gegen den Würgereiz ankämpfen.

»Wo bringen Sie mich hin?«

Keine Antwort. Minuten vergingen. *Wo bringen die mich hin? Wer sind die? Was wollen die? Am besten, du konzentrierst dich auf den Weg, den der Wagen fährt. Falls du dich erinnern musst, wie du wieder zurückkommst.* Die Fahrt wurde ruhiger. Offensichtlich ein Highway. Als Gregori einmal von einer Geschäftsreise zurückkam und ihm drei Zähne fehlten, hatte er zuerst einen Sturz vorgeschoben und später erzählt, dass die Leute, mit denen er Geschäfte machen wollte, ihn zusammengeschlagen hatten, weil sie sich nicht über den Preis einigen konnten. *Hoffentlich verprügeln sie mich nur,* dachte Jazata. Ein Handy klingelte. Jemand nahm das Gespräch an, schrie ein paar Worte in das Telefon. Kurz darauf bog der Wagen von dem Highway ab. Keine Straße. Eher ein Acker. Jemand stellte seine Füße auf sie, damit sie still lag. Sie spürte die rauen Sohlen auf ihrer Brust und dem Bauch. Nach etwa zehn Minuten stoppte der Wagen.

Eine Hand griff nach ihr, zog sie hoch, zerrte sie grob aus dem Toyota heraus. Sie stieß sich den Kopf und taumelte, als sie Boden unter den Füßen spürte. Zu zweit schleiften sie sie ein paar Meter, dann drei Stufen hinauf und durch eine Tür hindurch. Man setzte sie auf einen Stuhl, riss ihr den Sack vom Kopf. Jazata sog die frische Luft ein. Neben ihr standen zwei Männer, die Gesichter durch schwarze Tücher halb verdeckt. Sie hielten Maschinenpistolen in den Händen. Die gleichen wie auf den Fotos in Gregoris Dateien. G36-Sturmgewehr. Der Raum, in dem sie sich befand, war bis auf einen weiteren Stuhl leer. Der Putz an den Wänden war abgebröckelt, die Fensterscheiben waren zerbrochen und notdürftig mit Pappe geflickt. Hier wohnte niemand.

»Ich muss pinkeln«, sagte sie zu dem einen, der dünn, fast dürr war.

Er sah sie an, reagierte aber nicht, als würde er sie nicht verstehen. Stattdessen sah er zu dem Zweiten hin, der nur die Schultern hob und wieder sinken ließ. Er war ziemlich dick.

Jazata wiederholte auf Englisch: »I need to pee.«

»Later«, antwortete der Dünne.

Dann wurde eine Tür aufgestoßen, und ein weiterer Mann kam herein. Obwohl der Raum nur von einer nackten Glühbirne erleuchtet war, trug er eine Sonnenbrille, wie die Alitalia-Piloten sie früher getragen hatten. Sein zweireihiger Anzug war am Kragen und an den Ellbogen speckig, sein rosafarbenes Hemd hatte Flecken, seine Schuhe waren ausgelatscht.

»Haben Sie Angst?«, fragte er.

Die hohe Stimme. Wie die, mit der sie telefoniert hatte. Wahrscheinlich Rashid Abduh. Hatte sie Angst? Vielleicht tief in ihrem Innern, in Bereichen ihres Gehirns, die nicht von ihrem Wunsch nach Rache erreicht wurden. Aber von dort kam nur ein leises Räuspern. Am lautesten sprach in ihr die Wut über die Behandlung, die ihr zuteilgeworden war.

»Vor wem sollte ich Angst haben? Ich bin wütend, weil ich von diesen Idioten wie ein Stück Dreck behandelt worden bin.«

Abduh sah die beiden Typen an, die rechts und links von ihr standen, sagte etwas in dem fremden Dialekt, woraufhin die beiden anfingen zu lachen.

»Wir mussten sichergehen, dass Sie uns keine Falle stellen. Wir haben die Summe bezahlt, die Ihr Mann verlangt hat, aber er hat seinen Teil des Vertrags nicht erfüllt. Die Sonnenschirme sollten vor einer Woche geliefert werden. Jetzt sind sie immer noch nicht da.«

»Mein Mann ist tot.«

»Das ist nicht unser Problem«, brüllte er, wobei sich seine ohnehin schon hohe Stimme überschlug und er wie eine verwundete Robbe klang. »Sie haben jetzt zwei Möglichkeiten«, fuhr er brüllend fort. »Erstens, Sie liefern uns die Sonnenschirme, ohne dass wir auch nur einen weiteren Dollar dafür bezahlen. Oder zweitens, ich überlasse Sie den beiden Idioten, wie Sie sie nennen.«

Er grinste Jazata wütend an, Jazata grinste zurück. Der Harndrang war inzwischen so stark, dass sie nicht mehr denken konnte. Also entspannte sie sich, gab die Muskeln frei, spürte ein leichtes Frösteln, als es warm an ihren Oberschenkeln wurde. Es dauerte nicht lange, bis sich eine Pfütze zu ihren Füßen gebildet hatte. Rashid Abduh und die beiden Idioten sahen sie entgeistert an. So etwas hatten sie vermutlich noch nicht erlebt. Jazata sah die Männer herausfordernd an.

»Sie sollten noch mal über die beiden Möglichkeiten nachdenken, Rashid Abduh. So heißen Sie doch, oder? Erstens glauben ein paar Leute in Deutschland, dass es ein Fehler war, mit Ihnen Geschäfte zu machen. Und diesen Fehler wollen sie beheben. Deswegen wäre es ihnen am liebsten, ich würde die Sonnenschirme im Mittelmeer versenken. Ich kann aber auch den Russen sagen, dass die *Kono*, anders als in den Frachtpapieren genannt, kein medizinisches Gerät an Bord hat, sondern G36-Sturmgewehre, die gegen Assad eingesetzt werden sollen. Wie wäre das? In beiden Fällen haben Sie viel Geld bezahlt und nichts dafür erhalten. Deswegen würde ich vorschlagen, dass wir schnell handeln. Und das heißt, dass Sie die zweite Rate bezahlen.«

Abduh nahm die Sonnenbrille ab und sah Jazata mit zusammengekniffenen Augen an. Seine Pupillen waren unnatürlich klein, vermutlich eine Folge irgendwelcher Drogen, die er sich eingepfiffen hatte. An seinen Schläfen traten die Adern hervor. Er war mit Sicherheit nicht gewohnt, dass eine Frau so mit ihm sprach. Vor allem nicht, wenn zwei weitere Männer im Raum waren. Andererseits war er nur der Vermittler. Das Geschäft platzen zu lassen und Jazata zu töten, war somit keine Möglichkeit, auch wenn er sich das wünschen sollte. Er stand auf, stellte sich vor sie und schlug ihr ins Gesicht. Der Schlag war so hart, dass Jazata mitsamt dem Stuhl nach hinten fiel. Er nickte den Männern zu. Mit dem Schlag schien er die Demütigung abgewischt und seine Ehre wiederhergestellt zu haben.

»Wir bringen Sie zurück nach Damaskus. Sie hören von uns. Inschallah.«

Jazata erhob sich. Ihre linke Gesichtshälfte brannte.

»Von mir aus. Aber das nächste Mal will ich mit Abu Abdullah Bakr persönlich sprechen.«

Rashid Abduh war sichtlich überrascht. Er setzte die Sonnenbrille wieder auf und grinste breit.

»Abu Abdullah Bakr spricht nicht mit Frauen. Das verbietet unsere Tradition.«

»Dann fragen Sie ihn, was ihm wichtiger ist. 5000 Sturmgewehre oder die Tradition. Und womit er mehr Profit erzielt.«

30 Berkoff hatte Heidi schwören müssen, dass er Jonas nicht eine Sekunde lang aus den Augen lassen würde. »Sieh zu, dass ihr wieder ein vernünftiges Verhältnis zueinander kriegt«, hatte sie gesagt. »Er freut sich drauf, mit dir an einem Ort zu sein, wo es gefährlich ist. Aber ihr macht keine Besuche im Gazastreifen, keine Busbahnhöfe, keine arabischen Märkte.«

»Ich bin sein Vater. Denkst du, ich würde ihn in Gefahr bringen? Ein Junge lernt von seinem Vater, ein Mann zu sein. Willst du, dass er das von Alexander lernt?«

Sie hatte geschwiegen, was man durchaus als eine Art Antwort verstehen konnte. Und als er ihr erzählte, wie wichtig es für ihn sei, dass er das Versprechen einhielt, das er Jonas gegeben hatte, und dass er nicht nach Amerika einreisen dürfe und er nicht mehr wie früher ein verantwortungsloses Arschloch sei, gab sie nach. Vielleicht auch, weil sie müde war, die ewigen Versprechen eines neuen Lebens eines neuen David Berkoff anhören zu müssen.

Zwei Tage später holte Berkoff Jonas vom Ben-Gurion-Flughafen in Tel Aviv ab und fuhr mit ihm ins Isrotel Tower Hotel. Die Begrüßung war, was Jonas anging, immer noch kühl und distanziert. Seine gebrochene Nase hatte Berkoff mit einer geschlossenen Glastür begründet. Jonas glaubte ihm nicht. Swimmingpool, Wi-Fi, zwei Minuten zum Strand, von den oberen Etagen ein sensationeller Blick über die Stadt. Berkoff hatte ein Zimmer in der neunten Etage gemietet. Sie gingen Burger essen, kauften Jonas eine Badehose, weil er seine vergessen hatte, und lagen einen halben Tag lang am Pool.

Zwischendrin nahm Berkoff Kontakt zu Nuri Aschrawi, seinem Fixer, auf und beauftragte ihn, über seine Kontakte zum Mossad herauszufinden, ob eine Nadja Arkadina oder Jazata Shirvani in Damaskus in irgendeinem Hotel abgestiegen sei. In der Zwischenzeit würde er eine Weile mit Jonas abhängen und dann nach Damaskus fliegen, um Nadja Arkadina auffliegen zu lassen. Jonas durfte seiner Mutter nichts von dieser Planänderung erzählen. Seine Aufgabe für diesen Tag sollte lauten, die Hotelangestellten zu ihrer Einstellung hinsichtlich des Terrors um sie herum zu befragen. Aber Jonas hatte dazu keine Lust. Er wollte viel lieber mit seinem Vater nach Damaskus fliegen und dabei sein, wenn die wirkliche Arbeit eines Kriegsreporters stattfand.

»Ich kann dich nicht mitnehmen.«

»Wieso nicht?«

»Weil ich mich schnell bewegen muss.«

»Ich bin dir nicht im Weg. Du wirst mich überhaupt nicht sehen.«

»Es geht nicht.«

»Bitte.«

»Nein.«

Jonas war stinksauer. Er sprang in den Swimmingpool, drehte ein paar Runden. Und als Berkoff dachte, die Angelegenheit hätte sich erledigt, kam Jonas an den Rand des Pools geschwommen.

»Wenn du mich nicht mitnimmst, sag ich Heidi, dass du mich alleine in Tel Aviv zurücklässt.«

Pubertierende Kinder können unglaubliche Arschlöcher sein, dachte Berkoff. Aber dann war er stolz, weil Jonas nicht klein beigab. Sein Sohn. Sein verdammter Sohn.

Beim Abendessen instruierte er ihn über die Arbeit eines Kriegsreporters. Es gab Falafel, Humus, Schakschuka, Tscholent, so viel Jonas essen konnte. Und das war eine ganze Menge.

»Du bist in einem fremden Land, in dem Krieg herrscht. Wem kannst du trauen?«

»Keine Ahnung.«

»Niemandem. Als Kriegsreporter brauchst du ein Netzwerk von guten Kontakten. Aber das heißt nicht, dass die dich nicht trotzdem an das nächste Arschloch verraten. Alles eine Frage des Geldes.«

»Okay.«

Jonas schrieb jeden Satz seines Vaters in ein Notizbuch, das er sich in einem kleinen Laden unweit des Hotels gekauft hatte.

»Wo ist es am gefährlichsten?«, fragte Berkoff.

»Da, wo geschossen wird?«

»Nicht unbedingt. An der Front weißt du wenigstens, was los ist. Gefährlicher ist es unterwegs, wenn du nicht weißt, wem du begegnest. Sprich also niemals Deutsch oder Englisch.«

»Wie soll ich dann sprechen?«

»Gar nicht. Und pass auf, dass du schmutzige Hände hast. Dann denken sie nicht, dass du ein Tourist bist.«

»Ich bin sowieso kein Tourist. Ich bin Reporter.«

»Noch schlimmer. Für gekidnappte Touristen verlangen sie Lösegeld. Reportern schneiden sie die Köpfe ab.«

»Der IS?«

»Was für eine SIM-Karte hast du im Handy?«

»Eine von hier.«

»Raus damit.«

Berkoff nahm Jonas' Handy und zog die SIM-Karte aus dem Schacht an der Seite. »Wenn Islamisten die sehen, denken sie, du bist Israeli und damit Jude. Und Juden können die überhaupt nicht leiden.«

»Echt? Die sind doch so cool. Hast du die Soldatinnen am Flughafen gesehen. Wow. Die sind höchstens achtzehn. Die sehen so scharf aus mit den Knarren. Wenn ich mal heirate, dann eine von denen.«

Jonas war zwar neugierig und interessiert, aber eben auch ein Teenager. Und wie alle Teenager montierte er die Informationen, die er jeden Tag erhielt, zu einem Film zusammen, in dem er die Hauptrolle spielte und der die Hollywoodversion der Wirklichkeit war.

»In den meisten Regionen im Nahen Osten funktionieren die Bankautomaten nicht, weil es nicht immer Strom gibt. Also nimmst du Bargeld mit.«

Jonas schrieb fleißig weiter.

»Pro Tag dreihundert. In verschiedenen Währungen. Die Hälfte davon Dollar oder Euro. Die versteckst du in einem speziellen Gürtel, in den Schuhen und der Unterhose. Zwanzig behältst du in der Hosentasche, falls jemand kommt und dich ausrauben will. Meistens hauen sie ab, wenn sie den Zwanziger haben.«

»Krieg ich morgen auch Geld?«

»Natürlich. Oder warum erzähl ich dir das? Bist du satt? Willst du noch ein bisschen Strudel? Der ist hier richtig gut.«

Jonas wollte, und Berkoff bestellte zwei Portionen. Dann zählte er die Grundausstattung auf. Kugelschreiber funktionieren bei Staub und Hitze nicht lange. Harte Bleistifte sind besser. Taschenmesser, Sicherheitsnadeln, Adapter, Ohrstöpsel, Taschenlampe, Ersatzbatterien für die Taschenlampe, starkes Klebeband, falls man verletzt wird und keinen Verbandskasten hat, Passfotos etc.

»Und du brauchst einen guter Fixer. Der ist wichtiger als der ganze Rest. Er ist derjenige, der dafür sorgt, dass du überlebst.«

Später lagen sie im Hotelzimmer nebeneinander auf dem Doppelbett. Im Fernsehen lief *CNN*. Jonas war satt und glücklich.

»Das war ein geiler Tag. Schon cool, was du alles weißt.«

Berkoff strich seinem Sohn über die Haare. Es war lange her, dass er so viel Zeit am Stück mit ihm verbracht hatte. Und er war froh, dass er den gemeinsamen Trip nicht abgesagt hatte. Als sie im Badezimmer nebeneinanderstanden und Zähne putzten, deutete Lucas auf Berkoffs Rücken.

»Was ist das?«

Zwischen dem rechten Schulterblatt und der Hüfte war

der Rücken vernarbt. Folge einer Verbrennung zweiten Grades.

»Wir sind in Peschawar mit Molotowcocktails beworfen worden. Ich hatte die falschen Klamotten an. Ich hab gedacht, Goretex ist eine gute Idee bei dem Scheißwetter im September in Peschawar. Aber das Zeug verschmilzt mit der Haut.«

Jonas sah seinen Vater staunend an. Er war sichtlich beeindruckt. Es war bereits nach Mitternacht, als sie das Licht löschten. Berkoff schlief schlecht. Nadja Arkadina rüttelte an ihm. Er telefonierte um sechs Uhr morgens mit Marlene, ohne ihr zu sagen, wo er war. Gegen sieben Uhr verließ er leise das Hotelzimmer. Jonas wachte gegen neun Uhr auf. Das Bett neben ihm war leer. Nur eine Nachricht.

Du musst mir vertrauen, wenn ich dir sage, dass etwas nicht geht. Das Risiko ist zu groß, dass dir etwas passiert und ich dann in Gefahr gerate, weil ich versuche, dir zu helfen. Aber ich habe dir ja gesagt, dass wir zusammen einen Artikel schreiben. Du musst die palästinensischen Hotelangestellten interviewen. Sag ihnen, es ist für deine Schülerzeitung. Frag sie aus, wie es bei ihnen zu Hause aussieht. Okay? Daraus machen wir dann eine Reportage. Ich bin in zwei Tagen wieder zurück. Zeig mir, dass du klarkommst. Ich habe außerdem mit Rana Aschrawi telefoniert. Sie erwartet dich. Ihre Nummer und Adresse sind in deinem Handy. Ruf sie vorher an.

Jonas las die Nachricht zweimal. Beim dritten Mal liefen ihm Tränen der Wut übers Gesicht. Dann warf er den Zettel in den Mülleimer. Auf dem Tisch neben dem Fernseher lag seine SIM-Karte. Jonas steckte sie in das Handy und schaltete es an. Sollte er seine Mutter anrufen? Auf keinen Fall. Die würde sofort einen Anfall kriegen und ihm den nächsten Flug nach Chicago buchen. Rana Aschrawi? Vor drei Jahren hatte er die Familie kennengelernt, als sie seinen Vater in Berlin besucht hatten. Die waren irre. Zwei oder drei Mädchen, das wusste er nicht mehr so genau. Immer laut und immer hektisch. Rana schimpfte auf alles und jeden. Vor allem auf die Palästinenser und dass die Israel auslöschen wollten. Dabei war sie doch selbst Palästinenserin. Er hatte keine Ahnung, wie das möglich war. Nein, da würde er auf keinen Fall hingehen. Obwohl er ein bisschen Angst hatte allein in dem Hotel. Er nahm eine Cola aus der Minibar. Trank ein paar Schlucke. Holte die X-Box hervor. Er würde erst mal abwarten. Was sollte ihm passieren? Eigentlich war es ja auch ziemlich cool. Er allein in einem Fünfsternehotel. Mit unbeschränkten Möglichkeiten auf Davids Kreditkarte. Essen, Trinken, vielleicht eine Party feiern, wenn es genug Jugendliche in seinem Alter gab. Das würde er ausnutzen. Als Strafe, weil sein Vater ihn nicht mitgenommen hatte. Wenn er wieder zu Hause war, würde er in seiner Klasse davon erzählen. Die würden abdrehen vor Neid. Auf WhatsApp warteten zwei Nachrichten von seiner Mutter.

Die Erste: *Wie geht's euch? Habt ihr Spaß?* Und die Zweite: *Ruf doch mal an, wenn du wach bist. Und sag David, er soll sich auch mal melden. Ich muss etwas mit ihm besprechen.*

31

Sie hatten ihr erneut den Sack über den Kopf gestülpt und sie dann in Saroujah nördlich der Altstadt abgesetzt. Ihre Knie zitterten, als sie sich durch die Welle aus Menschen zwängte, die letzte Vorbereitungen für das große Fest trafen. Verschleierte Frauen mit ihren verschleierten Töchtern. Geister, die sich hastig durch die Straßen bewegten. Sie dachte daran, dass sie als kleines Mädchen manchmal dabei gewesen war, wenn die muslimischen Nachbarn ein Tier schlachteten und das Fleisch an die Armen verteilten. Damals hatte sie nicht verstanden, wieso

Familien, die bitterarm waren, trotzdem alles Geld zusammenkratzten, um dem uralten Brauch Genüge zu tun. Man hatte ihr erklärt, dass es wichtig sei, an den Propheten Ibrahim zu denken, weil der bereit gewesen war, Allah seinen Sohn Ismael zu opfern, woraufhin Allah ihn davon abgehalten hatte, Ismael zu opfern, weil allein die Bereitschaft zum Gehorsam schon genügte. Als sie später erfuhr, dass in der Bibel der Christen dieselbe Geschichte stand, hatte sie sich gewundert. *Wieso verlangt ein Gott, dass Abraham, oder Ibrahim, seinen Sohn opfert? Und macht er das tatsächlich nur, um Abrahams Gehorsam zu prüfen?* Ihre Mutter hatte darauf keine Antwort gewusst, außer dass der Pfau Melek Tausi so etwas niemals verlangen würde. Ihr Vater hatte sie geohrfeigt, weil sie offensichtlich mit den muslimischen Kindern Kontakt gehabt hatte, was streng verboten war.

Jazatas Knie zitterten, als sie endlich das Hotel erreichte. Sie taumelte durch die Tür in die Lobby und hielt sich an einem Tisch fest. Der frische, saubere Geruch von Jasmin und Minze erfüllte sie mit Dankbarkeit. Sie war in Sicherheit. Als sie an der Rezeption vorbeiging, sah der alte Concierge sie besorgt an. Er erkundigte sich nach ihrem Befinden, fragte, ob er etwas für sie tun könne. Offensichtlich fühlte er sich schuldig, weil er ihr eine Nachricht gegeben hatte und sie daraufhin verschwunden war. Jazata schüttelte den Kopf, stieg die Treppe in den zweiten Stock hinauf, hob einen Fuß vor den anderen, zog sich mit der linken Hand an dem Geländer aus Messing vorwärts und schaffte die letzten Schritte in ihr Zimmer mit äußerster Konzentration. Kaum hatte sie die Tür hinter sich geschlossen, brach sie zusammen. Sie hatte ihre Angst im Zaum gehalten, hatte sich nicht anmerken lassen, dass sie am liebsten gestorben wäre. Hatte eine selbstbewusste und stolze Fassade errichtet, die einzig von dem Gedanken an Rache aufrechterhalten wurde. Und dieser Gedanke wurde nun fadenscheinig. *Der*

Wunsch nach Rache verbraucht unverhältnismäßig viel Energie, weil er ein entwicklungsgeschichtlich relativ junger Reflex ist, dachte sie, während sie sich unter die Bettdecke verkroch. *Tiere kennen diesen Reflex nicht. Er ist, da er rückwärtsgewandt ist, unproduktiv und behindert beim täglichen Kampf ums Überleben.* Drittes Semester Soziobiologie. *Psychologisch hängt der Reflex mit dem Zusammenbruch der bikameralen Psyche zusammen, der vor viertausend Jahren für das Entstehen des menschlichen Bewusstseins verantwortlich war. Julian Jaines, The Origin of Consciousness in the Breakdown of the Bicameral Mind, Houghton Mifflin, Boston/New York 1976.* Ihre Gedanken taumelten, rasten aufeinander zu, stoben auseinander. Bilder von ihrer Schwester. All das Blut, all das Blut. Das Brüllen der Maschinenpistolen, mit denen die Schlächter des Islamischen Staates das Leben ausgelöscht hatten. Die Schreie der Verletzten und Sterbenden, der Vergewaltigten und Verstümmelten, das Messer, mit dem Jazata die Rache in ihre Gedanken geritzt hatte. Tiefe Schnitte.

Als sie eingeschlafen war, führte sie im Traum die Erzählung fort und befand sich in der Stadt Sindschar südlich des Çiyayê Şingal, eines Höhenzugs im Nordirak westlich von Mossul an der Grenze zu Syrien. Ihre Familie hatte dort seit Generationen in der Nachbarschaft mit anderen Kurden, ja sogar Christen gelebt. Einzig Juden waren nicht erwünscht. Am 3. August 2014 aber war es vorbei gewesen mit dem Frieden, denn die Mörder des IS waren sieben Jahre nach den Fackeln der al-Qaida mit ihren Toyotas über die Stadt hereingebrochen und hatten auf alles geschossen, was sich bewegte. Dazu jubelten sie und riefen, dass Allah groß sei und sie die Befehle seines Propheten Mohammed befolgen würden. Sie riefen es immer und immer wieder, als müssten sie sich selbst vergewissern, dass sie das Richtige taten, wenn sie kleine Kinder enthaupteten.

Siehst du, meine Schwester, wie einige von ihnen vor der

Schule stoppten und in das Gebäude stürmten. Den Lehrer, der ihnen mit erhobenen Händen entgegenkam, erschossen sie sofort. Dann gingen sie in den Raum, in dem wir in Mathematik unterrichtet wurden. Die Lehrerin stellte sich tapfer vor uns, was die Lust der Mörder nur noch mehr anstachelte. Sie schlugen sie nieder und vergewaltigten sie zu dritt vor unseren Augen. Daraufhin nannten sie sie eine Hure und trennten ihr die Brüste ab. Aber damit war das Grauen noch nicht zu Ende. Sie fragten uns, welcher Religion wir angehören. »Wir sind Jesiden«, sagtest du. »Das heißt, ihr seid Ungläubige und Teufelsanbeter«, schrien die Mörder. Aber sie töteten uns nicht, sondern sagten, sie würden uns verschonen, wenn wir bereit wären, Moslems zu werden. Wir sahen die Mörder entsetzt an. Für uns war das unmöglich, denn der Pfau Melek Tausi war unser Gott, den wir niemals zurücklassen durften. Da lachten die Mörder, weil sie nicht an einen Pfau glaubten. Aber sie sahen nicht, dass der Pfau vom Himmel herabgestiegen war und sich hinter ihnen in seiner ganzen Pracht erhob und einen jeden von ihnen mit seinem Schnabel tötete. Als das getan war, schritt der Pfau aus dem Zimmer und hinaus auf die Straße und tötete alle Mörder, bis die Stadt im Blut versank. Und du und ich, wir schwammen darin wie zwei traurige Prinzessinnen. Immer weiter und weiter.

Jazata schlief bis zum nächsten Morgen. Als sie aufwachte, war das rechte Handgelenk geschwollen. Sie hatte die ganze Nacht darauf gelegen. Unter dem heißen Wasser der Dusche kam sie zu sich. Bestellte ein Frühstück aus Eiern, Joghurt, Fladenbrot, Tomaten und verhandelte mit dem Kapitän der *Kono*, der ihr noch einen Tag gab, bis er die Ladung ins Mittelmeer löschen würde. Er hatte vor einem Patrouillenboot fliehen müssen, lag jetzt 250 Meilen vor der Küste und musste seine Mannschaft ruhig halten. Sie hatten bereits das ganze Schiff von Rost befreit und neu gestrichen. *morgen früh ist schluss*, lautete seine letzte SMS. *in ordnung* schrieb sie zurück. *wenn es dennoch eine verzögerung geben sollte, werde ich eine lösung finden, um sie aus ihrer desolaten lage zu befreien. sie erhalten nachricht, wann sie in den hafen einlaufen können.* Darauf erfolgte keine Antwort.

Es war inzwischen Mittag. Ein Muezzin rief von der nahen Moschee zum Gebet. Abu Bakr würde sich melden, da war sie sich sicher. Sie hoffte nur, dass es bald sein würde. *Er wird zwar toben, wenn er die Nachricht von Rashid Abduh erfährt,* sagte sie sich, *aber er wird sich melden. Verschwende also deine Zeit nicht, sondern bereite dich lieber auf den Moment vor, an dem du ihn triffst.* Sie nahm das kleine rote Fläschchen aus ihrem Kulturbeutel, in dem sie die Flüssigkeit aufbewahrte, die schon Gregoris Leben beendet hatte. Es war drei Zentimeter groß und sah aus wie ein geschliffener Rubin. Sie wusste noch nicht genau, wie sie Abu Bakr das hochgiftige Neurotoxin verabreichen würde. *Vielleicht wird er auf einer Teezeremonie bestehen, um das Geschäft abzuschließen. Vielleicht wird er mich bitten, den Tee zu holen, um mich zu demütigen. Da ich einen Tschador tragen werde, kann ich das rote Fläschchen gut vor ihm verstecken.*

Immer wieder ging sie in Gedanken das Treffen durch, stellte sich die unmöglichsten Situationen vor, wie sie das Gift in den Tee gießen würde, das Teeglas in der Hand halten und warten würde, bis Abu Bakr und seine Leute getrunken hätten. Wie sie den Tee nicht trinken, sondern einen kleinen Schluck davon auf den Pullover gießen würde. Und wenn es keinen Tee geben sollte? Egal. *We cross the bridge when we get there.*

Eine Stunde später klingelte das Telefon. Sie erkannte die Stimme sofort. Rashid Abduh.

»Wann können Sie liefern?«, fragte er.

»Nachdem Sie gezahlt haben.«

»Wir zahlen bar.«

»In Ordnung. Wo?«

»Latakia. Wir kontaktieren Sie.«

Bevor sie nach dem Zeitpunkt fragen konnte, hatte er aufgelegt. *Okay,* dachte sie, *es geht los.* Sie packte die Koffer, gab dem Bellboy erneut ein ordentliches Trinkgeld und bat den alten Concierge um einen zuverlässigen Fahrer, der sie nach Latakia fahren sollte. Dreihundertfünfzig Kilometer, vier Stunden, zuerst die M5 und dann die M1.

Eine Frau in den Dreißigern hielt mit einem zwanzig Jahre alten VW-Bus vor dem Hotel Beit Zafran. Ein scharf geschnittenes Gesicht, hellblaue Augen und ein mutwilliges Lächeln.

»Yara ist meine Nichte«, erklärte der alte Concierge und grinste dabei schelmisch. »Sie ist Jesidin wie Sie. Und sie war früher bei der Polizei und wird Sie garantiert nicht belästigen.«

»Selam.«

»Xêr bi silamet.«

»Aus Damaskus?«

»Ja.«

Yara hievte die zwei Koffer mit einem geübten Schwung in den Wagen.

»Muss es rot sein?«, fragte Jazata und deutete auf den Bus.

»Rot steht für Mut und Kraft. Wie mein Name, Yara.«

Sie einigten sich schnell auf den Preis. Zweihundert Dollar. Hundert sofort, hundert bei Ankunft. Sollte Jazata wieder zurück nach Damaskus wollen, würde die Fahrt noch mal einhundert Dollar kosten. Jazata war einverstanden. Als sie einstieg, hatte sie das Gefühl, beobachtet zu werden. Sie sah sich um, konnte aber niemanden entdecken. Allein der völlig verdreckte Toyota Hilux ein paar Meter weiter auf der anderen Straßenseite war auffällig.

32 Als Jazata in den VW-Bus eingestiegen war, drehte Nuri Aschrawi den Kopf zu Berkoff, der rechts von ihm auf dem Rücksitz des Toyota Hilux saß. Nuri hatte einen Oberlippenbart, der ihn wie den Bruder von Josef Stalin aussehen ließ. Die gleichen stechenden Augen. Nur der Schädel, der glatt und glänzend war wie eine Bowlingkugel, passte nicht ins Bild.

»Die sieht wie ein Model aus und nicht wie eine, die Geschäfte mit Arschlöchern macht.«

»Fahr ihr nach. Aber bleib auf Abstand.«

Nuri startete den Diesel. Der Wagen zitterte unter der Gewalt der fast 300 PS, die den Motor in Schwung brachten. Er wartete einen Moment lang, bis der Wagen mit Jazata auf dem Beifahrersitz sich in den Verkehr eingereiht hatte, dann nahm er die Verfolgung auf. Der rote VW-Bus leuchtete unter den weißen und schwarzen Autos deutlich hervor.

Um acht Uhr morgens war Berkoff über Amman nach Beirut geflogen, Aschrawi hatte ihn am Flughafen abgeholt, der Toyota war vollgetankt und mit Wasser und Proviant beladen. Dazu zwei Walther PPK. Eine davon für Berkoff, der aber ablehnte. *Wer glaubt, er kann sich in diesen Gegenden mit einer Waffe verteidigen, ist so gut wie tot.* Berkoff hatte sein Notebook aufgeklappt und schrieb an Marlene. Er hatte das Material, das er von Nadja Arkadina erhalten hatte, eingescannt und las sich durch die Gesprächsnotizen und Mails, die Gregori Arkadin verfasst hatte. Es waren mehr als tausend Seiten, zusammengestellt im Laufe von zehn erfolgreichen Geschäftsjahren.

Ich bin auf dem Weg nach Damaskus, Marlene, weil ich herausfinden will, an wen Nadja Arkadina liefert. Abu Bakr? Al-Nusra? Irgendeinen beschissenen PLO-Ableger in Damaskus? Die FSA, die mit Unterstützung von Erdo-

gan gegen die PKK kämpft? Die YPG? Ahrar al-Scham? Keine Ahnung. Vielleicht weiß sie es selbst nicht, weil es ihr egal ist. Und wenn sie die Geschäftsphilosophie ihres Mannes befolgt, liefert sie ohnehin an alle Parteien. Wenn ich Zeit habe, schicke ich dir ein paar Schnappschüsse von den lustigen Eingeborenen in Al-Jarmuk, wo die Leute kein Trinkwasser mehr haben und Kinder sterben und mit Waffen massakriert werden, die unter anderem mit Wissen des deutschen Kanzleramtes geliefert werden.

»Warum ausgerechnet Damaskus?«, fragte Aschrawi.

»Ich muss jemandem in den Arsch treten.«

Er musste nicht nur jemandem in den Arsch treten, er brauchte ein Geständnis von Nadja, dass er nicht der Mörder von Gerkin war.

»Wer ist der jemand?«

»Die Witwe von dem Kerl, der die *Kono* gechartert hat.«

»Wieder eine Frau?«

»Was willst du damit sagen?«

»Dass es bei dir immer die Frauen sind. Du hast da ein richtiges Problem, mein Freund.«

Um der Grenzkontrolle bei Masnaa zu entgehen, wo Hunderte Flüchtlinge darauf warteten, in den Libanon zu kommen, waren sie fünf Meilen vorher vom Highway No. 30 abgewichen und hatten die Grenze auf einer staubigen Piste überquert, die vage Ähnlichkeit mit einem brandenburgischen Kartoffelacker hatte. Aschrawi hatte sich darüber lustig gemacht, dass es Grenzposten gab, die jeden Reisenden genau untersuchten, während sich ein paar Kilometer weiter kein Schwanz dafür interessierte, wer was über die Grenze schaffte.

»Weißt du, was der Grund für die Grenzposten ist? Die Regierung kann die Soldaten nicht mehr bezahlen, also dürfen sie an der Grenze stehen und Bakschisch kassieren«, sagte Aschrawi.

Gegen Mittag waren sie noch ungefähr zehn Meilen von

Damaskus entfernt gewesen, als eine Straßensperre sie zu einem Umweg zwang. Direkt neben einem riesigen Plakat von Assad, auf dem er mit seinen stahlblauen Augen gütig lächelte. Eigentlich hatten sie von Westen durch Mezzeh in die Altstadt fahren wollten. Jetzt mussten sie den Weg durch Jarmuk nehmen, einen Bezirk, der nach 1948 aus einem palästinensischen Flüchtlingslager entstanden war. Aschrawi erzählte, dass Jarmuk 2014 zu trauriger Berühmtheit gelangt war, als der IS das Viertel überfiel und sein terroristisches Regime etablieren wollte. Seitdem herrschte dort ein fürchterlicher Krieg, dessen Fronten völlig unklar waren. Die PLO gegen die Al-Nusra-Front, Al-Nusra gegen FSA, FSA gegen Palästinenser und dazwischen Assad gegen alle.

Aschrawi mied die großen Straßen, weil dort immer wieder geschossen wurde, und fuhr mitten hinein ins Hungern, Leiden und Sterben. Frauen, die apathisch am Straßenrand hockten und ihren Babys die Brust gaben. Kleinkinder, die aus Pfützen tranken. Hunde, die sich über Leichen hermachten, die niemand begraben wollte, weil Friedhöfe nicht mehr existierten außer dem einen großen, der Jarmuk hieß. Mithilfe eines Kompasses hatte Aschrawi zuletzt die Altstadt und das Beit Zafran gefunden. Gerade noch rechtzeitig, denn als Berkoff aussteigen und nach Jazata Shirvani schauen wollte, stieg sie in den VW-Bus ein.

Jetzt fuhren sie hinter ihr her, immer vier, fünf Wagen Platz zwischen dem Toyota und dem VW-Bus.

»Wo fährt sie hin? Zum Flughafen? Da kommt sie nicht weg. Da ist alles zu, weil geschossen wird«, sagte Aschrawi.

»Die fliegt nicht weg. Sie ist hier, um den Deal zu Ende zu bringen. Die Waffen sind auf der *Kono*. Soweit ich weiß, dümpelt die immer noch irgendwo vor der Küste. Aber das geht nicht ewig gut. Irgendwann werden die Russen sich das Schiff genauer ansehen. Oder die Syrer. Pass auf, sie biegen da vorne rechts ab!«

Aschrawi hatte den VW-Bus kurzzeitig aus den Augen verloren. Als er ihn an der Kreuzung wieder sah, wechselte die Ampel auf Rot. Der VW-Bus fuhr trotzdem weiter. Da aber die Autos vor ihm anhielten, musste auch Aschrawi anhalten.

»Scheiße«, brüllte er und schlug auf das Lenkrad.

»Wo führt die Straße hin?«

»Auf den Highway 5.«

»Und wo führt der hin?«

»Nach Norden.«

Berkoff nahm eine Karte vom Nebensitz. *Norden.*

»Wenn die *Kono* die Ladung löscht. Wo macht sie das?«

»Latakia. In Tartus liegt die russische Flotte. Wenn die da anlegen, können sie das Zeug auch gleich ins Meer werfen.«

Berkoff war nicht überzeugt. Arkadin hatte für den Putin-Geheimdienst FSO Waffen an den Iran geliefert, als weltweite Sanktionen gegen das Land verhängt worden waren. Unter Umständen war Tartus sogar der richtige Hafen, um die Ladung an Land zu bringen. Als die Ampel auf Grün wechselte und sie endlich wieder die Verfolgung aufnehmen konnten, klingelte Berkoffs Telefon.

»Du bist ohne mich los!«, schrie Jonas ihm entgegen.

»Hast du meine Nachricht gelesen?«

»Du hättest mir was sagen können.«

»Dann hätte ich endlos mit dir diskutieren müssen. Und du hättest damit gedroht, dass du Heidi anrufst.«

»Das mache ich sowieso.«

»Siehst du.«

»Du bist mein Vater! Du kannst mich nicht einfach so hier hängen lassen.«

Ich bin sein Vater, und ich habe keine Ahnung, wie ein Vater mit seinem Jungen umgehen soll, dachte Berkoff. Bisher hatte er alles, was Erziehung anging, Heidi überlassen.

Hatte sich herausgehalten, wenn es Konflikte gab, wenn Jonas sich betrunken oder sich geprügelt hatte, oder wenn sie ihn beim Kiffen erwischt hatten.

»Okay. Du hast recht. Tut mir leid. Ich mache es wieder gut.«

»Du willst mich doch nur mit so einem Scheiß beschäftigen, damit ich denke, ich würde was Wichtiges tun.«

»Hast du gehört, was ich gesagt habe?«

Jonas hatte es offensichtlich nicht gehört.

»Was?«

»Du hast recht. Es war ein Fehler. Ich mache es wieder gut. Okay?«

»Und wie?«

»Das überlege ich mir noch. Ich bin in zwei Tagen zurück. Und die Interviews sind wirklich ernst gemeint... Hallo?«

Entweder war die Verbindung abgerissen, oder Jonas hatte aufgelegt. Berkoff wählte die Nummer, aber es meldete sich nur die Mailbox. Er warf sein Handy auf das Armaturenbrett. Wütend auf sich, auf Nadja alias Jazata, auf alles.

»Wie viele Kinder hast du, Nuri?«

»Weißt du doch, sechs.«

»Und du hast zwei Frauen.«

»Von jeder drei Kinder. Wenn es mehr sind, kümmern die Frauen sich nicht mehr richtig. Wenn ich mehr Kinder haben wollte, müsste ich noch eine dritte Frau heiraten. Aber das ist zu teuer. Allah will, dass wir uns um jede Frau gleich gut kümmern. Unter uns, mein Bruder, Allah hat nicht viel Ahnung von Frauen. Du kannst nicht jede Frau gleich gut behandeln. Die eine will immer gelobt werden, und die andere arbeitet nur gut, wenn du sie antreibst. Das ist wie bei uns Männern. Ich will gelobt werden, und du treibst mich an. Denk mal darüber nach. Inschallah.«

»Drei Jungs und drei Mädchen, richtig?«

»Rana kann nur Mädchen und Suleika nur Jungs. Was soll ich machen?«

»Und wie ist es mit deinen Jungs?«

»Was meinst du?«

»Machst du was mit ihnen? Sind sie stolz auf dich?«

Nuri Aschrawi sah Berkoff an, als hätte er nicht die geringste Ahnung, wovon der sprach.

»Natürlich sind sie stolz auf mich. Ich liebe sie. Nicht so wie du. Es ist nicht in Ordnung, dass du Jonas einfach so zurücklässt. Was ist, wenn ihm was passiert? Tel Aviv ist okay. Aber da gibt es auch genügend Verrückte, die nichts anderes wollen als Juden umbringen.«

»Jonas ist kein Jude.«

»Aber das weiß niemand. Er soll zu Rana gehen.«

»Hab ich ihm gesagt.«

Ungefähr dreihundert Meter vor ihnen fuhr der VW-Bus.

»Da sind sie!«, rief er. »Weißt du was, David, egal, ob Tartus oder Latakia, es ist sowieso derselbe Weg.«

Berkoff lehnte sich nach vorn. *Genug Verrückte*, hatte Aschrawi gesagt. Ja, es war ein Fehler gewesen, Jonas einfach so zurückzulassen. Aber was sollte schon groß passieren. Jonas würde am Hotelpool herumhängen, sich durch die Speisekarte futtern und GTA spielen. Er versuchte die Gedanken an seinen Sohn und seinen Fehler beiseitezuschieben. Vor dem Seitenfenster zog die Wüste vorbei. Oasen aus ausgebrannten Panzerwracks und umgestürzten SUVs. Zeugnisse eines Krieges, den der Sand langsam unter sich begrub. *Heute Abend bin ich wieder zurück*, versuchte er sich zu beruhigen. Ohne Erfolg.

33 Jonas hatte nicht damit gerechnet, dass er eine Kettenreaktion auslösen würde, aber weil es halb elf in der Nacht war und das Display seines Handys den neunten Anruf seiner Mutter anzeigte, musste er das Gespräch annehmen, weil sie sich sonst Sorgen in der Größe von Chicago, Illinois, machen würde. Und er wusste, wenn seine Mutter sich diese Art von Sorgen machte, gab es zwei Möglichkeiten: Sie machte sich auf die Suche nach ihm, oder sie machte sich auf die Suche nach ihm.

»Hallo, Mama.«

»Was ist los? Warum geht ihr nicht ans Telefon?«

»Wir waren den ganzen Tag am Strand.«

»Und da kann man nicht telefonieren?«

»Wir lassen die Handys im Hotel, weil die sonst geklaut werden.«

Stille. Er stellte sich vor, wie sie den Hörer beiseitehielt, mehrmals durchatmete und sich zu beruhigen versuchte. Es war eine gute Ausrede. Er war stolz auf sich. Jetzt musste er nur noch verhindern, dass sie seinen Papa sprechen wollte.

»Hast du dir Sorgen gemacht?«

»Nein, ich habe mich nur gefragt …«

Und dann kam die übliche Pause, in der sie überlegte, wie sie ihre Sorgen harmlos klingen lassen sollte. Natürlich hatte sie sich Sorgen gemacht. Er wusste es ganz genau. Sie machte sich immer Sorgen, wenn er mal eine Stunde länger wegblieb als angekündigt. Sie schwiegen einen Augenblick lang, als würden sie in ihren Erinnerungen nach den Gründen für die Sorgen suchen. Begonnen hatte es, als sie von Boston nach Chicago gezogen waren, weil die Uni seinem Stiefvater Alexander Cowan die Leitung des Instituts für experimentelle Physik angeboten hatte.

»Chicago hat die höchste Verbrechensrate in ganz Amerika. Pro Tag werden da zwei Menschen erschossen«, hatte

Heidi gesagt. »An der West Lake Street liegt die Wahrscheinlichkeit, einmal im Jahr überfallen zu werden, bei eins zu vier«, hatte sie gesagt.

»Aber nicht dort, wo wir wohnen«, hatte Alexander geantwortet. »Ich muss das machen. In Chicago haben sechsundzwanzig Physik-Nobelpreisträger gelehrt, sogar Werner Heisenberg hat im physikalischen Institut Vorlesungen gehalten«, hatte er geschwärmt. »Und du«, hatte er zu Jonas gesagt, »du willst doch Schriftsteller werden. J. M. Coetzee war an der Chicago, Saul Bellow, Bertrand Russell.«

Aber das war ein Missverständnis.

»Ich will nicht Schriftsteller werden, sondern Reporter. Aber nicht so wie mein Vater«, hatte er geantwortet, woraufhin Heidi die Hände über dem Kopf zusammengeschlagen hatte, als wäre gerade ein Staudamm gebrochen und würde alles überschwemmen, was im Grunde ja auch der Fall war, nur ohne Wasser. Und irgendwann war klar gewesen, dass Alexander sie notfalls in Boston zurücklassen würde. Und so hatte seine Mutter ihre Praxis eingepackt. Auf nach Chicago! Er hatte sich von den Kumpels verabschiedet, die er neu kennengelernt hatte und die cool waren, und von Heather. Heather, blond, eins neunundfünfzig, mit Mundwinkeln, die leicht nach oben zeigten, weshalb es immer aussah, als wäre sie fröhlich. Heather, die er geküsst hatte und mit der er in der Nacht vor der Abreise im Bett gewesen war. Zum ersten Mal in seinem Leben. Heather, die beim Abschied am Logan International so geweint hatte, dass sogar Unbeteiligte weinten und sich schämten, weil sie bei ihrer eigenen Abschiedszeremonie nicht ebenso traurig waren. Heather, die zwei Monate lang jeden Tag einen Brief geschrieben hatte, siebenundfünfzig Briefe, auf Papier und mit roter Tinte. Und dann von einem Tag auf den anderen damit aufhörte. Weshalb er wusste, dass sie einen anderen hatte.

»Wie geht's euch? Habt ihr es schön? Vertragt ihr euch?«

»Ja, alles cool.«

»Was macht ihr so?«

»Nichts. Abhängen.«

»Okay. Trinkst du auch genug?«

»Klar.«

»Und du nimmst die Vitaminpillen?«

Vergessen. »Ja, klar. Bin ja nicht doof.«

Das Gespräch stotterte wie ein alter Motor, der kurz mal anspringt und dann wieder absäuft, während der Anlasser jault und jault.

»Wenn ihr nach Jerusalem fahrt, müsst ihr vorsichtig sein. Fahrt ihr nach Jerusalem?«

»Weiß nicht. Ich glaub schon. Muss ich Papa mal fragen.«

»Gib ihn mir.«

»Er ist gerade nicht da.«

»Wo ist er?«

Ja, wo ist er? Was sag ich? »Er ist was einkaufen. Zigaretten.«

»Er raucht wieder?«

»Ja. Aber nur ganz wenig.«

»Wie viel Uhr ist es denn jetzt bei euch?«

Ihre Stimme rutschte ein paar Töne nach oben, in den Bereich, der harmlos klingen sollte, kumpelhaft. Jonas kannte diese Tonlage. *Sie weiß ganz genau, wie viel Uhr es ist.* Und er wusste, dass es die Ouvertüre zu Mamas hysterischem Anfall war. *Bleib cool.*

»Was?«

»Wie viel Uhr ist es jetzt bei euch? Sieben?«

»Elf.«

»Elf.«

»Ja, kurz vor.«

»Morgens?«

»Abends.«

»Also nachts.«

»Ja.«

»Wie lange ist er schon weg?«

Sie merkt es.

»Was?«

»Du hast mich verstanden, Jonas. Wie lange ist David schon weg?«

»Nicht lange.«

»Wie lange?«

Jetzt musst du auflegen. Sie weiß es, und sie wird nicht lockerlassen, bis du es ihr sagst. Leg auf! Los. Aber wenn ich auflege, wird sie immer wieder anrufen. Und sie kriegt es sowieso raus. Sie hat Antennen dafür. Sie spürt, wenn etwas nicht in Ordnung ist. Mütter spüren so was, weil sie die Kinder im Bauch und an der Brust hatten.

»Wie lange?«

»Weiß nicht genau.«

»Wie lange?«

Sie erreichte das dreigestrichene C.

»Seit heute Morgen.«

»Macht er einen Job?«

»Weiß nicht. Ja.«

»Wo?«

»In Damaskus.«

»Wo?«

Das war mit Sicherheit keine ernst gemeinte Frage. Es war eher der Ausdruck einer unfassbaren Bestürzung. Sie hätte jedes andere einsilbige Wort nehmen können. Zum Beispiel *fuck,* das sie aber nur benutzte, wenn Jonas nicht zugegen war.

»Was macht er da?«

»Weiß ich nicht.«

»Wann ist er zurück?«

»Weiß ich auch nicht. Er hat gesagt, morgen früh.«

Er hat überhaupt nichts gesagt. Aber wenn ich ihr das sage, steigt sie in den nächsten Flieger und holt mich ab.

Stille in Chicago.

»Mama?«

»Ich kann ihn nicht auf seinem Handy erreichen. Hat er noch eine andere Nummer?«

Wenn ich ihr die gebe, ruft sie ihn an und macht ihm die Hölle heiß. Und er wird angepisst sein.

»Keine Ahnung.«

»Er hat dir keine Nummer hinterlassen?«

Es wird immer schlimmer. Sie könnte bei der CIA anfangen oder beim FBI. Sie würde bei Verhören alles aus den Leuten rauskriegen.

»Du bleibst im Hotel, Jonas. Hast du gehört? Du setzt keinen Fuß vor die Tür. Wie lange ist das Hotel gebucht?«

»Keine Ahnung.«

»Okay. Ich ruf die Rezeption an. Wenn die irgendwas von dir wollen, verweist du auf mich. Ich gebe denen meine Kreditkarte.«

»Hey, Mama, mach keinen Stress. Die haben schon Papas American Express. Und die sind unheimlich nett hier.«

»Ich mach keinen Stress. Ich bin nur derartig wütend, dass ich dir erlaubt habe, mit diesem Idioten wegzufahren. Es ist unglaublich.«

Er konnte hören, wie sie ausatmete und sich zur Ruhe zwang.

»Du rufst mich an, sobald er wieder auftaucht. Hast du gehört?«

»Okay.«

»Gut.«

»Was wirst du jetzt machen?«

»Ich rufe seine Chefin an.«

»Ist vielleicht keine so gute Idee.«

»Das kannst du schön mir überlassen, was eine gute Idee ist und was nicht.«

»Okay.«

»Ich hab dich lieb.«

»Okay.«

Er wollte nicht sagen, dass er sie auch lieb hatte, weil er fünfzehn war und es sich irgendwie uncool anhörte. Dabei stimmte es. Er hatte sie lieb. Weil er sich auf sie verlassen konnte. Und natürlich, weil sie seine Mutter war. Sie würde jeden, der ihm etwas Böses wollte, umbringen. Sein Vater würde das auch machen, aber der würde erst mal abwarten, ob er es für einen Artikel verwenden konnte. Als er sagen wollte, dass er sie auch lieb hatte, weil ihm nichts Besseres einfiel, hatte sie aufgelegt. Jonas saß auf dem Bett, den Rücken gebeugt, die Schultern zusammengezogen. Das Atmen fiel ihm schwer.

Im selben Moment begann eine Kettenreaktion, von der er nichts ahnte und die Konsequenzen hatte, die niemand, der ein Glied der Kette war, aufhalten konnte.

34

Heidi rief Marlene an und erzählte ihr die Geschichte, so weit sie sie kannte. Marlene wusste nicht, wo Berkoff war, versprach aber, sich sofort zu melden, sobald sie Kontakt zu ihm hatte. Heidi sagte ihr, dass Jonas in Tel Aviv allein in einem Hotel sitze und Angst habe. Was übertrieben war, aber den gewünschten Effekt auslöste. Marlene versprach, Berkoff zur Rede zu stellen.

»Zur Rede stellen genügt nicht«, sagte Heidi.

Woraufhin Marlene fragte, was Heidi sich als angemessene Reaktion vorstellen würde.

»Das weiß ich nicht. Aber wenn Jonas etwas passiert, bringe ich David um.«

Damit und mit der Bitte an Marlene, sich wirklich sofort zu melden, beendete Heidi das Telefonat.

*

Berkoff war nach der Besprechung nicht wieder aufgetaucht. Das war nachvollziehbar, weil sie ihn sonst mit seinem Notebook erschlagen hätte. Aber er hätte ihr zumindest sagen können, was er plante. Alles, was sie hatte, waren Fotos von dem Gefangenenlager Jarmuk, die er ihr geschickt hatte. Befand er sich in Damaskus? War er tatsächlich hinter Jazata Shirvani her? Als sie Berkoff nicht erreichen konnte, rief sie Amanda an, erreichte sie auf einer Party und wollte wissen, ob sie etwas von Berkoff gehört hätte. Nein, hatte sie nicht.

»Wenn du was von ihm hörst, sag mir sofort Bescheid. Er soll sich bei mir melden.«

Somit wusste auch Marlene nichts Genaues über Berkoffs derzeitigen Aufenthalt und seinen weiteren Terminkalender und war wie alle anderen dazu verdammt zu warten, bis er sich meldete.

*

Nicht warten wollte Claudia König, als sie über die Telefonate zwischen Jonas und seiner Mutter Heidi, Heidi und Marlene und Marlene und Amanda unterrichtet wurde. Sie fuhr in die Chausseestraße, wo der BND seit Kurzem seinen Hauptsitz hatte. Von unterwegs rief sie Pitt an und bestellte ihn zu einer Besprechung mit Niemann und Wagner.

Die Anlage bestand aus mehreren achtgeschossigen Gebäuden mit Fenstern, die wie Schießscharten aussahen. Davor standen zwei fünfzehn Meter hohe Palmen aus Metall. Offiziell handelte es sich um Kunstpalmen, allerdings war dem verantwortlichen Künstler der Sinn für Symbolik abhandengekommen. Jeder in Berlin wusste, dass es sich um Abhöreinrichtungen handelte. Egal, ob das stimmte oder nicht. Sie ließ sich vor dem Gebäude »C« absetzen, zeigte ihren Ausweis und nahm den Aufzug in den sechsten Stock. Pitt, Niemann und Wagner warteten bereits in einem Besprechungsraum, der die Gemütlichkeit einer Trauerhalle ausstrahlte. Kurze Begrüßung, Kaffee, ein paar Kekse. Pitt sah aus, als sei er gerade aus dem Bett gekrochen. Er roch nach Schweiß und Alkohol. Sein Fuß wippte, während König die handschriftlichen Protokolle der Telefonate durchlas. Irgendwann konnte er nicht mehr an sich halten.

»Was macht Berkoff in Damaskus?«, fragte Pitt.

»Er sucht Nadja Arkadina«, sagte Niemann.

»Wieso?«

»Vermutlich will er dokumentieren, wie sie die Lieferung an Abu Bakr verkauft«, sagte Wagner.

»Dann sollten wir ihn aufhalten«, platzte es aus Pitt heraus.

»Gerne, wenn Sie eine Idee haben, lasse ich Ihnen sofort einen Flug buchen.«

»Was ist, wenn sie eine andere Agenda hat?«, fragte König.

Ratlose Gesichter.

»Wir denken die ganze Zeit, dass sie das Geschäft von Gregori Arkadin weiterbetreibt. Aber ist das nicht unwahrscheinlich? Radikale Moslems haben doch ein kleines Problem, wenn sie mit jemandem verhandeln sollen, den sie normalerweise unter dem Niqab verstecken. Außerdem sind in dem Geschäft Leute unterwegs, mit denen du in den Puff gehen musst, um zu verhandeln. Wie will Nadja Arkadina das anstellen?«

»Sie könnte ihre Geschäftspartner ins Nagelstudio führen oder zum Yoga«, sagte Pitt und grinste

Ein entnervter Blick von König traf ihn. Er ließ das Grinsen fallen.

»Sie bringt ihren Mann um. Danach muss Gerkin dran glauben. Zumindest stellt Berkoff es so dar. Und wahrscheinlich hat er recht. Das alles macht sie, um ins Waffengeschäft einzusteigen?«

»Sie meinen, dass sie es auf Abu Bakr abgesehen hat?«, fragte Niemann.

»Jazata Shirvani stammt aus Sindschar. Sie hat ihre Heimat 2008 verlassen. Aber ein Teil ihrer Familie hat vermutlich noch bis 2014 dort gelebt. Abu Bakr war indirekt am Überfall des IS auf Sindschar am 3. August 2014 beteiligt. Er hat dem IS die Waffen geliefert, die Arkadin in unserem Auftrag via Türkei dorthin geschafft hat und eigentlich den Peschmerga übergeben sollte.«

Pitt beugte sich nach vorn. Sein Kopf war hochrot, das Blut pulsierte in den krummen Adern rechts und links an seinen Schläfen. »Das ist nicht bewiesen«, sagte er.

»Es ist unwichtig, ob es bewiesen ist oder nicht. Sie denkt, dass es so war. Was ist, wenn Nadja Arkadina Abu Bakr beseitigen will«, sagte König

Pitt schüttelte den Kopf. »Das ist Wahnsinn. Selbst wenn sie es schafft, werden die ihr anschließend den Kopf abschneiden.«

»Kann sein. Und wenn es so wäre, würden die uns damit ein großes Problem vom Hals schaffen. Aber was ist, wenn Marlene Albers unser Stillhalteabkommen aufkündigt oder wenn diese Heidi Cowan sich an die amerikanische Presse wendet oder, am schlimmsten von allem, wenn Berkoffs Sohn was passiert? Ein entführtes Kind heißt, dass wir uns alle nach einem neuen Job umsehen dürfen.«

Die Gesichter von Niemann und Wagner zeigten, dass sie erstens das Ausmaß des Dilemmas bisher nicht realisiert hatten und sich jetzt zweitens große Sorgen um ihre Karrieren machten, was natürlich am wichtigsten war.

»Das ist wie in einer Shakespeare-Komödie. Irgendwann blickt keiner mehr durch«, sagte König. »Nur leider wird es am Schluss kein Happy End geben, und statt Applaus kriegen ein paar Leute Arschtritte. Also, was machen wir?«

Stille.

»Keine Ideen? Jemand muss sich um Nadja Arkadina kümmern.«

*

Obwohl König keinen Namen genannt hatte, wusste Pitt, dass er dieser Jemand sein sollte. *Um Nadja Arkadina kümmern.* Wie sollte er das anstellen? Sollte er nach Damaskus fliegen, Gespräche mit Assad über den Wiederaufbau des Landes führen, die finanzielle Unterstützung der Bundesregierung garantieren und im Gegenzug verlangen, dass Assad seine Mörderbanden losschickte? Der Gedanke war so absurd, dass er laut loslachte, woraufhin der Taxifahrer sich zu ihm herumdrehte und fragte, ob alles okay sei. Und wenn er sich weigerte? Wenn er sich an die Öffentlichkeit wenden und die Geschichte aufdecken würde? In der Stresemannstraße stieg er aus, fuhr mit dem Aufzug in den neunten Stock und riss in seinem Büro eine Schranktür nach der anderen auf. Irgendwo hatte er noch eine Flasche Cognac gebunkert. Die würde ihm zwar nicht die Lösung des Problems liefern, aber sie würde ihm helfen zu entspannen. Wieso kümmerte sich der BND nicht um Nadja Arkadina? Wieso er? Die Frage war müßig. Er wusste ja, wieso. Weil er ohnehin schon Oberkante Unterlippe in der Scheiße steckte. *Gut gemacht, König. Du baust eine Mauer ums Kanzleramt und lässt mich davor absaufen.*

Als er die Flasche zur Hälfte geleert hatte, war tatsächlich die erhoffte Entspannung eingetreten. Er wusste, was er tun musste. Allerdings würde er jeden weiteren Schritt dokumentieren, von jedem Gespräch, auch von dem letzten, ein Gedächtnisprotokoll anfertigen. Und vor allem würde er jeden Telefonanruf aufzeichnen. Aus dem Tresor nahm er eine Liste mit den Namen der Gruppen und Personen, die in Syrien um die Macht kämpften. Er kam auf knapp 200. Hinter neun Namen hatte er Haken gesetzt. Einer davon war Abu Bakr.

35 Auf der dreistündigen Fahrt hatten sie kaum ein Wort gesprochen. Anfangs hatte Jazata sich nach Yaras Familie erkundigt, aber dann war das Gespräch verstummt, weil Yara nicht darüber sprechen wollte.

»Wenn die Wunden zu Narben geworden sind, werde ich dir davon erzählen. Aber dann wirst du hören, dass es die gleichen Geschichten sind, die du auch erzählst«, hatte sie gesagt.

Jazata hatte nach dem Telefonat mit Rashid Abduh die *Kono* in den Hafen von Latakia bestellt und, als Yara sie gefragt hatte, ob sie Geschäfte in Syrien plane, knapp mit Ja geantwortet. Dann war auch dieses Gespräch wieder versiegt.

Jetzt stand Jazata am Eingang zum Containerhafen von Latakia, einem seelenlosen Umschlagplatz für Konsumgüter, Waffen und Drogen. Riesige Frachtschiffe ankerten neben russischen Fregatten, Tagelöhner rissen sich um die wenigen Jobs. Soldaten lungerten in der Sonne herum. Ein barbarischer Gestank aus Abgasen, verfaulendem Müll und Abwässern, hing in der Luft. Am südlichen Pier 1 konnte Jazata die *Kono* sehen, durfte aber nicht zu dem Schiff gehen. Der Hafen war gesperrt. Auf der Straße reihten sich Lkw in einer schier endlosen Schlange auf der Al Jazaer Road und blockierten den Verkehr. Sie nahm ihr Telefon, wählte die Nummer des Kapitäns auf der *Kono*, erhielt keine Verbindung.

»Was ist hier los?«, fragte sie Yara.

»Der größte Teil des Hafens ist Sperrgebiet. Wegen der Russen.«

»Ich denke, die sind in Tartus.«

»Über Latakia versorgen sie ihre Truppen mit Lebensmitteln und medizinischem Zeug. In dem Bereich, in dem dein Schiff liegt, wird der Export von Getreide, Bekleidung und Erdöl abgewickelt.«

»Und warum ist der gesperrt?«

Yara wusste es nicht.

Als Jazata einen Wachposten fragte, erfuhr sie, dass es vor zwei Tagen einen Raketenangriff gegeben hatte. Seitdem ließ die Polizei niemanden mehr zu den Piers durch. Wer den Hafen angegriffen hatte, war nicht bekannt. Wahrscheinlich der Daesh, wie der Islamische Staat hier genannt wurde. Aber bisher hatte der sich nicht dazu bekannt. Und auch sonst wollte niemand dafür verantwortlich sein, obwohl sich normalerweise mindestens drei Gruppen darum stritten.

Jazata fluchte still vor sich hin. Sie musste auf die *Kono* kommen, sie musste die Ladung entgegennehmen, sonst gab es keine Chance, Abu Bakr persönlich zu treffen.

Jetzt stehe ich hier, meine geliebte Schwester und bin müde und verzweifelt. Der dritte Schreiadler ist weit weg. Vielleicht weiß er, dass ich komme, und versteckt sich in den einsamen Höhen des Sindschar und lacht über mich. Ich weiß nicht, wie lange ich noch Mut und Kraft habe, meine Schuld zu begleichen. Ich bete darum. Morgens zur Sonne, mittags nach Lalisch und abends zum Mond. Lieber Melek Tausi, bete ich, gib mir Stärke, meine Zweifel zu besiegen. Lass mich nicht weichen und fliehen, wie ich es schon einmal gemacht habe. Lass mich wissen, dass ich das Richtige tue, gib mir Vertrauen in mein Handeln. Heute Morgen, geliebte Anais, habe ich eine schwarze Schlange gesehen und war froh und dachte, es sei ein Zeichen. So wie es im Schwarzen Buch beschrieben wird, wo es heißt, dass die Schlange sich, als die große Flut kam, um das Schiff wand und alle Menschen und Tiere darauf rettete. Aber dann bin ich aufgewacht, und die Schlange war weg, weil sie mit dem Traum weitergezogen war. Ich war traurig und entmutigt. Dennoch frage ich mich nun, ob die Schlange das Zeichen war, um das ich Melek Tausi gebeten hatte. Vielleicht sollte ich nicht so ungeduldig sein, weil ich ja weiß, dass der Engel Pfau mit mir ist und dass du nicht weggehst, sondern auf mich wartest.

»Du siehst nicht sehr zufrieden aus«, sagte Yara.

Nein, sie war nicht zufrieden.

»Wieder zurück?«, fragte Yara.

Zurück? Wohin zurück? Es gab kein Zurück. Es gab nur ein Vorwärts. Hin zu dem Mann, der mitverantwortlich für den Tod ihrer Familie war.

»Die haben den Hafen für zwei Tage gesperrt«, sagte Jazata.

»Und jetzt fragst du dich, was mit der Ladung passiert ist.«

Jazata sah erstaunt auf. *Kannst du Gedanken lesen?*

»Schiffe liegen nicht einfach so im Hafen herum, wenn die Ladung gelöscht worden ist. Jede Stunde über der vereinbarten Löschzeit kostet Liegegeld. Und außerdem warten andere Schiffe darauf, im Hafen anzulegen.«

»Woher weißt du das?«

»Mein Bruder war Matrose.«

»Und woher weiß ich, dass die Ladung nicht beschlagnahmt worden ist?«

»Dann wird meistens auch der Kapitän verhaftet.«

»Er geht nicht ans Telefon.«

Yara ging zum Kofferraum und nahm ein Fernglas heraus. Gab es Jazata in die Hand.

»Wenn du ihn an Deck siehst, ist er nicht verhaftet worden.«

Jazata nahm das Fernglas, kletterte auf das Dach des VW-Busses und schwenkte den Blick über das Deck der *Kono*. Stoppte, schwenkte weiter. Blieb an jemandem hängen. Dann gab sie das Fernglas zurück.

»Er ist an Bord«, sagte sie.

»Sicher?«

»Ich hab ihn schon mal auf einem Foto gesehen. Zusammen mit Gregori. Aber warum geht er nicht ans Handy?«

»Weil die Russen die Frequenzen stören. Sie wollen nicht, dass jemand mit seinem Handy eine Bombe zündet. Was hat dein Schiff denn an Bord, das man beschlagnahmen könnte?«

»Sonnenschirme.«

»Sonnenschirme!« Yara grinste.

Jazata überlegte einen Moment lang. Yara kannte sich offensichtlich ganz gut aus. Vielleicht war es nicht ganz falsch, jemanden an der Seite zu haben, der die regionalen Sitten kannte.

»Musst du gleich wieder zurück nach Damaskus?«, fragte Jazata.

»Einen Tag hab ich noch Zeit. Ich hab sowieso überlegt, ob ich nicht meinen Bikini auspacke und mich an den Strand lege.«

Es war ein freundliches Lächeln. Eines, das die Augen mit einbezog. Und Unterstützung konnte Jazata angesichts der vertrackten Situation gut gebrauchen.

»Könntest du auf den Strand verzichten und noch einen Tag bleiben und mich ein bisschen durch die Gegend fahren?«

»Ja, warum nicht. Der Bikini passt mir sowieso nicht mehr.«

Jazatas Telefon summte. Der Anrufer war anonym.

»Ja?«, fragte Jazata.

»Was ist mit den Sonnenschirmen?«

»Die sind auf der *Kono*.«

»Der Hafen ist geschlossen.«

»Ich weiß, aber ich werde mich darum kümmern.«

Stille am anderen Ende. Rashid Abduh hielt offensichtlich das Mikrofon seines Handys zu. Dumpf waren Stimmen zu hören. Jemand schrie. Ein Krachen und Poltern. Vielleicht war das Handy zu Boden gefallen, oder jemand hatte es zu Boden geworfen.

»Sind Sie noch dran?«, fragte Rashid Abduh.

»Ja.«

»Fahren Sie die Al-Quds bis zum Ugarit Square. Da ist eine Bar.«

»Wie heißt die Bar?«

Keine Antwort. Abduh hatte bereits aufgelegt. Jazata sah Yara beherzt an.

»Es geht voran. Ich bin soeben in eine Bar eingeladen worden.«

»Oh. Ich hoffe, du hast etwas Passendes zum Anziehen dabei.«

Als sie das Hafengelände verließen und in die Gamal Abdel Nasser einbogen, stand ein Toyota am Straßenrand. Er sah aus wie der, den sie schon in Damaskus gesehen hatte. Gleiche Farbe, die hinteren Fenster getönt, genauso verschmutzt.

»Hast du den Wagen gesehen?«, fragte Jazata.

»Ja.«

»Der war schon in Damaskus hinter uns.«

»Der oder ein anderer, der genauso aussieht. Das Modell ist der Verkaufsschlager hier in der Gegend. Jeder, der was auf sich hält und sich keinen deutschen Wagen leisten kann, fährt einen Toyota. Handwerker, Lieferanten, Daesh. Der Wagen ist robust und kaum kaputt zu kriegen. Die Japaner machen astronomische Umsätze. Wenn sie auch nicht erklären können, wieso Terroristen trotz aller Embargos das Modell zu Tausenden fahren. Wirst du von jemandem verfolgt?«

»Kann sein.«

»Von wem?«, fragte Yara.

Als Jazata nicht antwortete, trat Yara auf die Bremse und brachte den VW-Bus mitten auf der Straße zum Stehen. Hinter ihr begann ein wütendes Hupkonzert.

»Du hast dich wahrscheinlich gefragt, ob du mir trauen kannst. Ich weiß nicht, welche Antwort du darauf hast. Aber ich habe mich das auch gefragt. Und solange ich nicht weiß, wer hinter dir her ist und was die eventuell mit dir anstellen, ist an dieser Stelle mein Job als Fahrerin beendet. Hast du das verstanden?«

»Wie viel von der Geschichte willst du wissen?«

»So viel, dass mein schöner VW-Bus nicht an der nächsten Ecke von einer Panzerabwehrrakete getroffen wird.«

»Wir fahren zu der Bar, und ich erzähl dir, was du wissen willst.«

Yara dachte einen Moment lang nach. Dann zeigte sie einem Busfahrer, der sie lautstark beschimpfte, den Mittelfinger.

»Na gut.«

Der VW-Bus reihte sich in den Verkehr ein und erreichte nach ein paar Kilometern den Ugarit Square. Auf der östlichen Seite strahlte über dem Eingang eines alten Bürogebäudes grellrot der Name *Marilyn* in verschnörkelten Leuchtbuchstaben. Darunter waren die Konturen einer verhüllten Frau zu erkennen, die eventuell Marilyn Monroe darstellen sollte. Yara fuhr auf den Parkplatz neben dem Gebäude. Der Zugang zur Bar bestand aus einer schwarzen, metallbeschlagenen Tür. Rechts daneben war eine Klingel angebracht. Jazata drückte mehrmals auf den kleinen Knopf. Die Bar war geschlossen.

»Was jetzt?«, fragte Yara.

»Wir warten.«

Sie gingen zurück zum Wagen. Jazata tastete nach dem kleinen Fläschchen in ihrer Hosentasche. Umfasste es wie einen Glücksbringer.

»Schau mal«, sagte Yara.

Auf der anderen Straßenseite stand der Toyota. Jazata legte das Fläschchen auf das Armaturenbrett. Als sie ausstieg und auf den Toyota zuging, gab der Fahrer Gas.

36 Sie hatten sich getrennt. Aschrawi sollte sich an Jazata hängen. Herausfinden, wo sie hinfuhr und wen sie dort traf. Dass Jazata nicht auf die *Kono* konnte, bedeutete, dass der Deal in der Luft hing. Insofern war die Schließung des Hafens eine gute Nachricht, weil sie Berkoff Zeit gab, die Frachtpapiere zu finden. Es bedeutete allerdings auch, dass er an den Wachposten vorbei einen Weg finden musste, unbemerkt auf das Schiff zu kommen. Aber was das anging, hatte er genügend Erfahrung.

In einer Stadt wie Latakia, die sich in permanentem Ausnahmezustand befindet und deren Administration nur noch ein Witz ist, gibt es zwei Währungen, die dabei helfen, ein Ziel zu erreichen. Die eine davon heißt Geld. Die Polizisten am Eingangstor zum Handelshafen sahen nicht so aus, als würden sie einer funktionierenden Staatsgewalt angehören. Vermutlich hatten sie seit Wochen keinen oder nur unregelmäßig Sold erhalten. Und wie überall in der Welt kündigten sie nicht, weil sie hofften, dass der Staat oder das, was davon übrig war, sie doch noch irgendwann bezahlen würde. Vorausgesetzt, die korrupten Eliten hatten noch ein paar Dollar in den Kassen übrig gelassen. Die andere Währung heißt Angst.

Berkoff winkte ein Taxi herbei und ließ sich zu einem Geschäft fahren, in dem es russische Uniformen zu kaufen gab. Das war eine Besonderheit der russischen Streitkräfte. Sie waren zwar in den technischen Bereichen hochgerüstet, behandelten ihre Soldaten aber wie Vieh. Schlechtes Essen und mangelhafte Bekleidung. Wenn ein Soldat seine Uniform beschädigt hatte, musste er selbst für Ersatz sorgen. Deshalb gab es überall dort, wo die Russen ihr Lager aufgeschlagen hatte, Läden, in denen sich, vom einfachen Soldaten bis hinauf zum Major, jeder einkleiden konnte, wie er wollte. Berkoff kaufte eine Schirmmütze mit Kokarde,

Jacke, Hose, Stiefel. Dazu die Rangabzeichen *Kapitänleutnant der russischen Kriegsmarine.* Alles zusammen für fünfzig Dollar. Als er wieder ins Taxi einstieg, sah der Fahrer ihn respektvoll an und wollte ihn in eines der versteckten Bordelle fahren. Berkoff ließ sich zurück zum Hafen bringen und stieg eine Ecke vor dem Eingangstor aus. Es würde wenig seriös aussehen, wenn ein Major der russischen Marine in einem Taxi vorfahren würde.

Inzwischen war es Abend geworden, und die Wachablösung am Hafentor stand kurz bevor. Der Polizist lehnte müde an der Wand des kleinen, schmutzigen Wachhäuschens, rauchte, sah immer wieder auf die Uhr. Wahrscheinlich hatte ihm niemand gesagt, wie lange er hier stehen sollte, weshalb er sich ab und zu einen Schluck gönnte, um die Zeit totzuschlagen. Berkoff wartete, bis ihm ein russischer Jeep entgegenkam, hielt den Wagen an und forderte den Fahrer mit seinem rudimentären Russisch auf, zum Hafentor zu fahren. Der Fahrer schaute auf Berkoffs Schulterklappen und salutierte eingeschüchtert, bevor er Gas gab. Als sie das Tor erreichten, hielt ein Lkw vor dem Schlagbaum.

Natürlich durfte auch er nicht passieren, wie Hunderte andere Lastwagen. Aber dieser Fahrer wollte die Schließung offensichtlich nicht akzeptieren. Er schimpfte, deutete auf seine Papiere, rang mit den Händen, hielt dem syrischen Polizisten einige Geldscheine hin. Das war der richtige Moment für Berkoffs Auftritt. Er verließ den Jeep, ging mit energischen Schritten auf das Tor zu und nahm dem Polizisten wortlos das Geld ab. Und da der, der hier vor ihm stand, ein russischer Offizier war, richtete Berkoff seine Pistole auf den Lkw-Fahrer und drohte ihm auf Englisch, ihn zu erschießen, wenn er nicht sofort umdrehen und verschwinden würde. Anschließend ging Berkoff wortlos zurück zum Jeep und ließ sich zu dem Pier fahren, an dem die *Kono* lag. Dort angekommen, schickte er den Fahrer mit zwei kurzen Befehlen zu Fuß zurück. Der Soldat gehorchte. *Ein Hoch auf den blinden Gehorsam*, dachte Berkoff.

Er sah sich um. Die Zugangsbrücke der *Kono* war herabgelassen. Von der Mannschaft war nichts zu sehen. Es gab zwei Möglichkeiten, das Schiff zu durchsuchen. Abhängig davon, welche Sprachen von der Mannschaft gesprochen wurden. Wenn es Filipinos waren, wovon auszugehen war, weil die weltweit fast fünfzig Prozent der Seeleute stellten, konnte er weiterhin als russischer Major auftreten. Wenn jemand an Deck Russisch sprach, würde seine Tarnung auffliegen. Berkoff beschloss, es darauf ankommen zu lassen.

Er stieg die wacklige Zugangsbrücke hinauf und stellte fest, dass er nicht allein war. Ein Posten saß in einer weißen Uniform, die ihm eine Nummer zu groß war, auf dem Vorderdeck und döste vor sich hin. Wahrscheinlich der Ordinary Seaman. Ansonsten war niemand zu sehen. Entweder die Mannschaft schlief, oder sie hatte von den Behörden die Erlaubnis bekommen, das Schiff zu verlassen. Die dritte Möglichkeit war, dass der Kapitän und die Offiziere verhaftet worden waren. Aber dann würde das Schiff von Polizisten und nicht nur von einem Posten bewacht werden. Über das Achterdeck schlich Berkoff in Richtung erstes Unterdeck. Die Türen waren nicht verschlossen. Leise kletterte er die Treppe hinab. Schlich einen Gang entlang, bis er zu einer großen Tür kam. Er drückte den Verschluss nach oben. Auch unverschlossen. Hier schien sich jemand sehr sicher zu fühlen.

Im Unterdeck beleuchtete eine Neonröhre ein Dutzend Integralcontainer, die aufgereiht an der rechten Wand des Decks standen. Der Rest des Frachtraums war leer. Berkoff nahm sein Smartphone und fotografierte die Frachtpapiere, die an der Außenseite des ersten Containers in einer Plastikhülle steckten. *Mobiladiagnost Ultra. Medizinisches Gerät. Vorsicht, Röntgen. Radioaktive Strahlung.* Die Container waren versiegelt. Berkoff sah sich um. Fand eine Stange, die zur Sicherung der Ladung benutzt wurde. Er hob sie hoch. Zwei vorsichtige Versuche, und das Vorhängeschloss am ersten Container war aufgebrochen. Doch dann fiel das Schloss mit einem lauten Schlag auf den Boden. Metall auf Metall. Berkoff hielt inne, hielt den Atem an. Hatte der Posten das Geräusch gehört? Berkoff wartete zwei Minuten lang. Offensichtlich nicht. Als er die Tür des Containers öffnen wollte, hörte er Schritte.

Berkoff drückte sich zwischen Container und Ladewand. Dreißig Zentimeter Platz. So eng, dass er kaum atmen konnte. Ein Lichtstrahl wanderte über die Container hinweg. Strich über das Schloss, das vor dem ersten Container lag. Wanderte achtlos weiter. Kam zurück. Eine Möwe flog hinter einem Container auf. Berkoff erschrak. Der Lichtstrahl folgte der Möwe in den Nachthimmel. Dann entfernten sich die Schritte wieder. Berkoff wartete noch ein paar Minuten, bevor er aus seinem Versteck hervorkam. Leise schob er den Riegel der Containertür nach oben, zog die Tür auf und blickte auf eine Wand aus Kunststoffkisten. Sie trugen keine Aufschrift. Nichts, was auf ihren Inhalt schließen ließ. Medizinisches Gerät? Berkoff nahm eine der Kisten, stellte sie auf den Boden, öffnete den Deckel. Heckler & Koch. G36.

»Hey you! What are you doing? Who are you?«

Die Stimme des Postens vom Oberdeck. Die Taschenlampe erfasste Berkoff. *Scheiße. Du musst verschwinden. Nein, mach vorher noch ein Foto.*

»What are you doing? Stop it! Now!«

Berkoff fotografierte den Inhalt, öffnete weitere Kunststoffkisten, fotografierte weiter, bis der Posten hinter ihm stand. Eine harsche Stimme in seinem Rücken, ein Stoß.

»Stop!«

Berkoff zögerte. Schaute auf die Sturmgewehre, die ordentlich aufgereiht in der Kiste lagen. Er steckte sein Smartphone ein, nahm das vorderste Gewehr, drehte sich langsam herum und richtete es auf den Posten. Ein junger Kerl, Anfang zwanzig. Wahrscheinlich Filipino. Sein Bart war ein Flaum, der sich ausgezehrt an sein Kinn klammerte, die Augen wach und flink. In der rechten Hand hielt er die Taschenlampe, in der linken einen Baseballschläger. Er starrte das Gewehr in Berkoffs Händen an. Sein Blick wanderte zwischen Gewehr und Berkoffs Augen nervös hin und her.

»Du fragst dich, ob es geladen ist«, sagte Berkoff.

»What?«

»Want to know if it's loaded.«

»It isn't«

»Let's try.«

Berkoff entsicherte das G36. Klack. Keine Patrone, die in den Schacht rutschte. Der Posten grinste.

37

Nuri Aschrawi sah aus dem Seitenfenster des Toyota. Latakia war eine Hochburg des Assad-Regimes. Vierhunderttausend Einwohner, die meisten von ihnen Alawiten. Anders als in den Randbezirken von Damaskus erzählten die Straßen hier nur relativ wenig vom Krieg. Eine arabische Stadt wie tausend andere Städte nach dem Frühling, dem kein Sommer gefolgt war. Kleine Läden, Moscheen, Menschen, die ihrer Arbeit nachgingen. Die Mopedfahrer huldigten demselben Anarchismus, unter dem auch Beirut, Bagdad und Kabul litten. An all diesen Orten war er schon mit Berkoff gewesen, hatte Kontakte zu lokalen Fixern organisiert, hatte ihm den Arsch gerettet und mit ihm Nächte in Hotelbars verbracht, wo sie sich betrunken und zu AC/DC getanzt hatten. Seit einer Stunde hatte er nichts von Berkoff gehört. Er war dem VW-Bus gefolgt. Der Wagen hatte eine Weile auf dem Parkplatz vor der Bar *Marilyn* gestanden. Die beiden Frauen darin unterhielten sich. Anfangs hatten sie ein paarmal zu ihm herübergesehen. Die eine war sogar ausgestiegen und auf ihn zugegangen. Daraufhin hatte er den Motor gestartet und war weggefahren.

Jetzt beobachtete er sie aus einer Seitenstraße heraus. Die Leuchtschrift *Marilyn* zuckte. Offensichtlich gab es wieder Stromschwankungen. Ein paar Russen standen rauchend auf dem Bürgersteig. Was wollten die beiden Frauen in der Bar? Aschrawi nahm sein Handy und wählte Berkoffs Nummer. *Berkoff! Wo bleibst du?* Er hatte ihn zehnmal angerufen und immer nur die Stimme auf der Mailbox gehört. Was sollte er machen, wenn die beiden Frauen in die Bar gingen? Ihnen folgen? Warten? Die Cola war warm, und er hatte Hunger. Am anderen Ende der Straße war ein kleiner Laden, der Falafel verkaufte. Aber er konnte nicht in den Laden gehen, weil er dann den VW-Bus und seine Passagiere aus den Augen verlieren würde. Er nahm erneut das Handy. Vielleicht hatte Berkoff eine SMS geschickt. Hatte er nicht. Nur Nachrichten von Rana. Bestimmt zwanzig. Vielleicht mehr.

Sie machte sich Sorgen, weil er sich seit zwei Tagen nicht gemeldet hatte. Die Mädchen fragten nach ihm. Er blätterte durch die Fotos, die er bei Ranas Geburtstag gemacht hatte. Auf einem waren seine vier Frauen wie die Orgelpfeifen aufgestellt. Rana, dann die Große, Charda, dann Eleonora mit der kleinen Aida auf dem Arm. Rana war seit der Geburt von Aida dick geworden. Der Arzt hatte gesagt, es würde nicht vom Essen kommen, sondern von den Hormonen. Irgendwas mit ihrer Schilddrüse. Vielleicht sollte er sie anrufen. Nur um ihre Stimme zu hören. Und die seiner Töchter. Das Kichern von Eleonora und das Jauchzen von Aida. Suleika, seiner zweiten Frau, war es egal, wo er sich herumtrieb, wenn er nur regelmäßig Geld ablieferte. Als er Ranas Nummer aufrief, sah er Berkoffs Namen auf seinem Display. Na endlich.

»Berkoff, wo bleibst du? ... Ich steh vor dem *Marilyn* ...

Am Ugarit Square. … Die sitzen in dem VW-Bus und warten. … Woher soll ich das wissen?… Beeil dich.«

Er beendete das Telefonat. Vielleicht war es besser, wenn er Rana nicht anrief. Er hatte ihr gesagt, er habe in Jerusalem zu tun und könne sie nicht anrufen. Die übliche Umschreibung, wenn er für den Mossad unterwegs war, um von seinen palästinensischen Brüdern zu erfahren, wo die Hamas den nächsten Anschlag plante. Diese Dreckskerle hatten sich den Gazastreifen unter den Nagel gerissen und terrorisierten die Bevölkerung im Namen ihres bescheuerten Gottesstaates. Im VW-Bus rührte sich was. Die Fahrerin stieg aus, ging zu der Bar, rüttelte an der Tür. *Berkoff, wo bleibst du?* Die Fahrerin schüttelte den Kopf, ging zurück, stieg wieder in den Bus ein. *Noch mal gut gegangen.* Als er Berkoff zum dritten Mal anrief, um ihm Beine zu machen, wurde die Beifahrertür geöffnet.

»Na endlich. Wo warst du?«, fragte Nuri.

Berkoff grinste, als habe er ein paar Millionen im Lotto gewonnen.

»Ich habe ein paar Fotos gemacht.«

Er zeigte Aschrawi die Aufnahmen, die er auf der *Kono* gemacht hatte. Die Frachtpapiere, die von medizinischem Gerät erzählten, die Container voll mit Kunststoffkisten, in denen statt Ultraschallgeräten und Einzelteilen von Röntgenapparaten 5000 G36 lagen, zwei Fotos des philippinischen Wachpostens, der ein Bündel Dollar in den Händen hielt. Und ein Foto, das einen russischen Offizier vor den geöffneten Containern zeigte.

»Deswegen bist du hierhergekommen?«

»Deswegen und um Jazata Shirvani zurück nach Deutschland zu bringen. Sie muss bei den Behörden ein gutes Wort für mich einlegen.«

Berkoff schrieb eine Mail an Marlene und packte die Fotos in eine Zip-Datei. Als er die Mail abschickte, stieß Nuri Aschrawi ihn an. Er deutete zur Bar.

»Die Tür ist auf.«

Jemand winkte zu dem VW-Bus hin. Jazata und die Fahrerin stiegen aus und gingen in die Bar.

»Was machen ...«

Es gibt den Moment, in dem wir glauben, wir hätten die Kontrolle über eine Situation verloren, bis uns bewusst wird, dass wir niemals die Kontrolle hatten. Aschrawi konnte den Satz nicht beenden, weil unweit ein Schuss zu hören war. Dann der dumpfe Ton von brechendem Verbundglas. Zuletzt ein unartikulierter Ton aus Nuris Kehle, als er über dem Lenkrad zusammensackte.

»Nuri! Scheiße!«

Berkoff beugte sich zur Seite, zog Aschrawi vom Lenkrad weg. In der Frontscheibe klaffte ein Loch, ungefähr ein Zentimeter Durchmesser. Das Loch in Aschrawis Stirn war kaum größer. Es sah aus wie ein schwarzes drittes Auge, das nach innen blickte. Der Kugel hinterher. Die Fahrertür wurde aufgerissen. Zwei Männer zerrten Nuri Aschrawi aus dem Wagen. Ein weiterer Mann tauchte neben der Beifahrertür auf. Eine verspiegelte Sonnenbrille im Gesicht. Er schlug Berkoff den Griff seiner Pistole gegen den Kopf. Nacht brach über Berkoff herein. Wie der Schatten eines riesigen Vogels.

38

Jazata blieb staunend am Eingang stehen. Eine kleine Hölle inmitten der großen Hölle. *Ist das wahr?*, dachte sie. Amy Winehouse säuselte Rehab. *They tried to make me go to rehab but I said, ›No, no, no. He's tried to make me go to rehab but I won't go, go, go.‹*

Die Töne tröpfelten aus den Lautsprechern wie ein Requiem zum täglichen Sterben. Vielleicht war der Song aber auch nur Zufall, und die Leute, die auf der Tanzfläche die Arme in die Höhe stießen und laut mitsangen, waren so zugedröhnt, dass sie sich ausnahmslos von allem, was einen Vierviertaltakt hat, mitreißen ließen. Jazata kannte diese Partys. Nach erfolgreichen Deals wollte Gregori Arkadin feiern und das eben verdiente Blutgeld verprassen. *Das ist meine Sühne,* hatte er ihr jedes Mal erklärt, bevor er sich zehn Zentimeter Columbian Marching Powder reinzog.

Plötzlich zögerte sie.

»Was ist?«, fragte Yara.

»Ich hab was vergessen.«

Jazata rannte zurück zum VW-Bus, riss die Tür auf. Das Fläschchen, ihr Glücksbringer, war verschwunden. Sie tastete an den Belüftungsschlitzen entlang, sah unter dem Sitz nach, im Handschuhfach. Unter dem Wagen. Befühlte ihre Hosentaschen. Nichts. Verloren.

»Suchst du das hier?«

Yara stand hinter ihr und hielt das Fläschchen in der Hand.

»Was ist das?«, fragte sie.

Jazata nahm das Fläschchen und steckte es in ihre Tasche. »Das brauche ich, falls die Verhandlungen stocken.«

Yara sah sie skeptisch an.

»Es ist Parfüm.«

Jazata senkte den Blick. Vielleicht war es doch keine so gute Idee, Yara mitzunehmen. Wer konnte schon sagen, was in dieser Bar passieren würde.

»Es ist besser, wenn du hier draußen wartest. Oder noch besser, wenn du zum Hafen zurückfährst. Ich treff dich da.«

»Gib mir das Fläschchen«, sagte Yara. »Die werden wollen, dass jemand Tee kocht. Und das wirst nicht du sein, weil du mit ihnen verhandelst. Also werde ich es machen.«

»Bist du dir sicher?«

»Was ist schon sicher?«

Jazata gab Yara das Fläschchen. Dann gingen sie zurück zur Bar. In einem Käfig über dem Tresen tanzten zwei halb nackte Mädchen, küssten sich, leckten einander über ihre Brüste, fassten sich zwischen die Beine und brachten das Publikum zum Johlen. Russische Soldaten in Uniform, die Wodka wie Wasser tranken. Ein paar Einheimische, die teure Uhren und Sonnenbrillen von Ray-Ban trugen. Geschäftsmänner aus China, die Fotos von Schätzen aus geplünderten Museen betrachteten. Jazata drehte sich zu Yara herum. Hier sollte sie Abu Bakr treffen? Yara zog die Stirn in Falten und deutete mit einer kurzen Bewegung zu einer Tür, über der eine giftgrüne Schrift leuchtete. *Exit.* Jazata folgte der Bewegung und sah Rashid Abduh in der Tür stehen. Er winkte sie herbei. Als sie zögerten, tauchten zwei Gestalten hinter ihnen auf. Lange Bärte. Schwarze Tücher um die Köpfe gebunden. Sonnenbrillen. Sie stießen Jazata und Yara ihre Gewehre in den Rücken.

»Go!«

Ein paar der durchgeknallten Mädchen kreischten hysterisch, als sie die Waffen sahen, und tanzten einen Augenblick später umso ekstatischer weiter. Als sie den Notausgang erreichten, ging Rashid Abduh vorweg einen schmalen Gang entlang zu einer Treppe, die in den ersten Stock des Hauses führte. Die Stufen waren ausgetreten. Das hölzerne Geländer war an mehreren Stellen gebrochen. Vor einer zweiflügeligen Tür blieben sie stehen. Rashid Abduh durchsuchte sie beide nach Waffen, fasste ihnen dabei beiläufig an die Brüste und zwischen die Beine. Er fand keine Waffen. Aber dafür das kleine Fläschchen, das Yara in der Hosentasche trug.

»Was ist das?«

»Eau de Toilette«, sagte Jazata.

Abduh betrachtete das Fläschchen, schraubte den Deckel ab. Roch daran und verzog das Gesicht. Jazata fühlte, wie die Panik ihr in die Beine sackte und sie zittern ließ. Sie musste sich festhalten.

Erinnerst du dich noch an den Jungen, der mit den Sän-

gern gekommen ist? Er war so schön, sein Gesicht so fein und seine Haut so eben. Wir Mädchen durften nicht dabei sein, als die Männer die Lieder sangen. Deswegen haben wir unsere Matratzen genommen und sind auf das Dach gestiegen und haben über die kleine Mauer geschielt. Wir haben geträumt, dass er der Prinz sei, von dem sie uns in der Schule erzählt haben. Und dann haben wir gestritten, wer von uns seine Frau werden würde. Im Jahr darauf ist er wieder mit den Sängern gekommen. Wir waren so aufgeregt, unser Herz schlug, als wollte es die Brust verlassen, weil wir beschlossen hatten, ihn zu fragen, wen von uns er erwählen würde. Aber da war er nicht mehr der schöne Junge, sondern hatte langes Haar und einen Bart, der an das Gestrüpp erinnerte, das die Ziegen tragen. Er war abweisend und kalt und sah uns mit Blicken an, die voller Verachtung waren. Er sagte, er würde für Gott kämpfen und alle töten, die nicht an ihn glaubten. Da beschlossen wir, die Prinzen aus unseren Köpfen zu verbannen. Ich werde nicht schwach werden. Nicht jetzt, wo ich doch auf diesen Moment gewartet habe. Ich habe Zimt und Ambra dazu gemischt, wie du es mir gesagt hast, meine geliebte Schwester. Dazu noch ein wenig Koriander, das wie die im Feuer aufgebrochenen Orangenschalen riecht. Du weißt schon, dieselben, die Mama in die Kürbissuppe gegeben hat. Er wird es nicht merken, er kann es nicht merken, weil es ihn auch an seine Mutter erinnert. Falls er eine Mutter hat und nicht von den Feuern der Hölle geboren wurde.

Rashid gab Yara das Fläschchen zurück.

»Ihr wartet hier«, sagte er, bevor er durch die Tür verschwand. Yara schien Jazatas Zittern zu bemerken. Jedenfalls legte sie ihre Hand auf Jazatas Hand und zwinkerte ihr zu.

»Il sera tout droit«, flüsterte sie.

Jazata verstand kein Französisch. Aber sie konnte die Ermutigung hören, die in dem fremden Satz schwang. Einer der Bärtigen stieß Yara sein Gewehr in die Seite. Die Tür wurde geöffnet.

»Rein da«, befahl Rashid Abduh.

Das Haus hatte vermutlich früher einem Franzosen gehört. Der Raum jedenfalls zeigte Tapeten und Reste von Vorhängen mit überbordendem Blumenmuster und Rocaille-Elementen. Die Kordeln der Vorhänge endeten in dicken Quasten. Sessel, mit bunten Stoff bezogen, lagen in einer Ecke des Zimmers gestapelt. Fünf Männer saßen auf einem Teppich, dessen orientalische Motive wie bei einem Patchwork wild durcheinandergewoben waren. Vier der Männer kannte sie nicht. Sie trugen kunstvoll bestickte schwarze Dschallabijas mit Kapuzen. Weite, schwarze Hosen und an den Füßen Adidas-Schuhe. Sie hatten lange schwarze Bärte, und ihre Augen erzählten von Misstrauen und Verachtung. Wer der Mann in der Mitte war, wusste sie. Er hieß Abu Bakr.

Sie hatte ihn auf Fotos gesehen, die sie in Gregoris Computer gefunden hatte, und war erschrocken. Aber der Mann, der hier vor ihr saß, übertraf alles, was ein Foto abbilden konnte. Er sah furchterregend aus. Die rechte Gesichtshälfte von Brandnarben entstellt, das Auge milchig und vertrocknet. Wenn er blinzelte, bewegte sich nur das linke Lid. Über den grauen Haaren trug er einen Umhang, sein Bart war schwarz und lang, wuchs an der linken Wange hoch und sah aus, als wollte er von dort aus das gesamte Gesicht überwuchern.

»Ajlis«, sagte er in einem arabischen Dialekt, den sie nicht verstand. Dabei deutete er auf eine Stelle ihm gegenüber. »Sit!«

Jazata ließ sich nieder. Froh, nicht mehr auf den wackligen Beinen stehen zu müssen. Als Yara sich neben sie setzen wollte, herrschte Abu Bakr Jazata auf Arabisch scharf an. Abduh betätigte sich als Dolmetscher

»Der Scheich will wissen, wer das ist.«

»Eine Freundin.«

»Ich hab gesagt, du sollst alleine kommen«, sagte Abduh.

»Ich hab meine Meinung geändert.«

Rashid Abduh übersetzte. Abu Bakr nickte.

»Sie soll Tee kochen«, sagte Abduh.

Er deutete zu einer Ecke des Raums. Eine Kochplatte und darauf ein Çaydanlik. Als Yara aufstehen wollte, befahl Abu Bakr ihr mit einer knappen Geste, sitzen zu bleiben.

»Wait.«

Du sprichst doch Englisch, dachte Jazata.

»She has perfume?«

Jazatas verstohlener Blick zu Yara. *Was jetzt?*

»You know perfume is haram.«

»I know. But it contains no alcohol«, sagte Yara.

»It has nothing to do with alcohol. Perfume is work of devil to tempt man.«

Er sah zu Rashid Abduh hin, gab mit dem Kopf einen kurzen Befehl, woraufhin Abduh eine Walther PPK unter seiner Jacke hervornahm und Yara von hinten in den Kopf schoss.

Jazata sah es in den Winkeln ihres Blickfelds. Es war nicht real. Zu schnell für ihren Verstand. Die Synapsen schlossen falsche Verbindungen und stellten Erinnerungen her, die nicht zu dem Geschehen passten. Erst als Yara nach vorn kippte, über ihre gekreuzten Beine nach links rutschte und ihr Gesicht in Jazatas Schoß legte, setzte sich das Ereignis zu einem konsistenten Bild zusammensetzen. Ein Schauer aus Eiskristallen fegte über Jazatas Rücken, packte sie im Genick und schüttelte einen einzigen Schrei aus ihr heraus. Dann spürte sie die Waffe des Mörders in ihrem Nacken.

»Shut up«, brüllte Abu Bakr.

Jazata verstummte augenblicklich. Sie konnte keinen Ton über die Lippen bringen. Atmete hastig aus und noch hastiger ein. Versuchte sich zu beruhigen, die Kontrolle über ihre

Gedanken zurückzugewinnen. Sie stürmten aus den Regionen ihres Gehirns aufeinander zu wie feindliche Krieger. *Atme langsamer. Schau nicht auf sie. Das kann ich nicht. Er hat sie erschossen, Jazata. Schau Abu Bakr an. Nein. Sieh in dieses Gesicht, in dem keine menschliche Regung lebt. Ich schaue ihn nicht an. Er ist es, wegen dem du hier bist. Er hat Yaras Tod befohlen! Schau ihn an. Und Yara? Sie ist nicht wichtig. Doch, sie ist wichtig. Nicht jetzt, Jazata. Nicht jetzt. Schau ihn an.*

»Hast du dich beruhigt?«, fragte Abduh.

Nein. Aber sie musste sich beruhigen. Jazata atmete ein paarmal aus.

Abu Bakr gab Rashid Abduh ein weiteres Zeichen. Der packte Yara an den Füßen und zog sie in einen benachbarten Raum. Das Blut schrieb eine glänzende Spur auf den Teppich, wie der Pinselstrich eines irren Malers.

»Why did you kill her?«

»Because you are a liar«, brüllte Abu Bakr.

»No, I don't lie.«

»Where are the parasols. You owe me four million Dollars.«

Jazata verstand nicht, wovon Abu Bakr sprach. Sie sah Rashid Abduh an.

»Wieso sollte ich die Sonnenschirme nicht haben?«

»Weil dein Freund den Russen verraten hat, dass auf dem Schiff Waffen sind.«

»Mein Freund? Was für ein Freund?«

Erneut stürzte eine Kaskade aus Flüchen auf Jazata nieder. Abu Bakr sah zu den Männern, die neben ihm saßen, und zeigte auf Jazata, während er schrie.

»Ich habe keine Freunde. Ich bin hier, um Geschäfte zu machen«, rief Jazata. Schweiß lief in breiten Bächen ihren Rücken hinab. Kalt und feindlich.

Rashid Abduh übersetzte, was Jazata sagte. Abu Bakr lachte. Die Männer lachten mit ihm. Dann rief Abu Bakr in

Richtung des zweiten Raums. Die Tür wurde geöffnet, und ein Mann wurde hereingeschleppt. Den Kopf gesenkt, das Kinn auf der Brust. Er trug westliche Kleidung. Jeans, ein beiges Hemd, voller Blut. Eine Weste mit vielen Taschen. Er war bewusstlos. Auf Befehl von Abu Bakr wurde er rechts neben Jazata gesetzt. Sie erkannte ihn, noch bevor Rashid Abduh ihn an den Haaren packte und seinen Kopf hochhob. Rashid drehte Berkoffs Kopf so, dass er Jazata anblickte. Berkoff öffnete den Mund, aber statt Worten kamen nur rote Blasen hervor.

Sie sind keine Menschen, geliebte Schwester. Du hast es gesagt, und ich sitze vor ihnen. Sie sind Teufel, gekleidet in schwarze Dschallabijas und schwarze Turnschuhe. Sie zeigen kein Stück Haut außer Hände und Gesicht, damit niemand sehen kann, dass die Haut verbrannt ist und Tod und Verderben zeigt. Ihr Atem stinkt nach Fäulnis und Verwesung. Ihre Augen sind rot und quellen aus den Höhlen hervor, als seien sie vorausgeschickt, um das Blutfest zu verkünden. Sie haben dich verschleppt und versklavt, haben dich verkauft und verschenkt, haben dich zu ihrem Besitz erklärt und geschlagen wie ein Stück Vieh, mit Ruten und Gürteln und mit solcher Wut, dass die Haut sich in Fetzen von deinem Körper abwandte. Du musstest dich ausziehen. Sie haben dich nackt gesehen. Dich, das zwölfjährige Mädchen. Sie haben dich vergewaltigt, zu zweit, zu dritt, zu viert. Wieder und wieder und wieder. Bis es nichts mehr als nur noch Vergewaltigungen gab und jeder über dich herfallen durfte, damit du jeden Tag weiter entehrt wurdest und das Leben, wie du es kanntest für immer ausgelöscht werden sollte. Ich weiß es. Ich habe gesehen, was du mir aus Scham nicht zeigen wolltest. Ich habe es gesehen und geschrien vor Wut, um dich geweint aus Angst. Tagelang, bis ich nicht mehr wusste, warum ich weine. Da war die Zeit der Tränen vorbei. Jetzt ziehe ich mich in mich zurück. Dorthin, wo kein gnädiger Gott mich erreichen kann, wo Barmherzigkeit und Sanftmut noch nicht geboren sind, wo ich die Toten sehen kann. Schau mir zu, meine Schwester, schau, wie ich Rache übe, wie ich dir deine Ehre und Würde und Unschuld wieder gebe.

»Er ist nicht mein Freund«, sagte Jazata.

»Was ist er dann?«, fragte Abduh.

»Ein Reporter, der mich hierher verfolgt hat, um die Geschäfte, die wir machen, aufzudecken.«

»Wen interessiert, was für Geschäfte wir machen? Er muss ein Idiot sein, wenn er hierherkommt«, schrie Rashid Abduh.

Er übersetzte, woraufhin Abu Bakr und die vier anderen in schallendes Gelächter ausbrachen. Bis Abu Bakr allen mit einer kurzen Handbewegung befahl zu schweigen. Dann nahm er einen Jambia aus seinem Gürtel und legte ihn in die Mitte zwischen sich und Jazata. Es war eine kunstvoll gearbeitete Waffe. Die Klinge breit, zweischneidig und mit einem Mittelgrat. Vom Heft zur Spitze hin schmaler werdend. Der Griff war mit Münzen verziert.

»You no friends?«, brüllte er Jazata an.

»No!«, antwortete sie und lachte provozierend laut. »If you need a friend, buy a dog.«

»Show it.«

Was meint er? Was soll ich zeigen?

»Show it!«

Jazata sah den Dolch irritiert an. Er lag so nahe, dass sie ihn greifen konnte. Sie sah Abu Bakr an. Sein Gesicht war tot. So tot wie jede Regung außerhalb des Spektrums aus Wut, Hass und Verachtung. Sie spürte, wie die Panik, die sie noch vor wenigen Augenblicken überrannt hatte, nun von Furchtlosigkeit abgelöst wurde.

»Not your friend.«

Sie sah zu Berkoff hin. Er hatte den Kopf zu ihr hingedreht, aber sein Gesicht war kaum zu erkennen unter den Schlieren von Blut.

»No«, sagte Jazata.

Abu Bakr erhob sich behände von seinem Platz. Obwohl er bestimmt über sechzig Jahre alt war, vielleicht sogar siebzig, war jede seiner Bewegungen geschmeidig und kraftvoll wie die einer Streifenhyäne. Die Gleiche, die Jazata als Kind gesehen hatte, wenn die Tiere hungrig um das Dorf herumgeschlichen waren. Abu Bakr setzte sich links neben sie, nahm den Dolch und hielt ihn ihr hin.

»Show it. Or you die.«

Er fuhr mit dem Zeigefinger über ihren Hals und lachte. Als Jazata den Dolch immer noch nicht nehmen wollte, packte Abu Bakr ihre linke Hand und legte die Waffe hinein. Dann drückte er ihre Finger um den Griff aus Elfenbein. Er sah ihr in die Augen. Aber da war nichts zu lesen. Jazata hatte ihre Absichten tief in dem Schatzkästchen ihrer Schmerzen versteckt. Aber sie spürte die Wärme des Messergriffs.

Es ist so weit, Anais. Ich habe den dritten Schreiadler gefunden und bin zu ihm aufgestiegen. Jetzt halte ich seine Flügel in der Hand, um sie zu zerbrechen, damit er auf die Erde stürzt und stirbt. Ich küsse und umarme dich und danke dir für deine Kraft.

Abu Bakr schrie sie an, schlug ihr ins Gesicht, bis der Dolch in Jazatas Hand in einer anmutigen Kurve elegant über seinen Hals fuhr, die Halsschlagader durchtrennte und das Blut in einer konvulsivischen Fontäne befreite.

39

Die deutsche Botschaft in Damaskus ist für den allgemeinen Besucherverkehr geschlossen. In Notfällen kann deutschen Staatsangehörigen in Syrien keine konsularische Hilfe geleistet werden. Die nächste erreichbare deutsche Auslandsvertretung ist die deutsche Botschaft Beirut. Diese hat in einem gewissen Umfang die Betreuung von Konsularfragen übernommen.

Marlene warf ihr Handy auf den Tisch.

»Im Anforderungsprofil für Diplomaten im Auswärtigen Dienst steht an zweiter Stelle Hosenscheißer«, sagte sie zu Amanda.

Die Assistentin saß vor dem Schreibtisch und sah ihre Chefin beunruhigt an. So wütend hatte sie Marlene Albers zum letzten Mal erlebt, als der Verfassungsschutz die Redaktion durchsuchte, weil sie die Snowden-Papiere veröffentlicht hatten.

»Willst du wissen, was an erster Stelle steht? *Hab von nichts eine Ahnung, und halte dich aus allem raus.*«

Drei Uhr morgens. Seit vierundzwanzig Stunden hatte sie nichts mehr von Berkoff gehört. Das Handy war tot, ihre Nachrichten per SMS, WhatsApp und Messenger wurden nicht beantwortet.

»Was haben wir bisher von ihm gekriegt?«

Amanda zeigte ihr auf ihrem Notebook die Artikel und Fotos, die unermüdlich auf Berkoffs Dropbox Account hochgeladen wurden. Beweise, dass die *Kono* eine große Anzahl an G36-Sturmgewehren an Bord hatte. Die Waffen waren in Kunststoffkisten verpackt, in denen sich laut Aufdruck medizinisches Material der Firma Siemens befinden sollte. Russische Offiziere, die schlecht gelaunt vor den geöffneten Containern standen. Berkoff hatte sogar die Frachtpapiere gefunden und gescannt. Und eine Handynummer, die der Verkäufer der Ladung, offensichtlich Gregori Arkadin, handschriftlich notiert hatte. *Finde raus, wer hinter der Telefonnummer steckt,* hatte Berkoff geschrieben.

»Willst du jemanden aus dem Politikressort drauf ansetzen?«

Marlene dachte darüber nach. Es war Berkoffs Reportage. Er war in solchen Fragen sehr eitel, um nicht zu sagen, eifersüchtig. Er würde wütend werden, wenn außer ihr jemand daran arbeiten sollte. Egal, aus welcher Abteilung.

»Nein.«

Sie nahm ihr Handy und wählte die Telefonnummer. Als das Rufzeichen ertönte, schaltete sie den Lautsprecher an und legte das Handy auf den Tisch. Es klingelte lange. Als Marlene auflegen wollte, meldete sich undeutlich eine männliche Stimme.

»Ja?«

Jemand war aus dem Tiefschlaf geweckt worden.

»Hallo, wer ist da?«, fragte Marlene.

»Wer sind Sie?«, fragte die Stimme.

»Marlene Albers.«

»Woher haben Sie diese Nummer?«

Marlene nahm einen Stift und schrieb *Pitt* auf einen Zettel. Amanda nickte.

»Von Frachtpapieren, die wir an Bord der *Kono* gefunden haben.«

Klick. Das Gespräch war beendet. Marlene sah Amanda triumphierend an.

»Ich hätte mit irgendjemandem wetten sollen.«

Sie starrten beide das Handy an.

»Jetzt überlegt er, was er tun soll. Mal sehen, wie lange er braucht, bis ihm klar wird, dass er mit mir reden muss.«

Es dauerte keine zehn Minuten.

»Hier ist König. Ich habe gerade einen Anruf von Philipp Pitt erhalten. Wo sind Sie?«

»Bevor Sie weitersprechen, Frau König, sollten Sie wissen, dass meine Assistentin mir gegenübersitzt und das Gespräch aufzeichnet. Wir haben von David Berkoff einige Gigabyte Material erhalten, die beweisen, dass das Containerschiff mit dem Namen *Kono* G36-Sturmgewehre transportiert. Ich schätze, es sind an die 5000 Stück. Aber das wissen Sie ja. Verkäufer ist ein gewisser Gregori Arkadin. Seine Witwe Nadja Arkadina scheint ihn zu vertreten. Und wie es aussieht, haben die Russen die Ladung gefunden und beschlagnahmt.«

Ein lautes, dumpfes Seufzen. Sie hörten förmlich, wie König in sich zusammensank.

»Ich weiß, wie es Ihnen jetzt geht, Frau König. Zwanzig Jahre als Putzkraft, in denen Sie den Dreck von Idioten weggeräumt haben, die keine Ahnung haben, was sie eigentlich tun. Politiker, die man in Ämter gehievt hat, die sie überfordern, und die Entscheidungen treffen, die ihren intellektuellen Horizont übersteigen. Habe ich recht? Ich weiß, dass Sie nicht der Anfang der Befehlskette sind. Aber Sie haben jetzt die Möglichkeit, sich uns anzuvertrauen.«

»Hören Sie auf mit dem Gequatsche. Was wollen Sie?«

»Wir haben keinen Kontakt mehr zu David Berkoff.«

»Was habe ich damit zu tun?«

»Ich vermute, Sie wissen, wo er ist.«

»Nein«, sagte König.

»Hören Sie auf, die Dumme zu spielen, Frau König. Berkoff war auf der *Kono*, also muss er in Damaskus sein. Dass er sich nicht mehr meldet, sagt mir, dass irgendetwas passiert ist. Ich will von Ihnen hören, wo er sich befindet und wieso er sich nicht mehr meldet.«

»Ich habe keine Informationen über die Lage in Damaskus. Und wie Sie wissen, ist die Botschaft vor Ort geschlossen worden. Botschafter Rieger befindet sich mitsamt den Angestellten in Tel Aviv. Was das Material angeht, das Sie von Ihrem Reporter erhalten haben, rate ich Ihnen im Interesse Ihres Verlages, einstweilen von einer Veröffentlichung abzusehen, bis geprüft werden konnte, inwieweit sicherheitsrelevante Aspekte und Interessen der Bundesrepublik davon betroffen sind. Ich weiß, dass Sie diese nicht beschädigen wollen.«

König hatte energisch und entschlossen klingen wollen. Marlene kannte die Strategie. Drohe nicht, sondern appelliere an die Vernunft deines Gegenübers. Sei konziliant. Versuche, Zeit zu gewinnen, um die nötigen Schritte einleiten zu können. Und vor allem verhindere, verdammt noch mal, dass irgendwas an die Öffentlichkeit kommt. Vor ein paar Wochen hätte König mit dieser Strategie noch Erfolg gehabt. Aber inzwischen hatte Marlene erfahren, dass der Krebs keine Ruhe geben wollte. In ihrem Blick auf das Leben bedeutete das Krieg.

»Sie können sich den Hinweis auf die sicherheitsrelevanten Aspekte mitsamt den Interessen der Bundesrepublik schenken, Frau König. Betrachten Sie dieses Telefonat als Aufkündigung des Waffenstillstands. Ich erwarte von Ihnen, dass Sie herausfinden, was mit David Berkoff passiert ist. Und ob er entführt worden ist. Und nur damit wir uns richtig verstehen, sollte ihm auch nur ein Haar gekrümmt werden, mache ich Sie fertig.«

Damit war das Telefonat beendet. Marlene wusste freilich, dass ein gekrümmtes Haar das geringste von Berkoffs Problemen war.

»Buch mir den nächsten Flug nach Tel Aviv«, sagte sie zu Amanda.

40

Es war unerträglich heiß in dem Wagen. Die Fenster waren geschlossen. Kein Luftzug. Die Klimaanlage verteilte die Hitze. Sein Rücken war nass. Die Nasenlöcher waren verklebt. Der Ball aus Stoff in seinem Mund schmeckte nach Kotze. Es fiel ihm schwer zu atmen. Er musste sich beruhigen. Nicht in Panik verfallen. *Ganz ruhig. So was passiert dir nicht zum ersten Mal. Im Jemen hast du es überlebt. In Khartoum auch,* dachte er. Da seine Augen mit Klebeband verschlossen waren, wusste er nicht, wohin er gebracht wurde, wer den Wagen lenkte, wer außer ihm in dem Fahrzeug saß. Sein Kopf dröhnte. Er spürte die hohe Geschwindigkeit, weil er auf dem Sitz hin und her rutschte. Das Motorengeräusch ließ auf einen Diesel schließen. Die aufrechte Sitzhaltung auf einen SUV. Wieso der Fahrer sich so beeilte, war unersichtlich. Ab und zu fuhr der Wagen ungebremst über ein Schlagloch. Dann schlugen die Stoßdämpfer durch, und er wurde mit dem Kopf gegen das Dach des Fahrzeugs geschleudert. Als er die Hände schützend über den Kopf legen wollte, spürte er, wie eng sie aneinandergefesselt waren.

Aschrawi war von einer Kugel in die Stirn getroffen worden. Ihn selbst hatten sie aus dem Wagen gezerrt und in die Bar gebracht. In einen Raum, in dem eine tote Frau lag. Die aus dem VW-Bus. Sie hatten ihn in einen zweiten Raum gebracht. Abu Bakr hatte dort gesessen. Und vier andere. Und Jazata Shirvani hatte Bakr die Kehle durchgeschnitten. Wie einem Lamm, das geschächtet wird. War das wirklich passiert? Er hielt die Luft an, weil das Geräusch seines Atmens so laut war, dass er nicht hören konnte, wer noch in dem Wagen saß.

Die Stimmen ließen auf zwei Männer schließen, die vor ihm saßen. Vielleicht auch drei. Einer neben ihm, der nur selten etwas sagte. Wenn sie schwiegen, konnte er hinter sich ein leises Stöhnen hören. Das bedeutete, dass noch eine weitere Person in dem Wagen saß. Oder lag. Eine Frau? Etwa Jazata? Sie murmelte etwas, das wie *Anais* klang. Was ist Anais? Ein Name? Berkoff versuchte sich zu konzentrieren.

Was wird jetzt passieren? Werden sie dich umbringen? Vielleicht. Oder es ist eine Entführung? Ja, eine Entführung. Es ist bestimmt eine Entführung. Ganz klassisch mit Lösegeldforderung. Oder? Daniel Pearl haben sie geköpft. Er war Journalist beim Wall Street Journal. *2002 in Karatschi. Zuerst ging es um Lösegeld. Aber Karatschi ist Pakistan. Und das hier ist Syrien. Vielleicht haben sie dich über die Grenze in den Irak gebracht. Und wenn schon. Das hier ist definitiv nicht Pakistan.*

Als ob das einen Unterschied machen würde. Aber gab es hier überhaupt Entführungen? Wann hatte er zuletzt von

Entführungen in Syrien gehört? Er erinnerte sich an einen Bericht von Amnesty, wonach al-Nusra, al-Shamia und die Islamische Bewegung Ahrar al-Sham in Aleppo und Idlib Leute entführt hatten. Er musste ihnen sagen, dass er Journalist ist. *Für Journalisten wird mehr Lösegeld gezahlt als für normale Leute, also sind sie mehr wert, und also lässt man sie am Leben. Marlene wird zahlen. Vielleicht auch die Bundesregierung. Ohne Kommentar, wie sie es manchmal tut.*

Weiß jemand, dass ich entführt worden bin? Vermutlich ist es noch zu früh. Jonas! Sie werden mich zuerst an einen sicheren Ort bringen. Dann fragen sie mich, an wen sie die Forderung stellen sollen. Dann sagen sie, wie viel sie haben wollen. Vorausgesetzt, es ist eine Entführung. Was ist mit Jonas? Er wartet darauf, dass ich zurückkomme.

Zum Glück hatte er die Fotos an Marlene geschickt. Sie würde nach ihm suchen lassen. Einer der Männer schien zu telefonieren. Jedenfalls machte er Pausen, wie sie für ein Telefonat typisch sind. Er schrie. Er schien wütend zu sein. Wobei es Berkoff jedes Mal schwerfiel zu unterscheiden, ob einer dieser gottverdammten Ziegenficker wütend war oder einfach nur übers Wetter sprach. Es kam ihm so vor, als ob die sogar wütend waren, wenn jemand sie nach dem Weg fragte.

Er musste schon seit einer halben Stunde pinkeln. Aber er konnte sich nicht verständlich machen. Wenn er mit dem Knebel im Mund Geräusche von sich gab, bekam er einen harten Gegenstand in die Seite gestoßen. Wahrscheinlich eine Waffe. Vielleicht sogar ein G36. Er versuchte, nicht ans Pinkeln zu denken. Aber bei jedem Schlagloch, jeder abrupten Richtungsänderung vergrößerte sich der Druck auf seine Blase. Er spürte, dass er keine Hose trug. Noch nicht mal eine Unterhose. Nur ein Hemd, das ihm bis zum Knie reichte. Die Füße waren nackt.

Nuri ist tot. Sie haben ihm in den Kopf geschossen.

Das Bild blitzte in seinem Kopf auf. *Und dann aus dem Toyota gezerrt.* Er erinnerte sich. Sie hatten ihn angeschrien. Aber er hatte kein Wort verstanden. Er hatte immer nur *Press* gesagt.

Press und *Journalist. Friend. Allahu Akbar.*

Das Tempo verlangsamte sich. Offensichtlich verließen sie die Piste und fuhren querfeldein.

Wohin fahrt ihr, ihr Penner?

Die Karosserie ächzte und stöhnte wie ein alter Ochse auf dem Weg zur Schlachtbank. Dann hielten sie plötzlich an. Türen wurden geöffnet. Stimmen außerhalb des Wagens. Wieder das Geschrei. Jemand zerrte ihn aus dem Wagen. Zu zweit schleiften sie ihn über den Boden. Seine Füße stießen an Steine, er wollte schreien, aber es war nur ein dumpfes Stammeln. Die Fußsohlen wurden aufgeschnitten.

Wo bringt ihr mich hin?

Eine andere Autotür wurde geöffnet. Er erkannte es am Ton. Die Männer schoben ihn in den Wagen.

»How are you?«, fragte eine freundliche Stimme. Sie war dünn und hoch. Vielleicht eine Frau. Nein, keine Frau. Nicht hier. Eher ein Junge. Er nahm ihm den Knebel aus dem Mund. Seine Zunge war geschwollen und pelzig. Als hätte er einen Hamster im Mund.

»Ich muss pinkeln.«

»What?«

»I need to pee.«

»Okay.«

»Can I have water?«

Die Stimme brach in ein gackerndes Lachen aus. Dann sagte sie etwas auf Arabisch, und andere lachten mit. Ob es zwei oder drei waren, konnte Berkoff nicht sagen.

»Water or pee?«

»Pee.«

»Water and pee, water and pee.«

Die Stimme machte sich über ihn lustig.

»Water and pee, water and pee.«

Die Stimme lachte wieder wie ein alter rachitischer Gockel. Dann brüllte sie etwas. Jemand hob sein Hemd hoch, stieß ihn an. Er sollte pinkeln. Los, los, los! Es ging nicht, obwohl seine Blase beinahe platzte. Sie lachten. Machten *psch psch psch.* Er konzentrierte sich. Dachte an die Berge. An Schnee. Einen Eisbach. Klares, kaltes Wasser. Endlich. Was für eine Wohltat. Obwohl es unerträglich heiß war, hatte er eine Gänsehaut auf dem Rücken.

»Feel better now?«

Wieder die hohe Stimme. Er nickte. *Jonas.* Die Stimme erinnerte ihn an seinen Sohn. Ein Schweißausbruch. *Wo ist er? Ist er in Sicherheit?*

Wenn er erfährt, was passiert ist, wird er verstehen, warum er nicht mitkommen durfte. Er hat bestimmt seine Mutter angerufen. Die wird zuerst durchdrehen und sich dann kümmern. Wahrscheinlich sitzt sie schon längst im Flieger.

»You journalist.«

»Yes. German journalist. Do you know *Die Woche*?«

»Ja.«

Er spricht deutsch?

»Ich war in Berlin. Humboldt-Universität. VWL. Aber dann ist mein Vater gestorben.«

»Okay. Was wollen Sie?«

»Was glaubst du?«

»Geld?«

»Viel Geld.«

Okay. Sie entführen mich, weil sie Lösegeld haben wollen. Das ist gut. Das heißt, es ist nicht der IS. Die haben genug Geld.

»Werden Sie mich erschießen?«

»Vielleicht.«

Wieder das hohe gackernde Lachen, in das die anderen einfielen.

Hauptsache, ihr habt Spaß, ihr Wichser.

»Zuerst nehmen wir das Geld, und dann schneiden wir dir deinen ungläubigen Kopf ab.«

Er übersetzte ins Arabische, und alle lachten, als hätte er den Witz des Jahrhunderts gemacht. Dann fuhren sie noch ungefähr eine Stunde weiter. Der mit der hohen Stimme gab ihm zu trinken. Der Zustand der Straße wurde etwas besser. Kaum noch Schlaglöcher. Der Motor brummte vor sich hin. Das Radio wurde aufgedreht. Arabische Musik. Die Anspannung verwandelte sich in Erschöpfung. Sein Kinn sank auf die Brust. Er schlief ein. Als er aufwachte, wusste er nicht, wie viel Zeit vergangen war. Der Wagen stand, und um ihn herum waren Stimmen zu hören. Frauen, Kinder. Die Wagentür wurde geöffnet. Hände zerrten und zogen wieder an ihm. Wo war er? Dem Geruch nach zu urteilen, musste es eine Siedlung sein. Ein Dorf? Ein Tor quietschte laut. Er spürte gestampften Boden unter den Füßen. Etwas strich über seinen rechten Fuß, schlug ihm gegen das Bein. Gackerte. Ein Huhn. Jetzt war da Beton unter seinen Füßen. Er fühlte einen Raum. Dann roch er Ziegen und Abfall. Jemand zog ihm das Klebeband so hastig von den Augen, dass er fürchtete, die Augenlider würden abreißen. Er sah sich um. Kein Fenster. Nur ein Loch in der Decke. Und ein Loch im Betonboden. Links an der Wand eine Matratze. Mehr nicht. Und auf der Matratze lag ein nackter Mensch zusammengerollt wie ein Fötus. Jazata Shirvani.

41

Mein Liebster einst zu Gaste bei uns war, ich knüpft' ihm mein Armband ins Lockenhaar, er saß auf dem Teppich von Khorassan, ich schaut' ihn mit liebenden Augen an. Für eine Locke aus seinem Haar gäb' ich ihm Hände und Augen gar. Sollt' er damit nicht zufrieden sein, ich gäb' ihm auch das Herze mein.

Sie hatte das Gedicht auswendig gelernt. Da war sie neun gewesen und konnte noch zur Hochzeit ihrer Schwester Anais alle vier Strophen fehlerfrei aufsagen. Die Hochzeitsgäste hatten während des Vortrags getuschelt, weil der Bräutigam Umut so hässlich war und zwei Dutzend Jahre älter als Anais und außerdem ein Cousin ersten Grades. Abu Bakr hatte sie an Umut erinnert. Jetzt lag Jazata auf einer Matratze, die nach allen erdenklichen Ausscheidungen roch. Jemand legte eine Decke über sie, damit ihre Blöße bedeckt wurde, wie es die Gesetze verlangten. Sie hielt die Augen geschlossen. Keine Regung, keine Bewegung. Einzig das Lächeln konnte sie nicht zurückhalten, das über ihre Lippen huschte, als sie in Gedanken eine weitere Kerbe in ihre Rache ritzte. Arkadin, Gerkin und Abu Bakr. Fehlte noch ein Name. Aber auch das war nur eine Frage der Zeit und der Gelegenheit. Erfüllt von diesem Gedanken, versank sie wieder in die heimeligen Gefilde der Bewusstlosigkeit.

Ich schwebe über die kargen Höhen des Sindschar-Gebirges und sehe, wie du den ungehorsamen Ziegen hinterherläufst und sie mit Stockschlägen zurück in die Herde treibst. Wie wir ein Feuer anfachen, als die Dunkelheit hereinbricht, und wie wir zu zweit in die Flammen starren, Tee trinken und Naan mit Schafskäse essen.

»Erzähl mir davon, wie es ist, wenn man verheiratet ist«, flüsterte ich dir zu, Anais.

»Aber das hab ich schon hundertmal«, sagtest du. Da warst du vierzehn Jahre alt und seit einem Jahr mit Umut verheiratet. Du hattest die Familie verlassen und in das Haus des Schwiegervaters ziehen müssen, gleich neben unserem Haus, wo du für die Hausarbeit verantwortlich warst. Putzen, Waschen, Kochen, Bett.

»Erzähl es mir noch einmal«, bettelte ich. Ich wusste, dass du die Geschichte jedes Mal anders erzählst, ausschmückst und mit Girlanden verzierst. Und du erzähltest,

dass es mit dem Kinderkriegen nicht so recht werden will, weshalb Umut dich verdächtigt, dass du Kräuter nimmst, damit du keine Kinder kriegen kannst.

»Er ist ein schlechter Ehemann«, sagtest du. »So hässlich, wie er aussieht, ist auch seine Seele. Ich habe bei unserem geliebten Pfau Melek Tausi geschworen, dass ich keine Kräuter nehme. Aber er glaubt mir nicht. Dabei brauch ich ja auch keine Kräuter, weil die Schwiegermutter mir gesagt hat, dass Umut keine Kinder zeugen kann, weil er als Kind krank war, und sie ihn nach Mossul in ein Krankenhaus bringen mussten, wo sie ihn operiert haben.«

»Haben sie ihm das Ding abgeschnitten?«, fragte ich.

Und du riefst: »Jazata!«

»Was denn? Ich hab gesehen, wie Vater es bei einem Bock gemacht hat, weil der zu wild war und nicht gehorchen wollte und immer den Ziegen von den Nachbarn hinterhergerannt ist«, sagte ich.

»Einem Bock wird nicht das Ding abgeschnitten«, sagtest du und kichertest. »Umut hat sein verschrumpeltes Ding noch.«

Und dann hast du erzählt, dass du weglaufen wirst, wenn du genug Geld beiseitegeschafft hast. Nach Amerika, wo eine Cousine unserer Mutter wohnt. Wo die Frauen in Büros zur Arbeit gehen und nicht zu Hause eingesperrt werden, wo sie eigenes Geld haben und allein ausgehen und sich schöne Kleider kaufen. Das hast du bei der Nachbarin auf dem Handy gesehen.

Jazata schrie und wurde von ihrem eigenen Schrei wach. Ihr Körper war von Blutergüssen übersät. Aber es tat nicht weh. Dass sie überhaupt noch lebte, verdankte sie Rashid Abduh. Er hatte die vier Berserker zurückgehalten, als sie sich über Jazata hermachen wollten, nachdem sie Abu Bakr getötet hatte. »Sie ist viel Geld wert«, hatte er gesagt.

»Du musst trinken.«

Jemand hielt ihr eine Flasche an die Lippen. Sie trank ein

paar Schlucke. Das Wasser schmeckte nach fauliger Erde. Sie zog den Mund weg.

»Ich weiß, es schmeckt nicht gut, aber du musst trinken.«

Jazata kannte die Stimme. Konnte das sein? Sie öffnete die Augen. Tatsächlich hockte David Berkoff neben ihr. Zuletzt hatte sie ihn in dem Zimmer über der Bar in Damaskus gesehen.

»Wo sind wir?«, fragte sie, nachdem sie noch einmal von dem Wasser getrunken hatte.

»Da ist Osten.« Er deutete zur Tür hin. »Also ist da Norden und da Süden.« Sein Arm zeigte zu ihren Füßen und dann zu ihrem Kopf. »Mehr habe ich noch nicht herausgefunden.«

»Wer hat uns hierhergebracht?«

»Vier Typen.«

»Wie sehen die aus?«

»Weiß ich nicht. Sie haben mir die Augen zugeklebt. Einer von ihnen hat eine ziemlich hohe Stimme.«

Rashid Abduh, dachte Jazata.

»Das haben sie uns gegeben. Ich vermute, es ist für dich.«

Berkoff reichte ihr zwei frisch gewaschene Tücher, einen Umhang und Flipflops, die ausgetreten waren und an den Fersen Löcher hatten.

Als Jazata die Decke zurückschlug um die Kleidungsstücke anzuziehen, sah Berkoff die Striemen, die ihren Körper wie das Netz einer geisteskranken Spinne bedeckten, rot und frisch. Er wandte den Blick ab, während sie sich mühsam mit der linken Hand anzog.

»Du hättest mir nicht hinterherreisen sollen.«

»Ich wollte wissen, wie die Geschichte weitergeht, nachdem du Arkadin umgebracht und mir Gerkins Tod in die Schuhe geschoben hast.«

»Und jetzt weißt du es?«

»Noch nicht ganz. Zuerst habe ich gedacht, du willst das

Geschäft weiterführen. Aber es geht um etwas anderes, oder?«

»Und was soll das sein?«

»Ich dachte, dass du es mir erzählst.«

»Als Belohnung dafür, dass du den Russen die Ladung auf der *Kono* gezeigt hast?«

Jazata lächelte bitter.

»Haben sie dich deswegen ...«

Er deutete mit dem Kopf auf ihre Beine, die von Blutergüssen überzogen waren. Jazatas Augen folgten seinem Blick.

»Was glaubst du?«

Berkoff sah sie prüfend an. Er wurde nicht schlau aus ihr. Nicht aus den beiden Namen, nicht aus ihrer Herkunft und nicht, was ihre Ziele anging.

»Wieso warst du in Damaskus?«

»Geht es dich etwas an?«

»Vielleicht. Weil es uns helfen könnte, hier wieder heil rauszukommen.«

»Du glaubst tatsächlich, dass die uns gehen lassen?«

Vier

42 Alexander hatte angeboten mitzukommen. Sie hatte abgelehnt. Sie brauchte keinen Professor der experimentellen Physik an ihrer Seite, solange er nicht Indiana Jones hieß. Der Flugplan lautete Chicago, Paris, Tel Aviv. Vor dem Abflug hatte Heidi Jonas nicht erreicht und dreimal auf die Mailbox gesprochen. Dann hatte er endlich zurückgerufen und sich entschuldigt. Er hatte vergessen, das Handy aufzuladen. »Wie kannst du in so einer Situation vergessen, das Handy aufzuladen«, hatte sie ihn gefragt. Er klang tapfer. Wenn du an einer Situation nichts ändern kannst, mach deinen Frieden mit ihr. Vorerst. Das Anschnallzeichen leuchtete auf, der Landeanflug auf Tel Aviv, Ben Gurion, hatte begonnen, das Flugzeug sank schnell. Der Purser schickte die letzten Fluggäste zurück auf die Plätze. Sein Ton hatte sie schon beim Einsteigen an Kriegsfilme erinnert. Sie dachte, dass er wahrscheinlich Soldat gewesen war. Wie alle Israelis irgendwann in ihrem Leben Soldaten waren. Und die Flugbegleiter der El Al sowieso. Während des Flugs hatte sie den Purser gefragt, was El Al bedeutete. Er hatte auf die Bibel verwiesen, in der El für Gott steht, während Al zu oder hin bedeute. Heidi fand den Namen für eine Fluggesellschaft unpassend. Sie wollte zu ihrem Sohn und nicht zu Gott.

Das Prozedere an der Passkontrolle und dem Zoll ging

überraschend schnell vonstatten, und ihr Koffer lag schon auf dem Gepäckband bereit. Sie fuhr mit dem Taxi zum Isrotel Tower Hotel. Dreißig Minuten, die ihr wie Tage erschienen. Je näher sie ihrem Sohn kam, umso unruhiger wurde sie. Wie würde er reagieren, wenn sie ihm sagte, dass er sofort mit ihr zurück nach Chicago fliegen sollte? Hoffentlich vernünftig. Sie konnten ja ohnehin nichts anderes tun, als herumzusitzen und zu warten. Um Berkoff sollten sich andere kümmern. Leute, die sich mit Entführungen auskannten, die wussten, wie man verhandelte, und die vor allem keine Fehler machten. Der Fahrer verlangte 120 Schekel plus vier Schekel fürs Gepäck. Sie gab ihm 150. Dafür trug er ihr den Koffer bis zur Rezeption. Acht Leute standen vor ihr und wollten einchecken.

»Heidi?«

Die Stimme. Seine Stimme. Sie drehte sich herum. Da stand er. Flipflops, Jeans, T-Shirt. Basecap und Ray-Ban. Braun gebrannt mit leichten Rottönen am Hals. Wie oft hatte sie ihm gesagt, er solle sich eincremen, hatte ihm Faktor dreißig mitgegeben. Aber wahrscheinlich lag das Spray irgendwo unbenutzt im Zimmer. Er lief auf sie zu. Umarmte sie. Als sie die Umarmung erwiderte, wich er zurück. Es war immer so, wenn er Heidi statt Mama sagte. Sogar jetzt. *»Mama« ist für die Jahre unter vierzehn reserviert. Ab fünfzehn bist du nicht mehr meine Mutter,* hatte er gesagt. *Also biologisch schon, aber nicht mehr in der Kommunikation.*

»Wie geht's dir?«

»Wir müssen ihn suchen.«

»Langsam. Okay? Ich muss erst mal einchecken, und dann überlegen wir, was wir machen.«

»Nein, müssen wir nicht. Hab ich alles schon. Er ist nach Beirut geflogen und von da mit dem Auto nach Damaskus gefahren. Der nächste Flug nach Beirut geht um halb drei.«

»Er ist nach Damaskus gefahren? Wieso?«

»Keine Ahnung. Ich hab zwei Flüge reserviert. Du musst nur noch bezahlen. Und in Beirut gibt's sogar Sixt. Ich hab gefragt, die haben einen Chevrolet Tahoe. So einen, wie Jim hat.«

»Jim?«

Heidi war überfordert. Von seinem Tempo und seiner Energie. Sie hatte mit ihm vernünftig reden wollen, ihn überzeugen wollen, maximal noch zwei Tage zu warten und dann zurück nach Chicago zu fliegen. Aber Jonas hatte offensichtlich andere Pläne.

»Woher weißt du das von Beirut und Damaskus?«

»Von Marlene.«

»Marlene Albers? Du hast mit ihr telefoniert?«

»Nein, sie ist hier.«

Heidi übergab dem Concierge ihren Koffer, sagte, sie würde in einer halben Stunde einchecken, packte Jonas am Arm und zog ihn zum Aufzug. Während der Fahrt nach oben sagte er kein Wort, starrte betont wütend, gelangweilt, genervt auf den Boden. Heidi schwieg ebenso. *Auf keinen Fall einlenken*, dachte sie. Als der Aufzug hielt und sie am Außenpool ankamen, stockte ihr für einen Moment der Atem. Ein fantastischer Blick aufs Mittelmeer sprang ihr entgegen. Die Sonne im Zenit, eine kühle Brise, das Rauschen des Meeres, das ihre Haut sanft streichelte und nach ihr rief. Nicht länger als einen Augenblick stand sie am Rand des Pools und wünschte sich, jemand würde umblättern und sie läge im Bikini auf einem der Liegestühle und würde mit Berkoff und Jonas über ein großes Missverständnis lachen.

»Da drüben ist sie«, sagte Jonas.

Marlene Albers saß an der Bar, einen Becher Kaffee vor sich, und telefonierte aufgeregt. Ihre rechte Hand schrieb energische Zeichen in die Luft. Plötzlich, als hätte ihr ein Vögelchen etwas ins Ohr geflüstert, drehte sie den Kopf, sah Heidi und winkte sie herbei.

»Was hast du meinem Sohn gesagt? Dass er nach Damaskus fahren soll, um seinen Vater zu befreien?«, sagte Heidi.

Jonas verdrehte die Augen und versank im gefliesten Boden.

»Hallo, Heidi, ich freue mich auch, dich zu sehen. Und bevor du Hammer und Nägel auspackst, um mich ans Kreuz zu schlagen, nein, ich habe es ihm nicht gesagt. Dein Sohn hat in meinem iPad herumgeschnüffelt.«

Unter Heidis Blick schaffte Jonas es sogar, noch zwei Stockwerke tiefer zu versinken.

»Ich habe ihm gesagt, dass es keinen Sinn macht, David zu suchen, weil er ihn sowieso nicht finden wird.«

»Weißt du was Neues?«

Heidi hatte ihre Empörung wieder eingefangen.

»Nein. Aber um ehrlich zu sein, hoffen wir, dass er entführt worden ist. Alles andere wollen wir uns lieber nicht vorstellen.«

»Aber wir können doch nicht einfach hier rumsitzen und nichts tun.« Jonas war aus der Versenkung aufgetaucht. Seine Stimme war klein und hoch, sie flatterte wie ein Schmetterling.

»Doch, genau das müssen wir tun«, sagte Marlene. »Hier rumsitzen und warten und in der Zwischenzeit überlegen, wo wir Geld auftreiben können. David ist erfahren genug, um zu wissen, was er in dieser Situation zu tun hat. Es ist nicht das erste Mal, dass so etwas passiert. Die werden irgendwann mit einer Lösegeldforderung kommen. Dann müssen wir bereit sein. Wir können nicht auf die Bundesregierung warten, weil die offiziell kein Lösegeld zahlt und inoffiziell Wochen braucht.«

»Wie viel werden die haben wollen?«, fragte Heidi.

Marlene überlegte einen Moment lang. »Fünf. Vielleicht auch zehn.«

»Zehn Millionen? Haben wir so viel?«, fragte Jonas.

43 Es blieb mal wieder an ihr kleben. Wie immer. Wenn es brisant wurde, zogen sie die Schwänze ein. Und dann war sie diejenige, die das Desaster in Ordnung bringen musste. Und wofür? Dafür, dass ihr am Ende niemand danken würde. David Berkoff war verschwunden. Wenn sie Glück hatten, war er tot. Wenn nicht, entführt. Und das wäre eine Katastrophe. Aber diesmal würde sie nicht allein für den Schlamassel geradestehen. Sie wusste, wie es ausgehen konnte, sollte die Presse Wind von der Sache bekommen. Jemand musste den Kopf hinhalten. Da es nicht die Chefin sein konnte, blieb es an ihr hängen. Sie würde offiziell die Verantwortung übernehmen und zu Kreuze kriechen müssen. Inoffiziell würden sie ihr die Hand schütteln und zahlen. Wie bei Pitt. Wie üblich. Vielleicht würden sie ihr auch einen neuen Job verschaffen. Bei der Bahn. Oder irgendeinem Laden, bei dem sie noch die Finger im Spiel hatten. Das hieß dann neue Leute, neuer Stress. Okay, wenn das passieren sollte, würde sie sich einen schönen Lenz machen. Oder wie wäre es mit dem Hauptstadtflughafen? Zeit für den Notruf. Sie wählte die Nummer der Chefin, landete im Vorzimmer bei Zerberus.

»Hat sie meine Nachricht gekriegt?«, fragte König.

»Ja.«

»Und?«

»Wer weiß bis jetzt noch davon?«

»Außer Pitt nur noch die Chefredaktion der *Woche*.«

»Was machen wir?«, fragte Zerberus.

»Nichts. Zuerst will ich sichergehen, dass Berkoff tatsächlich entführt worden ist.«

»Wenn es so ist, wie ist zurzeit der Kurs?«

»Für Reporter fünfzehn bis zwanzig.«

»Zwanzig Millionen für einen Reporter?«

»Und dann ist da auch noch die Frau«, sagte König.

»Nadja Arkadina?«

»Jazata Shirvani.«

»Wer ist das?«, fragte Zerberus.

»Nadja Arkadina.«

Das Stöhnen deutete an, dass Zerberus nervlich am Anschlag war.

»Nadja Arkadina heißt eigentlich Jazata Shirvani. Sie ist Jesidin. Ihre Familie ist 2014 vom IS umgebracht worden. Angeblich mit G36«, sagte König.

»Das hab ich nicht gehört. Bist du verrückt? Jesiden! Weißt du, was das heißt? Wir unterstützen die offiziell«, brüllte Zerberus. »Ich hab das nicht gehört.«

»In Ordnung.«

»Abu Bakr ist tot, sagt der BND.«

»Ja.«

»Wer und wie?«

»Wissen wir nicht.«

»Was wisst ihr überhaupt?«

König schwieg. Zerberus schwieg auch. Sie mussten zusammenarbeiten, wussten aber nicht, ob sie einander trauen konnten.

»Noch was?«

»Ich bin mit Pitt einig, dass unsere Beteiligung an der Sache unter Verschluss bleiben muss. Aber ihr müsst was aus der Haushaltskasse für ihn lockermachen«, sagte König.

»Er hat doch schon kassiert.«

Pause. König wartete auf eine sachliche Antwort.

»Er hat Angst, dass er vor seiner Pensionierung gefeuert wird.«

»Niemand wird gefeuert. Sag ihm das.«

»Was ist mit Marlene Albers?«, fragte König.

»Um die kümmern wir uns.«

König legte auf. Ihr Handy zeigte 6:10 Uhr. Um 7:00 Uhr war Lage im Kanzleramt. Bis jetzt hatte die Sache noch keine hohe Priorität. Die Öffentlichkeit wusste nichts von der möglichen Entführung. Und was war auch schon groß passiert? Ein Reporter hatte herausgefunden, dass das BMZ in einen Waffenhandel verstrickt war. Pitt würde dafür geradestehen, den Rest konnten sie aussitzen. Notfalls eine Nebelkerze werfen. Für solche Fälle hatte König einiges in der Schublade, das sie an einen geeigneten Pressevertreter weitergeben konnte. Irgendwas über Flüchtlingspolitik oder dass die Russen die Kanzlerin ausspionierten. Es musste noch nicht mal wahr sein. Hauptsache, es gab eine neue Schlagzeile.

Nachdem König aus der Dusche gestiegen und in ihre Kleidung geschlüpft war, machte sie sich auf den Weg ins Kanzleramt. Sie konnte sich vorstellen, wie die Reaktion der Chefin aussehen würde. *Sie wird toben. Schlechte Nachrichten am Morgen ruinieren den ganzen Tag, wird sie sagen. Dann wird sie fragen, ob sie nur von Idioten umgeben sei.*

Im Auto erhielt König eine verschlüsselte Nachricht vom BND. Die Mail war aus einer Gegend in der Nähe von Latakia losgeschickt worden. Die Entführer von David Berkoff und Jazata Shirvani forderten dreißig Millionen Euro. Zu überweisen auf ein Konto, das noch übermittelt werden würde. Wahrscheinlich im Jemen. Niemann erwähnte außerdem, dass die Mail aus einer Gegend abgeschickt worden sei, die Assad und die Russen gelegentlich bombardierten. Ein interessanter Hinweis. *Wer weiß,* dachte König, *vielleicht haben wir ja Glück, und die Russen zielen genauer als üblich.*

44

Jeder Schritt tat weh. Aber sie mussten sich bewegen, um fit zu bleiben, um nicht irgendwann durchzudrehen, um bereit zu sein für eine Flucht, die momentan noch unmöglich war. Sie wussten nicht, wo sie waren, zu welcher Gruppe ihre Entführer gehörten, wie viel sie haben wollten und auch nicht, wie ihr Plan lautete, wenn das Lösegeld nicht schnell genug gezahlt wurde. Berkoff hatte Jazata geweckt und ihr erklärt, dass sie mindestens zweimal am Tag eine Stunde laufen mussten, um den Kreislauf auf Trab zu bringen. Sie hatte auf dem rechten Arm gelegen. Jetzt schmerzte das Handgelenk.

»Der Hof ist ungefähr vierzig Quadratmeter groß. Hart gestampfter Lehmboden. Fünf mal acht Meter. In etwa. Das heißt, wenn wir die Ecken ausnutzen, sind es irgendwas über zwanzig Meter pro Runde. Fünfzehn Sekunden pro Runde. In einer Stunde sechs Kilometer. Das sollte für den Anfang reichen.«

»Okay.«

Jazata hatte genickt. In der vergangenen Nacht hatte sie sich zweimal übergeben. Vermutlich wegen der Aufregung und der Schläge, die sie in dem Raum über dem *Marilyn* erhalten hatte. Jetzt erhob sie sich schwerfällig von ihrem Lager und trottete hinter Berkoff her.

»Später müssen wir länger laufen.«

»Warum?«

»Weil das Warten einen psychisch fertigmacht.«

Sie marschierten im Kreis, den Blick immer auf einen speziellen Punkt gerichtet, um zu verhindern, dass ihnen schwindelig wurde.

»Woher weißt du das alles?«

»Ich bin vor acht Jahren in Somalia entführt worden. Zusammen mit Paul Jester, meinem Kameramann. Sechs Wochen. Wir waren uns sicher, dass wir in dem Drecksloch sterben würden. Aber dann haben unsere Bewacher am Neujahrsfest zu viel Kath gekaut. Die haben sich die Seele aus ihren dürren Leibern gekotzt. Wir sind einfach durch das Tor gegangen und abgehauen. Ich glaub, es war denen egal.«

Jazata nickte. Es war Antwort genug. Sie liefen weiter. Nach der zwanzigsten Runde, oder war es die einundzwanzigste, ließ Berkoff Jazata vorweggehen.

»Wer ist Anais?«, fragte er.

»Was?«

Jazata erschrak, blieb stehen, und er lief in ihren Rücken.

»Du hast auf der Fahrt hierher im Wagen von Anais gesprochen.«

»Was habe ich gesagt?«

»Hab ich nicht verstanden.«

»Anais ist meine Schwester.«

»Wo ist sie? Hier in Syrien?«

Die Frage veränderte sie augenblicklich. Es war, als würde eine andere Melodie in ihr schwingen. Keine Dissonanzen mehr, sondern reine, sehnsuchtsvolle Romantik. Wenigstens für einen Augenblick.

»Nein.«

Sie gingen weiter. Berkoff scannte den Ort. Um den Hof herum eine Mauer. Mindestens drei Meter hoch mit einer Verzierung aus bunten Glasscherben. Neben dem Tor stand ein halb verdursteter Baum. Vor der östlichen Mauer hatte jemand ein Beet angelegt, das jetzt vertrocknet war. Der Stall, in dem sie untergebracht waren, grenzte an das Haupthaus. Erdgeschoss und ein weiteres Stockwerk. Soweit er sehen konnte, war da niemand außer den drei Männern, die sie bewachten. Ein Alter mit rotem, zotteligem Bart und schiefen Zähnen. Dann ein kleiner Dicker, dem die Wampe über dem Bund seiner Hose bis auf die Oberschenkel hing. Er schwitzte so stark, dass sein Geruch sich wie eine ätzende Wolke im Hof verbreitete. Und ein Großer, sehr Schmaler, dessen rechtes Auge nach außen schielte und der eine große, gebogene Nase hatte. Irgendwie erinnerte er Berkoff an eine Eule. Er war offensichtlich der Chef. Es war ein Panoptikum menschlicher Kuriositäten, als hätte jemand die drei für einen Film über Freaks gecastet. Die meiste Zeit schauten sie auf ihren Handys Propagandavideos. Wenn sie keine Videos schauten, beteten sie oder brüllten sich an. Immer wieder schien es ums Essen zu gehen. Die Männer gönnten einander keinen Bissen. Berkoff beobachtete sie aus den Augenwinkeln, während er und Jazata ihre Runden drehten.

Weil keine Frauen in dem Haus waren, mussten ihre Bewacher selbst kochen. Das hieß, der Dicke stand im Hof an dem offenen Feuer, das aus einer Gasflasche betrieben wurde, und warf Reis, Joghurt, Wasser und Stücke eines kleinen Huhns in einen Topf. Dann rührte er endlos. Als er fertig war, brüllten ihn die anderen an, weil die Pampe verbrannt und ungenießbar war. Aber das schien sein Plan zu sein. Weil die anderen beiden nichts von dem Brei haben wollten und sich über das Fladenbrot hermachten, schnappte er sich den Topf, zog sich in eine Ecke zurück und schaufelte Unmengen in sich hinein. Sobald er satt war, spuckte er in den Topf und gab das, was übrig war, Berkoff und Jazata. Dabei grinste er blöde.

Jazata aß nichts davon. Und auch Berkoff weigerte sich. Erst als am nächsten Morgen der Hunger so groß war, dass er sich über jeden Ekel hinwegsetzen konnte, probierte Berkoff von dem Brei. Er schmeckte so scheußlich, dass er sich beinahe übergeben musste. Daraufhin nahm er den Topf, ging zum Dicken hin und leerte die Pampe vor dessen Füßen aus. Der Dicke nahm daraufhin sein Gewehr, erhob sich vom Boden, richtete den Lauf der Waffe zuerst auf Berkoffs Kopf und dann auf den Brei zu seinen Füßen.

»Eat!«, brüllte er.

Die anderen lachten.

Und wieder. »Eat!«

Berkoff schüttelte den Kopf.

»Eat!«

»I don't eat this shit.«

»EAT!«

»You can eat it yourself, you motherfucker.«

Das Lachen wurde hysterisch. Der Dicke drehte sich zu Eule und Rotbart herum. Er sah, wie sie auf ihn deuteten, sich die Bäuche hielten und ihn nachäfften. *Eat! Eat! Eat!*, brüllte er. Sein Kopf wurde rot wie eine Sonne, die im nächsten Moment verglühen wollte. Die Adern auf seiner Stirn traten hervor. Er schrie etwas Unverständliches und feuerte plötzlich eine Salve in die Luft. Offensichtlich wollte er Berkoff zeigen, dass er es ernst meinte. Allerdings führte die Aktion dazu, dass Eule und Rotbart erschraken. Eule sprang auf, stieß dem Dicken sein Gewehr in die Seite und brüllte ihn an. Berkoff konnte nicht verstehen, was Eule sagte, aber seine Gesten ließen darauf schließen, dass die Schießerei sie verraten konnte. Eine Weile ging die Brüllerei weiter, drehte sich um den Fraß, in dem die beiden Bewacher nun herumtrampelten. Der Dicke zog sich beleidigt ins Haus zurück, Eule sah Berkoff finster an. Dann deutete er zum Stall.

»Go.«

Sein linkes Auge zuckte hin und her wie ein Tier in einem Käfig.

»Okay. But we want food, that we can eat. You understand? If we get sick, you don't get money.«

»Go.«

Berkoff ging zurück in den Stall, setzte sich auf die Matratze.

»Ich weiß nicht, ob das eben sehr mutig oder außerordentlich dumm war«, sagte Jazata.

»Wahrscheinlich beides.«

»Er hätte dich beinahe erschossen.«

»Nein. Sie wollen Lösegeld für uns haben.«

»Bist du sicher? Die Jungs sehen nicht so aus, als ob sie sich unter Kontrolle hätten. Vielleicht wollen sie auch nur für einen von uns Lösegeld. Vielleicht ist es das perfekte Druckmittel, wenn sie einen von uns umbringen. Und ich glaube, dass sie eher dich umbringen, weil du Reporter bist und dein Tod unmoralisch ist. Was der Öffentlichkeit zeigt, dass sie vor nichts und niemandem Angst haben. Ich bin einfach nur die nichtsnutzige Schlampe eines Massenmörders.«

»Für die aber niemand Lösegeld zahlen will.«

»Stimmt.« Jazata lächelte fatalistisch.

»Abwarten.«

Die Tür wurde aufgeschlossen, und Eule kam in den Stall. Er hielt zwei Schüsseln Reis und zwei Becher Joghurt in den Händen und stellte beides vor Berkoff und Jazata ab.

»Tomorrow you get normal food.«

»Did you talk to someone about the ransom?«, fragte Berkoff.

»Ransom?«

»Money. Dollar.«

»Tomorrow.«

»Where is Rashid Abduh?«

»Tomorrow.«

Dann ging Eule wieder. Die Tür wurde von außen verriegelt.

Berkoff roch an dem Reis. Er schien in Ordnung zu sein. Berkoff goss den Joghurt darüber und begann zu essen.

»Eines verstehe ich nicht«, sagte er. »Wieso Abu Bakr?«

»Du bist doch Reporter. Finde es heraus.«

Berkoff sah sie verwundert an.

»In St. Petersburg habe ich gedacht, ich wüsste, wer du bist. Als ich dich in Damaskus gefunden habe, war ich mir nicht mehr so sicher. Und jetzt ...«

»Weil er die zweite Rate nicht zahlen wollte.«

Jazata aß von dem Reis.

Ist sie wirklich diese eiskalte Person, die sich ein Geschäft unter den Nagel reißt und dafür sogar tötet? Berkoff wusste nicht, was genau an dem Tag passiert war, an dem Gregori Arkadin gestorben war. Er hatte nicht gesehen, wie sie Gerkin erschossen hatte. Er wusste nur, wie Abu Bakr ums Leben gekommen war. *Wer bist du, Jazata Shirvani oder wie auch immer du heißt?*

45 Der Tag und die Nacht waren länger als vierundzwanzig Stunden. Jazata erinnerte sich an ein Gedicht, das Gregori hin und wieder rezitiert hatte.

Was wird mir jede Stunde so bang? Das Leben ist kurz, der Tag ist lang. Und immer sehnt sich fort das Herz, ich weiß nicht recht, ob himmelwärts.

Damit war der Grenzzaun seiner kulturellen Bildung erreicht gewesen. Jazata war unruhig, sie war ungeduldig, sie wollte weg von diesem schrecklichen Ort. Weg von diesen verrohten Männern, die den ganzen Tag lang dieselbe Musik hörten, Videos anschauten, in denen Geiseln geköpft, junge Frauen und Mädchen geschlagen und vergewaltigt wurden. Die sich fünfmal am Tag auf die Erde warfen, um zu beten.

Zu einem Gott, den sie sich selbst erschaffen haben, damit er ihnen befehlen kann, ihre geschundenen Seelen zu enthüllen und Barbaren zu sein. Was sind das nur für Bestien. Oder sind es nicht gerade die menschlichsten Bestien, die man sich vorstellen kann, Anais?

Sie sah durch die Ritzen in der Tür, wie ihre drei Bewacher dösten. Beleuchtet vom gebleichten Mond. Von Westen zogen dunkle Wolke heran. Jazata ging zurück zur Matratze, setzte sich. Berkoff lag auf dem Boden. Er schlief, und während er schlief, murmelte er Unverständliches. Sie beobachtete ihn, sah, wie seine Brust sich hob und senkte. Die Schwellungen in seinem Gesicht waren durch das Spektrum der sichtbaren Farben gewandert und nun bei Grün angekommen. Bald würden die für den Menschen unsichtbaren Farben erreicht werden. Die sich auf die Seele legen und die man nur mit Liebe sehen kann. So wie Jazata sie bei Anais hatte sehen können. Und bei den anderen Frauen, die geflohen waren und sich hoch oben im Sindschar-Gebirge versteckten. Höher als die Feinde kamen, weil sie nichts von diesem Versteck wussten.

Melek Tausi, der stolze Pfau ist zurückgekommen und hat die Männer getötet, die uns überfallen haben. Und nicht mehr lange, dann werde auch ich zurückkommen und deine Wunden waschen und mit Kamille heilen. Du wirst die Schmerzen abwerfen wie ein altes Kleid, hinter dir lassen, was geschehen ist, und dem Morgen entgegensehen, wenn die Sonne sich über der Wüste erhebt. Dann sind wir frei, Anais, meine Schwester. Und wir werden dieses Land verlassen, wir werden das Haus unserer Eltern nicht wieder aufbauen, wie sie es Jahr um Jahr getan haben, wenn die gekommen waren, die zweiundsiebzig Mal Tod und Verderben gebracht haben. Wir werden in ein Land gehen, in dem man uns nicht Teufel nennt, sondern Engel. Wir werden mit Autos fahren und ein Haus haben. Wir werden schöne Kleider kaufen und uns schminken. Die Haare mit Olivenöl pflegen und mit Henna färben und die Lippen rot anmalen. Wir werden so schön sein wie keine Braut zuvor. Wir werden leben und lieben und Kinder haben, und die Kinder werden Kinder haben. Halte aus, meine Schwester. Denn ich ziehe weiter auf meiner Bahn, bis auch der letzte Schreiadler im Staub liegt und sein Fleisch in der Sonne vertrocknet.

Wie viel Zeit war vergangen? Eine Stunde. Eine Stunde von wie vielen? Wenn ein Tag vierundzwanzig Stunden hat, sind das 168 Stunden in der Woche und 5064 Stunden im Monat, multipliziert mit sechs Monaten, weil Berkoff gesagt hatte, so lange könnte die Entführung dauern, 30.240. Dreißigtausendzweihundertvierzig. Eine davon war nun vergangen. Blieben noch dreißigtausendzweihundertneununddreißig. Jazata war hellwach. Jetzt erhob sie sich, verlagerte das Gewicht auf das rechte Bein und zog das linke bis auf die Höhe der Brust. Früher, als sie noch täglich trainiert hatte, konnte sie die Beine bis an die Ohren heben. Sie konnte in den Spagat gleiten. Und wenn sie richtig gut trainiert hatte, aus dem Spagat wieder in den Stand zurückgleiten, ohne die Hände zu Hilfe nehmen zu müssen. Das ging jetzt nicht. Aber wenn sie die Übungen lange genug machte, würde sie vielleicht körperlich müde werden und den Fluss ihrer Gedanken beruhigen können. Das war ja das Besondere an den Übungen. Sie dienten einerseits der Kraft und der Elastizität des Körpers. Aber mehr als das dienten sie der spirituellen Sammlung.

Du kannst körperliche und mentale Höchstleistungen nur dann erbringen, wenn du den Körper nicht zu einer Maschine herabwürdigst. Jeder Muskel ist ein Instrument in dem großen Orchester, genauso wie jeder Gedanke, wie jedes Gefühl, wie die fünf Sinne. Nur wenn sie zusammen die Melodie anstimmen, wirst du dich über deine Grenzen hinwegheben.

Sie wechselte die Haltung. Stand auf dem linken Bein und hob das rechte hoch. Die Muskeln zitterten unter der Anstrengung.

Ja, zittert nur. Ich weiß, was ihr mir sagen wollt. Aber ich darf nicht auf euch hören. Ich habe eine Aufgabe, die größer ist als jeder Schmerz.

Schmerzen waren der Antrieb. Ihre Überwindung das Ziel, hinter dem neue Schmerzen warteten. Und auch die mussten überwunden werden auf dem Weg an den Ort, an dem es keine Schmerzen mehr gibt. Während sie eine Übung nach der nächsten machte, sich auf die Zehenspitzen stellte, erst rechts, dann links, dabei balancierte und einen Strahl durch ihren Körper schickte, der aus den Beinen durch den Bauch, durch die Brust, den Hals und den Kopf hoch in den Himmel reichte, während sie dann in dem Mantra der Übung versank, dachte sie daran, was sie Berkoff erzählen konnte, damit er sie zurück nach Deutschland brachte.

Denn da musste sie hin. Um Anais zu befreien. Sollte sie ihm sagen, dass sie Claudia König töten würde? Aus einem einzigen Grund. Weil sie der letzte der vier Schreiadler war.

Weil sie Greg beauftragt hatte, die Gewehre zu liefern, und weil Greg den Auftrag an Mikail zur Durchführung gegeben hatte und weil Mikail die Waffen an Abu Bakr übergeben hatte und weil Abu Bakr die Waffen dem IS verkauft hatte. Auge für Auge. Würde Berkoff es verstehen? Wäre er einverstanden mit ihren Racheplänen, wenn sie ihm erzählte, was geschehen war? Würde er sich ihr anschließen? Nein, das würde er nicht. Er wollte aufdecken, was geschehen war, aber er wollte nicht handeln, nicht die notwendigen Schlüsse ziehen. Also konnte sie ihn nicht einweihen. Sie musste ihm stattdessen eine andere Geschichte erzählen, eine, die zu seinen Plänen passte.

Sie beendete das Training und setzte sich auf die Matratze. Eine Stunde war vergangen, sie bewegte ihr rechtes Handgelenk. Als sie vorsichtig den Gips abgelöst hatte, konnte sie ihr rechtes Handgelenk bewegen. Kleine Kreise beschreiben, vor und zurück. Es war steifer als das linke. Die Muskeln waren dünner. Drehungen nach rechts und dann Drehungen nach links. Wie viele Minuten? Vielleicht zehn.

»Wie kannst du nur so viel schlafen?«, fragte sie, um ihn zu wecken.

»Ich schlafe nicht.«

Jazata erschrak. Sie hatte nicht damit gerechnet, dass er wach war. Er drehte sich auf die Seite, stützte den Kopf in die linke Hand.

»Du kannst auch nicht schlafen«, sagte er.

»Nein.«

»Weil du dir Sorgen wegen der *Kono* und der Ladung machst?«

»Irgendwie wird es schon weitergehen.«

»Meinst du das Geschäft.«

»Was denn sonst?«

»Ich hab in Afghanistan Mütter gesehen, die von der Liebe zu ihren Kindern zerrissen wurden, als sie die kleinen Körper in ein Loch in der staubigen Erde legten.«

»Wir verkaufen Waffen. Genauso wie die Regierungen überall in der Welt. Was die Kunden damit machen, ist ihre Sache.«

»Und es ist dir egal, was mit den Menschen passiert?«

»Nein, aber so ist das Geschäft. Und es findet sich immer jemand, der es macht.«

»Ein Geschäft«, sagte Berkoff verächtlich.

»Und weißt du, was das weitaus bessere Geschäft ist?«

Berkoff wusste es. Er hatte es oft genug gesehen.

»Der anschließende Wiederaufbau des Landes«, sagte er. »Das Geld, das von den kriegführenden Parteien gezahlt wird, investieren Leute wie du in den Wiederaufbau. Damit bezahlen die Armen zweimal.«

Jazata lächelte.

»Wie kannst du nur so zynisch sein.«

»Das ist nicht zynisch, es ist die Realität.«

Das Gespräch erstarb. Die Sonne ging unter. Der Lärm von der Straße versickerte in der Dunkelheit. Sie konnten nicht schlafen, weil sie tagsüber geschlafen hatten. Nicht willentlich. Sie waren einfach sanft in den Schlaf hinübergeglitten, während sie an zu Hause dachten, an ihre Freunde, an Jonas, an Anais, an Erlebnisse, an Schönes, an Schlechtes, an die Zukunft, an Essen, an Urlaube, an Sex. Die Zeit wurde dünner, lebloser, ein Hauch. Sie liefen regelmäßig ihre Kreise im Hof. Sie sprachen über dies und das, um nicht von der Monotonie eingeschläfert zu werden. Sie suchten nach Themen, über die sie streiten konnten. Absichtlich, um in den Köpfen wach zu bleiben. Und manchmal war es unwichtig, wer welche Position einnahm. Es war ein Spiel.

»Du solltest zum Priester umschulen«, sagte Jazata. »Oder zu irgendeiner anderen Sorte Heuchler.«

»Da bin ich doch richtig.«

»Komm schon, du musst mir widersprechen.«

Berkoff stand auf.

»Ich habe Hunger.«

Er schlug gegen die Tür. Fünf Minuten lang. Bis Eule kam.

»Stop! Stop it!«

Berkoff hörte auf.

»What you want?«

»Food.«

»One hour.«

Eine Stunde. Berkoff setzte sich. Dachte an Essen. Gutes, einfaches Essen. Die beste Pizza in Berlin, die es bei Adnan in der Schlüterstraße gab. Oder das beste Wiener Schnitzel im *Engelbecken* am Lietzensee oder die beste Currywurst am Mehringdamm in Kreuzberg oder den besten Apfelkuchen überhaupt, den Heidi als englischen Apple Pie mit Ingwer machte. Er verdiente an dem Geschäft genauso wie Arkadin?

»Blödsinn!«, sagte er so unvermittelt und laut, dass Jazata erschrak.

»Was ist Blödsinn?«

»Das Foto von Phan Thi Kim Phúc hat die Welt verändert.«

»Wer ist das?«

»Wer das ist? Wer das ist? Du kennst nicht das Foto von dem vietnamesischen Mädchen, das nach einem Napalmangriff nackt auf einer Straße läuft? Durch dieses Foto haben Millionen von Menschen ihre Einstellung zum Krieg verändert.«

»Und dem Fotografen Ruhm und Geld eingebracht.«

Wieder eine Stunde. Eule kam mit Essen. Reis, Joghurt, Hühnchen. Irgendwoher hatte er Falafel. Sie waren alt und trocken. Es gab sogar Schokolade. War etwa ein Feiertag? Nach dem Essen schliefen sie. Berkoff hörte im Traum *Imagine* von John Lennon. Jazata wachte auf, weil er die Melodie summte. Sie konnte John Lennon nicht ausstehen.

»*Imagine* ist die Hymne eines Kindes, das nicht erwachsen werden will und Yoko Ono als Mama-Ersatz geheiratet hat. *Imagine there's no countries, it isn't hard to do, nothing to kill or die for, and no religion, too, imagine all the people. Living life in peace …*«

Sie sang die Strophe so zynisch, dass Berkoff sich vor Lachen den Bauch hielt.

Jemand machte sich am Türschloss zu schaffen. Die Tür wurde aufgestoßen. Eule kam herein, hielt seine Waffe auf Berkoff gerichtet.

»Why you sing? Nobody hear you. Understand?«

»Yes.«

»Stop it.«

»Yes.«

Um seinen Befehl zu bekräftigen, stieß er Berkoff den Gewehrkolben gegen den Kopf. Berkoff schrie auf und kippte zur Seite.

»Hör auf, du Arschloch. Bist du irre?«

Berkoff sprang auf, baute sich vor Eule auf. Er war einen Kopf größer. In seinen Augen leuchtete Wut.

»Du gottverdammter Hurensohn! Was denkst du, wer du bist?«

»Sit down. Or I kill you.«

»Du willst mich erschießen? Dann los, erschieß mich.«

Berkoff nahm den Lauf der Waffe und richtete sie auf seine Brust.

»Worauf wartest du, du Arschloch. Come on. Shoot me.«

Berkoff rüttelte am Lauf des G36. Seine Blicke bohrten sich in Eules Augen. Ein Kampf zweier Gorillas, deren Vernunft nur noch ein schwaches Leuchten war. Jazata erhob sich von der Matratze, Eule richtete das Gewehr auf sie, weil er nicht wusste, was sie vorhatte. Ob sie ihn angreifen würde.

»Stop. I shoot.«

Jazata stoppte nicht. Sie zog das T-Shirt aus und entblößte

ihre nackten Brüste. In einer fließenden Bewegung nahm sie Eules rechte Hand von der Waffe und legte sie auf ihre linke Brust. Eule erstarrte. Es war, als würde die Wärme ihrer Brust, die gutmütige Göttin Ishtar, zuerst in Eules Hand, von dort in seinen Körper kriechen und in seinem Kopf ein Feuerwerk an Erinnerungen zünden.

»Back home we call it *mama*«, sagte sie und lachte.

Eule erschrak und floh. Die nächsten zwei Tage bekamen sie nichts zu essen. Morgens brachten sie ihnen zwei große Plastikflaschen Wasser. Das war alles.

Es war unerträglich heiß. Jazata und Berkoff wurden Katzen, die, von ihren Entführern der Zeit beraubt, vor sich hin dämmerten. Ab und an drehten sie Runden im Hof. Berkoff forderte etwas zu essen und bekam dafür Prügel. Am dritten Tag gab es einen unergründlichen Brei. Dann wieder zwei Tage lang nichts. Wenn sie nicht schliefen, erzählten sie sich Geschichten. Berkoff übertrieb, Jazata verschwieg das meiste, und beide ahnten, dass sie sterben würden.

46

Sie hatten zehn Tage im Hotel darauf gewartet, dass etwas passieren würde. Ein Anruf. Eine Nachricht, dass Berkoff lebte. Eine Lösegeldforderung. Eine Meldung, dass man zwei Leichen gefunden habe. Nichts. Sie hatten sich gefragt, ob es Sinn machte, in einem Hotel in Tel Aviv zu sitzen und zu warten. Es machte keinen Sinn. In Berlin würde Marlene Einfluss auf das Auswärtige Amt nehmen können. Wären sie näher an den Informationsflüssen. Konnte Heidi mit der amerikanischen Botschaft sprechen, um Neues zu erfahren. Falls es überhaupt Neues gab.

Rana Aschrawi hatte eine Woche zuvor angerufen. Sie hatte sich Sorgen gemacht, weil Nuri sich noch nicht gemeldet hatte. Da sie wusste, dass Jonas in Tel Aviv war, wollte sie hören, ob sein Vater sich bei ihm gemeldet hatte. Heidi hatte ihr gesagt, dass sie nicht wussten, wo David und Nuri waren.

Am Morgen des elften Tagen beschlossen Marlene und Heidi, mit einer El-Al-Maschine zurück nach Berlin zu fliegen. Jonas hatte sich am Abend zuvor mit Händen und Füßen gewehrt, weil sein schlechtes Gewissen mit jedem Tag, den sein Vater verschwunden blieb, zu einem Gift wurde, das ihn krank machte. Er wusste, er hatte sich David gegenüber falsch verhalten. Aber er wusste nicht, warum er das getan hatte. Oder wusste es nicht mehr. Irgendwie war sein Vater doch ziemlich cool. Jedenfalls machte er Sachen, die die Väter seiner Kumpels nicht machten. Sie hatten sogar zusammen Bier getrunken, er und Papa. Dabei war er doch erst fünfzehn, und Papa hatte es ihm trotzdem erlaubt. Und dann war er ohne ihn losgefahren. Und Jonas war stinksauer gewesen. Und jetzt hatten sie seinen Vater wahrscheinlich entführt. Irgendwelche Scheißislamisten. Das machte ihn so was von fertig. Aber ein bisschen war er auch froh, dass sein Vater ihn nicht mitgenommen hatte. Deshalb dachte er, dass sie ihn im Stich lassen würden, wenn sie nun abreisten. Und dann war er doch einverstanden gewesen, weil Heidi ihm keine Wahl gelassen hatte. »Ich werde das Hotel nicht weiter bezahlen. Aber du kannst ja zu Rana gehen«, hatte sie gesagt. Das war das entscheidende Argument gewesen.

In Berlin erhielten Heidi und Jonas von Marlene einen Schlüssel und zogen vorübergehend in Berkoffs Wohnung ein. Heidi räumte zwei Tage lang auf, Jonas googelte, wie eine Entführung abläuft. Neunzehn Journalisten waren im vergangenen Jahr in Syrien ermordet worden. Neunzehn Leute wie sein Vater. Über siebzig waren entführt worden. Nur Journalisten. In dreckige Löcher gesperrt und gefoltert. Wenn er daran dachte, dass diese Motherfucker seinem Vater wehtaten, drehte er fast durch. Abends saßen sie mit Pizza und Cola vor dem Computer.

»Ein paar von denen sind auch wieder freigekommen«, sagte Heidi. »Man darf die Hoffnung nicht verlieren. We cross the bridge, when we get there.«

»Das hast du von Papa.«

»Ja.«

Die Wehmut fegte wie ein rauer Wind durch den Raum. Jonas blätterte weiter.

»Schau mal hier, eine von denen hat während der Geiselhaft ein Baby bekommen. Wahnsinn.«

Nachts las er die Berichte über die amerikanischen Journalisten James Foley und Steven Sotloff und den Engländer David Cawthorne Haines. Schaute Videos, wie der IS sie köpfte. Mit Messern und Schwertern. Wie in *Game Of Thrones*. Nur dass es in den Videos echt war. Es war der blanke Horror. Seine Fantasien wurden vergiftet, und er schlief schlecht.

Unterdessen füllten die Zeitungen die Spalten mit Mutmaßungen über Berkoff, die Fernsehnachrichten hatten Videos parat, die Berkoff zeigten, wie er Assad, Erdogan, Putin interviewt hatte. Er wurde für seine Arbeit gelobt, und die Hymnen lasen sich wie ein Nachruf.

An einem Sonntag trafen sich Heidi und Jonas mit Marlene in einem arabischen Restaurant. Das Auswärtige Amt hatte Marlene versprochen, alles zu tun, um den Aufenthaltsort von David Berkoff ausfindig zu machen, aber bisher gab es keine relevanten Informationen. Berkoff war wie vom Erdboden verschluckt. Die einzige Hoffnung, dass ihn irgendeine islamistische Gruppe verschleppt hatte und sich irgendwann mit einer Lösegeldforderung melden würde, glomm müde vor sich hin. Man musste hineinpusten, damit sie nicht erlosch.

»Sie werden sich melden«, sagte Marlene.

»Woher wissen Sie das?«, fragte Jonas

»Ich weiß es nicht. Ich hoffe es.«

Sie aßen Hummus, Tabuleh, Fleisch aus der Tajine. Jonas

hatte das Restaurant ausgesucht, weil es mit der Welt zu tun hatte, in der sein Vater verschwunden war. So konnte er ihm auf eine unerklärliche Weise nahe sein. Als sie Baklava serviert bekamen, fing Jonas an zu weinen. War es möglich, dass sie David nie mehr wiedersehen würden? War die Hoffnung auf eine Entführung ein frommer Wunsch? Hatten ihn nicht doch irgendwelche Verbrecher umgebracht und seine Leiche vergraben oder verbrannt? Mit jedem weiteren Tag, an dem sie nichts von David hörten, bohrte sich dieser Gedanke in ihre Gehirne und ließ sie fast wahnsinnig werden vor Angst. Es war unerträglich. Aber noch unerträglicher war es, wenn plötzlich eine Nachricht auftauchte, David sei gesehen worden. Irgendwo in Syrien. Dann in Beirut. Zuletzt im Irak. Und wenn sich dann ein paar Stunden oder Tage später herausstellte, dass die Information falsch war. Dass die Fotos alt waren, vor vier oder fünf Jahren aufgenommen. Oder dass jemand sich geirrt hatte.

Und dann rief eines Sonntags Marlene an. Es war noch früh am Morgen, und es waren drei Wochen seit ihrer Abreise aus Tel Aviv vergangen.

»Sie haben sich gemeldet«, schrie Marlene atemlos ins Telefon.

»Wer?«, fragte Heidi.

»Die Entführer.«

»Was haben sie gesagt?«

»Das weiß ich nicht.«

»Bei wem haben die sich gemeldet?«

»Das weiß ich auch nicht. Ich habe die Nachricht von Claudia König.«

»Wer ist das?«

»Kanzleramt.«

»Wissen die, wie es ihm geht?«

»Er lebt, und es geht ihm wohl gut.«

»Jonas!«

Heidis Stimme überschlug sich, fand keinen richtigen Ton. Es war wie der Ruf eines Muttertieres, das nach seinem verlorenen Jungen ruft. Es dauerte keine Minute, bis Jonas aus dem Schlafzimmer herbeigestürzt kam. Er war bleich und zitterte, als ob er aus der Stimme seiner Mutter schon die Hiobsbotschaft hören konnte. Er sah Heidi mit großen Augen an.

»Er lebt.«

Er lebt. In der Nachbarwohnung hörte jemand Beethoven.

47

Wie viele Tage waren vergangen? Die drei Bewacher breiteten ihre kleinen Teppiche gen Osten aus, wie jeden Tag. Sie murmelten ihre Gebete, wie jeden Tag. Sie verneigten sich rhythmisch, fuhren mit den Händen über ihre Gesichter, wie jeden Tag. Berkoff hatte sie in den letzten Tagen beobachtet. Hatte die Sekunden zwischen Beginn und Ende des Gebets gezählt, weil in dieser Zeit die Maschinenpistolen an die Wand neben dem Stall gelehnt standen. Er hatte einen Draht gefunden. In dem Müll, der in dem Stall wucherte und den Platz, auf dem sie sich aufhalten konnten, mehr und mehr zurückdrängte. Der Plan sah so aus: eines der Bretter aus der Tür lösen, mit dem Draht das Schloss öffnen, die Kette vorsichtig lösen, die Maschinenpistolen nehmen und die Bewacher erschießen.

»Zwei Minuten fünfundzwanzig«, sagte er.

»Was machst du, wenn sie ins Haus laufen, um andere Waffen zu holen?«

Jazata putzte sich die Zähne mit einem Stück Holz, das sie aus der Tür herausgebrochen hatte.

»Sie haben nur die drei Maschinenpistolen.«

»Sicher?«

Natürlich war er nicht sicher.

»Du müsstest sie erschießen.«

»Ich weiß«, sagte er ungehalten.

»Hast du schon mal jemanden umgebracht?«

Ja, das hatte er. Nicht umgebracht. In Notwehr erschossen. In Afghanistan. Eine vage Kopfbewegung zur Seite, die alles Mögliche bedeuten konnte.

»Kannst du es noch ein zweites Mal?«

»Werde ich sehen.«

»Kannst du es?«

»We'll cross the bridge when we get there.«

»Wenn du es nicht kannst, werden sie ihre Wut an uns auslassen.« Sie hatte es schon einmal erlebt.

Berkoff löste sich von der Tür, lehnte sich gegen die Wand.

»Aber ich glaube, ich bleibe lieber bei der Fluchtoption. Es gibt ja keine andere Chance, wenn ich dir so richtig in den Arsch treten will.«

»Der Kämpfer für die Armen und Entrechteten.«

»Der Kämpfer für Tausende Frauen und Kinder, die jeden Tag sterben, weil Miststücke wie du Geld mit ihrem Tod verdienen müssen.«

»Ich bin wirklich beeindruckt. Vergiss nicht den Ruhm, den du dafür kassieren wirst.«

»So ist es.«

»Und was machst du, wenn ich nicht mitkomme? Ich könnte ihnen sagen, dass du abhauen willst.«

Berkoff lächelte, drehte sich wieder zur Tür hin. Durch den Spalt konnte er sehen, wie Eule aufgeregt telefonierte.

»Dann bleibst du die nächsten Wochen und Monate allein hier drin. Du weißt nicht, wie solche Entführungen ablaufen. Die Verhandlungen dauern mitunter ewig. Es werden Videos gedreht, in denen die Opfer ihre Regierung anflehen müssen, das Lösegeld zu bezahlen, weil die Entführer sie sonst umbringen. Dann werden Videos gedreht, in denen deine Enthauptung realitätsnah durchgespielt wird.

Und jedes Mal scheißt du dir vor Angst in die Hose. Dann soll die Regierung ein paar Kämpfer freilassen, was sie natürlich nicht macht, weil es sich um Terroristen handelt. Und dann dauert es wieder Monate, in denen nichts passiert. Zwischendrin vertreiben sie sich die Zeit, indem sie ein paar Spiele mit dir spielen. Von wie vielen Wichsern kannst du vergewaltigt werden, bevor du ohnmächtig wirst? Wie lange hältst du es aus, wenn sie dir eine Stange in den Arsch schieben oder dir ihre Pisse in den Mund schütten, weil sie glauben, dass ihr Gott sie dazu aufruft? Und wenn sie irgendwann die Schnauze voll haben von der Warterei und sogar das Foltern langweilig wird, lassen sie dich entweder verhungern oder schneiden dir im Namen Allahs das Herz aus der Brust. Natürlich mit Videos auf YouTube oder Facebook.«

Er drehte sich zu ihr herum.

»Sie machen gerade das Tor auf, ich glaube unser Freund Abduh gibt sich die Ehre.«

Das heisere Knarren des Eingangstors hallte durch den Hof. Eine Autotür wurde zugeschlagen. Kurz darauf trat Abduh in Erscheinung, aufrecht, stolz. Offensichtlich hatte er eine Beförderung erfahren, denn die drei Bewacher warfen sich vor ihm auf den Boden und küssten anschließend seine rechte Hand. Abduh trug weite, schwarze Hosen, ein schwarzes Hemd ohne Knöpfe, das bis zu den Knien reichte, die Haare waren mit einem schwarzen Tuch bedeckt, das er um den Kopf geschlungen hatte. Hinter ihm schleppten zwei Kämpfer in Camouflage eine Metallkiste. Abduh deutete mit dem Kopf in Richtung Stall. Eule und Rotbart rannten los.

Eule fummelte eine Weile an dem Schloss herum, dann rasselte die Kette, mit der die Tür verschlossen war.

»Come!«, brüllte er.

Er zerrte Berkoff aus dem Stall heraus. Rotbart griff Jazata an den Haaren und zog sie hinter sich her. Sie musste gebückt laufen. Und als sie vor Abduh stand, blieb sie so, weil Rotbart sie nicht losließ.

»Okay, my friends. Now I make you Hollywood stars.«

Die beiden bärtigen Kämpfer öffneten die Kiste. Einer nahm einen Camcorder, ein Stativ und ein Mikro mitsamt Galgen heraus. Der andere übergab zwei Kaftane an Berkoff und Jazata. Sie waren orange wie die Kleidung der Gefangenen im amerikanischen Gefängnis Guantánamo.

»You want to look pretty in the film, don't you?«

Während das Equipment aufgebaut wurde, zogen Berkoff und Jazata die Kaftane an.

»Jetzt ist die richtige Zeit, wenn du ein ernstes Gespräch mit Abduh über deine und meine Zukunft führen willst«, sagte Berkoff.

»No german! No german, understand!«, schrie Eule und stieß Berkoff den Kolben seines Gewehrs in den Rücken.

»What did you say?«, brüllte Eule.

»Nothing.«

»What did you say!«

Ein erneuter Stoß. Diesmal traf er die Nieren. Berkoff sank auf die Knie, fiel auf die Hände. Er atmete schwer. Er sah zu Jazata hin. Sah, wie sie überlegte. Sah, wie sie Abduh anschaute.

»What did you say?«

»Ich habe gesagt, dass die Jungfrauen im Paradies sich über deinen verkümmerten Schwanz kaputtlachen werden, du verdammter Schwanzlutscher«, sagte er grinsend.

Abduh lachte.

»What?«, brüllte Eule.

»Die werden sich eher selbst ficken, als dich ranzulassen!« Berkoff erhob sich und lachte Eule ins Gesicht. Dann lachte Rotbart und dann die beiden bärtigen Kämpfer. Eule sah grimmig drein. Er war kurz davor, Berkoff abzuknallen. Aber als Abduh Berkoff auf die Schulter klopfte, ließ er den

Gedanken fallen. Abduh nahm einen Zettel aus der Seitentasche seiner Uniform.

»Euer Text.«

Berkoff nahm den Zettel und las.

Ich heiße David Berkoff. Neben mir ist Jazata Shirvani. Wir sind Gefangene der Ahrar al-Scham, das ist die Islamische Bewegung der freien Männer der Levante. Ich rufe meine Familie und meine Zeitung auf, gegen meine eigentlichen Mörder vorzugehen, die deutsche Regierung. Was uns hier passiert, ist die Folge ihrer mörderischen Handlungen.

Die Kamera war auf dem Stativ befestigt. Einer der Bärtigen schaute durch den Sucher. Er dirigierte Berkoff und Jazata vor eine Wand. Sie mussten sich hinknien. Die Hände wurden hinter ihren Rücken gefesselt. Der zweite Bärtige hielt das Mikro über Berkoffs Kopf. Dann begann die Aufnahme. Sie dauerte ungefähr drei Minuten. Es war wie bei einer Fernsehshow. Die Aufnahme musste dreimal wiederholt werden, weil beim ersten Mal ein Flugzeug zu hören war, das nicht weit entfernt zur Landung ansetzte. Beim zweiten Mal hatte der Kameramann vergessen, die Aufnahme zu starten. Beim dritten Versuch funktionierte es endlich. Am Schluss der Aufnahme hielt der maskierte Abduh ein G36 in die Kamera und deutete damit auf Berkoffs Kopf.

»Ich schwöre bei Allah, dass wir eure Herzen und Lebern fressen, ihr Soldaten des Teufels!«

Die Aufnahme war damit beendet.

»Wir schicken das Video an die deutsche Botschaft in Tel Aviv. Je eher eure Leute bezahlen, umso eher kommt ihr frei. Inschallah.«

Dann wandte Abduh sich an Jazata. »Worüber willst du mit mir sprechen?«

Jazata sah Berkoff an. Sie schien in Gedanken abzuwägen, welche Chancen sie hatte, wenn sie Berkoff verraten würde. Abduh gab Eule und dem Dicken ein Zeichen. Sie packten Berkoff und brachten ihn zurück in den Stall.

48

Sie waren zu dritt angereist. Heidi, Jonas und Marlene. Das Isrotel hatte einen Konferenzraum im Keller zur Verfügung gestellt. Somit konnte Claudia König über die Tiefgarage anreisen und an einer Besprechung teilnehmen, ohne dass jemand etwas davon mitbekam. Die Gefahr war einfach zu groß, dass sie zufällig einem Reporter über den Weg lief. Vor allem weil es keine offizielle Antwort auf die Frage gab, was sie in Tel Aviv zu tun hatte. Die Betonwände waren rau wie ein zugefrorener See. Reste der Holzverschalung klebten daran fest. Jemand hatte mit Tesafilm Poster des israelischen Tourismusministeriums angebracht. Jaffa bei Nacht, Jerusalem bei Tag, das Tote Meer. Der Versuch, dem Raum dadurch etwas Wärme zu geben, glich einem schlechten Witz. Sie saßen zu siebt um den Tisch herum. Claudia König an einem Kopfende, links von ihr ein Mitarbeiter der deutschen Botschaft in Tel Aviv, der sich als Bernd Rosenkranz vorgestellt hatte, rechts von ihr Marlene, Heidi, Jonas. Rana Aschrawi am anderen Kopfende. Sie war nicht größer als einen Meter sechzig, in Jeans und T-Shirt. Neben ihr saß ein Mann, der keinen Namen hatte, aber so offensichtlich vom Mossad war, dass er es auch als Aufschrift auf seinem Hemd hätte tragen können. Sieben Kaffeetassen standen auf sieben Untertellern. Zwei Thermoskannen Kaffee. Eine davon Decaf, wie handgeschrieben auf einem weißen Aufkleber zu lesen war. Drei Packungen Milch. Kuhmilch, Sojamilch, Lactosefrei. Anfangs hatte Heidi Jonas von der Besprechung fernhalten wollen, aber er hatte sich durchgesetzt. Jetzt saß er zwischen seiner Mutter und Marlene eingezwängt, hatte die Arme über der Brust verschränkt. Sein rechtes Bein wippte ununterbrochen vor Aufregung. Doch das nahm er nicht wahr. Der Tisch klapperte, und die Stuhlbeine gaben nach, wenn jemand darauf herumrutschte, als würden sie unter dem Gewicht stöhnen. Claudia König nahm ein Notebook aus ihrer Tasche.

»Wir haben inzwischen ein Video erhalten«, sagte sie so salopp, als würde es sich um einen Werbespot handeln.

»Von Papa?« Jonas nahm die Arme von der Brust. Wie ein Adler streckte er den Kopf nach vorn. Heidi legte die Hand auf seinen Arm. Er zog den Arm weg.

König drehte das Notebook so, dass alle gut sehen konnten. Sie selbst hatte es zusammen mit Rosenkranz ein Dutzend Mal angesehen und nichts entdeckt, das auf die Identität der Geiselnehmer schließen ließ oder den Ort, an dem Berkoff und Shirvani sich befanden. Die ersten Sekunden waren schwarz. Dann erschien eine Wüstenlandschaft und davor eine schwarze Flagge, die unruhig im Wind wehte.

»Das ist die IS-Flagge«, rief Marlene aus.

»Nicht unbedingt«, sagte König. Sie stoppte das Video, sah zu Rosenkranz, der den Blick als Aufforderung verstand.

»Die Flagge des Islamischen Staates ist ein gemeinsames Symbol der meisten islamistischen Terroristen wie Boko Haram in Nigeria, al-Shabaab in Somalia und Kenia, Abu Sajaf auf den Philippinen«, sagte er.

»Was steht darauf?«, fragte Heidi.

»Es gibt keinen Gott außer Allah. Das ist der erste Teil des islamischen Glaubensbekenntnisses. Die weiße Scheibe darunter ist der zweite Teil der Schahada. Mohammed ist der Prophet Allahs. Deswegen ist die Flagge schwarz, weil dadurch die Ankunft des Mahdi symbolisiert wird.«

König ließ das Video weiterlaufen. Als Berkoff und Jazata auftauchten, schlich ein kalter Schrecken durch den Raum. Die Körper waren angespannt. Alle Energie in den Augen und Ohren konzentriert. Der Versuch, das Entsetzen, das wie ein wild gewordener Dobermann losrennen wollte, nicht von der Leine zu lassen. Es in einen fensterlosen Raum einzusperren, wo man das Bellen nur noch leise hören konnte. Als ein Maskierter mit einer Maschinenpistole auftauchte, schrie Heidi. König stoppte das Video.

»Sie verlangen Lösegeld«, sagte König.

»Wie viel?«, fragte Marlene

»Fünfzehn Millionen.«

Ein Raunen wogte durch den Raum.

»Für beide?«

König schüttelte den Kopf. »Für jeden. Das Geld soll auf ein Konto überwiesen werden.«

»Auf ein Konto? Was für ein Konto?«, fragte Heidi.

»Wissen wir noch nicht«, sagte König.

»Ist diese Ahrar al-Scham bekannt?«, fragte Marlene.

»Ja. Aber es gibt 200 Gruppen, die permanent ihre Namen ändern«, antwortete Rosenkranz.

Rana und der Mann, der offensichtlich vom Mossad war, beobachteten stumm die Runde.

»Wie nehmen wir Kontakt zu ihnen auf?«

»Gar nicht«, sagte König.

»Aber wir müssen denen doch das Geld überweisen.« Jonas hob den Kopf weg von dem Standbild, das seinen Vater und die Maschinenpistole an seinem Kopf zeigte.

»Wir wissen nicht, wer diese Gruppe ist, zu wem sie gehört und welche Rolle sie in den Auseinandersetzungen in Syrien spielt. Alles, was wir haben, ist dieses Video, die Forderungen und der Name Ahrar al-Scham.«

»Das heißt, die Bundesregierung wartet ab, bis diese Irren einen Lebenslauf samt Parteiprogramm rüberschicken?« Marlene zündete sich eine Zigarette an. Sie lehnte sich zurück, atmete den warmen Rauch tief in ihre Lungen ein und hielt ihn dort fest.

»Nein. Es heißt, dass wir erstens prüfen, ob die Zahlung von insgesamt dreißig Millionen Dollar auch tatsächlich zur Freilassung der beiden Geiseln führt.«

»Sie heißen David Berkoff und Jazata Shirvani«, sagte Marlene, eingehüllt in eine graue Wolke aus Zigarettenrauch.

»Wie wollen Sie prüfen, ob die Entführer David und diese Frau freilassen?«, fragte Heidi.

»Indem wir geheimdienstliche Informationen abfragen«, antwortete Rosenkranz.

»Was heißt das genau?«

»Das heißt, dass wir geheimdienstliche Informationen abfragen. Sie werden verstehen, dass wir darüber keine detaillierten Auskünfte geben können.«

»Wie lange dauert das?«

»Das kann man zum jetzigen Zeitpunkt noch nicht sagen. Wir müssen die Entscheidung ohnehin dem Bundessicherheitsrat überlassen.«

»Und so lange wollen Sie warten?«

Rosenkranz schwieg, was von allen Anwesenden als Bestätigung verstanden wurde. Er rutschte angespannt auf seinem Stuhl herum. Die Stuhlbeine ächzten wieder. Sein Blick in Richtung König fand kein Ziel.

»Ich kann eine Million auftreiben. Vielleicht auch zwei. Wie viel hast du?« Heidi wandte sich an Marlene links von ihr.

Marlene löschte ihre Zigarette in ihrem Kaffee. »Genug, damit wir David freibekommen.«

»Und was ist mit Shirvani?«, fragte König.

»Die ist nicht unser Problem.«

»Sie ist sehr wohl Ihr Problem, weil wir nicht davon ausgehen können, dass die Geiselnehmer David Berkoff alleine gehen lassen«, sagte König.

»Woher wollen Sie das wissen?«, fragte Heidi.

König schwieg.

»Entweder sie weiß es nicht. Oder sie weiß es, will uns aber nicht sagen, woher. Habe ich recht, Frau König?«, sagte Marlene. »Sie wollen nicht, dass David allein freikommt, weil Sie dann nicht wissen, was aus Jazata Shirvani wird. Und weil sie eine Gefahr für die Bundesregierung darstellt.«

»Was für eine Gefahr?«, fragte Heidi.

Marlene sah König herausfordernd an, als wolle sie ihr die Möglichkeit geben, das Problem zu erklären. Da König schwieg, fuhr Marlene fort.

»Die Bundesregierung hat es für nötig erachtet, in die Auseinandersetzungen im Irak und Syrien einzugreifen. Da es ein Embargo für Waffenlieferungen gibt, hat man sich der Dienste von Gregori Arkadin bedient. Leider ist da einiges schiefgelaufen. Und jetzt liegen 5000 G36-Sturmgewehre, die aus Deutschland angeliefert wurden, auf einem Schiff im Hafen von Latakia und warten darauf, dass irgendjemand sie abholt. Wenn das bekannt wird, bedeutet das einen amtlichen Skandal für die Bundesregierung.«

König starrte auf ihre Hände. Sie hatte sie gefaltet, damit keine Gefahr von ihnen ausging. Die Knöchel leuchteten weiß.

»Da alle am Tisch sich so große Sorgen um David und diese Jazata Shirvani machen, würde ich gerne eine Frage stellen«, sagte Rana.

Rana Aschrawi hatte bisher zugehört und geschwiegen. Sie war aus dem Fokus der Aufmerksamkeit verschwunden, als wäre sie nicht da. Bis sie nun die Stimme erhob.

»Weiß jemand hier, wo mein Mann Nuri ist?«

König sah Rosenkranz an, die Frage in ihrem Blick lautete: *Wieso wissen wir das nicht?*

»Oder interessiert das niemanden, weil er nur ein palästinensischer Israeli ist?«, fuhr Rana fort.

»Wir haben da momentan keine Informationen«, sagte Rosenkranz.

Rana beugte sich zu ihrem Begleiter. Sie flüsterten miteinander. Dann standen sie auf und gingen zur Tür.

»Frau Aschrawi, bitte!« König stand von ihrem Stuhl auf. »Wir sollten hier nicht unkoordiniert vorgehen. Einzelaktionen werden nichts anderes bewirken, als das Leben der Geiseln zu gefährden.«

Rana blieb stehen und drehte sich herum. »Da mein Mann offensichtlich nicht unter den Geiseln ist, sehe ich nicht, wie die gefährdet werden könnten.«

Die Tür, die zur Tiefgarage führte, fiel hart ins Schloss.

Jetzt sprang Jonas auf. Die Bewegung war so heftig und empört, dass der Stuhl nach hinten kippte und krachend auf dem Boden aufschlug.

»Scheiße!«

Heidi griff nach seinem Arm.

»Jonas. Bitte setz dich wieder hin.«

»Nein. Wir sitzen hier nur rum und quatschen. Als ob es niemanden interessiert, dass die Arschlöcher Papa irgendwann erschießen, wenn sie keine Lust mehr haben.«

Er trat gegen ein Tischbein. Die Tassen hüpften von den Tellern. Zwei stürzten um. Rosenkranz suchte in seinen Hosentaschen nach Taschentüchern, um die braune Brühe zu stoppen. Jonas wartete noch einen Augenblick lang, dann stürmte auch er aus dem Raum. Er nahm die zweite Tür, die zu den Aufzügen führte. Seine Mutter lief ihm hinterher.

»Jonas! Warte.«

Jetzt saßen noch König, Marlene und Rosenkranz am Tisch. Und alle drei wussten, dass sie knietief in einem grandiosen Schlamassel steckten. König lächelte Marlene gequält an. Vielleicht hoffte sie, dass Marlene nicht in unüberlegten Aktionismus verfallen würde. Aber dann sah sie in Marlenes Augen, dass die Hoffnung vergeblich war. Es war wie immer.

»Wenn ich noch etwas sagen darf, bevor auch Sie diesen Raum empört verlassen ... Sobald ein Ereignis mit zu vielen unterschiedlichen Interessen beladen wird, endet es meistens in einer Katastrophe.«

»Ich weiß«, sagte Marlene. »Deswegen wäre es gut, wenn Sie Ihre Interessen hintanstellen. Es geht hier um Menschenleben.«

»Es geht ununterbrochen um Menschenleben.«

»Das stimmt. Und deswegen müssen wir auswählen, wer uns nahesteht, und diejenigen schützen.«

Marlene trank ihren Kaffee aus, stand auf und ging.

Rosenkranz schüttelte den Kopf.

»Was machen wir jetzt?«

König verschränkte die Arme über der Brust.

»Wir antworten auf die Mail.«

»Was ist unsere Antwort?«

»Dass die Bundesregierung sich nicht erpressen lässt.«

Es sei denn, sie würde das BMZ noch einmal ins Spiel bringen. Sie würde einen Deal über den Umweg Saudi-Arabien machen, und Pitt müsste dafür sorgen, dass einige der Flugabwehrraketen, die für die Saudis bestimmt waren, an Ahrar al-Scham geliefert wurden. Davon sagte sie Rosenkranz nichts. Sie schickte ihn nach draußen, nahm ihr Handy und wählte über eine sichere Verbindung Pitts Nummer. Sie musste eine Weile warten, bis sich eine Männerstimme meldete.

»Ja?«

Ein Wort, zwei Buchstaben genügten, um ihr zu sagen, dass Pitt betrunken war.

»Wir müssen über Hilfslieferungen für die Rebellen sprechen.«

Pitt schwieg am anderen Ende.

»Hast du verstanden, was ich gesagt habe?«

»Ja. Und du kannst mich am Arsch lecken, König.«

Damit war das Gespräch beendet.

König lehnte sich zurück und lachte so laut, dass Rosenkranz nach einem Augenblick zurückkam und fragte, ob alles in Ordnung sei. König schüttelte den Kopf. In ihrem Büro in Berlin hatte sie gegenüber ihrem Schreibtisch einen Spruch an die Wand gepinnt. *Alles, was du in Ordnung zu bringen versuchst, wird länger dauern und dich mehr kosten, als du dachtest, und am Ende nicht funktionieren.* Und das war noch untertrieben.

49 Jazata war nicht religiös. Zumindest nicht so, wie sie es als Kind gewesen war. Damals hatte sie zu Melek Tausi gebetet und ihm ihre Sorgen und Wünsche anvertraut. Und dann war *Es* passiert. Und sie hatte zum Himmel hinaufgeschaut und denselben Melek Tausi gefragt, wieso er das zugelassen hatte. Aber der Pfau hatte geschwiegen. Von diesem Tag an hatte sie nicht mehr gebetet. Und später konnte sie sich nicht vorstellen, dass sie je wieder jemandem ihre Wünsche anvertrauen würde, der so wankelmütig und selbstherrlich war. Da hatte sie beschlossen, ihr eigener Gott zu werden und ihre Wünsche ausschließlich sich selbst anzuvertrauen. Die Chance, dass sie in Erfüllung gehen würden, wurde dadurch größer. Aber das galt nur bis zu dem Moment, in dem Rashid Abduh die Antwort auf seine Forderungen erhalten hatte. *Die Bundesregierung lässt sich nicht erpressen.* Jetzt betete Jazata zu Melek Tausi, dass Eule, Rotbart und der Dicke aufhören würden, Berkoff zu verprügeln. Sie schlugen mit ihren Gewehren auf ihn ein, traten ihm in den Bauch, in den Rücken, gegen den Kopf. Rashid Abduh schaute der Prügelei zu, als würde es sich um eine Filmszene handeln. Er gab den beiden Bärtigen an der Kamera und dem Mikrofon Anweisungen, wie sie filmen sollten. Sie gingen nah an das Geschehen heran, umrundeten das Ballett der Tritte und Schläge, fingen die Füße der Männer ein.

»Ob die deutsche Regierung wohl immer noch glaubt, dass sie sich nicht erpressen lässt, wenn sie das Video gesehen hat?«, fragte Abduh. Er sah Jazata an und breitete die Arme aus.

Berkoff blutete aus Mund und Nase. Anfangs hatte er noch versucht, sich vor den Schlägen und den Tritten zu schützen. Hatte die Arme und Hände abwechselnd über den Kopf und vor den Bauch gehalten. Jetzt lag er da und wehrte sich nicht mehr. Rashid brüllte einen Befehl, und die drei Männer beendeten ihren Rausch. Sie atmeten schwer, erschöpft und glücklich. Berkoff bekam noch einen letzten Tritt zwischen die Beine. Dann zogen sich die drei in das Haus zurück. Jazata kniete neben Berkoff. Ihre Hand auf seiner Schulter. *Sein Gesicht erinnert an das Gemälde von Francis Bacon, das Gregori vor einem halben Jahr ersteigert hat,* dachte sie. Blau, Rot und Orange lieferten ein prächtiges Farbenspiel. Schwellungen waren dort, wo sie nicht sein sollten. Die Augen waren geschlossen. Sie schraubte die Wasserflasche auf, hielt sie ihm an den Mund, ließ das Wasser laufen. Berkoff trank einen Schluck, dann verschloss er die Lippen. Das Wasser wusch ein wenig von Berkoffs Blut aus dem Sand.

»Los, in den Stall.«

Rashid Abduh stellte sich neben Berkoff, gab ihm einen leichten Tritt gegen den rechten Oberschenkel.

»Hör auf!« Jazata schrie ihn an. Ihr Blick ließ ihn einen Moment lang zurückschrecken. Sie beugte sich zu Berkoff hinunter, flüsterte.

»Kannst du aufstehen?«

»Scheiße.«

»Komm, ich helf dir.«

Sie nahm Berkoffs linken Arm. Er schrie auf. Sie ließ ihn los.

»Ist was gebrochen?«

»Woher soll ich das wissen?«

Sie hielt die Wasserflasche an seinen Mund. Er trank. Dann ließ er sich auf den Rücken fallen. Stöhnte unter den Schmerzen.

»Los, ab in den Stall«, sagte Abduh.

Jazata packte Berkoff an den Schultern und richtete ihn auf, bis er in eine sitzende Position kam. Berkoff atmete flach.

»Steh auf.«

Sie griff von hinten unter seine Achseln und versuchte ihn hochzuheben. Er war zu schwer.

»Du musst mir schon helfen«, sagte sie zu Abduh.

Abduh grinste und schüttelte den Kopf. Er beugte sich zu Berkoff hinunter.

»Ihr Deutschen wart mal ein stolzes Volk. Als Hitler euch angeführt hat. Jetzt seid ihr nur noch ein Haufen verweichlichter Schwanzlutscher.«

Berkoff spuckte das Blut aus, biss die Zähne zusammen. Mühsam schob er zuerst den rechten Fuß unter seine Hüfte, dann den linken. Bis er zum Stehen kam. Jazata nahm seinen rechten Arm, der von den Tritten und Schlägen verschont geblieben war, und legte ihn über ihre Schultern. Berkoff setzte langsam einen Fuß vor den anderen, zuckte bei jedem Schritt zusammen, wenn sich irgendwo in seinem Körper ein Schmerz meldete, den er noch nicht kannte.

»Irgendwas muss an mir dran sein, das den Leuten so viel Spaß macht, mich zu verprügeln.«

»Du siehst zu gut aus. Das ertragen sie nicht. Es ist purer Neid. Sie wollen, dass du so aussiehst wie sie.«

Sie lächelten beide. Jazata schleppte ihn in den Stall und legte ihn auf die Matratze. Die Tür wurde hart zugeworfen. Die Kette rasselte, der Schlüssel drehte sich quietschend im Schloss. Jazata setzte sich auf den Boden neben der Matratze.

»Das war's dann«, sagte sie.

»Was meinst du?«

»Sie werden uns raus in die Wüste fahren und abknallen.«

»Kann sein.«

»Kann sein? Was glaubst du, was sie sonst mit uns machen?«

»Egal, was es ist, Wüste und abknallen wird noch das Beste für uns sein«, sagte Berkoff.

»Du hast gedacht, sie werden zahlen.«

Berkoff sah Jazata an.

»Ja, habe ich«, sagte er.

Berkoff drehte sich ächzend zur Wand hin. Es schien, als würde er aufgeben. Jazata lehnte den Kopf an die Mauer. Betrachtete ihre Hände. Sechs Fingernägel waren abgebrochen, unter den restlichen vier sammelte sich Schmutz. *Meine Hände sehen alt aus,* dachte sie. Die Arbeit auf dem Feld tauchte aus dem Buch ihrer Erinnerungen auf. Tomaten, für die sie nicht genug Wasser hatten. Bohnen. Zwiebeln. Sie und Anais, wie sie sich kleine Kürbisse unter die Hemden steckten und so taten, als hätten sie Brüste. Jazata schloss die Augen.

Ich habe dir nie erzählt, wie ich fliehen konnte, weil ich so voll Scham war und Wut auf mich und Angst, du könntest mir nicht verzeihen. Doch jetzt, wo ich so nahe daran bin, meine Schuld für immer abzuwaschen, will ich dir beschreiben, wie viele gute Menschen es gab, die mich gerettet haben. Wie du weißt, bin ich mit Nadia in die Berge hinaufgerannt. Wir waren zehn, und es wurden immer mehr Frauen. Wir trugen die Kleinsten auf den Rücken, hielten in den Händen die Taschen mit dem, was wir zu essen und zu trinken tragen konnten. Immer höher hinauf. Tag um Tag in sengender Hitze. Nachts war es so kalt, dass wir uns aneinanderschmiegten, um uns gegenseitig zu wärmen. Wer außen saß, durfte nach einer Stunde in die Mitte. Dazwischen hielten wir die Kinder. Bis die ersten von ihnen starben. Jeden Tag eines. Dann zwei, drei. In der Hitze und der Kälte. Ohne essen und ohne Wasser. Als würden wir die Letzten sein, die von unserem Volk übrig blieben. Und niemand kam, uns zu holen, uns zu retten. Was sollten wir tun? Ein paar Frauen sagten, ich sollte zurückgehen. Ich sei jung und stark, sagten sie. Ich sollte Hilfe holen. Ich gehorchte. Ich ging den ganzen Weg zurück. Aber wo konnte ich Hilfe finden? In dieser Wüste, in der der Islamische Staat das Leben in Steine verwandelte.

Ich lief am Rand der Straße, ein schwarzer Geist, dem Tode näher als dem Leben. Bis ich die Staubwolke sah und wusste, dass mittendrin ein Pick-up fuhr. Ein Pick-up wie die, mit denen die Mörder in unser Dorf gekommen waren.

»Wo ist der Draht?«

Jazata erschrak, weil Berkoff mit der rechten Hand unter der Matratze wühlte, als würde er ein Insekt fangen wollen, das ihn piesackte.

»Wo ist der Draht!«

»Welcher Draht?«

»Der Draht! Für das Schloss.«

Jazata erinnerte sich. Vor ein paar Tagen hatte er ein Stück eines Drahtkleiderbügels im Müll entdeckt. Oder war es gestern gewesen? Vorgestern? Sie hatte sich gewundert, wie der Draht hierhergekommen war.

»Vielleicht hast du ihn woanders hingelegt«, sagte sie.

Er kroch stöhnend auf allen vieren über den Betonboden, wühlte im stinkenden Müll, suchte in jeder Ritze, jedem Spalt, als würde sein Leben von dem Draht abhängen. Und vielleicht war es auch genau so. Plötzlich hielt Berkoff inne. Er hatte den Draht gefunden. In einer Fuge am Fuß der Mauer. Gerade noch rechtzeitig, bevor es so dunkel wurde, dass man nichts mehr sehen konnte. Stolz hielt er ihn in die Höhe.

»Ich hab's gewusst.«

Er kroch zurück zur Matratze, betrachtete den Draht wie ein Versprechen. Küsste ihn. Als sei nichts in seinem Leben so wichtig und wertvoll wie dieses Stück Metall. Er saß und hielt den Draht. Hielt ihn fest. Die Nacht war mondlos. Bald schliefen sie ein. Jazata träumte von Anais, sah ihre Schwester auf dem Feld lachend und winkend. Bis unfreundliche Stimmen zu hören waren. Die passten nicht in den Traum, denn Anais lachte weiter. Als Jazata wissen wollte, wie das zusammenging, und die Augen öffnete, stand Berkoff an der Tür, spähte durch den Spalt nach draußen. Seine Schultern hingen tief. Die Arme welk neben dem Körper.

»Er fährt weg«, sagte er.

Es war keine Schwäche, sondern eine eigenartige Spannung, die aus der Körpermitte kam.

»Abduh und die zwei Typen.«

Das Tor wurde geöffnet. Langes lautes Quietschen wie ein Schrei. Dann waren Autotüren zu hören. Sie wurden hart zugeschlagen. Ein Motor startete. Das Geräusch entfernte sich.

»Er schließt das Tor«, sagte Berkoff, als würde er die Stufen eines Planes abhaken. »Er geht ins Haus.«

Als er ihn nicht mehr sehen konnte, ging Berkoff zurück zur Matratze und setzte sich. Obwohl er schwer malträtiert worden war, hatte eine merkwürdig stille Energie von ihm Besitz ergriffen.

»Sie werden zahlen«, sagte er.

Die Lampe im Hof flackerte und erlosch. Der letzte Lichtstrahl verließ den Stall. Jazatas Hand tastete über die Matratze, bis sie Berkoffs Hand erreichte.

»Was machst du, wenn du deine Schwester gefunden hast?«, fragte er.

»Wir werden sehen.«

»Die Chancen sind sehr gering, dass du irgendwas sehen wirst außer der Tür einer Gefängniszelle.«

»Meinst du? Du kennst Anais nicht.«

Sie konnte es nicht sehen, aber sie spürte, dass Berkoff lächelte. Sie ließ die Hand nicht los.

»Wir gehen hier weg«, sagte er. »Bald.«

Sie töteten uns und ließen uns im Sand liegen. Sie wussten nicht, dass wir Samen waren, sagte Anais.

Jazata lächelte.

50 Alexander Cowan war Physiker. Als Physiker untersuchte er die grundlegenden Phänomene der Natur. Sein Gebiet waren die Wechselwirkungen von Raum und Zeit. Für ihn handelte es sich dabei nicht um universell gültige Ordnungsstrukturen. Er wusste, dass räumliche und zeitliche Abstände von verschiedenen Beobachtern unterschiedlich beurteilt wurden. Vielleicht machte die Relativität der Wahrnehmung es ihm leicht, eine Hypothek auf das Haus aufzunehmen und die Universität um ein Darlehen zu bitten. Als Jonas seinen Stiefvater um 11 Uhr Ortszeit anrief, konnte der ihm 1,5 Millionen Dollar zusagen. Das war viel Geld. Aber es war zu wenig.

Heidi wollte einen Fonds auflösen, in dem 500.000 Euro aus einer Erbschaft lagen. Geld, das eigentlich für Jonas' Ausbildung vorgesehen war. Das waren zusammen zwei Millionen. Marlene hatte mehrmals mit dem Eigentümerkonsortium telefoniert, das die Mehrheit am Verlag besaß. Der Vorstand hatte ihr mitgeteilt, dass man bereit sei, fünf Millionen Euro bereitzustellen, wenn Marlene die Reportage groß aufmachen und die Machenschaften der Bundesregierung bloßstellen würde.

»Wir haben sieben Millionen!« Jonas war enthusiastisch, als sie wieder im Untergeschoss des Isrotel zusammensaßen.

Er, Marlene, Heidi, König und Rosenkranz. Rana Aschrawi und ihr Begleiter fehlten.

»Wo ist Rana?«, fragte Jonas.

»Sie wird nicht kommen«, sagte König.

»Warum nicht?«

»Das weiß ich nicht. Ich habe sie über das Treffen informiert, aber sie sagte, sie habe keine Zeit.«

»Keine Zeit?«, fragte Marlene erstaunt.

Sie sah König und Rosenkranz skeptisch an. Das konnte nicht der wahre Grund sein. Irgendwas lief da im Hintergrund.

»Die Bundesregierung muss den Rest drauflegen«, sagte Heidi.

»Das wird sie«, sagte König.

»Wann?«

»Der Sicherheitsrat tagt morgen wieder. Ich werde weitergeben, dass Sie bereit sind, sieben Millionen von der Lösegeldsumme zu übernehmen.«

»Das klingt nicht nach einer Zusage«, sagte Heidi. »Wollen Sie wissen, wie das für mich klingt?«

»Ich verstehe Ihre Aufregung, und ich verstehe Ihre Ungeduld …«

»Nein, das verstehen Sie nicht.«

»Uns liegt das Leben von David Berkoff genauso am Herzen wie Ihnen. Aber wir müssen sichergehen, dass es nach der Zahlung auch wirklich zur Freilassung kommt. Wir wissen immer noch nicht, um wen es sich bei dieser Gruppe handelt. Da sprießen jeden Tage neue Terrorbanden aus dem Boden, die nichts anderes wollen, als mit Entführungen Geld zu verdienen.«

»Es ist Ihnen doch klar, dass wir auch darüber berichten«, sagte Marlene.

»Was wollen Sie berichten? Dass der Sicherheitsrat die Lage genau prüft, bevor wir irgendetwas unternehmen, das das Leben der Geiseln gefährden könnte?«, sagte König.

»Nein. Wir werden darüber berichten, dass die Bundesregierung kein Interesse daran hat, dass David Berkoff und Nadja Arkadina freikommen.«

König lehnte sich zurück. Kleine rote Flecken an ihrem Hals signalisierten, dass der Stress das Level überschritt, an dem sie sich noch unter Kontrolle hatte.

»Tun Sie das. Und warten Sie einfach ab, was dann passiert. Vielleicht lesen ja auch die Entführer diese Schlagzeile und machen sich ihre Gedanken.«

»Darf ich auch mal was sagen?« Jonas meldete sich, als säße er in einem Klassenzimmer in der hintersten Reihe.

»Natürlich«, sagte König.
»Haben Sie *Homeland* gesehen?«
»Was ist das?«
»Eine Fernsehserie.«
»Ich bin ein *Tatort* Fan.«
König lächelte. Der Versuch, ein wenig Anspannung aus der Situation zu lassen.
»Die bringen Leute einfach so um.«
»Das ist uns bewusst«, sagte Rosenkranz.
»Wissen Sie, was mit den amerikanischen Reportern passiert ist? Ich weiß nicht mehr, wie die hießen.«
»James Foley und Steven Sotloff«, sagte König.
»Die vom IS haben denen die Köpfe abgeschnitten.« Seine Stimme überschlug sich, stolperte, kam seiner Angst nicht hinterher. »Wenn Sie nichts unternehmen, wird das mit meinem Vater auch passieren.«
Er gab sich Mühe, die Tränen zurückzuhalten, als wollte er nicht der Einzige sein, der seinen Gefühlen nachgab.
»Natürlich nicht ...«
»Die wollen ihn umbringen.«
Er gab sich redlich Mühe, aber es nützte nichts.
»Verstehen Sie das nicht?«
Jeder im Raum verstand es. Weil es die Wahrheit war. Und weil die Wahrheit überwältigend war. Und trotzdem war die Wahrheit in diesem Fall nichts wert.
»Wir verstehen das. Und wir tun, was wir können. Aber ich bin mir auch ziemlich sicher, dass die deinem Vater nichts antun werden«, sagte König. Sie spürte Rosenkranz' rechte Hand auf ihrem Unterarm. Er hielt ihr sein Handy hin. König nahm das Handy, starrte auf das Display.
»Was ist?«, fragte Heidi.
Rosenkranz antwortete nicht.
»Hallo? Was schauen Sie da an?«, fragte sie noch einmal.
Es war eine winzige Reaktion in seinen Mundwinkeln,

die er nicht unter Kontrolle hatte und die Verachtung bedeutete. Heidi, Marlene und Jonas verstanden es unbewusst sofort. Heidi stand auf, ging um den Tisch herum. Bevor sie König erreichte, legte die das Handy auf den Tisch. Auf dem Display war das zweite Video der Geiselnehmer zu sehen. Jetzt sprang der Ton an, und man konnte hören, wie Berkoff unter den Schlägen und Tritten ächzte. Dann erschien eine Schrift. *You have three more days.*

Drei Tage. Zweiundsiebzig Stunden. Jemand vom Hotel kam herein und fragte, ob noch etwas gewünscht werde.

51

Jazata vorne und Berkoff hinter ihr, die Beine verschränkt, lagen sie wie zwei Gabeln in einer Schublade.

»Woran denkst du?«, fragte Jazata.

»An Jonas.«

»Wo ist er?«

»Zuletzt war er in Tel Aviv.«

»Er lebt in Tel Aviv?«

»Nein, ich hab ihn mit nach Israel genommen, wir wollten uns ein paar schöne Tage machen. Er lebt normalerweise bei seiner Mutter in Chicago. Und wahrscheinlich dreht er gerade durch, weil er nicht weiß, wo ich bin.«

»Er lebt bei seiner Mutter?«

»Ich bin ein schlechter Vater.«

»Nein, du bist ein feiger Vater. Wenn der Vater sich verweigert, orientieren die Jungs sich an Mama und arbeiten sich an ihr ab. Es findet keine Initiation statt. Sie werden keine Männer. Sie werden gestörte Monster. Schau in den Hof, und du erhältst jeden Tag eine Vorführung. Grundkurs Soziobiologie. Dass dein Sohn alleine zurechtkommen muss, ist gut. Und du kannst nur hoffen, dass deine Weiber ihn nicht wie ein Baby in die Arme nehmen.«

Interessant. So hatte Berkoff es noch nicht gesehen. Bevor er sich verteidigen konnte, wurde die Tür geöffnet, und Eule brachte zwei Fladenbrote und eine Schüssel Joghurt in den Stall. Dazu eine Zwiebel, Tomaten, zwei kleine Wasserflaschen. Berkoff beobachtete still, wie Eule die Lebensmittel auf den Boden legte, in die Hocke ging und Jazata betrachtete. Nach einer Weile öffnete sie die Augen, sah Eule regungslos an. Er lächelte. Jazata lächelte ebenfalls. Dann löste sie ihren Arm unter Berkoffs Arm und schob den Kaftan ein Stück zur Seite, sodass ihre rechte Brust zu sehen war. Das Lächeln in Eules Gesicht verschwand. Er starrte die Brust an.

»Do you like it? Do you want to touch it again?«

Eule senkte den Blick wie ein Kind, das bei einer Lüge erwischt wurde. Jazata streckte die Hand aus.

»Was machst du?« Berkoff hinter ihr lag unbeweglich. Er war verblüfft. Warum tat sie das? Und warum blieb sie so ruhig dabei?

»In der Biologie nennt man es anfüttern.«

Anfüttern. Er sah Eules Blick, der auf die Brust fixiert war, als gäbe es nichts anderes mehr in der Welt.

»Warum?«

»Weil er mich dann vielleicht am Leben lässt.«

Eule starrte Jazatas Hand an. Langsam näherte sich seine Hand der ihren.

»Wieso liegen wir so?«, fragte Berkoff.

»Du hattest Schüttelfrost. Weißt du nicht mehr?«

Berkoff konnte sich nicht erinnern.

Als Jazata Eules Hand zu fassen bekam, zog sie ihn zu sich heran. Legte seine Hand auf ihre Brust.

»Er hat Angst«, sagte Jazata.

Eule starrte auf seine Hand, die nun vorsichtig die Brust umfasste.

»Vielleicht denkt er, dass eine Schlange aus deiner Brust herausspringt und ihn verschlingt.«

»Im Koran spielt die Schlange keine Rolle«, sagte Jazata. Sie lächelte Eule an. »You like it?«

Eule nickte, ohne sie anzusehen.

»Du willst mehr haben, was?«

Eule sah sie irritiert an. Er verstand nicht, was sie sagte, aber da sie lächelte und das, was sie sagte, freundlich klang, lächelte auch er.

»Du willst meine Muschi sehen, oder? Aber das kannst du vergessen, du mieses Stück Dreck.«

Ihr Lächeln war breit und geheuchelt. Aber Eule sah sie ohnehin nicht an. Er tastete nach der anderen Brust. Atmete erregt. Fasste sie hart an. Wollte mehr.

»No.«

Jazata schlug ihm auf die Finger. Eule erschrak.

»No!«

Er sah seine Hand an, dann Jazata. Für einen winzigen Moment flammte Zorn auf. Jazata sah ihn streng an.

»If you want more, you have to do something for me.«

Eule sprang auf. Er schien nicht zu verstehen, was Jazata von ihm wollte.

»Do you know who I am? I am Iblis. And you know, the one who kills Iblis becomes Iblis.«

Iblis! Der Schreck stand ihm ins Gesicht geschrieben. Er wischte die Hand an seiner Pluderhose ab und rannte aus dem Stall. Die Tür blieb offen stehen. Bis er nach einer Weile zurückkam, um die Kette und das Schloss wieder anzubringen.

»Das hat ja richtig gut hingehauen. Ich hab eine bessere Idee.« Jazata drehte sich zu Berkoff herum. »Nicht weit entfernt ist ein Flughafen«, sagte er.

»Woher weißt du das?«

»Die erste Aufnahme. Abduh hat sie abgebrochen. Weil irgendwo wieder ein Flugzeug gelandet ist.«

»Du willst zum Flughafen?«

»Ich glaube, es ist Latakia. Da sind die Russen.«

»Und du denkst, die werden uns helfen? Ich glaube eher, die werden uns umbringen.«

»Sie werden uns eine Weile einbuchten. Aber sie werden uns nicht umbringen.«

Jazata ging zur Tür, sah durch den Spalt nach draußen. Ihre Bewacher saßen um einen kleinen Tisch herum, rauchten eine Shisha und stritten.

»Und wie kommen wir hier raus?«, fragte sie, ohne sich umzudrehen. »Ich meine, nachdem du mit deinem Zauberdraht das Schloss aufgemacht hast, ohne dass einer von diesen Wichsern was merkt.«

»Wir warten, bis es Nacht wird und Eule Wache schiebt. Du lockst ihn hier rein. Seine Pistole steckt hinten in der Hose. Ich nehme ihm die Pistole ab, und dann wird er uns hier rausbringen.«

»Das ist die blödeste Idee, die ich je gehört habe.«

Wenn Eule und seine beiden Trottel sie erwischen würden, gäbe es keine Chance mehr, lebend nach Hause zu kommen. Jazata drehte sich wieder zur Tür hin. Sie hatte ein mulmiges Gefühl. Selbst wenn sie an die Worte ihrer alten Balletttrainerin dachte, ging das Gefühl nicht weg. Sie hatte gesagt: *Leiden ist kein Verdienst; das Lamm, das sich fressen lässt, stärkt die Ordnung der Wölfe.*

Von der Straße her war ungeduldiges Hupen zu hören. Jemand bellte ein paar Worte. Sofort brach im Hof Unruhe aus. Jazata sah durch den Spalt, wie Eule und Rotbart zum Tor liefen.

»Was ist?«, fragte Berkoff.

»Wir kriegen wieder Besuch.«

Das Tor wurde geöffnet. Rashid Abduh kam in den Hof. Er schien aufgeregt zu sein. Befahl Eule, die Tür zum Stall zu öffnen. Jazata trat zurück, stellte sich neben Berkoff, der immer noch auf der Matratze saß.

»Mitkommen«, bellte er.

»Wohin?«, fragte Jazata.

Abduh nahm ihre Hand und führte sie nach draußen.

»Werden Sie uns umbringen?«

Rashid Abduh grinste sie an.

»Warum macht ihr im Westen euch so viele Gedanken ums Sterben? Das wahre Leben beginnt doch ohnehin erst nach dem Tod.«

52

Der Tipping-Point war erreicht. Der Moment, an dem eine Entwicklung die Richtung wechselt oder stark beschleunigt wird. Dieser Moment war gekommen, als sie das letzte Video gesehen hatten. Es hatte sie erschüttert und in Panik versetzt. Wenn die so mit Berkoff umgehen, um die Ernsthaftigkeit ihrer Forderungen zu beweisen, was werden die erst tun, wenn nach drei Tagen immer noch nichts passiert war? Marlene, Heidi und Jonas saßen in Marlenes Hotelzimmer. Eine Uhr an der Wand über dem Fernseher teilte die Stunden in Minuten und die Minuten in Sekunden. Tick, tick, tick. Da König sich geweigert hatte, die Telefonnummer herauszugeben, unter der die Entführer von Berkoff und Jazata erreicht werden konnten, hatten sie einen anderen Weg gefunden, um Kontakt aufzunehmen.

»Wieso ruft sie nicht zurück?« Heidi kam vom Balkon zurück ins Zimmer, nahm Marlenes Handy, bewegte es, bis das Display aufleuchtete.

»Sie wird zurückrufen«, sagte Marlene.

»Und wann? Wir haben noch nicht mal mehr sechsunddreißig Stunden.«

»Sie wird zurückrufen.«

Marlene saß auf dem Sofa. Atmete tief ein und wieder aus. Seit zwei Tagen hatte sie Phantomschmerzen. Dort, wo sie bis vor Kurzem noch zwei Brüste besessen hatte. Sie schlug die Arme übereinander und übte einen leichten

Druck aus. Die Schmerzen ließen nach. Vor drei Stunden hatte sie ihre Kollegin Nazik Al-Budair angerufen und sie gebeten, ihr zu helfen. Auf irgendeine Weise mussten sie an König vorbei Kontakt zu den Entführern aufnehmen. Nazik war eine Zeit lang Nachrichtensprecherin bei Al Jazeera gewesen, hatte gekündigt, nachdem Katar den Sender auf Linie gebracht hatte. Doch Nazik hatte immer noch Kontakt zu einigen Redakteuren bis hin zum CvD. Sie würde sich melden. Sie musste sich melden. Verdammt.

»Die haben die Telefonnummer nicht«, sagte Jonas. Es war grotesk. Um seine Angst, seine Ungeduld, sein schlechtes Gewissen zu bändigen, hatte er seine X-Box an den Fernseher angeschlossen und spielte wütend GTA. Den Ton hatte er abstellen müssen, weil Heidi den Lärm der rasenden Autos nicht ertragen konnte.

»Aber Al Jazeera hat eine Mailadresse.«

Nach dem zweiten Video hatten sie noch eine Nachricht erhalten, in der es hieß, der Übergabeort werde in Latakia sein.

»Und du glaubst, dass die Entführer irgendwo vor ihrem Computer sitzen und drauf warten, dass ihnen jemand antwortet?«, fragte Heidi.

»Das weiß ich nicht. Aber es ist zumindest einen Versuch wert«, antwortete Marlene.

»Die ruft nicht an«, sagte Jonas. Seine Stimme wurde immer dünner, während die Finger hektisch über den Controller der X-Box flogen und jedem, der es sehen wollte, seine Panik zeigten.

»Kannst du mal aufhören, dauernd so negativ zu sein.« Heidi musste an sich halten, um ihren Sohn nicht anzuschreien.

»Wieso? Ist doch so. Wir sitzen hier und warten, und nichts passiert.«

»Nazik wird sich melden. Und dann wissen wir mehr«, sagte Marlene. Sie war ruhig. Schöpfte aus dem See ihrer jahrelangen Erfahrungen als Hüterin eines aufgeregten Hühnerstalls von Reportern. »Panisch werden wir erst, wenn alle Optionen gescheitert sind.«

»Von mir aus.« Jonas bewegte den Oberkörper hin und her, während er die virtuellen Rennwagen durch die ebenso virtuellen Straßen hetzte. Er sah kurz zu seiner Mutter hin, die in der Tür zum Balkon stand. Sie war aufgewühlt. Das war deutlich zu sehen. Jonas schaute sie eine Weile an. Dann stellte er den Lautsprecher an. Das Brüllen von Motoren, Kreischen von Bremsen, Krachen der Autos, die sich auf dem Bildschirm überschlugen und sich ineinander verkeilten. Der Raum war erfüllt von Aggression.

»Mach es aus!«

Heidi lief zu ihrem Sohn, riss ihm den Controller aus der Hand, riss das Kabel aus dem Fernseher. Augenblicklich war es still. Jonas schien darauf zu warten, dass sie ihn schlug. Was sie nicht tat. Weil sie verstand, dass er nur einen Unterschlupf für seine Angst und seine Verzweiflung gesucht hatte. Einen Augenblick lang schwang eine schmerzhaft schöne Ruhe in dem Zimmer. Bis das Handy klingelte. Einmal nur. Und dann war Marlenes Hand wie die Zunge eines Chamäleons. So schnell, dass man kaum sehen konnte, wie das Handy an ihr Ohr gelangt war.

»Hallo?«

Marlene sah zu Heidi und Jonas hin. Sie nickte, um zu zeigen, dass Nazik am Telefon war.

»Ja, einen Moment«, sagte Marlene. Sie deutete zu dem Notizblock und dem Bleistift auf dem Schreibtisch. Heidi reichte beides. Marlene schrieb.

»Okay, hab ich. Danke, Nazik. Ich ruf dich wieder an.« Marlene beendete das Gespräch. »Die Entführer wollen, dass wir Kontakt aufnehmen.«

»Hat Nazik das gesagt?«, fragte Heidi.

»Sie haben es offensichtlich eilig.«

»Aber es sind doch noch knapp eineinhalb Tage.«

»Ich wiederhole nur das, was Nazik gesagt hat.«
»Hat sie mit den Entführern gesprochen?«
»Nein. Aber wir sollen diese Nummer anrufen.«
Marlene deutete auf den Notizblock.
»Worauf wartest du?«
»Nicht jetzt. Erst wenn es dunkel ist.«
»Okay. Immerhin etwas.«
Heidi setzte sich in einen Sessel. Erst jetzt sah sie, dass Jonas weinte.

53

Sie saßen im Nachrichtenraum der deutschen Botschaft. König und Rosenkranz an einem Besprechungstisch, ein Mann Anfang dreißig mit langem Bart vor mehreren Computerbildschirmen, auf denen Satellitenbilder der Region eingespielt wurden. Der Bärtige hatte vor wenigen Minuten eine kurze Nachricht über eine gesicherte Verbindung empfangen. Eine Warnung, die König an eine Verschwörung des Schicksals glauben ließ. Sie kam von Rana Aschrawi. Die israelische Regierung würde in vierundzwanzig Stunden eine Stellung der Hisbollah in Syrien angreifen. Wo das war und wann es geschehen sollte, wurde nicht mitgeteilt.

»Damit ist klar, wer der Kerl an Rana Aschrawis Seite war«, sagte König.

»Mossad«, sagte Rosenkranz.

»Natürlich Mossad. Und Nuri Aschrawi ist tot.«

»Das wissen wir nicht«, sagte der Bärtige.

»Doch, das wissen wir«, antwortete König. »Es gibt sonst keinen Grund, warum wir diese Nachricht erhalten haben. Die gehen nicht gegen die Hisbollah vor, das ist nur der Vorwand. Es geht gegen die Leute, die Aschrawi umgebracht haben. Weil Aschrawi zum Mossad gehört hat. Und seine Frau Rana auch. Und der Mossad sagt uns jetzt, dass wir uns entweder beeilen oder die Finger von der Sache lassen sollen.«

»Was sagt Berlin?«, fragte Rosenkranz.

»Nichts. Der Sicherheitsrat tagt erst übermorgen, weil zurzeit Wahlkampf ist und sie es für wichtiger halten, den Leuten irgendwelche Märchen von einem besseren Leben zu erzählen.«

»Übermorgen ist zu spät.«

»Erzählen Sie mir etwas, das ich noch nicht weiß. Mit hundertprozentiger Sicherheit ist es übermorgen zu spät. Kennen Sie Murphy's Gesetz?«, fragte König.

»Sie meinen, dass alles, was schiefgehen kann, auch schiefgehen wird«, sagte der Bärtige.

»Ungefähr. Eigentlich lautet es so: Wenn es mehrere Möglichkeiten gibt, eine Aufgabe zu erledigen, und eine davon in einer Katastrophe endet oder sonst unerwünschte Konsequenzen nach sich zieht, dann wird es jemand genau so machen.«

König stand auf, ging umher und setzte sich sinnlos auf einen anderen Stuhl. Sie stützte die Arme auf den Lehnen ab, das Kinn auf die zu Fäusten geballten Hände gelegt. Sie musste eigentlich die Chefin anrufen. Die musste Netanjahu anrufen, und der israelische Regierungschef musste den Angriff stoppen. Aber wenn sie die Chefin anrief, war klar, dass sie mit dem Problem nicht allein fertigwurde. Nicht gerade eine Empfehlung für die erhoffte Beförderung.

»Aus Zimmer 9-0-8 wird eine Nummer in Syrien angerufen«, rief der Bärtige in Königs Gedanken hinein. König stand auf und ging zu ihm. Auf einem der Bildschirme flossen Zahlenreihen über die Landkarte von Syrien.

»Wo genau?«

»Östlich von Latakia.«

»Woher hat Albers die Nummer?«

König starrte die Karte auf dem Bildschirm an. *Die Natur ergreift immer die Partei des versteckten Fehlers.* Dann setzte sie sich in Bewegung, bellte noch ein kurzes *Mitkommen* in Richtung Rosenkranz.

Zwölf Minuten später stand sie vor Zimmer 908 und schlug so fest gegen die Tür, dass ein Zimmermädchen mit ihrem Servicewagen um die nächste Ecke floh. Niemand öffnete.

»Hol das Zimmermädchen her«, befahl König.

Rosenkranz lief los, kam kurz darauf mit der jungen Palästinenserin zurück.

»Open the door.«

»I'm not allowed.«

»It's an emergency.«

»Sorry.« Sie verbeugte sich kurz und verschwand wieder.

König hielt ein Ohr an die Zimmertür. Nichts zu hören.

»Frag nach, ob das Signal immer noch aus dem Hotel kommt.«

Während Rosenkranz telefonierte, ging sie zu einem Fenster am Ende des Flurs, das auf das Meer hinauszeigte. Die Sonne war nur noch eine halbe Kugel. Ein Gruppe Menschen tanzte ausgelassen am Strand. Es sah aus wie eine Hochzeitsfeier. Es war eine Hochzeitsfeier. Ein Dutzend Männer bewegte sich im Kreis um die Braut in Weiß. Der Wind fegte Fetzen der Musik heran, warf sie gegen die Fensterscheibe. *Ich muss eine Therapie machen. Ich muss eine Therapie machen.*

»Edward sagt, das Signal kommt immer noch aus dem Hotel.«

»Das heißt, sie telefonieren gerade?«

»Ja.«

»Von wo aus?«

»Von hier.«

»Natürlich von hier. Welches Zimmer?«

»Das kann er nicht sehen.«

»Das kann er nicht sehen? Das kann er nicht sehen? Wieso geben wir Millionen von Euro dafür aus, dass wir die

Israelis ausspionieren können, wenn wir nicht wissen, von wo aus jemand telefoniert?«

»Die Israelis stören das Man-Tracking.«

»Ich brauche die Zimmernummern von dem Jungen und seiner Mutter.«

König ging zum Aufzug, drückte auf den Rufknopf. »Jetzt!«

Rosenkranz zuckte zusammen. Er nahm sein Handy. »Hast du die Zimmernummer von Jonas Berkoff und Heidi Cowan?« Er wartete einen Moment. Der Aufzug hielt, die Tür öffnete sich.

»Okay. Danke.« Rosenkranz steckte das Handy in die Hosentasche. »Jonas Berkoff ist in 913 und Heidi Cowan in 606.«

54

Sie fuhren seit drei Stunden durch die Gegend. Hielten an und fuhren weiter. Anfangs mit verbundenen Augen, sodass sie die Landschaft nicht sehen, aber riechen konnten. Später wurden ihnen die Masken abgenommen, und sie sahen, dass sie in der Nähe eines Sees anhielten. Rashid Abduh sprang aus dem Toyota und telefonierte. Deswegen die Fahrt und die Stopps. Er wollte offensichtlich nicht, dass das Versteck geortet werden konnte. Er lief umher, fuchtelte mit den Armen wie ein Dirigent, der mit dem Orchester unzufrieden ist. Anfangs leise und ruhig, dann immer lauter und aufgeregter. Entfernte sich vom Toyota, bis man ihn kaum noch sehen konnte. Eule am Steuer wurde nervös. Er sagte etwas zu den beiden anderen, die auf der Bank hinter Berkoff und Jazata saßen. Es hörte sich besorgt an. Die beiden antworteten nicht. Nach zehn Minuten kam Abduh wütend zurück. Das Gespräch war offensichtlich nicht zu seiner Zufriedenheit verlaufen. Er saß mürrisch auf dem Beifahrersitz. Eule fuhr wieder wie ein Geisteskranker, und Abduh trieb ihn permanent an, schneller zu fahren. Als Jazata wissen wollte, wohin sie fahren würden, sagte er nur, dass er sie und Berkoff umbringen werde, wenn das Lösegeld nicht gezahlt würde. Jazata sah Berkoff an und lächelte bitter. Sie fuhren an Trümmern vorbei, die früher einmal Häuser gewesen waren, in denen Menschen gewohnt hatten, Frauen, Männer, Kinder. Mit Träumen und Hoffnungen und Sehnsüchten. Wer sich konzentrierte, konnte das Echo des Lachens hören, das längst verklungen war. Gleich daneben ein ausgebrannter Panzer. Ein paar Toyotas standen in der Gegend herum, von Bomben zerstört und von ihren Besitzern verlassen. Hier und da Leichen. Immer mehr Leichen.

Sie fuhren endlos. Kreuz und quer. Bis ein Handy klingelte. Abduh befahl anzuhalten. Stieg aus, hielt das Handy ans Ohr. Schrie, lief umher, drehte sich im Kreis. Offensichtlich war die Verbindung zu schlecht. Sie fuhren weiter bis zu einer Anhöhe. Hier schien die Verbindung besser zu sein. Sie stoppten, Abduh kletterte auf die Motorhaube.

»How much money?«, brüllte er.

*

Marlene stand inmitten des Zimmers 606. Heidi und Jonas neben ihr. Das Handy war auf Lautsprecher gestellt.

»Seven Million.«

»Seven Million?«, wiederholte Abduh. »No, thirty Million. Thirty. Fifteen for the man und fifteen for the girl.«

»Seven. That's all we have«, sagte Marlene.

»That is not enough.« Seine Stimme überschlug sich und krächzte aus dem kleinen Lautsprecher.

»German government doesn't pay. They discuss«, sagte Marlene.

»Ten«, brüllte er.«

»No, no, no. Seven. We don't have more. You get seven now. Or you wait one month or two or half a year.«

»Sag ihm, wir wollen mit David sprechen. Wir müssen wissen, dass es ihm gut geht«, sagte Heidi.

»We want to speak with David.«

Keine Antwort.

»Hallo?«

*

Abduh kletterte von der Motorhaube herunter. Er deutete auf Berkoff. Befahl ihn aus dem Wagen.

»Was ist? Mit wem telefoniert er?«, fragte Jazata.

»Wahrscheinlich mit jemandem von der Bundesregierung«, sagte Berkoff.

»Die wollen nur sieben Millionen zahlen? Sag ihnen, dass die uns umbringen, wenn sie nicht mehr zahlen.«

»You speak!«

Abduh hielt Berkoff das Handy hin, deutete auf die Motorhaube. Berkoff kletterte auf den Toyota. Abduh stellte sich vor den Wagen, richtete seine Pistole auf Berkoff.

»Hallo? ... Marlene? Kannst du mich hören? Hier ist David. Hallo!«

»Speaker!«, sagte Abduh.

Berkoff schaltete das Handy auf laut. Aber Rauschen war alles, was zu hören war.

*

»Papa!« Jonas schrie in das Handy.

»Hörst du uns jetzt?« Marlene drehte sich in Richtung Balkontür.

»Papa!«

Marlene öffnete die Balkontür. »David?«

»Ich höre euch!«, krächzte es aus dem Lautsprecher.

»Papa! Papa!«

»Jonas, Jonas, mein Gott.«

»Wie geht es dir?«

»Gut, alles gut. Mir geht es gut. Was ist mit dir?«

»Mama ist auch hier.«

Jonas drehte sich zu Heidi herum. Sie stand mitten im Zimmer, erstarrt, als hätte ihr jemand verboten, sich zu bewegen. Hielt sich die Hand vor den Mund.

»Geht es euch gut?«

»Mama, sag was.«

Heidi schüttelte den Kopf. Tränen liefen ihr über die Wangen.

»Es geht uns allen gut«, sagte Marlene. »Was ist mit Jazata Shirvani? Ist sie bei dir?«

»Ja, sie ist okay. Uns geht es gut.«

»Und Nuri? Ist er bei euch?«

Stille.

»David? Hörst du mich?«

»Er ist tot.«

Jonas erschrak, sah seine Mutter an.

»Rana war hier. Sie wusste nicht, dass er mit dir nach Damaskus gefahren ist«, sagte Marlene. »Hör zu, die Bundesregierung hat noch keine Entscheidung getroffen. Wir haben sieben Millionen zusammen. Privates Geld und Geld vom Verlag. Du musst denen sagen, dass sie die Summe sofort haben können. Aber sie müssen euch dann auch sofort freilassen. Andernfalls kann es noch Wochen oder Monate dauern, bis die Bundesregierung zahlt. Und du weißt, warum die zögern.«

*

Berkoff sah zu Abduh hin.

»Sieben Millionen«, sagte Berkoff. »Sofort.«

»Sieben sind zu wenig.«

»Willst du noch ein halbes Jahr warten?«

»Ich verkaufe euch an andere Gruppe. IS oder al-Qaida.«

»Der IS hat genug mit Assad, den Amis und den Russen zu tun. Und wenn die denken, dass du sie verarschst, knallen die dich ab.«

Abduh wandte sich ab. Er lief umher wie ein Vater vor der Geburt seines ersten Kindes. *Es ist deine erste Entführung,* dachte David. *Du hast dir mehr ausgerechnet. Und du musst mit den anderen teilen.*

Abduh kam zurück, kletterte auf die Motorhaube und nahm Berkoff das Telefon aus der Hand. Er schrie ins Telefon.

»Hallo?«

»Ja?«

»Okay, seven. For one hostage. Für eine Geisel. Nur eine. You decide which one. I sent you the bankaccount. I call you back in six hours.«

*

»Er spricht Deutsch. Wieso spricht der Deutsch?« Heidi war aus der Erstarrung erwacht.

»Nein, das geht nicht«, sagte Marlene ins Handy. »Seven for both. Für beide.«

»Nein! Wieso?« Jonas machte einen Schritt zurück, als würde er vor dem Teufel weichen. »Die kriegen das Geld für Papa.«

Marlene legte den Daumen auf das Mikro des Handy.

»Und was ist mit Shirvani?«

»Das ist nicht unser Problem«, sagte Heidi.

»Du weißt nicht, was mit ihr passiert, wenn sie alleine dort bleibt. Die Bundesregierung wird noch wochenlang verhandeln. Irgendwann bringen die sie um.«

»Woher willst du das wissen? Außerdem hat sie doch auch eine Familie. Warum kümmern die sich nicht?«, fragte Jonas.

»Das weiß ich nicht, aber wir können sie nicht alleine da zurücklassen.«

»Doch, das können wir. Zwei Millionen von den sieben kommen von mir. Entweder das Geld ist für David oder gar nicht«, sagte Heidi.

Marlene nahm das Handy ans Ohr.

»Seven million for both hostages. We transfer the money to your account.«

Dann beendete sie das Gespräch.

»Bist du verrückt?« Jonas riss ihr das Telefon aus der Hand. Wählte die Nummer. Kein Anschluss. »Scheiße, scheiße.«

Im selben Moment klopfte es energisch an der Tür. Die drei sahen sich an. Heidi ging zur Tür.

»Ja? Wer ist da?«

»Machen Sie auf.«

»Das ist König«, sagte Heidi und schaute Marlene ratlos an.

55

Als Claudia König das Hotelzimmer betrat, Rosenkranz im Schlepptau, spürte sie die Anspannung. Sie sah, dass Heidi geweint hatte, dass Jonas außer sich war und Marlene sich wie eine Auster verschloss.

»Sie haben mit Berkoff telefoniert?«

Schweigen.

»Wo ist er?«

»Sie hören unsere Gespräche ab?«, fragte Marlene zornig. »Auf welcher rechtlichen Basis geschieht das?«

»Das ist doch egal«, sagte Heidi. Dann wandte sie sich an König. »Was machen wir jetzt?«

König hatte keine Strategie für diesen Moment. Alles, was sie tun konnte, war, die Kontrolle über die Situation zu behalten. Oder sie zumindest wiederzubekommen. Auch wenn sie wusste, dass das mit jedem weiteren Tag unwahrscheinlicher wurde. Rosenkranz sah eine gute Gelegenheit, sich seiner Bedeutung zu vergewissern. »Woher haben Sie die Telefonnummer?«

»Das geht Sie nichts an«, sagte Marlene.

Es war auch unerheblich. Fakten waren geschaffen worden, und auf die mussten sie nun reagieren. Die Aufarbeitung konnte immer noch stattfinden, wenn die Geiseln frei waren oder die Situation auf andere Weise beendet sein würde.

»Was haben Sie mit den Entführern besprochen?«, fragte König.

»Ich wüsste nicht, warum ich Ihnen das sagen soll. Sie haben deutlich gemacht, dass Sie und die Bundesregierung nicht an einer schnellen Lösung des Problems interessiert sind ...«

König unterbrach Marlene. »Ich habe nicht gesagt, dass wir nicht interessiert sind, ich habe gesagt, dass zuerst genau geprüft werden muss, inwieweit die Entführer vertrauenswürdig sind und ob eine Zahlung von 30 Millionen Dollar tatsächlich zur Freilassung der Geiseln führt. Und sagen Sie mir bitte, ob das die Ebene ist, auf der wir uns unterhalten.«

»Ich weiß, was es heißt, wenn etwas genau geprüft werden soll. Gewöhnlich sage ich das zu einem Reporter, wenn ich nicht will, dass sein Artikel im Heft erscheint. Der Bundesregierung wäre es doch am liebsten, die beiden würden umgebracht werden. Damit wäre ein großes Problem gelöst. Oder etwa nicht?«, sagte Marlene.

»Wir haben gesagt, dass wir sieben Million Lösegeld bezahlen«, sagte Heidi.

»Wie?«, fragte König.

»Er hat uns eine Kontonummer genannt«, sagte Marlene.

Sie reichte König einen Zettel mit der Kontonummer. König nickte.

»Der Entführer will dafür aber nur eine Geisel freilassen«, sagte Heidi.

»Haben die gesagt, welche Geisel dafür freikommt?«, fragte Rosenkranz.

»Das sollen wir entscheiden«, sagte Heidi.

»Und das haben Sie?«

»Ja«, sagte Jonas.

»Nein«, widersprach Marlene. »Aber das ist nichts, was wir in dieser Runde besprechen sollten.«

»Das glaube ich sehr wohl«, sagte König. »Der Mossad plant nämlich einen Angriff auf das Lager, in dem die Geiseln festgehalten werden. Als Vergeltung für den Mord an Nuri Aschrawi.«

»Die wollen die alle umbringen? Spinnen die?« Jonas sah Marlene schockiert an. Er verstand nicht, was hier geschah.

»Die Bundesregierung wird versuchen, die Israelis von dem Plan abzubringen«, sagte König. »Aber das wird nicht einfach.«

»Wir müssen Papa warnen!«

Jonas wählte erneut die Nummer. Nichts. Tot.

»Du erreichst die unter der Nummer nicht mehr«, sagte König. Dann sah sie Marlene an. »Haben Sie einen neuen Telefontermin vereinbart?«

»In sechs Stunden.«

»Wann wollen die ...« Heidi vermied es, das Undenkbare auszusprechen.

»Das wissen wir nicht«, sagte König. »Normalerweise reagieren die Israelis schnell, damit der Gegner weiß, weshalb sie ihn angreifen.«

»Wie lange?«

»Sie haben uns vierundzwanzig Stunden gegeben. Das war um zehn. Jetzt ist es zwölf. Das heißt, es bleiben noch zweiundzwanzig Stunden.«

56

Drei Stunden waren sie gefahren, um zu telefonieren. Der Rückweg hatte dagegen nur eine Stunde gedauert. Sie waren also immer in der Nähe des Dorfes geblieben. Waren Zickzack und in Kreisen gefahren. Während dieser Stunde hatten sie kaum gesprochen. Erst als sie im Haus ankamen, löste sich die Anspannung. Berkoff und Jazata wurden wieder in den Stall gesperrt. Abduh fuhr weg, ohne ihnen zu sagen, wie es weitergehen würde. Sie bekamen Reis und Joghurt wie immer. Diesmal allerdings auch ein wenig Schafskäse. Gierig machten sie sich darüber her, als sei das Essen aus einem Dreisternerestaurant angeliefert worden. Sie befanden sich jetzt seit vier Wochen in der Hand ihrer Entführer. In dieser Zeit hatten sie beide erheblich an Gewicht verloren. Berkoffs Gesicht war schmaler geworden, sein Bauch war eingefallen. Jazata beklagte, dass ihre Brüste das Erste gewesen seien, was schrumpfte. Nach dem Essen warteten sie eine Stunde, dann begannen sie mit dem täglichen Training.

»So viel Sport hab ich zuletzt als Zwanzigjähriger gemacht. Da habe ich noch gedacht, Frauen würden auf einen straffen Körper stehen. Das tut ihr doch, oder?«

Jazata lief vor Berkoff her. Es war ein allzu durchsichtiger Versuch, nicht über das Offensichtliche zu reden.

»Du brauchst mich nicht abzulenken. Ich weiß, was kommt. Morgen um die Zeit bist du in Jerusalem, liegst am Pool eines schicken Hotels und lässt dir kaltes Bier und Burger servieren.«

Sie liefen weiter. Jazata wurde mit jeder Runde schneller, bis sie Berkoff überrundete.

»Wir gehen zusammen«, sagte Berkoff, als Jazata ihn beim Überholen anrempelte.

»Wie soll das gehen? Deine Leute zahlen sieben Millionen für einen von uns. Da ist es doch klar, dass du das bist.«

»Wir gehen zusammen.«

Jazata lachte laut auf und holte sich einen Rüffel von Eule. Er und die beiden anderen saßen vor der Haustür und dösten. Ihre Gewehre standen neben ihnen an die Wand gelehnt. Berkoff beschleunigte die Schritte, damit er auf einer Höhe mit Jazata laufen konnte.

»Ja, stimmt«, sagte Jazata. »Du willst mich ja vor Gericht bringen und ein berühmter Reporter werden. Aber daraus wird wohl nichts.«

»Ich vermute, dass Marlene mit Abduh einen Übergabeort vereinbart. Das dürfte nicht so einfach sein, weil Abduh hinter jedem Vorschlag, den sie macht, eine Falle vermutet. Und Marlene wird sich nicht auf einen Ort einlassen, an dem sie nicht die Kontrolle hat. Es wird also noch ein paar Tage dauern, bis sie sich geeinigt haben. Das ist unsere Chance.«

»Was für eine Chance?«, fragte Jazata.

»Rotbart ist nicht mehr da.«

»Vielleicht ist er im Haus.«

»Sie beten nicht im Haus. Sie beten immer im Hof. Und da war er heute Morgen nicht«, sagte Berkoff.

»Vielleicht ist er krank.«

»Wenn er krank ist, heißt das, wir müssen uns beeilen.«

»Beeilen womit?«

»Komm.«

Berkoff ging zurück zum Stall. Jazata folgte ihm. Eule und der Dicke warfen ihnen gelangweilte Blicke zu, bevor sie die Augen wieder schlossen.

»Hast du gesehen?«, fragte Berkoff. »Sie haben ihre Waffen nicht mehr auf dem Schoß, sondern stellen sie neben sich.«

»Du willst an eine Waffe rankommen?«, fragte Jazata.

»Das weiß ich noch nicht. Auf alle Fälle denken sie, dass sie nicht mehr so streng aufpassen müssen. Sie denken, wir würden nicht fliehen, weil wir bis jetzt auch nicht geflohen sind.«

»Woher willst du das wissen?«

»Es ist eine normale Reaktion des menschlichen Geistes. Wir passen uns an nahezu jede Lage an. Das solltest du als Studentin der Soziobiologie eigentlich wissen.«

»Und was heißt das?«

»Das heißt, dass wir eine Chance haben, die beiden zu überwältigen und zu fliehen.«

Jazata sah Berkoff skeptisch an.

»Warum willst du das tun?«

»Du hast es selbst gesagt. Weil ich dich vor Gericht bringen werde. Und weil ich viele Preise gewinnen werde. Ich lasse dich hier nicht zurück. Wenn ich freigekauft werde, werden sie dich umbringen. Abduh wird nicht darauf warten, dass irgendwann irgendjemand für dich bezahlt. Arkadins Vermögen ist wahrscheinlich längst beschlagnahmt, also ist auch da nichts zu erwarten.«

»Hast du etwa Mitleid mit mir? Irgendetwas muss in deiner Kindheit schiefgelaufen sein.«

Berkoff nahm einen Stock und zeichnete den Grundriss des Hofes in den festgetretenen Lehm. Neben die Zeichnung schrieb er »zehn Schritte«.

»Du simulierst starke Schmerzen. Ich rufe Eule. Weil er in dich verliebt ist, wird er sich sofort um dich kümmern. Du verlangst nach Wasser. Eule schickt mich los, Wasser zu holen. Ich gehe zum Dicken, sage, dass wir Wasser brauchen. Er geht ins Haus, ich verrammele von außen die Tür. Dann komme ich zurück, überwältige Eule, wir fesseln ihn und hauen ab.«

Jazata starrte auf die Zeichnung. Geritzte Spuren, die das, was Berkoff gesagt hatte, Glaubwürdigkeit verleiten sollten.

»Das wird niemals funktionieren«, sagte sie.

Sie hatte es schon hundertmal gesehen. In irgendwelchen Filmen, in denen ein großartiger Plan schiefging.

»Wir werden sehen«, antwortete Berkoff.

»Was machen wir, wenn sie nicht tun, was du dir vorstellst?«

»Was glaubst du? Wir werden geköpft.«

57

Heidi hatte mit Alexander telefoniert und ihm gesagt, er solle das Geld auf das Konto im Jemen überweisen. Marlene war unterdessen mit dem Herausgeber übereingekommen, dass der Anteil der *Woche* ebenfalls auf dieses Konto überwiesen wurde. Der Entführer wollte nach sechs Stunden anrufen. Das wäre um 18:00 Uhr gewesen. Jetzt war es 20:00. Und noch immer kein Anruf. Jonas hatte Kopfhörer aufgesetzt und lenkte sich mit GTA ab.

»Was machen wir, wenn er sich überhaupt nicht mehr meldet?«, fragte Heidi.

»Er müsste das Geld längst bekommen haben«, sagte Marlene.

»Und wenn er das Geld einfach nimmt und damit verschwindet?«

»Das passiert nicht. Es wird nicht betrogen, wenn es um ein Geschäft geht, weil du sonst deine Ehre verlierst.«

Heidi nickte. Für einen Moment war sie beruhigt. Es war ein kurzer Moment. Ein sehr kurzer.

»Und wo soll die Übergabe stattfinden? Es ist acht Uhr. Wir können nirgendwo mehr hinfliegen.«

Marlene hatte die drei Whiskey aus der Minibar getrunken, überlegte nun, ob sie mit Wodka oder Gin weitermachen sollte. Angesichts der speziellen Situation entschied sie sich für Berkoffs Lieblingsgetränk.

»Es wird irgendwo in der Wüste stattfinden«, sagte Marlene.

»Heißt das, wir fahren in der Dunkelheit irgendwohin, wo wir uns nicht auskennen?«

»Ja.«

»Und wie finden wir den Ort?«

»Per GPS.«

»Funktioniert das in der Wüste?«

»Weiß ich nicht, aber er wird uns nirgendwo hinlotsen, wo wir ihn nicht finden. Ich glaube, es wird irgendwo in der Nähe der Golanhöhen sein. Das Gebiet gehört zu Syrien, steht aber unter israelischer Kontrolle.«

»Das ist doch Irrsinn! Das funktioniert nicht.«

Heidi sprang aus dem Sessel auf, ging zu Marlene und nahm ihr das Wodkafläschchen aus der Hand.

»Und hör auf, dich zu betrinken. Vielleicht müssen wir heute Nacht noch losfahren.«

Heidi ging zur Balkontür und warf das Fläschchen hinaus.

Jonas bemerkte den Streit zwischen seiner Mutter und Marlene. Er stoppte das Spiel. Nahm den Kopfhörer ab.

»Was ist dein Problem?«, fragte Marlene. »Willst du, dass die Übergabe scheitert?«

»Nein!«

»Und warum sagst du dann ununterbrochen, dass sie scheitern wird?«

»Weil es so ist«, antwortete Heidi.

»Das Telefon!«, rief Jonas.

Marlenes Telefon vibrierte auf dem Couchtisch.

»Ja?« Marlene hörte eine Weile stumm dem Anrufer zu. »Okay.«

Sie legte das Handy wieder auf den Tisch.

»Das Geld ist angekommen. Morgen früh um acht Uhr geht es los. Er holt David ab und kommt mit ihm in einem Wagen vom Roten Halbmond zum Treffpunkt. Wir erfahren noch, wo das ist. Offiziell bringt er Berkoff in ein israelisches Krankenhaus. Dann übernimmt er unseren Wagen, und wir fahren in dem Krankenwagen zurück.«

Heidi nickte. Sie schwiegen eine Weile. Dann umarmte Heidi Marlene.

»Wir sollten einen Mietwagen reservieren«, sagte Jonas. »Am besten einen Mercedes.«

58

Jazata stöhnte so laut, dass es keine zwei Minuten dauerte, bis das Schloss an der Tür entfernt wurde und Eule hereinkam. Er war wütend. Offensichtlich hatte der Lärm ihn aus dem Schlaf gerissen.

»What?«

Jazata hielt sich den Bauch, wälzte sich hin und her.

»Pregnant«, sagte Berkoff. »She is pregnant.«

Da Eule nicht verstand, beschrieb Berkoff mit den Händen einen dicken Bauch. »Baby! Understand? Baby!«

»Water«, ächzte Jazata. »Water.«

Eule stand einen Moment lang irritiert da. Er war offensichtlich auf so eine Situation nicht vorbereitet. Er hielt beide Hände an den Kopf. Lief nach draußen, kam wieder zurück. Deutete auf Berkoff.

»You go. Water! Go!«

Berkoff lief los. Der Dicke saß nicht, wie erwartet, vor der Haustür. Er war nirgends zu sehen. War er im Haus? Oder war er einkaufen gegangen? Was, wenn er in diesem Moment zurückkommen würde? Die Haustür war unverschlossen. Berkoff öffnete sie leise. Ging in das erste Zimmer rechts. Es musste früher eine Küche gewesen sein. Eine alte Keramikspüle an der Wand, ein Kühlschrank. Ein Stuhl. Daran angelehnt eine Kalaschnikow AK47. Im Zimmer auf der anderen Seite des Flurs lagen drei Matratzen. Auf der rechten lag der Dicke. Er war wach geworden. Als er Berkoff sah, tastete er nach seiner Maschinenpistole. Aber sie stand nicht dort, wo er sie vermutete.

»Don't move!«, sagte Berkoff. Er hielt die AK47 auf den Dicken gerichtet.

Der riss die Augen auf. Sah sich um. Langsam begriff er, in welcher Lage er sich befand. Er schrie Berkoff an, fuchtelte mit den Armen. Als er aufstehen wollte, schlug Berkoff mit dem Sturmgewehr zu. Ein paarmal zu viel, weil der Dicke nicht ohnmächtig werden wollte.

*

Eule kniete über Jazata, hielt ihren Kopf und strich zärtlich über ihre Stirn.

»You okay. You okay. You come my house.«

Jazata nickte gequält. Lächelte. Eule lächelte ebenso und zeigte zwei Reihen schlechter Zähne. Plötzlich waren Schüsse zu hören. Eule schreckte auf. Lief nach draußen.

»Karim! Karim!«

Er lief zum Haus hin und stoppte nach wenigen Schritten. Berkoff kam ihm entgegen. Die Maschinenpistole in der Hand. Eule drehte um und rannte zurück in den Stall. Berkoff folgte ihm. Als er die Tür erreichte, stand Eule hinter Jazata. Ein Messer an ihrer Kehle.

»Stopp!«, schrie Eule. »Gun!« Er deutete auf die AK47. Berkoff sollte die Waffe auf den Boden legen. »Gun!«

Das Messer drückte in Jazatas Hals. Eine feine Blutspur bahnte sich ihren Weg und versickerte im Stoff des Kaftans.

»Gun!«

Berkoff ging langsam in die Knie.

»Was tust du da?« Jazatas Stimme klang gepresst, panisch.

»Shut up!«

»Du musst ihn erschießen. Sonst sterben wir beide.«

»Gun. Or dead!« Eule kreischte. Er verlor die Kontrolle über die Situation.

»Worauf wartest du? David!«

»Now!«

Das Messer drückte noch tiefer in Jazatas Hals.

Er wird sie umbringen. Er wird ihr den Hals abschneiden. Willst du das? Nein! Willst du das? Nein! Dann handele.

Berkoff nahm die Waffe hoch, hielt den Schaft an seine rechte Wange. Zielte kurz. Eule schien nicht glauben zu wollen, dass Berkoff das tat. Er sah Jazata an. Der Blick voller Unverständnis.

Der Feuerstoß war kurz und ohrenbetäubend laut. Eule wurde von den Beinen gerissen, fiel nach hinten in den Berg aus Müll. Berkoff stand wie gelähmt. Er hatte die Waffe fallen lassen. Seine Ohren dröhnten. Ein tiefes Brummen, über dem ein hohes, lautes Pfeifen schwebte. Jazata fasste sich an den Hals. Die Arterie war nicht verletzt.

»Wir müssen hier weg. Sofort«, sagte sie.

Berkoff rührte sich nicht.

»Was ist?«, fragte Jazata.

»Ich hab ihn erschossen.«

»Du hattest keine andere Wahl. Was ist mit dem anderen?«

Berkoff reagierte nicht.

»David! Was ist mit ihm?«

Berkoff sah Jazata an. Die Wirklichkeit sickerte wieder in sein Bewusstsein ein. »Ich hab ihm ins Bein geschossen und dann eingesperrt.«

»Gut. Komm.« Sie nahm das Tuch, das sie schon auf der Autofahrt getragen hatte, band es sich um den Kopf. Berkoff legte die Waffe auf den Boden.

»Was machst du? Nimm sie mit!«

»Ich kann nicht mit einer Maschinenpistole hier rumlaufen.«

Jazata sah Berkoff an. Ging auf ihn zu. Blieb einen Moment lang stehen, dann umarmte sie ihn. Ein paar Augenblicke lang. Bis vor der Tür das quäkende Hupen zu hören war, das sie bereits kannten.

Aus Eules Hosentasche war ein Handyklingeln zu hören.

59

Sieben Millionen Dollar waren nicht das, was Rashid Abduh sich erhofft hatte. Freunde von ihm hatten im Irak weitaus mehr ausgehandelt. Allerdings hatten die auch einen von der CIA gekidnappt. Angeblich hatten die Amis 25 Millionen bezahlt. Da niemand das Tor öffnete, stieg er aus und polterte gegen das Metall. Immer noch keine Antwort. Augenblicklich wurde ihm klar, dass etwas nicht stimmte. Er ging zurück zum Toyota, auf dessen Türen, Motorhaube und Dach das Zeichen des Roten Halbmonds klebte. Er fuhr nah an die Mauer neben dem Tor heran, stieg wieder aus und kletterte auf das Dach. Der Hof war leer. Die Lampe in der Mitte warf fahles Licht auf den Boden. Keine Spur von Abbas oder Karim. Er nahm seine Waffe aus dem Hosenbund und kletterte an dem vertrockneten Baum hinunter in den Hof.

»Abbas? Karim?«

Keine Antwort. Die Tür zum Stall war verschlossen. Wo waren die beiden Idioten? Hatten sich wahrscheinlich mit irgendeinem Zeug zugedröhnt und schliefen. Dabei hatte er ihnen hundertmal gesagt, dass einer von ihnen immer wach bleiben musste. Sie sollten sich alle vier Stunden abwechseln.

»Abbas?«

Abduh ging auf den Stall zu. Er wollte sich zuerst vergewissern, dass seine Option auf die Zukunft nicht abgehauen war. Als er nach dem Schloss griff, sah er, dass die Kette nicht gesichert war. Er hielt inne. Machte einen Schritt zurück. Überlegte einen Moment lang. Dann hielt er die Pistole am ausgestreckten Arm und trat gegen die Tür. Sie flog auf, krachte gegen die Wand. Und da standen sie. Berkoff mit einer AK47 in den Händen, Jazata hielt ein Messer. Abbas lag hinter den beiden im Müll. Seine Brust war aufgerissen. Die typischen Wunden nach einem Stoß aus einem automatischen Sturmgewehr.

»Und jetzt?«, fragte Abduh.

»Sie lassen uns gehen«, sagte Berkoff.

»Und wenn nicht? Willst du mich erschießen? Wie Abbas? Kannst du das?«

Berkoff antwortete nicht.

»Wo ist Karim?«

Berkoff antwortete nicht.

»Du bist kein Killer. Sie hat eine Wunde am Hals. Von Abbas? Er hat mir versprochen, die Finger von ihr zu lassen. Aber das hat er nicht. Oder? Deswegen hast du ihn erschossen. Aber es ist was anderes, eine Frau zu beschützen, als jemanden umzubringen, der einfach so vor dir steht.«

Jazata sah Berkoff an. »Worauf wartest du?«

»Verstehe«, sagte Abduh. »Sie ist es.«

Er grinste Jazata an. Dann schoss er ihr ins linke Bein. Jazata schrie auf, brach zusammen. Berkoff zuckte, verlor eine Sekunde lang den Überblick. Das war die Sekunde, in der Abduh einen Sprung nach vorne machte und Berkoff die Pistole an den Kopf hielt.

»Siehst du, so schnell geht das. Und jetzt bleib ganz ruhig. Konzentrier dich. Atme ruhig. So ist es gut. Gib mir die Waffe.«

Berkoff hielt die AK47 fest umklammert.

»Gib mir die Waffe, oder ich schieß ihr in den Kopf.«

Jazata wälzte sich stöhnend am Boden. Berkoff sah sie an. Atmete schwer.

»Die Waffe. Langsam.«

Berkoff reichte Abduh die Waffe.

»So ist gut.«

Abduh machte einen Schritt zurück.

»Setz dich dahin.«

Er deutete auf die Matratze.

»Los, mach schon.«

Berkoff setzte sich.

»Du bleibst da sitzen. Hast du verstanden?«

Berkoff nickte.

Abduh verließ den Stall, schloss die Tür ab. Noch war nichts verloren. Als er das Haus betrat, hörte er das ferne Brummen. Es war zu leise und fein. Unweit bellte ein Hund und zerrte an seiner Kette.

*

Berkoff hörte ebenfalls das Brummen. Er kannte es. Zuletzt hatte er es vernommen, als er in Afghanistan gewesen war. Danach hatte er drei Wochen im Krankenhaus gelegen. Er wusste, was es bedeutete. Irgendwo, Kilometer weit entfernt, saß ein Soldat vor einem Bildschirm und beobachtete mithilfe einer Drohne, wie eine AGM-114 Hellfire auf den Hof zuflog.

»Wir müssen hier raus«, schrie er.

Er trommelte gegen die Tür, nahm Anlauf, warf sich dagegen. Und im nächsten Moment war ein ohrenbetäubender Krach zu hören. Steine jagten durch die Luft, eine Staubwolke explodierte im Hof, die Wände des Stalls stürzten ein. Das Haus brach über ihnen zusammen.

60

Das Dach des Stalls war eingestürzt und hatte Berkoff und Jazata unter sich begraben. Staub ballte sich zu einer Wolke und fiel wieder in sich zusammen. Da der Stall aus Lehm und Stroh gefertigt war, richtete der Einsturz nur geringen Schaden an. Berkoff konnte sich rasch befreien. Dann zog er Jazata unter dem Staub hervor.

»Was war das?«, fragte sie.

»Eine Hellfire.«

»Wieso?«

»Keine Ahnung. Israelis oder Amerikaner.«

Der Staub füllte die Ruine aus. Verschwand beim Atmen in den Bronchien. Jazata hustete. Sie konnte kaum aufhören.

»Wir müssen hier weg«, sagte Berkoff.

Er schleppte Jazata zum Tor. Es war unbeschädigt. Stimmen waren zu hören. Sie versammelten sich vor dem Tor.

»Warte«, sagte Jazata. »Was ist da draußen los?«

»Weiß ich auch nicht. Wir müssen hier raus, bevor die noch eine Rakete schicken.«

Berkoff löste die Kette und zog das Tor auf. Das Quietschen war leiser als sonst. Ungefähr ein Dutzend Männer stand vor dem Tor. Sie schrien durcheinander. Erst als sie Berkoff und Jazata sahen, zwei staubbedeckte Mumien, verstummten sie. Berkoff sah sich um.

»Der Toyota«, sagte Jazata.

Berkoff öffnete die Tür. Der Schlüssel steckte im Zündschloss. Er half Jazata auf die Rückbank. Startete den Motor. Immer mehr Menschen kamen herbeigelaufen, drängten sich um den Wagen herum.

»Was machen wir«, fragte Jazata.

»Wo ist der Schalter für Blaulicht und Sirene?«

Berkoff suchte auf dem Armaturenbrett. Probierte mehrere Schalter. Nichts.

Inzwischen fing die Menge an, zu schreien und gegen den Wagen zu schlagen. Bärtige Männer schlugen auf die Motorhaube. Verschleierte Frauen versuchten, die Türen zu öffnen. Jazata schreckte zurück. Ein Stein flog gegen die Windschutzscheibe. Das Glas splitterte. Ein Spinnennetz aus feinen Rissen. Ein Mann riss den linken Scheibenwischer ab. Ein anderer zertrümmerte den Außenspiegel. Das Gebrüll wurde lauter und lauter, die Menge immer hysterischer. Jemand machte sich an den Reifen zu schaffen. Dann barst das Fenster auf der rechten Seite.

»Fahr los!«, schrie Jazata.

Endlich gelang es Berkoff, die Sirene anzuschalten. Das Blaulicht zuckte über die Gesichter. Für einen Moment schienen die Angreifer irritiert zu sein. Berkoff gab Gas. Drückte auf die Hupe. Bahnte sich eine Gasse. Als er aus dem Pulk der Schreienden herausfand, beschleunigte er. Schüsse hinter ihnen. Eine Kugel schlug in das Rückfenster ein.

Jazata drehte sich herum. Männer sprangen in einen Wagen, konnten ihn aber offensichtlich nicht starten.

»Du hast es geschafft«, sagte sie zu Berkoff.

»Was ist mit deinem Bein?«

»Geht schon.«

Sie fuhren in Richtung Osten. Berkoff orientierte sich am Sternbild Orion, das in dieser Gegend aussah wie ein Schaf, mit Beteigeuze, der die Achsel des Schafes bildete. Jazata fand Verbandmull und Desinfektionsmittel. Sie reinigte die Wunde und legte einen Verband an. Die Straße verschwand unter den Rädern, wurde gefressen und verschluckt. Das Brummen des Motors war das Mantra zu einer vorbestimmten Meditation. Jazata schloss die Augen und träumte sich an den Fuß des Sindschar-Gebirges. Auf die Straße, auf der sie die Staubwolke gesehen hatte.

Wer bist du, wie heißt du, woher kommst du, wohin willst du? Der Mann am Steuer ist kein Mörder des IS. Neben ihm drei Kinder und eine Frau. Sunniten aus Mossul. Auf dem Weg nach Kirkuk. Zur Familie der Frau. Die Frau spricht kurdisch. Sie versteht mich. Ich erzähle ihr vom Überfall und vom Töten der Männer und Verschleppen der Frauen. Sie schüttelt den Kopf. Ich habe Angst, dass sie mich verraten, aber sie sind voller Liebe. Sie nehmen mich mit. Bis zum Checkpoint, wo die Soldaten des IS stehen mit Maschinenpistolen. Ich weiß, dass sie uns anhalten werden. Und dann fragen sie, wer ich bin und warum ich keinen Ausweis habe. Den Ausweis, den der IS ausstellt. Ich sage zu der Frau, dass ich aussteigen muss, weil wir sonst alle in Gefahr sind und getötet werden. Aber die Frau schüttelt den Kopf. Sie spricht mit dem Mann in einem Dialekt, den ich nicht verstehe. Und der Mann nickt und fährt weiter. Auf den Checkpoint zu. Wo sie mich verraten werden, wo man mich töten wird. Ich sage noch einmal, dass sie mich aussteigen lassen sollen. Ich rede und rede und schreie und weine. Die Frau legt mir die Hand auf den Kopf und sagt, ich solle schweigen. Dann erreichen wir den Checkpoint. Der Mann am Steuer verlangsamt die Fahrt, hält an, reicht dem Soldaten ein Papier. Der Soldat hebt den Kopf, nickt eilfertig. Wir dürfen weiterfahren. Wieso dürfen wir weiterfahren? Ich spüre, wie ich ohnmächtig werde. Ich will etwas sagen, aber es wird Nacht, schnell und schwarz.

Der schwarze Himmel verfärbte sich im Osten rot, als wollte er ihnen drohen. Nach drei Stunden lag die Grenze zu Israel ungefähr fünfhundert Meter vor ihnen. Berkoff stoppte den Wagen.

»Warum hältst du an?«, fragte Jazata.

»Da vorne ist die Grenze.«

Jazata sah ihn überrascht an. Wollte er sie tatsächlich gehen lassen? Sie deutete auf seine Brust.

»Schlägt da etwa ein Herz?«

»Manchmal.«

»Du weißt genauso gut wie ich, dass ich hier keinen Tag überlebe.«

»Du wirst dich schon irgendwie durchschlagen. Da drüben ist eine Siedlung.«

Er deutete nach Südosten.

»Fahr weiter«, sagte Jazata.

»Wenn ich weiterfahre, werden sie dich verhaften.«

»Vermutlich.«

»Was wird dann aus Anais?«

»Ich hab dir schon mal gesagt, du kennst meine Schwester nicht. Fahr weiter!«

»Wir gehen trotzdem kein Risiko ein. Vielleicht haben sie uns noch nicht gesehen.«

Berkoff riss das Steuer herum und verließ die Straße in westlicher Richtung. Jazata legte ihm die Hand auf die

Schulter. Rückte nahe an ihn heran und küsste ihn auf die Wange.

Berkoff sah sie überrascht an.

»Das hätte dir schon früher einfallen sollen«, sagte er.

»Ich wollte dir keine falschen Hoffnungen machen.«

Und da war ja noch der vierte Schreiadler, den sie finden und töten musste.

61

Am Posten Kuneitra an der Grenze zwischen Syrien und Israel wussten die israelischen Soldaten bereits, wer Berkoff und Jazata waren. Sie bekamen zu trinken und zu essen und wurden gut behandelt. Ein Sanitäter wechselte den Verband an Jazatas Bein und lobte dabei die Professionalität, mit der sie sich selbst versorgt hatte. Ein Unteroffizier mit Namen Shimon Epstein erkundigte sich, wie sie es bis nach Kuneitra geschafft hatten und wieso sie auf der anderen Seite der Grenze nicht aufgehalten worden waren. Berkoff wusste es nicht. Man hatte sie nach Waffen durchsucht, hatte den Wagen auf links gedreht. Und als Jazata sagte, dass sie schwanger sei und ihr Baby verlieren würde, hatte ein alter Offizier sie passieren lassen. Das war natürlich eine Lüge, aber es hatte funktioniert. Berkoff und Jazata erhielten eine Eskorte, die sie nach Tel Aviv begleiten sollte. Die Sorge der Israelis galt in diesem Moment nicht Berkoffs Ortskenntnissen. Sie wollten einfach sicherstellen, dass die beiden dort auftauchten, wo sie auftauchen sollten.

Zwei Stunden später hielten sie vor dem Hadar-Dafna-Gebäude, einem Hochhaus direkt am Shaul-HaMelech-Boulevard, Ecke Henrietta-Szold-Straße. Ein brutalistischer Klotz von atemberaubender Hässlichkeit. Berkoff kannte das Gebäude aus einem Roman von Frederick Forsyth, dessen Titel er vergessen hatte. Sie wurden in einen Raum im Keller geführt und dort zwei Tage lang befragt. *Wie sind*

Sie nach Syrien gekommen? Was haben Sie in Damaskus gemacht? Wen haben Sie dort getroffen? Der Mann und die Frau, die beide vom Mossad waren, sich aber nicht vorgestellt hatten, sahen aus, als würden sie hier ihre Freizeit verbringen. Jeans und T-Shirts. Die Frau war geschminkt und tätowiert, und der Mann hatte schwarze Locken und war muskulös. Berkoff und Jazata wurden getrennt voneinander befragt. Sie wollten von Berkoff wissen, wie Nuri Aschrawi ums Leben gekommen war. Berkoff erzählte davon, soweit er sich erinnern konnte.

Sie wurden entführt. Wann und wo ist das geschehen? Wo wurden Sie hingebracht? Wie lange waren Sie dort? Haben Sie etwas gesehen, das auf den Ort hinweist? Waren Ihre Entführer maskiert? Haben Sie deren Namen gehört? Wollten die Entführer Sie gegen die sieben Millionen austauschen? Nur einen von Ihnen? Wen? Wieso konnten Sie fliehen?

Als sie mit der Fragerunde fertig waren, fingen sie wieder von vorn an. Berkoff und Jazata mussten die Entführung und ihre Flucht immer wieder minutiös genau beschreiben. Berkoff erzählte seine Version, Jazata ihre. Sie wichen zwar in Details voneinander ab, aber die Geschichten stimmten im Großen und Ganzen überein. Als sie Jazata nach Abu Bakr befragten und wissen wollten, ob die Gerüchte über seinen Tod stimmten, wich sie aus. Sie sei ihm zwar begegnet, sagte sie, aber über seinen möglichen Tod könne sie nichts sagen, auch habe niemand während der Geiselnahme Abu Bakr erwähnt. Die Frau vom Mossad glaubte ihr nicht. Dann kamen zwei Männer von der deutschen Botschaft. Sie befragten Jazata zu dem Tod von Gregori Arkadin und Mikail Gerkin. Jazata blieb geduldig.

Ich weiß nicht, wer Gregori umgebracht hat. Wenn die Franzosen denken, dass ich es war, lügen sie. Und was Mikail angeht. Das war ich. Und es war Notwehr. Fragen Sie David Berkoff.

Sie befragten David Berkoff und lieferten anschließend einen Bericht bei Claudia König ab. Nach sechs Stunden wurde Jazata ins Isrotel gebracht, wo König im Auftrag der Bundesregierung ein Zimmer für sie reserviert und ein paar Kleider bereitgelegt hatte. Sie sollte sich frisch machen und sich dann in der Lobbybar einfinden. Damit sie nicht davonlaufen konnte, hatte König zwei Wachposten vor Jazatas Tür postiert.

*

Berkoff durfte zu seiner Familie. In Zimmer 606 fiel Jonas ihm um den Hals und weinte und boxte ihn und weinte weiter. Heidi und Marlene standen unentschlossen. Wer zuerst? Heidi und dann Marlene. Sie tranken Champagner. Berkoff verschlang Schawarma und Falafel wie ein halb verhungerter Löwe. Er musste erzählen. Er lieferte die Kurzversion.

Das Gespräch mit König war flüchtig.

»Wie weit sind Sie mit Ihrer Reportage?«, fragte sie.

»So weit, dass es für Sie ungemütlich wird«, antwortete Berkoff.

König nickte, als hätte sie nichts anderes erwartet.

»Sie haben gelogen, und wer lügt, vor allem in Ihrer Position, muss die Konsequenzen tragen«, sagte Berkoff.

»Und Sie, was haben Sie gemacht, Herr Berkoff? Wie viel Blut klebt an Ihren Händen? Ich hätte gelogen, sagen Sie. Das stimmt nicht ganz. Ich habe vielleicht nicht die ganze Wahrheit gesagt, aber nur, weil die Menschen das nicht ertragen würden. Was wir in Syrien gemacht haben, war weder richtig, noch war es falsch. Es war vielleicht das, was am wenigsten falsch war. Sie wissen doch, jedes Grauen entspringt aus den besten Absichten.«

»Dann sollten Sie die Menschen darüber aufklären.«

»Meinen Sie, irgendjemand interessiert sich dafür? Meinen Sie, irgendjemand kauft deshalb Ihr Magazin? Wissen

Sie, Transparenz ist ein ehrenwertes Ziel. Es klingt moralisch und heroisch. Aber glauben Sie wirklich, die Menschen ertragen Transparenz?«

»Vielleicht verwechseln Sie da etwas, Frau König. Regierungen sind keine Eltern und die Menschen nicht die Kinder. Lassen Sie es darauf ankommen, sonst erleben Sie, dass Ihre Kinder irgendwann mal zu anderen Eltern überlaufen. Zu solchen, die wir alle nicht haben wollen.«

62

Sie hörte das Klopfen erst, als sie das Wasser der Dusche abstellte.

»Wer ist da?«, rief sie.

»Ich muss mit dir reden.«

Jazata ging zur Tür, ein Handtuch um den Körper gewickelt. Die Verletzung schmerzte bei jedem Schritt. Sie sah durch den Spion. Dann öffnete sie die Tür einen Spalt breit. Als sie sah, dass Berkoff allein war, löste sie die Kette und ließ ihn ins Zimmer herein.

»Ich muss noch die Haare föhnen«, sagte sie.

Berkoff trat ans Fenster und übte sich in Diskretion.

»Worüber musst du mit mir reden?«, rief Jazata aus dem Bad.

»Wenn ich gegen dich aussage, wanderst du für ein paar Jahre in den Knast.«

»Das stimmt.«

»Das macht dir keine Angst?«

Jazata kam ins Zimmer zurück. Ihre Haare waren noch feucht, zerzaust. Sie sah gut aus. Wild und mutwillig. Sie trug einen Bademantel.

»Es macht mir Angst, aber es gibt wohl keinen Ausweg.«

»Vielleicht doch.«

Jazata schlüpfte in ein grünes Plisseekleid.

»Nämlich?«

»Ich sage nicht gegen dich aus. Oder sagen wir mal, ich erzähle die Geschichte so, dass du gut dabei wegkommst.«

»Du willst für mich lügen?«

»Nein. Ich würde nur nicht die ganze Geschichte erzählen.«

»Was ist mit Mikail?«, fragte sie.

»Sie werden mir einen Einlauf verpassen, aber letztlich läuft es auf einen Deal hinaus. Und was Abu Bakr und Gregori Arkadin angeht, weiß niemand, wie sie ums Leben gekommen sind.«

»Kannst du den Reißverschluss zumachen?«

Sie drehte Berkoff den Rücken zu. Er zog den Reißverschluss nach oben. Konnte ihren Duft riechen. Süße Blüten, die sich genüsslich mit ihren Pheromonen vermischten.

»Rieche ich gut?«

»Ja, du riechst gut.«

Berkoff lächelte. Nach wie vor war sie ihm ein Rätsel.

»Und was für ein Preisschild klebt daran?«, fragte sie.

»Dass du aufhörst. Dass du den Laden zumachst und mir die restlichen Daten aus Arkadins Computer gibst.«

Sie drehte sich zu ihm herum. Sie standen so nahe, dass es Berkoff Anstrengung kostete, sie nicht zu küssen.

»Das ist alles?«

Berkoff sah sie zärtlich an, berührte ihre Wange, umarmte sie.

»Ich will, dass du deine Schwester findest.«

»Einverstanden«, sagte sie. Dann lächelte sie und küsste ihn auf den Mund.

»Vielleicht kann ich dir dabei helfen«, sagte er.

»Ja, das kannst du.«

Als sie das Zimmer verließen, sah er nicht, wie sie das Messer, das zum Schälen des Apfels auf dem Couchtisch lag, in ihrem Kleid verschwinden ließ.

Auf dem Flur wurden sie von zwei Männern in dunklen Anzügen in Empfang genommen. Zu viert fuhren sie mit dem Aufzug in die Lobby. Bevor sie ausstiegen, legte Berkoff Jazata eine Hand auf die Schulter.

»Alles wird gut«, sagte er. »Wer eine Entführung übersteht, übersteht auch das hier.«

»Und ist es nicht gut, dann ist es nicht das Ende? Meinst du das?«

Berkoff lächelte.

63

Sie standen vor dem Aufzug wie ein Empfangskomitee. Drei Frauen, ein Mann und ein Jugendlicher. König lotste sie zu einer Sitzgruppe. Sie setzten sich in weiche Sessel, in denen sie versanken wie in einem Moor. Kaffee, Tee und Gebäck standen bereit.

Berkoff wandte sich zu Jazata.

»Ich glaube, ich sollte dich bekannt machen. Das ist mein Sohn, Jonas.«

Jazata reichte Jonas die Hand. Sie fühlte sich warm und feucht an.

»Dein Vater ist der unglaublichste, tapferste und mutigste Mann, dem ich je begegnet bin.«

Jonas nickte und lächelte Berkoff an.

»Das ist Heidi Cowan, die Mutter von Jonas.«

Hände wurden geschüttelt.

»Sie bereuen sicher, dass Sie nicht mehr mit ihm zusammen sind«, sagte Jazata.

Heidi zuckte zusammen. Sie wusste nicht, was sie sagen sollte. Die Peinlichkeit breitete sich wie ein verführerischer Geruch aus. Berkoff fuhr fort.

»Marlene Albers. Chefredakteurin der *Woche.*«

»Ich hoffe, Sie geben ihm eine Gehaltserhöhung«, sagte Jazata.

»Ich habe ihn gefeuert.«

»Auch nicht schlecht.«

Jetzt erreichten sie Rosenkranz. Er hielt die Hände über der Brust verschränkt.

»Herr Rosenkranz von der deutschen Botschaft.«

Es sah nicht so aus, als würde irgendetwas in der Welt Rosenkranz dazu bewegen können, Jazata die Hand zu geben.

»Haben Sie Schweißhände, weil Sie die Arme über der Brust verschränken?«

»Nein. Ich möchte Sie nur nicht anfassen.«

»Sie werden«, sagte Jazata. »Sie werden.« Dann lächelte sie so kalt, dass Rosenkranz unwillkürlich zurückwich.

»Und das ist die Vertreterin der Bundesregierung. Claudia König«, sagte Berkoff.

Jazata nickte.

»Sie sind es, die mit Gregori Arkadin Geschäfte gemacht hat?«

König war ebenso wie die anderen von Jazatas Direktheit überrumpelt.

»Er hat dadurch gut verdient. Im Laufe von fünf Jahren über 100 Millionen Dollar«, sagte Jazata.

»Okay«, sagte König. »Das war's.«

Das musste sie sich nicht bieten lassen. Nicht sie. Sie lächelte mit zusammengepressten Lippen. Spürte die roten Flecken am Hals. Flugs erhob sie sich aus dem Sessel.

»Zeremonie beendet.« Sie wandte sich an die beiden in den dunklen Anzügen. »Begleiten Sie sie zurück auf ihr Zimmer.«

Die Männer näherten sich. Jazata stand auf und trat vor König.

»Eine Bitte habe ich noch«, sagte Jazata. »Darf ich Ihnen etwas davon zurückgeben?«

Was konnte das sein? König sah unsicher zu den dunklen Anzügen. Und bevor sie noch antworten konnte, zog Jazata das Messer aus ihrem Kleid und stach es König zielgenau in die linke Brust. Genau zwischen die siebte und achte Rippe, direkt ins Herz, als hätte sie ihr Leben lang nichts anderes gemacht.

Ich hatte den Engel Gottes gefragt, warum er mir dieses Leben aufgezwungen hat, meine geliebte Schwester. Warum er mich bestraft hat. Und unsere Mutter und dich, Anais, und alle, die wir liebten. Ich habe ihn gefragt, warum er so hart war, voll Zorn und Unbarmherzigkeit. Er hat geschwiegen. Ich habe oft daran gedacht, mich umzubringen. Das Leben ist unlebbar, habe ich lange gedacht. Aber dann ist mir jedes Mal ein Wort unserer Mutter in den Sinn gekommen. ›Sie töteten uns und ließen uns im Sand liegen. Sie wussten nicht, dass wir Samen waren.‹ Da wusste ich, dass ich am Leben bleiben muss. Für dich, meinen Jenseitsengel. Und für mich.

64

Es war der heißeste Sommer seit fünfzehn Jahren in Berlin, und der meteorologische Höhepunkt war immer noch nicht erreicht. Das Thermometer kletterte, als wollte es das Glasröhrchen sprengen. Berkoff saß an seinem Computer und schrieb die Reportage. Seinem Antrag auf Besuch in der JVA Lichtenberg war stattgegeben worden. Er hatte in den letzten Tagen mit ihr telefoniert und sie gefragt, ob Königs Tod etwas geändert habe. Jazata hatte ihm am Morgen geantwortet.

Weißt du noch, als du mir in St. Petersburg in der Datscha die falschen Namen genannt hast? Als ich gefragt habe, warum du das getan hast, meintest du, wenn du dadurch erreichen könntest, dass irgendwo ein Kind, eine Mutter, ein Vater eine Woche länger leben würden, hätte es sich gelohnt.

Berkoff überlegte, ob er die Antwort in der Reportage verwenden sollte, entschied sich dann aber dagegen. In dem Gerichtsprozess, der Jazata nun bevorstand, brauchte sie bessere Argumente als Rache. Philipp Pitt war bereit, als Kronzeuge auszusagen, und wurde vor Gericht gehört. Als sie ihn trotz der Absprachen zu 18 Monaten auf Bewährung verurteilten, rächte er sich, indem er Berkoff alles an Informationen gab, was David für seine Reportage brauchte. Nachdem Claudia König ihren schweren Verletzungen erlegen war, brach die Geheimpolitik, für die sie jahrelang gestanden hatte, ohnehin in sich zusammen. Sie wurde in ihrem Heimatort beerdigt. Weit weg von Berlin und all denen, die verantwortlich waren. Berkoff schickte die 30 Seiten, die er in den letzten zwei Tagen geschrieben hatte, an Marlene und machte sich auf den Weg.

Es fühlte sich seltsam an, mit dem Mustang im Verkehr festzustecken und wieder Teil eines Lebens zu sein, das so weit weg von allem war, was er in den letzten Wochen erlebt hatte. Er musste in der JVA in Lichtenberg eine halbe Stunde lang warten, bis sie seine Personalien überprüft hatten. Dann wurde er in einen Raum geleitet, der kahl und kalt war, als ob sogar die Gespräche eine Bestrafung sein mussten. Auch hier musste er warten. Dann kam sie. Sie sah frisch aus. Strahlte, als wäre sie der glücklichste Mensch der Welt.

»Du siehst gut aus«, sagte Berkoff.

»Ja.«

Sie plauderten eine Weile übers Essen und die Zellen und die Arbeit, über den Hofgang und die anderen Insassen. Und dann über Berkoffs Reportage und Jonas und wie es nun weitergeht. Dann traute sich Berkoff an das Thema, das ihn hierhergeführt hatte.

»Warum Claudia König?«

»Du verstehst das nicht, David. Du bist von dem Gedanken durchdrungen, dass die Menschen das Leid schultern sollen. So wie euer Gott Jesus das Leid geschultert hat.«

»Ich bin nicht christlich. Aber ich sage dir, alles andere ist Barbarei.«

»Ja. Aber es ist befreiend zu wissen, dass derjenige, der Schuld hat, dafür bezahlt. In derselben Währung, in der er seine Tat begangen hat.«

»Mord für einen Mörder, Vergewaltigung für einen Vergewaltiger? Hand abhacken für einen Dieb? Glaubst du, du findest dadurch Frieden?«

»Ja.«

»Aber es wird nichts ändern. Und du wirst deine Schwester nicht finden.«

Jazata lächelte, während gleichzeitig Tränen über ihre Wangen rollten.

»Warum weinst du?«, fragte Berkoff.

»Es gibt so viele Gründe für Tränen. Leid ist der unheiligste Grund von allen. Wir Jesiden suchen uns schon sehr früh eine Jenseitsschwester oder einen Jenseitsbruder aus. Damit uns jemand begleitet und auf uns wartet. Anais wartet auf mich. Und ich freue mich so sehr, sie zu sehen. Deswegen weine ich.«

Dann war die Besuchszeit vorüber.

Einen Tag später, es war ein freundlicher Sonntag, klingelte gegen elf Uhr vormittags Berkoffs Handy. Er saß am Computer. Vor ihm lagen die Listen, die von der UNO herausgegeben wurden. Darin stand, dass Anais Jazata am 5. August 2014 in Sindschar, kurdisch Şingal, am Fuß des gleichnamigen Gebirges tot aufgefunden worden war.

Er schrieb den letzten Satz seiner Reportage.

Sie reiste umher, ein Auge stets offen wie die Fregattvögel. Und niemand wusste, was in der Seele dieser Frau einen langen Schlaf hielt. Noch nicht einmal sie selbst wusste es, bis es erwachte.

Als er den Computer ausschalten wollte, sah er auf dem Display eine Nummer. Sie gehörte zur JVA Lichtenberg. Er nahm das Gespräch nicht an, weil er wusste, was sie ihm sagen wollten. Aus dem Lautsprecher klagte Jim Morrison.

This is the end, beautiful friend, this is the end, my only friend, the end. Of our elaborate plans, the end. Of everything that stands, the end. No safety or surprise, the end. I'll never look into your eyes, again.

Auf der Straße zerschnitt die Sirene eines Krankenwagens den Tag.

Berkoff zögerte, das Wort *Ende* zu schreiben. Er wusste, dass Jazata ihm in dieser Hinsicht widersprechen würde.

Ihre Beerdigung fand an einem Montagmorgen statt. Die Leiche war von Mitgliedern der jesidischen Gemeinde nach einer festgelegten Zeremonie mit warmem Wasser gewaschen und weiß eingekleidet worden. Die Augenhöhlen hatte man mit Barat-Kugeln aus heiliger Erde bedeckt. Als man den Sarg so ins Grab legte, dass Jazata in Richtung des Sonnenaufgangs schaute, sangen die Frauen Klagelieder. Jazata war jetzt endlich bei ihrer Schwester angekommen. Und da sie beide an die Unsterblichkeit der Seele glaubten, war es nicht das Ende.

Danksagung

Mein herzlichster Dank gilt all den Freunden, Bekannten, Beraterinnen und Beratern, die mir wahre und wahrscheinliche Geschichten erzählt haben, mich ermutigt haben, weiter und ungeheuerlicher zu denken und dann mit Kritik nicht gespart haben. (Ich vermute, ihr habt euch einen Spaß daraus gemacht.) Mit eurer Hilfe ist eine Geschichte entstanden, die auf realen Ereignissen beruht und weit darüber hinausgeht, indem sie die Sehnsüchte ihrer Figuren leben lässt. Mein besonderer und mitfühlender Dank gilt in diesem Zusammenhang Nadia Murad, deren Buch »Ich bin eure Stimme« von den unfassbaren seelischen und körperlichen Torturen erzählt, die sie als Gefangene des sogenannten Islamischen Staates erleiden musste. Ihr Bericht hatte zuletzt noch deutlichen Einfluss auf »In den Tod«. Dann will ich unbedingt Arseny Veber, Yaron Segal, und Junes Cetin danken, deren Wissen mich weitgehend auf dem Pfad der Wahrhaftigkeit gehalten hat. Und nicht zu vergessen Google Earth, das mich an Orte geführt hat, zu denen eine Reise derzeit unmöglich ist. Und überhaupt weiß ich nicht, was ich ohne das schier endlose Wissen im World Wide Web machen würde (danke dafür, Tim Berners-Lee!). Meine Agentin Elisabeth Ruge hat das Manuskript zum Piper Verlag getragen und mit den dort Verantwortlichen einen sehr schönen Vertrag ausgehandelt. Danke dir für diesen Schritt, denn er hat mich zudem mit dem großartigen Lektor Hannes

Ulbrich zusammengebracht, der mit aufmerksamem Blick, klugen Fragen und noch klügeren Ideen die Arbeit zu einem Vergnügen gemacht hat. Und zuletzt liege ich vor meiner Familie auf den Knien. Ihr müsst euch stets die ersten Ideen anhören, steht dann oftmals ratlos in einem Wald von Figuren und Plots und fragt euch, wie aus dem Chaos eine Geschichte werden soll. Zum Glück lasst ihr euch das nicht anmerken. Dafür (unter anderem) liebe euch.